爱妻

董启章 著

九州出版社
JIUZHOUPRESS

目　次

一　爱妻

1

送了妻子入登机闸口，我左下方的肋骨便开始痛起来。

其实，之前早已经在隐隐作痛了，大概是在开车来机场的途中，只是心神都放在和妻子的惜别上，才没有特别在意。

所谓的惜别，也没有什么特别的事情。只是在机场大堂的上海菜馆吃了一顿晚饭，有一句没一句地聊些琐碎事，就像是日常生活里的任何一个晚上一样，看来平平淡淡的。毕竟，结婚已经将近二十年，其中一方独自短暂到外地去也不是罕有的事，大家都不觉得需要表现得太滥情。但是，也不想说什么平常心看待。妻一直认为，这是陈腔滥调之最。

不过，这次妻子到英国去，计划在剑桥逗留一年。一年，倒是未曾有过的漫长的离别，心里难免有说不出来的滋味。

不知是否因为胸闷的关系，我说话不多，一直都是听着妻子说，只是在适当的地方点头微笑。至少，是尽量做出轻松自若的样子。已经是快五十岁的男人了，没理由为这种事闹情绪，哭丧着脸，徒添她的烦忧。

妻子照样是那么地甜美可人。谈到对旅居剑桥的种种期待，以及打算在期间完成的工作，有点像个第一次出国留学的女生，难掩内心的兴奋。我不禁回想起，二十年前，第一次见面的时候，当时还是二十来岁的少女的妻的模样。不知怎的，心脏突然就像打空了一个拍子。我偷偷地用手揉按了左胸一下。

吃完饭，时间还很早，心里也很不舍，但我还是催促妻早点入闸。我一向是个谨慎的人，做事喜欢提早做好准备，而妻的时间观念却非常宽松。从前便试过几次差点送机尾，有一次还真的误了航班，滞留在禁区内等候补。

我们在闸口外用手机自拍了两张合照，互相拥抱，轻吻，说再见，然后我便目送她远去的背影。这是 8 月的最后一天，身形娇小的她穿着夏日气息的白色 T 恤、牛仔短裙，摆着不久前刚修剪过的及肩直发，从后面看的确像个女学生。臂上钩着黑色薄外套，另一边肩上挂着塞得满满的手提袋。我想，那边暂时也不会太冷吧。

在踏进闸口之后，妻如我所料，回过头来。我也如她所料，依然站在那里。然后，我们都如对方所料，微笑挥手。将近二十年的婚姻的默契。

我回头，迈开脚步，却觉得腿有点软软的，而且，左肋下方有紧绷性的钝痛。我以为是晚饭吃得太少，血糖指数不稳。找了间咖啡店坐下来，买了杯热朱古力。我尝试把思绪集中在饮料浓稠的甜味上，但是，旅客络绎不绝的堆满行李的手推车，总是把焦点引领向离境的方向。

从停车场把车子开出，情况没有缓和的迹象。我用右手按着左肋，用左手把着方向盘。外面下着毛毛细雨。我脑海中出现迷蒙的停机坪、湿滑的跑道、穿过厚密云层爬升的飞机。竟然还想起，许多年前，在当时还在使用中的启德机场，在黑夜的观景台，望着被城市的灯火包围的跑道上，一架又一架飞机在维多利亚港升空，却无法辨出哪一架是我送别的人所坐的。那几点慢慢消失在云中的灯光，同样是飞往英国的，而那人的目的地，同样是剑桥。这，是我许多年未曾想起过的事情了。今晚，两个情景在心里并置，感觉虽是完全不同，但又不能说是毫不相干。

车子离开赤鱲角机场，驰上高速公路，经过东涌市区，沿着北大屿山海岸，驶向青马大桥。期间我的手机发出了好几下接收讯息的提示声，我瞥了屏幕一眼，看见不是小龙发的，而是小虎，便暂时不去理它。

一开上青马大桥，左下肋的疼痛便加剧，心跳突然加快，整个胸口也加倍闷了起来。我有点慌乱，大力咳了几下，然后深呼吸，试图平息紧张的感觉，但没有显著的作用。在大桥上没有任何停车的地方，只能硬着头皮继续开下去。幸好桥是笔直的，只要保持车速就可以，没有太大的难度。好不容易捱过了青马大桥，又要转上汀九桥。我尽力集中精神，用平均的呼吸去制住野马般的心跳，心里不断想：没事的，快过了，没事！

打上金光的排列整齐的桥缆，形成高耸的三角形崖壁，夹道而立，犹如两座巨大的竖琴，急弦轮指，弹拨出无声的幻音。世界迅速失去实感，意识仿佛从身体抽离。我不由自主地反复用手握捏后颈，但却不是因为痛楚。无可解释，就是忍不住这样做。可能是想确认某种存在的感觉吧。

终于找到避车处停下来，已经是进入三号干线，过了大榄隧道之后。穿过隧道时的恐慌，比过桥时尤有过之。停下车子才发现，满身已大汗淋漓，在倒车镜中的自己，面无血色。我打了坏车灯号，双手抱着头，伏在方向盘上，喘息着。

不知过了多久，手机又发出叮的一声。我拿起来看看。是妻子传来的讯息。我打开"小龙"的页面，上面写着：Boarding soon. Text you when I arrive. Take care. Love. 然后是飞机、挥手和飞吻的表情符号。我笑了一下，用有点颤抖的手指回了个挥手和心形符号，再加一条蛇。写道：Miss you. Bon voyage. Love.

肋骨还是痛，但心跳好像减慢下来了，头脑也没有方才那么混乱。我从放在驾驶座旁边的背包，拿出备用的一排药丸，拆出一颗，以指甲断开一半，以蒸馏水吞服。足足喝了大半瓶才停下。意识重新安顿在身体内，犹如穿上一件不太合身的衣服，虽然有点说不出来的怪异感，但总算是穿了衣服的，不至完全赤裸无助。

雨势开始变大了。大大小小的车辆在旁边高速掠过，车轮溅起雨水的声音格外教人惊心。一排又一排移动的灯光，像幽幽飘荡的鬼火，被玻璃窗上的水珠弯折、扭曲、变形。时间以光的滑行流逝。二十年的种种，声影犹存，音容宛在。

我再拿起手机，把在入闸口拍的合照传给妻子。冷不防给自己的面影吓了一跳。照片中的妻像是嘴里含着糖果般笑着，我的笑容却是那么地虚弱而苦涩。伪装是完全失败了。

顺便打开刚才收到的小虎的讯息。她写道：

阿蛇，下星期便开学了！

你还好吧？

整个暑假，都有点担心呢……

都系上堂见面先讲啦！

我皱了皱眉，有点摸不着头脑。想不到刚送走一个小龙，立即又来了一个小虎。我没有回复便离了线。

关上坏车灯，重新启动引擎，看准路面情况，在车流的空隙间驶回高速公路。之后的回程，状况未算恶劣，至少是能安全控制车子的程度。

回到粉岭的家，打开门，亮了灯。这个熟悉的地方，好像缺少了什么而突然变得陌生。望了望窗外，雨已经停了，玻璃上挂着泪痕似的水渍。妻子的飞机大概已经起飞，我们已经不是站在同一块土地上了。忽然想起"天各一方"这个词，不禁失笑。小龙一定会骂我太肉麻。

洗了澡，关了灯，躺到床上。旁边空出了一半，感觉却好像是多于一半。窗帘半开，也不去拉上，侧身卧着，隐忍着受压的左下肋的痛楚，凝望着窗外堆满暗红色云团的天空，看不见任何光点。在两个枕头中间的阴影里，躲着一只狐狸，伸着头，睁着无辜的眼睛，挂着有点忧郁的神情。我的眼皮却像不胜重量似的，慢慢合上。是药力发挥作用了。

2

从一开始，我就叫妻子小龙。但她不准我在别人面前这样叫她，怕被误会以小龙女自居。（可能是出于文人的过敏吧。）在人前我叫她钰文。后来结婚，也会说"我太太"，跟熟人一起，说"我老婆"。私底下，她又禁止我叫她"文文"（粤音第四声和第二声），说不出原因，总之就是不喜欢。在开始交往至结婚之前，我们会用纸笔互通书信，我都写"小龙"，下款则自称"小蛇""大蛇"，或者"大懒蛇"。于是，她也这样称呼我。结婚的时候，我们笑说"佘龙联婚"四个字应该改为"龙蛇混杂"。后来互联网兴起，出现电子邮件，互相发信时，也会随意而行，简单地用个"钰"字、"文"字，和"梓"字、"言"字，以至于更简略的 L 和 S，或者 M 和 Y 的代号。也曾经出现过"金玉"和"木辛"这样的拆字。说些无聊事时，甚至会来个"龙妻"和"蛇夫"。至于近年出现手机即时短讯，就不再用上款下款，指名道姓了。不但写信的习惯，连称谓的艺术或情趣，也渐渐失传了。

我们是"校长"介绍认识的。当时校长向艺术发展局申请了一笔资助，搞一个香港作家访谈及评介计划。他找了我负责写评介的部分，而人物专访，则找了写小说的年轻新人龙钰文。那时候我在中文大学中文系念博士班，曾经发表过小说，出过一本短篇集，后来渐入学术的堂奥（或陷阱？），便转而以写评论为主。那年小龙以二十一岁之龄，拿了台湾的一个小说新人奖，在香港报章文化版广为报导，成为一时热话。她当时还在香港大学比较文学系念三年班。计划的人选，可谓相当称职。

我们相约了在我担任宿舍楼导师的文质堂门口见面。由校长开车，到港大那边接了他口中的"才女作家"，再来中大接我，然后三个人一起到沙田赛马会会所餐厅吃午饭。我因为临时有点事，要离开宿舍到系里跑一趟。当时还没有手机这东西，无法及时通知校长。结果我迟了十五分钟才回到约定地点。校长的车子已经停在宿舍门外。我上前拉开车门，连声道歉，却见车厢里只有驾驶座上的校长一人，不见那位"才女作家"，心里有点意外。原来她跑到宿舍里借洗手间去。

我一钻进车厢后座，关上门，回头便见一个女孩推开宿舍的玻璃大门走出来。她的姿态就像住在里面的宿生一样，但直觉告诉我，她就是我要见的人。过后回想，我甚至会说，是我命中注定要遇上，并且共度一生的人。虽然，明知这种话是后见之明，但是，总好过后见而不明吧。换了后来认识的 YH 的说法，就是意识的叙述者对自我的延续性和整全性的自圆其说功能。不过，这是后话。

那是一个初春的日子，女孩穿着卡其色牛仔外套，里面是一件白底碎花女装 T 恤，下身穿一条旧牛仔裤，脚上踏一对凉鞋，和一般的女大学生没有两样，怎样也看不出所谓"才女"的气质。相反，可能因为个子娇小的关系，而显得有点稚气。女孩二话不说，便拉开前面的车门，坐上了司机旁边的座位。我看见她进来的时候，手里拿着一个细长的牛仔布笔袋。说这是"才女作家"的证据，似乎有点牵强吧。

女孩在座上回过头来，因为不便转身，而没有握手，只以挥手作为招呼。校长随即替我们做了介绍，按照他没正没经的性格，难免又来一番"这位是龙钰文小姐，当红的才女作家""这位是佘梓言博士，著名的才子学者"，诸如此类浮夸的大话。我立即纠正说，我还未拿到博士资格。女孩也一脸惶恐地否认自己是什么"才女"。被委屈的两人面面相觑，同样挂着尴尬的笑容，好像都为对方而感到抱歉似的。这时候我察觉到，女孩脸上化了淡妆。这在那个年头的中大女生之中，比较少见。我不知道这是不是港大女生流行的风尚。（中大女生比较"朴素"，一向是"土气"的委婉说法。）那副鹅蛋形的脸孔，镶嵌在乌黑的及肩直发和额前齐眉的刘海之间，格外可爱。大大的眼睛，小巧的鼻子，微微嘟着的嘴唇，看起来有点像个卡通人物。如此种种，也跟"才女作家"的形象大相径庭。

校长不理我们的抗议，哈哈大笑起来，开动了车子。一路上都是校长在说话，兴致勃勃地谈论他的大计。我和女孩一前一后坐着，有时简短地应答，但不时在倒车镜里望一眼对方，仿佛产生某种默契。

在马会餐厅吃的是自助午餐。别人首先都拿三文鱼和生蚝之类的贵价食物，女孩却捡回来一篮子面包，各式各样的，法国包、全麦包、罂粟子包、丹麦条、牛角包等等，少说也有七八种。校长一看又大笑出来，说她是个面包狂人，应该改名做"小笼包"。她说这里的面包做得特别好，在外面很难吃到，便理直气壮地边涂牛油边大啖起来。一顿饭下来，女孩一共吞吃了十几种不同的面包，真是令人叹为观止。

校长这个人，的确是个中学校长，但我和女孩却不是他的学生。他是文学界前辈，和某群体的文人很熟，自己也写小说和散文，但最热心搞文学推广活动。脸上留一把大胡子，不笑的时候挺严肃的，但一说话便露出贪玩的性格，有点像个老小孩。我跟他其实不熟，只是在一些场合见过一两面，所以他找我参与这个计划令我有点意外。

校长出去拿食物的时候，我首次跟女孩独处，不得不聊起来，便问：

你跟校长很熟吗？

没有呀！只是我弟弟在他当校长的中学读书，不久前他又知道我拿了文学奖。

对啊！还未恭喜你呢！

恭喜我？

拿了文学新人奖。听说很难拿的。真厉害！

多谢！

她简短地回答。其实，我还未看过她的那篇得奖作品，所以有点心虚。谈话停了下来，我情急之下，便又说：

不好意思，我刚才迟到了——

正想解释下去，她却笑了出来，说：

那算什么呢？校长来接我的时候，我也迟到了，赶着出来，连妆也未化好。好狼狈！

我自作聪明地说：

哦！原来你去宿舍借洗手间，是补妆。

她神情古怪地点了点头。

但是，你出来的时候手里拿着的是笔袋啊！

她惊慌地掩着脸，说：

哎呀！这样都给你留意到！

我不明所以地望着她。她过了半晌，才悄声说：

我忘了带化妆包，没有眼线笔，所以便——

我注视着她的双眼，特别是眼皮上漂亮的淡淡线条，差点叫了出来：

你用……铅笔？

是黑色原子笔。

不是吧？

她仰着脸，面向着我，眨了眨眼，说：

一点也看不出来呢！

说罢，我们便忍不住笑得人仰马翻。校长捧着盘子回来，问我们笑什么，她却严厉地禁止我说出来。

后来每提起这件事，小龙都郑重警告我，绝不能向任何人说。

我们因这件工作而认识，在其后的结集出书过程中，又经常见面，很快便开始正式交往。一年后，我们结婚。那是 1997 年 6 月底。我的博士论文口试刚通过，也确定下学年留在系里当初级语文导师。小龙大学毕业才一年，满二十三岁，目标是成为一个专业小说家。大家在金钱和事业上也不具备结婚的条件，但是，我们却这样做了。

对于小龙这么早婚，不少人感到奇怪。她的家人也曾经反对，觉得她年纪还小，用不着这么心急，但是她却一副势在必行的样子。小龙不是那种骄纵任性的女孩，也没有强烈的反叛意识。在家里是个性格稳重的大姐，在外给人温文通达的感觉。但是，当她决心要做一件事情，是没有任何人能阻挡的。相信连我也不能。一直以来，我们没有在抉择上产生很大的分歧，也许是因为她没有给我考验，又或者，是我根本就不曾尝试去阻挡她。

世俗的婚姻，由一些指标所组成。我们自然不能免俗。

我由升任高级语文导师，到助理教授，到拿到实职，成为副教授，花了十几年时间，无论是在教学、研究和行政方面，都殚精竭虑，期间并非无风无浪。由最初的租住房子，到向银行借贷，加上大学的房津，供一层自己的物业；从六百平方尺[1]的小单位，搬到八百平方尺，最后到一千二百平方尺的大单位，又是一番经营和折腾。而我的身形，也由学生时代穿二十八寸腰牛仔裤、重一百二十几磅的后生小子，变成三十六寸腰，一百八十磅的发福中年汉。

倒是妻几乎一点没变。同样专心一致写小说。同样留一把及肩长发。就算是比当初圆润，看上去依然轻盈小巧，精致可人。去到哪里，都会被误认作女学生。而且同样那么地喜欢吃面包。

---

[1] 即平方英尺。1 平方尺约合 0.11 平方米。——编者注（本书所有脚注均为编者注，后从略。）

　　不过，我和小龙没有生小孩。我们也不觉得，不生小孩就不是一个完整的家，也就不是一段圆满的婚姻。双方的家人也不是没有施加压力，但日子渐久，知道事情不能勉强，便只有无奈地接受下来。我们也没有对此事多加解释：究竟原因是我工作太忙，事业太紧张，还是她身为小说家所需要的自由，诸如此类的。如果，不计那件事的话。

　　那件事情，的确是没有小孩的直接肇因。但是，不生小孩却不是那件事的理由。多年来，我一直在想，那样的事情，对婚姻来说，真的那么重要吗？真的不可或缺吗？我当初还是有点疑惑的。但是，到了接近二十年后的今天，我终于可以肯定地说，它并没有丝毫减损我对妻子的爱。

3

　　妻子到达剑桥，已经一星期了。她每天都会打电话回来。那边依然是夏令时间，跟香港相差七个小时，所以，通常是在我这边的晚上十时至十一时，即是英国的下午三至四时之间打来。其余时间有什么琐事，便以手机传送照片或简短的说话。

　　本来，她一安顿下来，试过用手提电脑即时视讯通话，但是，不知是她房间的网络接收问题还是什么，画面不是定格就是中断。于是，便索性以手机语音通话好了。如果是利用 Wi-Fi 通话，完全免费，就算是用电话卡，她也购买了非常便宜的计划。也不知为何，我们完全没有考虑过用手机视讯软件。随时随地的视像通话，总给人监察的味道。只是听声音，反而更有想象空间，也更亲密。感觉就有点像当初，还未结婚之前，在那个还没有手机的年代，彼此在家里拿着旧式电话听筒通宵聊天一样。也许我们在这方面都有点老派。

　　和妻子同去剑桥的，是一位相熟的文化研究系女教授 P。对方这个学年正值休假，便申请前往剑桥做研究，搜集香港回归前英国官方的资料。P 跟我妻子认识，始于几年前的一篇关于龙钰文小说的论文。当时她跟小龙做了个访谈，之后二人便成为朋友。P 向小龙提及去剑桥的计划，她便萌生一起过去小住的想法。刚巧小龙去年拿到一个长篇小说大奖，奖金达三十万，足以支付旅居英国的生活费有余。于是，便独立做了这个决定。跟女教授有东亚研究系作为接待单位不同，妻子居英并无任何正式名义，最长只可以旅客的身份逗留半年。不过，P 认为到了那边之后，她可以帮小龙找到正式的单位挂钩，延长居留时间。于是，妻子就这样出发了。

　　P 早在 8 月中已经抵英，还预先帮小龙找住处。小龙因为不是学术访问的身份，不能住进学院的宿舍。但是，剑桥也有大量普通人家提供的宿位。妻子租住的房子位于 Midsummer Common 旁边，位置极佳，算是剑桥的中心，但又十分安静。房子外面是一片大草坪，草坪另一边就是著名的康河。

　　房东叫作 Davey，是个教电子结他[1]的中年男人，加上妻子和一对十岁上下的子女，一家四口。初到之时，房东的母亲正来访小住。见了我妻，觉得她像个小女孩似的，对她特别关照。（她怎么也不肯相信妻已经四十一岁。）房东老太太告诉妻，剑桥有两个，一个是 Cambridge of the gown，另一个是 Cambridge of the town。前者是历史悠久、世界知名的高等学府，后者则是一个普通的乡郊小

---

[1] 吉他。港式用法。

镇。两者分别住着两类人，一边是学者和学生，别一边是普通百姓。而彼此可以是两个世界，互不相干的。她认为，住在剑桥民宿的好处，就是认识真正的剑桥居民，过真正的剑桥生活。老太太又很热心地在日常生活方面给意见，例如去哪里买食物和日用品比较便宜之类的。似乎，生活朴素节俭是剑桥人（the town）引以为傲的美德。

房东老太太本来也是属于 the gown 一方的人，以前是一位社会科学教授。而她已离婚的丈夫，也同样是大学教授，专业是机电工程。但是，正因为双方都是学院中人，在极具竞争性的学界求存，为了事业前途而各奔不同的大学，长期过着分隔两地的生活，结果导致婚姻无法维系。房东先生似乎也因为父母的异离，而对学院产生某种芥蒂。甚至有可能因此而促使他走上了另一条人生道路，好像没有什么远大志向地沉醉于自己喜欢的摇滚音乐，以教授结他那样的非正式工作，跟家人度过悠闲而平凡的人生。那又是"剑桥镇"对"剑桥学院"的另一种冷眼了。

妻子住的房间位于屋顶的阁楼，即所谓的 attic。在她传回来的照片中可见，房间虽小，但十分整洁，布置简单而实用，唯一有点奇怪的是，床子上面是倾斜的屋顶。妻子在短讯中打趣写道：Haha! I have become "the madwoman in the attic"！那是一本研究维多利亚时期文学的女性主义论著的书名，当中的那个"阁楼疯妇"指的是英国女小说家夏绿蒂·勃朗特的《简·爱》中，庄园男主人罗彻斯特患有精神病的妻子。

小小的窗外的景致，似乎也很不错。那片绿黄相间的草地，犹如一大块软绵绵的地毡[1]，上面分布着用木围栏护着的大树。大树在斜阳下拖着长长的影子，叶子翠绿茂密，仿佛依恋着盛夏的余温。三两头牛在低头吃草，小路上有零星的人儿在散步。据说在冬天，这片"仲夏的公共牧地"会铺满白雪，十分漂亮。到时会否改名作"严冬的公共牧地"呢？

第一周的剑桥生活，似乎还在探索中。看她吃的都是从超市买的现成食物，好像预先包装的汤类，或者即烤即吃的鱼排。她说在外面吃几乎是不用考虑，不只昂贵而且选择很少。房东让她自由使用厨房煮食，但一向不大钻研厨艺的她，似乎暂时得物无所用。在剑桥生活的另一项必需品是单车。纵使受到许多款色漂亮的新单车吸引，妻子结果还是以七十英镑的廉价，买了一辆状态良好的二手紫色女装单车，大获房东老太太的赞赏。生活方面，得到地道高人的指点，相信很快就会上轨道。

不过，在新环境待不够几天，妻子便打算在周末出伦敦看舞台剧了。那是由 Benedict Cumberbatch 主演的莎剧《哈姆雷特》。据说本来早已全部爆满，但妻子花了两个小时待在电脑旁边，不停地重按那个网上购票系统的候补键，结果竟然给她接通了，买到了星期六下午的一张票子。小龙是甘巴贝治的忠实粉丝。他主演的福尔摩斯系列电视剧，她每季都看得如痴如醉。在一票难求之下，竟能如愿亲睹偶像的演出，肯定是欣喜若狂了吧。

听到了这些，我便很放心。小龙独自在剑桥生活，应该是没有问题的了。

---

1 地毯。粤语。

至于我自己，从这个星期开始，便回到教室里去，重新站在学生前面。对于已经拥有二十多年教学经验的我来说，本来应该是驾轻就熟的事情。但是，面对这次开学，心底里却有一种不知从哪里来的紧张感。对于教了多年的课程，也好像缺乏从前的把握。加上肋骨痛的问题，由左边扩展到右边，基本上是连说话本身也有点吃力了。

星期二的"现当代中国文学与电影"大课，我做了一个小时的课程简介，便感到有点气闷而提早结束。星期三是毕业论文指导课，小组形式，六个四年级学生在我办公室上课。主要是学生报告暑假期间，对论文题目的准备情况，以及提交论文的初步建议。虽然并不是对六个学生都十分熟悉，但至少也是之前三年教过的，对每人的兴趣和能力也有基本的了解。其中一个叫作雷庭音的女生，打算做的题目是"龙钰文小说中的两性关系"。

这个雷庭音，就是我送妻子上机那一晚，传短讯给我的小虎。她一年级入学的时候，上了我教的"文学概论"，二年级修了"现代小说"，三年级则修了"香港文学"，连续三年在我的班上。她的成绩属中上水平，并非最优秀的类型，但是学习态度却颇为积极。又或者应该说，她有很强烈的好奇心，因此有时会引出独到的观察。因为课外常常向我请教，所以算是变得熟络，有时也会聊些课外的话题。

庭音提出的毕业论文题目，令我有点迟疑。由我指导学生研究我妻子的小说，这次并不是首例。之前已经有过几次同样的情况，其中一个还是硕士生。我有信心可以做到不偏不倚，避免强加我个人的观点。可是，当我听到庭音想这样做，我却感到有点不自在。不过，有什么不自在，我又说不出来。在没有理据支持下，我不能贸然否定她的提案，扼杀她的选择。在第一次的论文课上，我只能指出，她设定的题目有点空泛，要求她把范围收窄，找出更准确的焦点，以及更清晰的定义。她抿着嘴巴，点着头，也不知明不明白。

课后其他同学散去，庭音却留了下来。个别学生在课后问功课，原本也不是什么奇事。庭音从前便常常这样做。我示意她把办公室门打开。多年来，当我单独见学生（特别是女生）的时候，都必定让门开着。这是一位男性老师必须谨慎留意的事情。

庭音今天穿了件胸口印了只老虎的黑白图像的 T 恤，下面穿了条牛仔短裤。我低下头一边整理办公桌上的文件，一边说：

画公仔不用画出肠吧?

她一脸不解地说：

阿蛇，怎么啦?

在私下谈话的时候，她总是没大没小地叫我"阿蛇"（阿 Sir 的变音）。（受到她的影响，有时我也会不在意地叫她"小虎"。）加上人如其名，声线洪亮，感觉上有点粗鲁。但是，外表却是纤瘦型的，头发长长，皮肤雪白，五官又标致，打扮似随便而实讲究，分明是走"女神"兼"巴打"[1] 的暧昧路线的女孩。她望了望自己的胸口，才恍然大悟，说：

你说这个? 这是为濒临绝种的野生老虎筹款的 T 恤啊!

她说得大义凛然的，令我自作聪明的评语显得不但无谓，兼且

---

1 即 brother，兄弟之意。

无情。既然说了蠢话，也就没有掩饰的余地，便唯有说：

是吗？很有意义呢！哪里买的？让我也买一件。

她知道我只是打圆场，也没有真的答我。不过，她倒立即好像松一口气似的，说：

看来，你状态还不错。

我？

这两个月……

两个月？

我们都担心你啊。

我们？

我和同学们。

谢谢了！我没什么，可能是有点神经衰弱而已。

那，要不要看医生？

还未去到那么严重吧。

或者试试一些另类疗法，好像禅修之类的……对心灵的恢复很有用。

禅修你懂吗？

不懂。

庭音一改刚才的吞吞吐吐，回复本色，直率地说。只见她傻笑了一下，从放在膝上的背包里，掏出一本书来，递给我，说：

阿声托我送给你的。

我拿过一看，是本英文书，书名是 *The Phenomenon of Man*，作者是 Teilhard de Chardin。我费劲想了一下，才记起这是一个汉名叫作德日进的法国耶稣会神父。庭音又说：

你知道，他近来一直在看这个作者的书，在网上搜集他的资料，有时看到不同的版本便立即订购，结果无意间买了相同的东西。他说多了一本出来，想送给你。

送书的阿声，是我以前的学生。甚至可以说，是我的"高徒"，虽然，我不敢以"名师"自居。这个叫作江岸声的男生，从本科开始，就展露他的文学才华。无论是学术上，还是创作上，都是富有潜质的年轻人。本科毕业后，他跟我念硕士，然后再念博士。可是，在博士班第三年，却突然辍学了。想来，现在已经是三十岁的人了。至于他和雷庭音的关系，又是一段故事。

我把书搁在一旁，问道：

阿声他最近好吗？

还是那样子吧！在写剧本。

那个关于德日进的剧本？

还有别的吗？

好像已经写了好一段时间吧？

庭音哈哈地笑了一下，说：

大概会永远地写下去呢。

她的话中有挖苦之意，我倒有点替阿声不值。他明明是个有学识和才华的人。看来，庭音留下来，就是为了这件差事。我按着桌面站了起来，她也满有默契地收拾好东西，知道谈话到此告一段落。

离开办公室，关上门，我们在走廊上，一前一后地走向电梯。电梯里挤满了别的学生，不便说话。来到地面，推开大楼的玻璃门，她有点随意地问：

阿蛇，有时间一起吃饭吗？

我机械地抬起左手，看了看表，她便意会，说：

你有事？——那下次吧！

我像回音壁一样，说：

下次吧。

我们互相挥了挥手，我走向停车场，她走向下山的路口。我从停车场开车出来的时候，看见那个纤瘦的背影，在下坡道的尽头慢慢走着。我扭动方向盘，往相反的方向驶去。其实，我并没有任何事要做，只是在山上的书院，随便找一间饭堂，独个儿胡乱地填饱肚子。

4

　　我和小龙，可以说是以书结缘。这样的事情，在当今的时代，应该属于罕见。

　　除了最初在校长的牵线下，一同参与作家评介及访谈计划，我们后来又一起担任电台读书节目主持。这个节目原本是由校长主持的，他打算退下来换上新人的时候，向监制推荐了我和小龙。我们由婚前半年开始合作，在每周播放一次的半小时节目里，每集介绍一本新书，间中也会邀请作者上节目接受访问。我们选的除了本地著作，也有其他地区的华语作品；除了文学，也遍及科普、历史、社会、文化等等的读物；除了中文书，也包括翻译成中文的外语书。在婚后，便常常出现晚上一边并排挨在床上看书，一边讨论着第二天录音内容的情况。一起读书和一起谈书，成为了新婚生活中不能忘怀的一个环节。

　　小龙大学虽然主修比较文学，副修英国文学，读的是欧洲小说、戏剧和诗歌的科目，但是，她中学时代也爱好中国文学，对古典诗词尤其沉醉。当中又特别喜爱宋词，宋词中又特别偏好苏东坡和辛弃疾。后来她写小说，多少也受到这样的阅读背景影响。单是看她的书题，从最早的《圆缺》《平生》，到中期的《尺素》《津渡》《朝暮》，到近年的《风流》和《无端》，都可以看到古典文学的痕迹。对于文风被视为非常"女性"的她，至爱的竟然不是宋词的"正宗"婉约派，而是"偏锋"豪放派，大概是很少人知道的事情。考进港大文学院的时候，她也曾在选科的问题上犹豫过。不过她最终认为，中国文学可以自修，对于欠缺根基的西方文学，却需要专门的训练和指导。

　　当然"女性"是个极笼统的标签，除了说明龙钰文是个女作家，并没有多少意义。而"女性主义"却又不是她在意的事情，就算她拥有比较文学系的出身，而且也被一些评论者如此定位。（不过后来出现了相反的意见，认为她身为女性却"不够女性主义"，拖女性的后腿，因此必须加以批判。）怎样也好，用性别去定义一个作家的阅读传承和创作方向，未必是一件能够自圆其说的事情。比如说，对于影响无数女性后来者、被称为当代女性小说家"祖师奶奶"的张爱玲，小龙却没有特别深刻的感受，极其量也只是欣赏而已。

　　不过，同样是写男女感情、常常被归入张派系谱的锺晓阳，却是小龙学生时代便非常钟爱的作家。也不能说，这完全是因为"同声同气"的因素。（虽然锺晓阳在香港成长，但她的东北家族背景其实又富有异域情调。）我不敢说，小龙刻意模仿锺晓阳，但是，两者的喜好和品味的确颇有相似的地方。也许，小龙在大学选修西方文学，潜意识里有摆脱锺晓阳的中文风格的欲望。只是，想不到出道写小说而且获得成功之后，依然被人称为"新锺晓阳"或者"小晓阳"。对此小龙也不知应该感到高兴还是无奈了。

关于锺晓阳，我和小龙有过一番争论。就算同样喜爱文学，品味也不一定经常一致。新婚之初，我曾经对锺晓阳的小说表示不以为然。具体是在怎样的情景下怎样说的，我已经记不起来了。总之那时候的我觉得，锺晓阳少作的典雅语言太造作，后来走流行小说家路线的通俗语言却又太粗糙。对于拿捏一种自己独特的风格，锺晓阳老是失诸太过。小龙却认为，这只是我的"学者癖"和"批评欲"的片面之见。又或者，是一种"男性的盲点"。是的，这是她当时用的字眼。但是，背后并没有女性主义的意涵，而只是常识层面的，或更准确地说，是人之常情层面的判断。我记得，我们为了所谓"男性"和"女性"的定义，以及两者是否代表两种文学观念或感受性，而作了一番唇枪舌剑。结果各持己见，谁也没法说服对方。事情后来便不了了之。这件事当然不至于影响夫妻关系，但的确是我记忆中比较重大的一次分歧。当时我还未知道，事情其实有更深远的意义。

除了锺晓阳，香港女性作家之中，小龙也亲近锺玲玲和黄碧云。两人都是在进行访谈计划的时候认识的。我用了"亲近"这个词，而不是欣赏或佩服，是因为她对两位的作品，已经不能单纯局限于阅读的层次，而牵涉到个人情感的连接。像我这样对自己妻子的作品，竟能把理性分析跟个人情感分开处理，她一直认为有点不可思议。也许，这就是她自认为当不成评论家的原因。

正如在宋词中偏爱阳刚气的豪放派，多于阴柔美的婉约派，对女词人李清照亦感觉一般，小龙也不特别注意当代女性小说家，尤其是打正旗号的女性主义者。相反，在她的至爱书单上，占据前列的多是男性作家。在结婚之初，她曾经沉迷史葛·费兹杰罗[1]的浮华世界和虚幻情感，可以算是她个人的"爵士时期"。后来又一头栽进安东·契诃夫笔下冰天雪地、无语话苍凉的世纪末俄罗斯，一口气鲸吞整套契诃夫全集，包括四百多个短篇和七八部剧本，连他的书信集和囚犯流放地沙哈林岛的采访报告也不放过。然后得出的却是"没可能再写短篇小说了"的结论。接着又被史蒂芬·茨威格的精神贵族气息所吸引，一本又一本追看那些情节迷人、设计精巧、气氛伤感的小说，以及作者哀悼欧洲辉煌文化没落的自传。近年她又倾倒于美国当代作家约拿芬·法兰森[2]的长篇，认为那些看似平庸的人际关系和琐碎的日常描写，是一种新心理写实文学的标楷。而自从她踏足英伦之后，就成了朱利安·巴恩斯的书迷。

纵使如此，要从妻子的书目去了解她，以及去呈现她，是不完全的——无论是她身为作家、读者、妻子、女性，或者是一个人的方面。不过，作为以书结缘的一对夫妻，书在我们的关系中毕竟扮演了非同寻常的角色。也许，书既是一种连接，也是一个迷宫；既是一面镜子，也是一个黑洞。在无论是连接或迷宫，镜子或黑洞的两方，是我和妻子。通过书本这样的中介，我们互相认识，也互相幻惑；互相对照，但也互相消融。

1　斯科特·菲茨杰拉德（Scott Fitzgerald）。

2　乔纳森·弗兰岑（Jonathan Franzen）。

后来回想，环绕着锺晓阳的分歧，并不是没有原因的。我年轻时的文学兴趣，不论是在阅读上还是写作上，都是受到从刘以鬯到也斯的本地男作家系统所启发的，再加上不那么女性化（或中性化？）的西西，基本上是个阳性的格局。后来我留意到跟我同龄的 D，开头虽然以女性主义支持者的伪装出道，慢慢地却露出了男性本位者的真面目。D 的那些富有雄心、充斥着长篇大论的理性分析的小说，非常合我的胃口。又或者，那就是我曾经尝试写出，却因为志大才疏而未能实现的作品类型吧。于是，我便从研究者的角度，以 D 为对象完成了好几篇论文。D 和龙钰文，根本就是站在文学版图的对跖点的两个作家。

奇怪的是，近年我开始对 D 以至于上世纪 7、80 年代以后的香港文学变得冷淡。我不愿意留在那个熟悉的世界里，但又不知何去何从，以至慢慢地成为了一个时代的脱节者。在本地文学方面，我和小龙好像失去了共同语言。我对她爱读的外国作家也所知不多。忙得透不过气来的工作，不容许我有深入了解的闲暇。不经不觉之间，我虽然是一个大学中文系教授，但我已经变成了一个不读书的人了！为了提升生产力，我继续不断地搬弄书本，但我并没阅读，我只是为了研究和教学目的而运用材料而已。作品已经消失，代之以文本，或资讯。

我不知道，在如此的处境中，我把我的研究焦点移向叶灵凤，是不是回应着某种来自意识深层的暗示。这个问题，还是留待适当的时候再说吧。

5

　　那天早上九点左右妻子打电话回来，兴奋地说剑桥的 Wolfson College 给了她一个 visiting fellow 的资格。这是完全意料之外的事情。至于怎样做到就有点说来话长了。

　　访问学人资格一般只给予有一定研究贡献的学者。小龙虽然拥有香港大学比较文学系的硕士学位，但说不上有任何学术研究成绩；在教学方面，也只是曾经短期在不同的大学兼任过写作课导师，并不正式隶属于任何学术机构。今次之所以成事，完全有赖 P 的奔走，和一点点的运气。

　　P 已经是第二次到该学院担任访问学人，跟院方颇为熟络。她在两三个月前，便已经替小龙张罗，把她作为研究对象和计划伙伴，一并向学院提出访问申请。另外，又在东亚研究系那边，同样 P 做了这种互相挂钩（或小龙戏称为"买一送一"）的安排。P 在推荐书中，把小龙形容为香港最具代表性的小说家，又罗列了她的小说的英译篇章，以及国际知名学者发表过的关于她的论文，看起来颇为可观。少不免用上了什么华语语系文学之类的学术包装，来说明小龙的写作在当今学术界不可忽视的位置。不过，这样做毕竟不合规程，学院迟迟未有决定。刚巧在 9 月中，才突然得悉另一位访问学人因为个人理由不能成行。有关方面在多番考虑下，终于决定破例，以类似 writer in residence 的身份，第一次把 visiting fellow 的资格授予一位非学术背景的作家。P 还游说道：这说不定会成为学院正式开办"驻院作家"的契机呢！真是能言善辩的人啊。

据小龙所说，这家学院创立于上世纪 60 年代，在剑桥众多历史悠久的学院之中，算是最年轻之一，规模较小，声誉也没有那么响当当。可是，这样却可能令学院免于传统的包袱，行事更富弹性，集合的人才也更多样化。成为了学院的 fellow，虽然没有薪金，但她可以享有教职员的权利，例如使用设施和参加活动等。她甚至可以去旁听不同学科的讲课（只要得到讲者的许可），直接体验剑桥的学习生活。不过，她也要尽一些义务，例如在学院发表演讲，以及跟学生分享创作经验和介绍香港文学。还有就是，完成 P 所提交的共同计划书中的"研究项目"——写小说。

有了学院成员身份，她甚至连参加市内私营运动中心的课程也有优惠。她订下了雄心壮志的训练计划，决心每周游泳和跑步。虽然暂时来说天气尚算清爽，环绕校园跑步景致甚佳，但一旦下雨或天气转冷，户外运动始终不便。在香港的时候，小龙早已养成了经常跑步和游泳的习惯。她当然不是听了村上春树的劝告才这样做。从我们相识之初，她已经是个喜欢运动的女孩。纵使并非怎么样的运动健将，但也是那种两天不到三天不做运动，就会浑身不自在的人。这样的生活习惯，一直持续到中年。我年轻的时候也算是球类活动爱好者，和小龙一起游泳亦是相恋之初的一段难忘回忆，但随着年纪渐长，身体锻炼便日渐荒废，而远远落后于小龙后面了。到了现在风烛残年才来做运动，更加是有点力不从心了。

　　不过，小龙生活上比较不健康的一点，是晚睡。香港早上的九点打电话过来，即是英国的凌晨两点。凌晨两点还未睡，对小龙来说不是奇事。我估计，她的平均入睡时间是凌晨三点半。这习惯，倒是她后来才养成的。结婚之初，我们多半是同时躺到床上去的。不知从何开始，她就叫我先睡，然后，我们的睡眠时间便渐渐拉开。到我起床上班的时候，她才刚刚进入酣睡中。当然，她没有固定工作时间，就算是日夜颠倒也没有所谓。有时候我半夜醒来，到厨房倒杯水，经过小龙书房的时候，看到门下透出的灯光，听不到一丝声音，便只能猜想，她不是在写东西就是在看书。如果听音乐或者看电影，她也会戴上耳机。间中会从房中传出烟丝的味道。从不在人前抽烟的小龙，会在深夜偷偷地躲在房间里抽几口。甚至连我也没有见过她抽烟的样子，只能从第二天碟子上的烟灰和桌子角落里的打火机，印证深夜的味道并非幻觉。而反对抽烟的我，对此也没有说过什么。这大抵就是吴尔芙[1]所谓的"自己的房间"的一种演绎吧。

　　9月中，小龙的表妹"榛子"去了剑桥探她。（那是表妹的花名。）榛子是中英混血儿，母亲是小龙的阿姨，父亲是英国人，在

1　维吉尼亚·伍尔夫（Virginia Woolf）。

中部一家大学任教授。她来香港玩的时候，我见过她两三次，身材高大修长，发色如榛子，唯是那双吊梢小眼最中国。她一句中文都不懂，说话完全是地道英国发音。曾经在金融机构任职，后来跟男友分手，加入了军队，在情报部门工作，有时要派驻外地。她比小龙小四五岁，虽然彼此见面机会甚少，但感情甚笃，时有通信。知道小龙到了英国，她立即抽时间过来探访，同游剑桥。

趁着天气好，阳光普照，她们去了康河 punting。撑艇人向她们指出霍金的住处，以及拍摄 The Theory of Everything 的地方，还竟然懂得念几句徐志摩。中午去 pub 吃 steak and ale pie 和 fish and chips，下午茶吃 scones 和 clotted cream，晚上吃了顿较精致的英国菜，感觉有点像法国菜，有烤鸡和白酒煮青口。她们两人聊个没完，谈了许多心事。榛子表妹说她在军队里交了个女朋友，小她十年，是她的下属，再发展下去就要向上级汇报，或者辞职。小龙听了颇惊讶。她没想过表妹可以由异性恋转为同性恋。她们又商量，未来一年到英国什么地方玩。至少，圣诞节去表妹的老家和她父母一起过，是铁定的了。这也即是说，圣诞节小龙不会回香港。她们又讨论了大家共同看过的书，其中一本是 Julian Barnes 的 The Sense of an Ending。能找到人分享对这本小说的结尾的看法，妻子显得很兴奋。她就是这样的一个读书人。两人难得共聚，却没有拍什么照片。榛子说只有中国人和日本人，才会随时随地拿手机自拍一番。言下之意，她们英国人不会做这种无聊的事。妻子听了，也无意反驳，只是觉得有点可惜而已。

听完妻子那通报喜的电话，已经是十点多。在准备出门回校的时候，收到雷庭音的短讯，写道：

老师，记得上次说过的事呀！

今天是论文指导课的日子。但我上次说过什么呢？那真的是一头雾水。我没有理她，也不打算搞清楚。这个小虎，一向都爱说些莫名其妙的话。

学生在上课之前，已经通过电邮提交了较详细的研究方案，而我便当面一一给予意见，例如这里不可行，那里野心太大，这里没有足够的理据，那里太早下定论之类的，自己听来也觉得有点空泛的话。加上我说话有气无力的，说服力好像也因此大打折扣。

庭音的题目已经修改为"龙钰文小说的性与爱"，骤眼看有点惊心动魄。对于论文取材，除非完全不通，否则我一向采取不干预的政策，只就方法上给意见。我摆出一副事不关己的态度，聆听她的解释。她认为，纵使龙钰文的小说并没有（甚至是刻意地回避了）直接的性描写，但涉及性的内容其实不容忽视，而且跟小说的表面主题"爱"，处于一种暧昧不明的关系。个中当然还有许多她未弄清楚的地方，但她直觉认为"性"是个一直被评论者忽略的元素，而实际上却是解开小说中的秘密的钥匙。我对她用到"秘密"一词，觉得有耸人听闻之嫌，但却没有立即表示反对。虽然那种不自在的感觉还是持续，但我任由庭音循她的方向发掘下去。

接近下课的时候，我想起今早的讯息。没有细加思索，我便即兴地提出，请同学们吃一顿午饭，当是学期初给大家的一点鼓励。又嘱咐大家记住，下次就是学期尾完成毕业论文，由他们来请我吃饭谢师了。学生立即愁眉开展，雀跃万分。当中有两人因为接下去有课，很遗憾地脱队而去。剩下来刚好四人，坐满我的车子。我建议去和声书院吃上海菜，大家都拍手赞成。在倒车镜里，我瞥见后座上的庭音，跟身边的女同学谈笑自若。

吃饭时大家一改课上的严肃，七嘴八舌地聊着系内老师的八卦，以及同学之间的秘闻。我默不作声，听着他们不着边际的胡扯，好让自己休养生息。听着听着，却渐渐产生抽离的感觉，好像自己并未牵涉其中，而变成了纯粹的旁观者。一切也有点像一场预先彩排的演出，而我则是被娱乐的观众。大家似乎十分在意我的反应，而加倍卖力营造喜剧气氛。

饭后我问学生去哪里，送他们一程。有人就住在和声书院，打算回宿舍去。有人要去联合，另一个去图书馆。庭音最后才说，她去火车站。那么，车子就先上山顶，再去本部，然后下山。那位去图书馆的男生下车之后，车内便只剩下我和庭音。她今天照样穿牛仔短裤，露出那双纤瘦得令人看了要心脏麻痹的长腿。上身穿了件轻薄的白恤衫，里面是白色吊带背心。脖子上没有饰物，有一种过于光亮的感觉。我半眯着眼，似是受到阳光的刺激，没话找话说：

去火车站，有事要出去吗？

她点了点头，说：

嗯，有点事。

我没有追问下去，默默地开车。半晌，她忍不住说：

阿蛇，你有点心不在焉呢！

是吗？只是有点累吧。气不够，睡得不好。

她扭着脖子，望着我，说：

你回来之后，瘦了许多啊。

我没有回望她，装作专心驾驶的样子，笑说：

瘦？跟你比，简直是"蚊髀同牛髀"呢！

不待她回答，又说：

瘦一点不好吗？我之前成个大肥佬，现在减了十几廿磅，刚刚
好啊！

眼角看到她摇了摇头，说：

你真是"为伊消得人憔悴"啊！

见她学人抛书包，我便回道：

我这是"衣带渐宽终不悔"。

她扑哧一声笑了出来，但立即又忍住，说：

"不悔"还"不悔"，"衣带"一直"宽"下去始终不是太好。
我劝你还是"努力加餐饭"吧！

我倒想看看她的能耐，便又说：

你不是叫我"弃捐勿复道"吗？

怎料她反应很大，整个人侧起身来，面向着我，说：

我怎会有这个意思？我还未至于——

说笑而已。

你真的觉得好笑吗？

她叹了口气，挨回座位上去。

车子在火车站外停下，庭音没有立即下车，坐着不动。我问：

怎么？有话想说？

她低头往背包中翻了一下，抽出一件白色 T 恤，塞给我，说：

帮你做了善事。大码，希望不会太细[1]。

我扬开一看，上面印了个黑白老虎头，我便说：

1　细，小。粤语。

几钱？我俾翻你……[1]

我正想掏钱包，她却推开车门，说：

不用啦！想捐钱自己上去他们的网站。我代老虎们多谢你！

说罢，一闪身便下了车，关上门，靠近车窗向我挥了挥手。

车子在回旋处打了个转，向山上驶回去的时候，我在倒车镜里，看见小虎并没有进站，反而沿着原路往回走。我记得她是崇基书院的，住文质堂。

---

1 多少钱，我给你。粤语。

6

　9月底，小龙趁剑桥首学期末正式开始，去了一趟冰岛。话说上星期她买了份 *The Sunday Times*，打开副刊一看，立即被一个大蓝湖的画面吸引，广告大字标题："如果你周末想找个地方走走，去冰岛没有更好的时候。"冰岛跟英国很近，航程只需两个多小时。机票只需一百四十镑，旅馆二十镑一晚，四天旅程不用港币三千元。当地气温摄氏五至九度，未算太冷，只是日照甚短，约四小时，可以看风景的时间不长。她住在首都雷克雅未克，参加去黄金环的单日旅行团，看了喷泉和瀑布。一天去了蓝湖温泉，传回来浸在一片雾气的泉水里、脸上敷满白泥的自拍照。其余时间在市内参观，看了冰岛古代文学 Sagas 的博物馆，是用古诺斯语写成的维京人英雄史诗，最早的上溯到公元 9、10 世纪。至于吃方面，冰岛菜种类不算多，不外是羊和鱼。小龙最爱吃的是羊肉汤，和一种类似乳酪其实是软芝士的 Skyr。

现在剑桥是她的家，她每离开剑桥，我便有点紧张，想知道她的行踪。幸好有手机上网这样的东西，一天至少有一两个时间，可以收到她的讯息。收到照片就最佳，但就算只是只言片语，心里也感满足。很多时，甚至只是看到她最近的上线时间，知道她曾经安在某处，也可聊以自慰。

我不期然又记起，在自己的少年时代，那位一直维持着"知己"关系的女孩，在剑桥留学的首年，我们是如何靠邮寄书信保持联络。我们都是天主教徒，在联校宗教活动上认识。非常虔诚的 W 认为，青年男女之间应该保持纯洁的关系，恋爱也不宜太早，所以我和她虽然互相吸引，坦率交心，但始终未有逾越界线，发展成男女朋友。W 是名女校理科高才生，高级程度会考以全港接近最高成绩，考取了往剑桥留学的奖学金。这在女生只擅长文科，而理科全为男生天下的 80 年代，是极其罕有的事情。到了今天，女生无论在文在理都全面超越男生，又是完全不同的时代了。

就算已经开始拍拖，一方留学也肯定会对彼此的感情判处"死刑"，更何况我和 W 本来就"无名无分"，连"赴死"的悲壮也沾不上边。我只是一厢情愿地，抱着能挨过分别三年的考验的幻想不放，奢望反地心引力的奇迹出现，令我和她在天各一方的情况下，情感反而能与日俱增，达至超越肉体的纯精神上的爱。也许，我们共同的信仰令我产生这样的假象。我几乎隔天便给 W 写信，穷尽我有限的写作技巧，以经过升华和净化的语言，去包装内心炽热的欲望；并且挖空心思、绞尽脑汁，从我枯燥乏味、狭隘平庸的生活中，提炼出讲之不尽的话题。我并没有想到，我细语绵绵的文艺腔对理科头脑的她未必发生作用，甚至会显得矫揉造作。至于打长途电话，在那个时代不但是一个穷少年所无法负担，更因为时地的限制而十分不便。在试过多次打去她宿舍而扑空之后，我便放弃了。W 的回信，由最初的充满着跟我分享各种新奇经验的兴奋，渐渐地变得事务化，而长度和间距，则成反比例的变化，前者越短而后者越长了。

当 W 谈及在那边结交到的新朋友，见识到的新事物，我就会禁不住感到自惭形秽。当她写到跟男同学们假期去欧洲旅行，我更惊讶地发现，自己的心里第一次产生强烈的妒意。我不得不承认，我已经无可救药地爱上了她，但也不得不承认，这段想象的爱情在开始之前，已经被压灭于萌芽。我为了一场无望的爱，荒废了整年的学业。第二年暑假，W 带着同样是香港留学生的同系男友回来，还相约一起吃饭，介绍我们认识。那是年少的我，第一次尝到何谓痛苦的煎熬。我已经不记得自己当场表现如何了。也许我很得体地作为 W 的"知己"认可了她的男友，又或者很失礼地对那位"情敌"冷眼相待，甚至出言冒犯。总之，在这之后，我没有再写信给 W，也没有再跟她见面。我也不知道，这件事对我的信仰有没有影响。唯一值得庆幸的是，没有人祭出什么"神的旨意"作为理由。我发愤读书，本科毕业时拿了个一级荣誉。

在今天看来，当年的所谓痛苦，都变得无关痛痒了。小龙早就知道这件事。她到了剑桥不久，还问我当年 W 就读的是哪间书院。我张开嘴巴，却说不出来。苦苦想了很久，还是记不起来。但是，这可是当年我在信封上写过超过一百次的地址啊！小龙把一张印有所有书院院徽和名称的明信片，用手机拍下来传给我。我看来看去，也没法确定，究竟是哪一间。有时字形像这一间，有时发音又像那一间。小龙对我的失忆感到不可思议，我自己也非常愕然。记忆和情感，原来是这么脆弱的东西。我的个人 Saga，不到三十年就变成断简残编。

也许，我应该趁还记得的时候，写下来。但是，写下来的就可以信赖吗？那些充满荣耀和血腥的 Sagas，不其实都是虚构的神话故事吗？

既然如此，就让我根据记忆的残迹，再编写另一个故事。

事情其实并不是就此完结的，只是以另一种形式发展下去。W有一个中学旧同学 S，念文科的，跟我一样，中六的时候以暂取生的资格考进中文大学。我跟 S 算是认识，但不熟，她和 W 也不算密友。初时在校园碰见，她也会问我 W 的消息，好像已经当我们是一对。而我也大方回答，毫无避忌。后来经历了那终极的破灭，再碰见 S 的时候，觉得有必要把事情搞清楚，便问她可有空坐下来聊几句。

我们在众志堂外面的露天座位上，喝着过甜的热奶茶，吃着油腻的西多士，听着路旁芒果树上的噪鸦的刺耳叫声。我几乎要提高声线说，我和 W 从来都只是普通朋友。S 听了有点惊讶，也为自己的误会而有点尴尬。我本来只是想说到这里，但是，也不知是 S 的充满同情的眼神，还是我憋在心里太久的郁结，令我竟然忍不住越说越深入。我把自己自作多情的单恋，持续一年的痴情书信，以及见到 W 和其他男生的亲密关系的妒忌和痛苦，都一一向她倾诉。作为一个对西方浪漫主义文学略有认识的英文系女生，S 大概对我这个"少年维特"模仿者产生怜惜，为了防止我的"烦恼"演变成更偏激的行动，而以温柔的抚慰者的语气，劝勉我要化悲愤为力量，过好我的人生，等待一个更适合我的对象出现。那一刻我突然想：那个对象，不就已经出现了吗？

我绝对不能说那是"爱屋及乌"，但是，S 和 W 的旧同学关系，的确是我对 S 产生奇妙的亲近感的原因。至少，在开始的时候是如此。S 和 W 属于完全不同的类型。W 较高大而 S 较小巧，W 肤色较深而 S 肤色较白，W 属于硬朗型而 S 属于柔软型。但是，我并不是说 S 的个性软弱，她只是常常陷于困惑，而不及 W 决断而已。W 理智而清醒，知道自己要的是什么，S 却常常在梦游之中，误打误撞地寻找方向。但是，在我行我素方面，两人不相伯仲。

在往后的日子，总是 S 主动找我的。虽然她念的是英文系，对于她所读的外国文学，我完全是门外汉，但是，她却常常找我讨论功课。也许，她认为我是个思考型的人，而且文学根底不浅，所以对于文学上的一些普遍性问题，可以助她解难。拜她所赐，我居然开始对西方文学的内容和方法略知一二。而我引作比附的中国文学例子，往往令她向我流露出倾倒的眼神。不经不觉间，我曾经崩溃的自信慢慢得以修复。

S 甚至连生活上的事情也向我请教，例如人际关系或者家庭问题，而跟她同样缺乏经验的我，便装作智者一样给她一些似是而非的意见。她从没有提及男女情感。据我的观察，除了一般的男性朋友，她没有亲密的伴侣。经过上次的经验，我决定单刀直入，不再含糊。可是，在我有机会发动攻势之前，她向我披露，她下学年去意大利做交换生的想法。虽然她以征求意见的方式向我提出，但我看出其实她心意已决。我得再次面对这种悬荡半空的处境——

感情未经确认便分隔两地。但有一点我是肯定的——跟上次一样，我在她的心目中未有足够的分量，去左右她留学外国的决定。S跟W一样，都是自由自主的女生。我学懂了不抱怨，但心中难免失落。

很少人会在本科第四年才去当交换生的。这意味着她对前途犹豫未决，想延迟毕业所要面对的选择。我决心不让历史重演，在内心深处对S的感情的周围，建起坚固的隔离网，在意识的表层，只当她一个普通朋友看待。整整一年间，我们只互相交换了几封信。大部分时间，我全情投入功课和毕业论文的写作中。时间比我想象中轻松地过去。我庆幸自己变得成熟，不再是那个幼稚滥情的小子。到了期终考试完结，连硕士班的取录试也顺利通过，我终于松一口气，心里却忽然冒起一个念头。

我买了张机票，去意大利找S。这是我人生中第一次远行，也是第一次坐飞机。（跟今天的孩子还在襁褓里已经被父母带去外地旅游不同，在7、80年代成长的我们，因为经济条件的匮乏，在二十岁之前几乎没有出国经验。）我用尽了几年来当补习老师和做兼职的积蓄，感觉就像来一次豪赌一样，既紧张又痛快。S早就表示过，暑假想留在那边，再修一个短期课程。我把这理解为另一个延缓策略。我装作在我的毕业欧游旅程中，顺道去探望她。我的第一站是罗马，然后去她所在的佩鲁贾，接着去佛罗伦斯[1]、威尼斯，再北上法国和其他国家。我初步预计在佩鲁贾逗留三天，在住的地

---

1 佛罗伦萨（Firenze）。后有香港惯用译名与现行通用译名有细微区别，不影响读者理解者，不一一标注。

方借宿。如果有"进展"的话，时间随时可以延长。

佩鲁贾是个山城，从火车站坐巴士蜿蜒而上，道路渐变狭窄，建筑渐变古朴。S给我当导游，带我参观了大学、古城和教堂，但我觉得最迷人的，那些老旧的横街窄巷，基本上就是几百年前的面貌。而想到S过去一年，就是生活在这样丰厚的历史文化氛围之中，心里不禁神往，也更加添了她的个人魅力。在那里，我第一次喝到意大利浓缩咖啡，而且知道原来站着喝和坐着喝是两个价钱。（售卖即磨咖啡的大型连锁店当年还未在香港兴起，那时香港人只懂喝港式奶茶和鸳鸯。）又第一次知道，原来正宗的意大利薄饼只有茄酱和芝士，没有其他配料。

S又花了一天，陪我到附近的古城阿西西。从佩鲁贾过去，坐火车只需个多小时。阿西西比佩鲁贾更小，更古老。这是方济各会的发源地，修士们穿深棕色道袍，腰缠白绳，在路上随处可见。店里贩卖很多修士胡作妄为、饮酒作乐的小人儿纪念品。山顶是著名的圣方济各宗座圣殿，布局呈十字形的 basilica。殿内墙上有极为珍贵的文艺复兴开创者 Giotto 所绘画的圣方济各生平壁画。

意大利的七月天非常炎热干燥。S是个怕热的人，头戴阔边草帽，一边走一边用毛巾抹汗。小小的个子，红红的脸，晒得像古铜般的南欧肤色。说话时照样常常皱眉，好像很烦恼的样子，但因为强烈的对比，笑的时候却格外灿烂。又有一种情形，就是哭笑不得，却不含任何嘲讽，而更近于对人生大小事情的无奈。无奈的她，却又偏偏要留在意大利，忍受着酷热，流满身的汗。我一直挂着新买的装有至毫米变焦镜头的专业自动照相机（这次旅行的另一大手笔投资），拍下富有异国情调的小镇风光，却一直没有拍S。到了山顶，我才提出，给她拍一张，也请她给我拍一张，但却没有一起合拍。我想说，那是还未出现手机自拍的时代，但是，那不是真正的理由。也许我是刻意不留下任何影像的印记。

S住的房间位于一幢三层高楼房的地面，一边倾斜的天花板是从街上通往二楼的楼梯的底部。梁柱都用粗糙的石砖砌成，跟墙壁构成不太规则的几何关系，直线和弧线连在一起有点歪斜，好像是长年地壳变动的结果。房间虽然简陋，但收拾得十分整洁。看见晾挂在绳子上的衣物，有一种入侵别人私密之感。S睡在里面的一间由柜子区隔而成的小房间里，在所谓的大厅则放了张借来的折合床，作为我的卧榻。如此这般睡了两晚，相安无事。

在离开之前的一天，S在大学有手续要办，不能陪我去玩。她原来已经决定了，把学籍从中文大学转过来，也即是正式入读佩大。她将会在这里多念两年，学好意大利文。我没有问她学意大利文有什么用。我只知道，她是暂时不打算回港的了。不知为何，对这样的决定，我一点也不惊讶，甚至没有感伤。我独自在旧城区漫无目的地逛来逛去，突然就决定再去一遍阿西西。之前一天，在那里的一间店子看中一个手造皮包，红棕色，长方形，颇为轻巧，够放两本书的大小。她照样皱着眉，挂着迟疑的神色，结果还是不舍得买。

那天晚上，我把皮包送给S。她惊讶地说：你为这个特意再跑去Assisi吗？为什么这样做呢？老实说，我也不知道。应该说，我除了这样做，也不知可以做些什么了。我也不记得，S当时的神情，究竟是由笑变哭，还是由哭变笑，或者是又哭又笑。当然，也可能既没有哭，也没有笑，只是一脸烦恼而已。

第二天早上，她挂着那个皮包，送我到火车站。她站在月台，戴着草帽，手里捏着毛巾，一边拭着脸颊的汗水，一边以那苦中带乐或者乐中带苦的神情，和我挥手道别。我只记得，她戴那个皮包很好看。我一个人继续余下的行程。事实上，行程才刚刚开始呢！那两张在阿西西山顶拍的照片，一张成为了我这个旅程中唯一有自己在里面的照片，一张则成为了我拥有的 S 的唯一照片。之后我和 S 通过几次信，大概不到一年半，便失去彼此的消息。S 的照片，也不知掉到哪里去了。

在 W 和 S 之后，我也曾有过其他可能的对象。毕竟在大学研究院，女生不缺，在助教之间，彼此走在一起的也不在少数。不过，不知是性格的使然，还是命运的播弄，又或者，所谓命运其实就是性格的显化，我和女性之间，老是重复着这种似有若无的关系，而结果总是无疾而终。直至，小龙的出现。

我至今还无法解释，为什么我和小龙的交往会跟之前的多段男女关系截然不同。我就像完全变了另一个人一样，不再犹豫不决，裹足不前。几乎从一开始，我就认定了她是我要寻找的另一半。而她也有相同的想法。我们几乎不用任何考虑，便结成了夫妻。人们常说，"婚姻是恋爱的坟墓"，我们却相反，结婚是我们恋爱的开始。

7

　　剑桥开学在即，小龙趁学院开放日，四处参观。那边的学院制非常严格，俨如不同的山头，内部一般不向外人开放。小龙说，在剑桥，学院的权力和财力远远比学系强大。学系就像被看不起的破落户，学院则是教人仰视的高门大宅。学院之间，当然也分为贵族和平民。她所属的 Wolfson 就是一间位处校园一隅的不太起眼的新进学院，跟那些拥有数百年历史的老大哥，好像 King's、Queens、Trinity、Jesus 之类的，论气派和论实力也难以比拼。小龙早前在 P 的学术推荐人 S 教授的邀请下，跟她们吃了一顿午饭，已经见识过圣三一学院的餐厅和高级教员宿舍。今次开放日，她便尽量多走几个平日去不到的地方。

　　小龙特别提到，在英皇学院见到徐志摩 1922 年的入学记录。遥想起那位风度翩翩的公子，在接近一个世纪之前来到同一个地方，写下了中国现代诗中虽然远非最杰出、但却肯定是最为人所传诵的名篇。他当时看到的康桥风景，跟今天相比，极可能有七八分相同，但他经历的世情，在今日又有多少人能体会呢？另外，小龙又在大学图书馆看了牛顿的手稿。那些完全看不懂的数式和拉丁文，就如足以改变世界的神秘密码。到了 20 世纪，量子力学又是另一场革命。而进入 21 世纪的今天，在数码科技的极速发展中，人类又会经历怎样的演化？在剑桥，小龙开始思考一些她从前不太触及的课题。那大概就是一间真正的高等学府所能带给人的影响吧。

反观我所属的大学，近年汲汲于追逐世界上更高的排名，而采取了种种看似进取实则无效的手段，其严苛的要求，不但有损教员的士气，甚至妨碍了真正的学术研究。校方以为，引入商业管理的逻辑和方法，会令大学成为一个更具生产力的机构。于是，一切便以资源作为本位——符合要求的，资助额将会提高，而不及格的，则会被削减。表面看是一个公平的赏罚制度，但其实只是以金钱作为威胁，迫使学系提交所谓优秀表现的量化数据，以证明大学的整体水准有所提升。不但个别教员要面对五花八门的评估，连学系本身也受到严厉的监督，经由资源紧缩向教员施压。每次的系务会都成为坏消息的公布会，看着系主任像个疲于跑业绩的经理，一脸苦恼和无奈地敦促他的下属，定必要在各项指数上达标。

那天早上，我代表学系参加了学校管理层的新资助准则发布会。对于将会听到怎样震撼性的政策，我早已做好心理准备。果然，我们的高层领导又抛出了令人大开眼界的新主意。在以后的学系研究水平评估中，将要加入一个新的"社会影响因素"。学系必须专注开发对社会具有实际影响力的项目，并且总结这些项目的成果，定期向大学提交报告。举例说，某环境研究项目，在政府的决策或者立法会的辩论中获得引用，会被视为具有"社会影响"。我苦苦思索，我们中文系如何在这个因素底下得分，例如本地文学研究如何促进香港旅游业，或者粤音研究有助于省港澳经贸大融合之类的。

也许因为我最近身体欠佳，早已处于精神低谷的关系，新消息对我的情绪影响不大。我有点漠然地听着，好像事不关己的样子，连过往嘴角不期然流露出的嘲讽笑意也欠奉。我只想会议早点结束。不知怎的，心里却一直浮现我没有去过的剑桥大学的风景，以及徐志摩潇洒的身影。如果徐志摩来到中大任教，大概就不会"轻轻地走了"，而是发着少爷脾气跺着脚离开的吧。容不下一个贵族（就算只是精神上的），大概就是我们的大学教育平民化、普及化和实用化的成功指标吧。徐志摩们毕竟是旧时代的人物，除了适合拍成电视剧供大众消费，"社会影响因素"甚低。

会议结束，我拖着像是全身被鞭挞一顿的步伐，去找地方吃午饭。听说游泳池畔开了一间素食餐厅，我一直没有试过。还未内进，远远地望过去，见到餐厅人影疏落，门可罗雀，便知道生意如何。不过，这正合我意。我就是不太愿意在吃饭的时候碰到熟人，被逼聊天。

墙上的餐牌罗列出午餐的选择，名目不是很奇怪，就是很普通。我选了很普通的三菇素面。收银台的阿姐，建议我饮黑麦汁，德国入口的，很有营养。我没有问是什么营养，就点了，反正价钱不贵。拿了食物，找座位，因为食客零落，任君选择。我选了张玻璃窗前的桌子，嫌冷气有点太强，想晒晒太阳。那瓶黑麦汁外型像啤酒，原产地的确是德国，进口地却是台湾，招纸上全都是中文字。喝了一口，像没酒精的啤酒，感觉有点没劲。

9月底的天气依然炎热，游泳池里只有一个穿紫红色泳衣的女生在游着蛙泳。虽然身形完全不像，但我却想起年轻时的妻子。我禁不住低声说：这日子，池水已经开始变冷了吧！抬头一望，一个捧着餐盘的男子，半弯着腰，正要在隔邻的桌子坐下来，眯着的眼睛却望向游泳池，好像听到我刚才的自语。我有点不好意思，低下头来吃面。随即又察觉，男人好像是外国人，应该听不懂我的说话。我忍不住往旁边偷望，以作确认。

的确，男人是外国人，但很难看出他是什么种族，更莫说国籍。只隐约辨出瘦削、光头、高鼻子、深眼窝和深肤色等几个特征。上唇和下巴刮得跟脑袋一样光滑。肩膀不算宽阔，腰板却挺得很直，平坦的腹部令人羡慕。年纪不大，肯定比我小一点，衣着斯文光鲜。上身一件天蓝色长袖衬衫，下身一条咖啡色贴身西裤。衬衫袖子整齐地折起了两下，下襟放在外面，有不拘一格的感觉。说是研究生似乎太成熟，但说是教授却又太年轻。他的手指修长，优雅地拿着叉子，吃着一碗淡粉红色的状似雪耳的滑溜溜的东西。那比例上有点大，有着完美圆形的光秃脑壳，跟那棱角分明的瘦脸合在一起，感觉有如电影里的外星人，跟那奇怪的食物也十分相配。我不经不觉间，看得有点过了头，对方冷不防抬起头来，目光正好跟我相碰。那人的眼角露出友善的笑意，我却有点尴尬地点了点头，连忙回到我那碗淡而无味的三菇素面上去。我听见有人说：

你也是素食者吗？

我有点奇怪地抬头，望了望四周。除了邻桌那个外籍（外星？）男人，附近没有其他客人。那么，说话的便应该是他了吧。果然，男人以等待答案的神情望着我，我有点心虚地说：

不，只是好奇来试试。

他理解地点了点头，也望了望四周，说：

似乎，大学里的素食者还是少数。

社会上，普遍来说也是吧。我无意义地引申说。

男人有点无奈的样子，温和地微笑了一下。我觉得就这样切断谈话似乎很不礼貌，便随意地问了句：

你吃的是什么？

哦，这个吗？是珊瑚藻。那位收银阿姨是这样说的。我也是第一次吃，味道不错。

你真是勇于尝试新事物啊！

要不要试一点？

男人大方地向我示意。我客气地婉拒了。为免被误会为嫌弃或者排外，我恭维说：

你的广东话很好呢！

我是香港人。我的意思是，我是在香港长大的。

那就是香港人嘛！

男人意会地笑了笑，好像对本地政治也有点认识。果然，他把话题接下去，说：

刚刚过去的立法会选举的那些后生仔，好像成绩不错，从一些前辈手上夺取了好些议席啊。

对呀！这些你都留意到……

　　我也不太了解。看来就是一些新的运算式出来，把旧的运算式取代，这样的一回事吧！

　　我不太明白他的意思，但又不好意思追问。又或者是我对于政治话题感到抗拒，便回到原点，问道：

　　你是佛教徒吗？

　　他连大笑也特别温柔，好像害怕失礼似的，有点女性化地用手掩着嘴巴。事实上，他的声线本身便是近于阴柔的，就像是用喉咙的顶部而不是底部发声。我想象他穿着白袍，在歌咏团里用假声唱圣诗的样子。但是，转念又觉得不伦不类。他看起来其实像个僧人，年轻版的释迦牟尼。我当然不知道释迦牟尼是什么长相的（而且他成佛的时候其实还相当年轻），但是男人给我富有智慧和慈悲的感觉。他张着那些修长的手指，以加强解释的力度，说：

　　也不能说是正式的佛教徒。不过，我对禅修倒有点兴趣。

　　你懂禅修？

　　佛陀可以说是世界上第一个脑神经科学家吧！

　　我对于这说法感到奇怪，问道：

　　你是搞医学方面的吗？

　　很难这样界定。

　　生物学？

　　……有点相似，但也不完全是……跟工程、电脑科学也有关系。应该说是，跨科际的领域吧。

　　他支吾地说，也许是程度上太高阶，怎么解释我这个门外汉也听不懂吧。

　　那么，你在哪个学系教书？

我不用教书，专注做研究。

是吗？太幸福了！

经历过早上的会议，我不期然发出强烈的感叹。接着，便像个受尽委屈的怨妇一样，向眼前的人生幸运儿倾吐憋闷在心底的牢骚。而对方就像活在深宫里的悉达多王子一样，以震惊而同情的眼神，听着闻所未闻的民间疾苦。

原来情况是这样的吗？我倒不知道。我们的运作是独立的，不受资助委员会的限制。

有这样的事情吗？简直是天堂一样啊！

说是天堂，也差不多。应该说，我们是天堂的缔造者。

他说这句话的时候，眼睛发出奇异的光芒，就像有着狂热信仰的圣徒，神情跟先前的温和完全两样。我一向对一切狂热都敬而远之，无论是宗教的还是政治的。狂热的极致必然是暴力。我觉得跟这个陌生人说得太多了，胸口也同时间感到紧束起来。

我的面还剩下半碗，男人的不知是珊瑚还是藻类却吃得干干净净。意会到应该告别，我们几乎是同时站起来，互相轻轻地握了握手。没有交换名片，也没有说自己的姓名。萍水相逢，大概以后也不会再见吧。我们从不同的门口离开餐厅。

奇怪的是，之后整天，我都在想着男人的面容，以及那从佛陀到恐怖分子的急剧转变。也许，是我自己的偏见或妄想症作祟吧。但是，那有点像机械装置的脑壳，却仿佛藏着什么重大秘密似的。我记起男人所说的：运算式。

8

大蛇：

　　学期开始之后，生活节奏跟之前又有了许多改变。原本打算到这边着手的工作，到现在还未有头绪，看来暂时要让路给学院生活的种种新体验了。

　　上星期第一次去学院的 Formal Hall，认识了好些有趣的新朋友。其中一个是早前跟你提过的念医科的 C 君，三十五岁，比我年轻，但从未做过医生，而是从事医学研究。他现在专注的领域是脑神经病变。他提到霍金的例子，说像他这样患了运动神经元疾病的人，发病之后存活时间平均是三年，但霍金自从二十一岁发病，到今天已经五十多年，可谓奇迹中的奇迹。究竟是什么令他的病情停止在某一阶段，而不恶化下去（虽然已是相当迟的阶段），是个值得探究的问题，说不定可以找到阻止病情发展的方法。他向我解释了

MND（Motor Neuron Disease）、ALS（Amyotrophic Lateral Sclerosis）、Multiple Sclerosis 和一种叫作 Myasthenia Gravis 的肌肉无力症的分别。这几个病，病征表面上十分相似，结果导致全身肌肉瘫痪而死亡，也是一样的。其中英国叫 MND 的，美国却叫 ALS，两者其实是同一个病，病理却跟 MS 不同，但三者也属脑或脊髓神经病变，而 MG 却由于免疫系统病变，产生出一种攻击自身肌肉的抗体……其实，我都是刚上网查了名称，才能写下来的。

去 Formal Hall 的好处，就是可以跟不同学科的专门学者接触，扩阔自己的眼光。（当然，东西好吃，也是吸引我出席的重要原因。）来到这里才发现，我虽然一直是个爱读书的人，但阅读兴趣实在太狭窄了。别说是科学，就算是哲学、历史和社会科学，知识也相当贫乏。所以，这个学期，我打算选两三门有关的一年级入门科目去旁听。

另外就是多交朋友。Wolfson 的特点是学者来自五湖四海，又没有架子，大家都很 friendly。Formal Hall 规定每次都要更换座位，让大家多点机会跟不同背景的人交谈。晚餐后半有个拿着酒杯吃颗朱古力的小休，目的当然又是聊天。还有全程禁止使用手机。所以，几乎就是整晚聊个不停。聊的也不一定是严肃的话题，也有生活上的各种琐碎。不知是谁说过，gossiping 其实是人类之所以能组织社会，共同行动，成为最强大的物种的其中一个主因。这对喜欢聊八卦的人来说，应该是个鼓舞吧！（想不到自己的一张嘴也对人类演化有贡献呢！）

我又扯远了。我想说的原本是 C 君。此人真是令人见识到什么叫作"教养"。我不是说什么纯正英国口音那样的东西，而是那种说话的温文风度，丰富的知识和讲究的品味。当然，你知道，绝对不是什么 snobbish 的、造作的、自以为是的态度，而完全是自然流露。他虽然是念医科的，但在成长的教育中，家庭似乎特别着重文化的培养，加上自身的性情和兴趣，成为了一个特别全面的人。他的父亲是意大利人（从他的姓氏可以看到），母亲是英国人。在英国出生和成长，但对自己的意大利血统也念念不忘。如我所料，他最喜欢的意大利电影导演是维斯康提。（大概是遗传了那种贵族气息吧。）文学方面，品味却倾向古典，喜欢但丁，对卡尔维诺却不觉如何。他的艺术兴趣，主要是在古典音乐和芭蕾舞。当我说：《天鹅湖》《胡桃夹子》《睡美人》之类的，不是给小朋友看的吗？便立即给他取笑说：在音乐上，那都是经典中的经典，重点是演绎和舞蹈水准的高低。于是连带钟爱柴可夫斯基，不断盛赞这位俄国作曲家的歌剧《奥涅金》和《第六交响曲》是不世的杰作。至于同是著名芭蕾舞曲的史特拉汶斯基的《春之祭》，他却有点敬而远之。我听着也只有唯唯诺诺了。

最令我意外的，是这位年轻男人有一个比他年长二十年的女朋友。是的，是真正的女朋友，不用引号的。他说的是亲切的"girlfriend"，不是冷冰冰的"female partner"。可见他为人单纯的一面。那位女友的来头也不小，是个哲学教授，法国人，在巴黎大学教书。两人四年前在一个跨科际的国际研讨会上认识，"一见钟情"。（他的用语是"love at first sight"，多么的纯情！）每年只有长假期才能共聚，会一起去长途旅行。我不好意思问两人之间是不是Platonic relationship。他给我看过对方的照片，留着一头爽朗的灰色短发，有着锐利的轮廓的五十几岁知识型女性。当然，用法语跟对方沟通，对懂得多种语言的 C 来说不是问题。这样的组合，也算是令我开了眼界。对人际关系的宽阔度，也加深了了解。跟 C 君聊了那么多，也不只在一顿 Formal Hall 当中，因为期间还得同时应付几个邻座的谈话对手。实情是大家感觉投契，后来又相约吃了顿午饭，情报才深入到那样的程度。有关此君的新资料，将来再向你报告吧。

另一个很开心可以聊到的，是跟榛子表妹讨论 Julian Barnes 的 *The Sense of an Ending*。虽然你未看过这本小说，但相信你也不会看的了，所以不妨在这里谈谈我对它的结局的看法。（它本身就是一本关于 ending 的书啊！）你记得 Barnes 吗？我们去欧洲度蜜月的时候，我一直在火车上看着的，就是他的一本早期小说 *Talking It Over*，讲两男一女的三角关系，由三个人轮流讲述故事，有点《祖与占》的风味的。其中一个男主角，给自己的好朋友抢走了新婚的妻子。似乎不是一本适合在蜜月旅行中看的书吧！我记得书好像是在布拉格的一间英文书店买的。当时我也不太认识这个作者，只听过他的成名作《福楼拜的鹦鹉》。

The Sense of an Ending 是 2011 年 Man Booker Prize 的获奖作品，但书薄薄的，很容易看，不像什么重头之作。开头除了写得很 witty，遣词造句十分精准巧妙，以及描写主角们 60 年代的成长经历，令人有缅怀青春的感觉，似乎看不出有什么特别震撼的地方。是那种生活感丰富，但格局狭小的书。不过，他的语言就是有一种魔力，吸引你一直看下去。

好吧，来个简单的剧透吧。主角兼叙述者叫作 Tony，高中时跟插班生 Adrian 成为好友。（他们的小圈子还有另外两个男孩，暂且略去。）男生们的成长经历，就是那种充满躁动的知性和动物性的身心激变吧。Tony 大学入了 Bristol 念历史，而成绩优异的 Adrian 入了剑桥，念哲学。Tony 在大学里交了人生中第一个女朋友 Veronica，一个我们可以说是性格比较"倔"的女生，说话很直，有时不留情面。Tony 有点不够自信，自觉是个平庸的人，所以很在意女友对自己的评价，例如在阅读和音乐品味上。（BTW，V 对于 T 喜欢听柴可夫斯基，似乎有点不屑。）

后来双方的感情发展到，V 带 T 回家见自己的家人。在 V 家度过的那个周末，成为了 T 人生中的噩梦。其实也没有真的发生什么难堪的事，但他老觉得人家看不起他（因为 V 家境较好，但也未算富贵）。有点古怪的是，离开当天的早上，其他家人都出去了，只剩下 Tony 和 V 的妈妈在家。那位母亲在厨房煎蛋给 T 吃，态度表现得有点随便，甚至挑逗。但是，就是这样而已。

T 觉得和 V 之间的最大问题，就是 V 一直不肯跟自己做爱，极其量也只是穿着衣服亲热。后来 T 把这理解为 V 有意玩弄他。终于，两人便分了手。可是，在分手之后，有一晚大家在酒吧遇上，竟然又回到宿舍发生关系。V 事前小心熟练地给 T 戴上安全套，却令 T 加倍怀疑，V 其实是个性经验丰富的女生，只是一直在耍他而已。可想而知，这次事件只带来更决绝的分别。

接着的剧情似乎有点意料之内——Veronica 和 Tony 的好友 Adrian 恋上了。T 心里当然不好受。在他心目中，A 是个有才学但不懂世事的书呆子，注定给 V 玩弄于股掌之上。这也加深了他对 V 的憎恨。不过，他装作没关系的样子。毕业后他去了美国四处流浪，一整年后才回英。怎料一回家，就接到老友 Adrian 自杀而死的消息。他虽然悲痛和震惊，但也自以为有先见之明，知道又是 V 那臭婆娘做的好事。

　　然后，故事很快便简述了 T 出来工作，结婚，生女儿，然后离婚，退休的过程。这些就略去不说了。总之就是，T 过了一段最普通不过的人生，安安稳稳，不过不失。他跟前妻保持友好关系，跟女儿也算是融洽。在这个安享晚年的时候，他收到一封律师信，内容说一位刚过身的女士，留给他一件遗物和五百英镑现金。这位女士，原来就是当年有过一面之缘的 Veronica 的母亲。问题是，她有什么留给 Tony，又为什么给他不多不少的五百英镑？T 在一头雾水之余，又发现那件"遗物"原来落在 Veronica 手中，而她死也不肯把它交出来。于是，在四十多年后，T 又要跟 V 发生一番令他极度不快的纠缠。到了这里，小说才进入戏肉。之前的都只是铺排。作者巧妙地运用不动声色的方法，布置了一个谜团——当年究竟发生了什么事？ Adrian 为什么自杀而死？ Veronica 的母亲又跟这一切有何关系？

　　Tony 决意向 Veronica 追讨理应属于他的"遗物"的过程，有许多精彩之处，见尽二人的个性差异和情感纠结。虽然 V 对 T 的憎恶和冷漠无情，令她显得十分讨厌（榛子表妹就表示很想揍她一顿），但是，她的负面形象多少是由于 T 对她的个人观感所致。而 T 一直表现的自以为是和自欺欺人，也许才是小说的重点。总之，V 首先交出了一封信的影印本。那是当年 V 和 A 相恋后，T 写给他们的一封充满恶意和侮辱的信，而 T 竟然对这封信的内容忘得一干二净！对于当年的恶毒诅咒，连他自己重读也感到震惊和不堪。不过，揭示并不到此为止。后来，在 T 的穷追猛打之下，V 又交出了

A 的最后日记其中一页的影印本。（这本日记就是所谓的"遗物"，据 V 所说后来已经给她烧毁。）在这页日记上，A 以逻辑分析哲学的方式，以英文代号和数学符号来思考人生的际遇，最后得出的两条算式，代表了涉事的所有人等的关系，以及事情发展的两个可能性。当然，T 还是看得莫名其妙。

关键的时刻终于来到，V 再一次应约跟 T 见面，但却开车带他去到伦敦外围的小社区，让他跟五名智障院舍的中年男性院友碰面。其中一人亲昵地称呼 V 的名字。可是，T 还是不明白。V 只是愤怒地驱车而去，不肯再多加解释。事后，T 以为自己已经找到答案——那智障男子的长相和身材，跟当年的 Adrian 十分相似。那么，他一定是 Adrian 和 Veronica 的儿子。而 A 因为无法面对跟 V 未婚怀下的新生儿，而选择自我了断。T 为此发现，向 V 写了封充满同情的慰问电邮，但却再次惹来了 V 的怒骂。最后，T 自行探访那个社区，终于再遇到那群智障人士，并且在照顾他们的社工口中，得知那人不是 V 的儿子，而是她的弟弟。那么，A 的儿子的母亲，就是 V 的母亲了！小说就在这个令人震惊的揭示结束。

我似乎说得很长了！小说的许多手法，例如象征的运用，就没法在这里细说。我想回头谈谈书名。这个书名来自著名文学批评家 Frank Kermode 的一本同名论著。Barnes 这样做，肯定有向前人致敬的意思。最耐人寻味的是当中的 sense 字。Ending 到了最终，并不是一件 factual 的事，而只是一个 sense，一种无法具体说明和把握的"感觉"或"意味"。而"感觉"或"意味"，则肯定是主观，而非客观的了。所以，小说的最后结论，也可能并不是事情的真相，而只是 Tony 所"感觉"或"意会"到的东西而已。而这"感觉"，完全建基于不可信任的记忆。小说持续不断地质疑记忆的可靠性。在高中上历史课时的一场讨论，更摆明车马谈论何为"历史"，而在同学之间得出"胜利者的谎言"和"失败者的自我欺骗"的相反看法，又或者是 Adrian 所说的："History is that certainty produced at the point where the imperfections of memory meet the inadequacies of documentation."作为一个高中生（就算是高材生）的判断，这说法未免过于睿智了。我宁可认为，这是作者自己的得意说法。事实上，这不就是整部小说的主题吗？那 documentation 的不足，不就是后来 T 面对的零碎影印资料，而 memory 的不完美，就更加不用说了。其结果，就是所谓的"历史"，也即是自身的生命故事。

不过，我最想说的其实是——唉！我知道你一定要叹气的了——在跟榛子表妹的讨论中，我提出了我的大胆假设。那就是，其实那个已成中年人的智障儿子，是 Veronica 的母亲跟 Tony 所生的！（这就是 V 为何一直那么生气，为何一直说 T "你就是不明白"的原因吧。）那个早上在厨房弄早餐的回忆，其实被 Tony 不自觉地修改或者压抑了。V 的母亲引诱了 T。两人发生了关系。对于像 T 一样不能被信赖的叙述者，对于这个连写过恶毒的信辱骂他的前女友和好朋友也可以彻底忘记的人，为什么不可能抹掉跟女友的母亲发生不伦关系这样的记忆呢？榛子表妹虽然觉得不可思议，但 T 又无法完全否定这个可能性。我想，作者就是想要这样的不能确定的结局，把"真相"留给读者去想象和重组。The sense can also be the reader's sense. 也许，你会觉得这其实是 nonsense 吧！

你知道我读小说最被迷惑而又最害怕的是什么吗？就是"原来"！就是"原来事情是这样的"这种感觉。可是，这小说一步一步地把你带到那个"原来",但又同时告诉你那个"原来"并不存在,或者无法确定,那不是比真的有一个"原来"更恐怖吗?"原来"不是"原来","结尾"也不是"结尾"。Ending 和 beginning 互相抵消了。最后剩下来的,就只是 sense,只是感觉,或意味。

我在想,我和你的共同人生的 ending,会有个怎样的 sense 呢?究竟是回味无穷,还是不堪回首呢?而这个 ending,又会在什么时候,以什么方式来到呢?

看来我应该收笔了。要不,这封信就会变成 never ending 了。

想你的

小龙

9

那天论文指导课后，庭音突然郑重地跟我说：

阿蛇，有空去看看阿声吗？

我并不积极地回答：

他想见我？

他几时会不想见你？是你不想见他吧！

被她这样反问，我连忙否认说：

我哪有？没有这样的事！

怎料这就上钩了。她随即说：

那就后天吧！六点，在大学站外面等。一言为定！

我没有推搪的余地。岸声搬进粉岭已经大半年，虽然跟我家不算很近，至少不是步行可达的距离，但毕竟是同区，而且我又有车子，不跟他见见面，实在是说不过去。

　　星期五没有课，但我照样回办公室，像愚公移山一样，处理那些永无止境的文书工作。看了看表，已是下午五点多，心里盘算了一下，终于还是忍不住提早收拾东西，开车去沙田一趟。

　　在新城市广场泊了车，去到 City Super 的面包店，买了一条法国包、一个五谷包和一个玄米包。这些都是小龙平时喜欢吃的面包。我常常在下班之后，特意开车过来给她买。现在她不在，我还是改不了这习惯，两天不到三天就跑过来。买回去一堆面包，一个人在家里吃着，通过那味道，感觉就像她在身边一样。

　　原本打算买完面包再回中大接庭音，怎料却在 LOG-ON 百货公司门口，跟她碰个正着。她手里拿着一本新买的印着红色狐狸图案的蓝底布面笔记簿。她一见是我，就大惊小怪地说：

　　阿蛇，你吓死人咩！

　　究竟谁吓谁呢？

　　她竟然还要无赖，说：

　　你不是跟踪我吧？

　　无聊！

　　我实在懒得理她。她见我手里拿着面包店的纸袋，便说：

　　你打算买面包去阿声家吃吗？

　　不，自己吃的。

　　阿蛇，独食难肥啊！

　　怪不得你那么瘦！

　　她一时回不了话，做出生气的样子。

　　我们到停车场拿了车子，就省掉回中大的时间，直接出发了。在车上，庭音借口帮我拿着面包，忍不住打开纸袋偷看，一副垂涎欲滴的样子，说：

可以吃一个吗？人家很肚饿啊！

虽然不愿意，但又不想显得小器，便唯有说：

随便吧。

我瞟了她一眼，见她一捡就捡了那个玄米包，随即津津有味地吃起来。我心里有气，便找话来嘲讽她：

买漂亮的笔记簿，并不代表论文会做得好啊！

笔记簿是买给阿声的，当是鼓励他一下。Cheer him up！

怎么啦？他的情绪真是那么低落吗？

庭音一边嚼着玄米包，一边说：

他已经把自己关起来很久了。一天到晚就只是上网。如果不是我常常去看他，真的会变成一个彻底的"宅男"。

看来，我比阿声更"宅"呢！

负负得正嘛——说笑的！你知道，他很重视你的看法，你去看他，他会很开心。

看来，这次我是带有任务在身。

别说得那么严肃，大家见见面，轻轻松松地聊聊，没什么的。

我耸了耸肩，专注于前面的路面情况。小虎这个人，脑袋里常常不知有什么鬼主意。

进入粉岭之后，我取道工业区，经过联和墟，沿着沙头角公路前进。听着庭音的指示，在某个路口转左。穿过蜿蜒狭窄的小路，约两三分钟的时间，来到一条村子前面。村子都是三层高的平房，大概是原居民的丁屋，部分单位出租给外人。地方虽然不能说是非常偏僻，但不开车的话，交通颇为不便。

你不觉得这里有点太僻静吗？如果是晚上的话，一个女孩子似乎不太安全。

不怕啦，阿声通常会陪我到路口的。

把车停在村前的空地，我跟在庭音后面，走进村里去。还未到七点，天色已暗，日间的余热却还未消散，空气中有秋天的干燥气味。前面的庭音还是穿 T 恤短裤，长长的头发散在肩上。我担心她这样子会给蚊子叮。果然，走到半路，她像是记起什么似的，停下来，从背包掏出一瓶驱蚊剂，在手脚上喷了一遍。她问我要不要，我表示不必。

村口有几条狗跑出来拦路，吠了几下，但见是庭音，便稍为收敛，大概是认得她，对我却投以怀疑和不友善的目光。我们继续深入，房子都很静，好像没有人住似的，没有预计中的电视节目或者孩子哭闹声。其实村子也只是一般的新界村子，但是，不知为什么，有一种荒凉的感觉，好像是一条外观保持完整，但其实已经被遗弃的废村。走在前面的庭音一直没有说话，双手间中在空中挥动，像是驱逐虫子。几乎去到村子的尽头，她才停下来。在最后一幢房子后面，是黑压压的一片山林。我看见一棵浓密的大榕树下，站着一个高大而瘦削的身影。一点星红的火光，在那人的嘴角闪动了一下，空气中散发出烟丝燃烧的味道。我抬头看了看那变得湛蓝如深海的天色。有黑色的小型飞行物，以神经质的动作，"之"字形在空中来回盘绕。我不禁说：

那是什么鸟呢？

树下那人说：

看它急促拍翼的方式，应该是蝙蝠吧！

女孩发出有点害怕的声音，说：

不是吧？

那点红光落在地上，被穿拖鞋的脚踩熄了。移步离开树底，那人的脸部变得比较清晰。那是比我记忆中瘦削和落寞的岸声。头发也比从前长多了，胡乱地在脑后扎成一条翘起的马尾。

几时开始抽烟了？我问。

没什么，间中抽几口而已。他有点乏力地笑着。

我上前拍了拍那比我高的肩，那 T 恤下面的骨头又硬又凸出。

老师，上来坐！

岸声住的是二楼分隔出来的单位，地方很小，不分厅房，厨房和厕所都如斗室，仅容一人。我想，不是连村屋也变成劏房出租吧？一张可以开合的沙发床，占了最大的空间，其他家具只有一张书桌和旋转椅，桌上除了手提电脑，就是堆得像危楼似的书本。另外，书本也散落在地下、床上等各处。一张折台放在一旁，大概是有需要的时候才打开，权充饭桌。岸声让我坐沙发，自己则坐在旋转椅上。那椅子发出关节不灵的吱嘎声。

庭音像个小主妇似的，跑到厨房弄了壶茶出来，放在充当茶几的木箱子上，给我们各斟了一杯，颇不像她的风格。旁边明明还有一张白色胶椅子，她却选择站在岸声身后，臀部挨着书桌，扭着纤腰，用指甲轻轻刮着桌缘的一块不知是什么残留下来的痕迹。她的肌肤散发着驱蚊剂的气味，跟房间里的一股发霉的气味混合在一起，令人有窒闷之感。

最近看些什么书？

我主动地，但又有点欠缺想象力地打开话题。

都是在看一些关于黑客的书。

你想学人当黑客？

没有，当不成啦。完全没有技术根底。只是想知道是什么一回事吧。

跟你的剧有关？

嗯，也有的。

你上次托小虎送给我的书，我稍稍看过。很有趣。

是吗？有空我也想跟老师讨论一下德日进的思想。

我伸手拿了茶杯，放近嘴边吹了吹，慢慢地呷着。事实上，我并没有仔细看那本书，只是来之前上网查了查德日进的资料，做了点简单的功课。想到身为老师的自己，竟然害怕给昔日的学生考问，心里不禁感到惭愧。

但是，这位耶稣会神父跟黑客有什么关系呢？

互联网！我的剧想探讨互联网的现象。而我认为，德日进提出的 noosphere，就是互联网。

Noosphere？

对。在基础的 geosphere（即是地球的物理表面）之上，生物学家提出了 biosphere 的说法（即是包覆着地球表面的动植物层），但德日进更进一步提出，在 biosphere 之上，已经演化出另一个可以叫作 noosphere 的新层面。Noos，也即是希腊文中的"思想"或"意识"的意思。

你认为互联网是新的"意识层"？

这只是初步猜想而已。在德日进提出他的想法的时代，也即是20 世纪30 至50 年代，互联网还未诞生。但我觉得它跟 noosphere

有不少相似性。

有趣。

我又呷了口茶。聪明的岸声大概意会到我未准备好讨论这样的话题，并没有深入下去。一度兴奋起来的心情，随即又下沉。他转而问：

老师，你精神还好吧？

我偷偷地望了他身后的庭音一眼，好像有什么跟她合谋似的，说：

OK呀！已经完全回到工作状态了。

那就好了。

你看来也不错啊！

未死得。烂船都有三分钉嘛！他苦笑道。

的确，他人虽然消瘦了，但天生个子高，骨架大，还未至于显得虚弱，只是有点消沉而已。他望着茶杯，好像想去拿，但又没有，语气有点犹豫地说：

之前一直没有找老师，希望你不会见怪。

为什么说这种客气话呢？

要老师你主动来找我，有点不好意思。

没有。太太去了剑桥，我天天闲着没事做呢！

师母……

通常晚上十点后才收到她的电话，有时早上九点左右也会打来。

庭音突然改变了姿势，向前弯下身来，用一双瘦臂搂着岸声的脖子，把脸埋在他的肩上。岸声则照样躬着背坐着，可能因为承受着庭音的重量，神色有点不自然。我开始谈起妻子在英国的生活，剑桥的见闻、新近读过的书、交了的新朋友等等。我像是急于交代什么似的，滔滔不绝地说着，不经不觉就有点累。我突然察觉，外面的天色已全黑。庭音抬起头来，头发蓬乱地垂在脸前，在岸声耳边说：

肚饿了吗？不如到外面吃饭吧？

我觉得是个好提议，便说：

去吃爵士拉面！

有开门吗？要不要打个电话过去问问？

不用啦，没有的话，便吃别的。联和墟的食肆多的是。

说的也是。

说罢，大家便动身。庭音把茶壶和杯子收拾起来，岸声也跟着她到厨房去。两人低声地说着什么。我站起来，跺着有点软麻的右腿，在有限的空间中踱步。靠近书桌，看见电脑旁边叠着好几盒《攻壳机动队》的 DVD，有剧场版的，有电视版的。庭音和岸声出来，继续喁喁细语。我背向着他们，拿起一个 DVD 盒子，摘下眼镜，读着封底的介绍文字。

老师你也看《攻壳》的吗？

哦，这个，我早在 1995 年的第一个动画电影版，便已经看了。后来断断续续地，又在网上看了其他后续的版本。

是看大陆的非法上载吗？

呵呵！没办法，中文授权版迟迟不出来，或者错过了买不到。想不到现在差不多都齐了。

对啊！都是拜英语真人电影版即将推出的消息所赐，掀起了新的一波热潮。

　　想不到，真正打开话题的，竟然是《攻壳机动队》。知道我是第一代的攻壳迷，岸声既惊讶又敬重。他自言起步很迟，是近几个月才突然着迷起来，囫囵吞枣地看完了所有新旧版本。就这样从房子走到村口，再开车到联和墟的途中，我们两个眉飞色舞地说个不停。从士郎正宗的漫画原作，说到押井守、神山健治和黄濑和哉三个动画导演的分别，以及对草薙素子几个造型的看法等等。庭音在一旁听着，完全没有插嘴的空隙，样子有点无聊。

　　去到爵士拉面，看见有开门，门外还排了四五个人。我们等了不够五分钟，就有位子了。小小的一间店子，采用日本传统拉面店形式，成九十度角的两面吧台，另外再摆三张小桌子，连二十人也挤不下。记得当初和小龙来的时候，还是来自北海道钏路的日本师父主理，他的香港人妻子当伙计。菜只准点一次，吃完即走。一个月最多只有二十天开门，做够就放假，完全不是港式经营手法，但却因此越觉矜贵，许多人慕名而至。近年已由店主的女儿接手，父母皆退休了。看着那位模样酷似父亲的年轻女子，束着长发，站在吧台后的开放式厨房，舞动着强壮的手臂，熟练地弄出一碗又一碗的拉面，甚有其父的风范。味道似乎也没有失色。

　　我们三人，窝在吧台的一角，岸声坐中间，我坐他的右侧，庭音坐他的左侧。我们点了叉烧拉面、炸豆腐、芝士饺子等招牌菜。我因为之前聊《攻壳机动队》太起劲，气有点回不过来，便静静地吃着面。另外两人也只是有一句没一句的，间中把食物夹到对方的碗里。不过，就算有话想聊，吃完东西也要离座。

　　也许是店内过于闷热，出到街上，顿觉气息清爽。庭音建议再找间餐厅或酒吧喝杯东西，但我说最近不能喝咖啡或酒精，而且也觉得有点累了。我以为自己碍着他们，早点告退，好让他们共享二人世界。怎料，庭音却说今晚有功课要回宿舍做，不跟岸声回村屋去了。结果便变成了我开车送庭音，而岸声自己回家。我本来提出先送他一程，但他却说想顺便散散步。

临行前，他终于说了那段一直搁在心里的话：

老师，介意看看我的剧本初稿吗？坦白说，我陷入瓶颈已经几个月，本来一直想向老师请教，但不知你状况如何，又不敢打扰你。如果你有兴趣的话，我连同网络上的一些关于德日进的材料，也一并传给你看看。当然，事情不急，有空才望两眼吧。如果忙的话，也没所谓的。

我想起我的任务，很爽快地答应了他。

岸声和庭音在街角搂抱了一下，便转身向沙头角公路的方向走去。他在街灯下的背影，有点像个支架高大但内里却空荡荡的稻草人。

我和庭音走向露天停车场。上车之后，我说：

怎样？达到预期效果了吗？

效果？

给阿声一点鼓舞。

噢，这个嘛！你的表现不错。他很久没有跟人聊得这么高兴了。

那个，你有看吗？

哪个？

《攻壳机动队》……共同的兴趣是互相了解的好方法。

你和龙钰文，就是这样吗？

　　她总是这样连名带姓地叫我妻子，好像在讨论论文一样。我没有回答她，在车子绕过了回旋处之后，才说：

　　其实，你是想一箭双雕吧！

　　这是什么意思？

　　你想扮演护士长啊。

　　这样说不是有什么不良的兴味吧？

　　安排我和他一起，同病相怜一番。

　　说是"相濡以沫"比较好听。

　　不如"相忘于江湖"呀！

　　她沉默下来，没有回话。我因为今晚说话过多，胸闷起来，呼吸变得有点困难。

　　车子来到粉岭火车站一个路边的入口，庭音却坐着没有动作。看她的样子，好像是生气了。

　　我有点莫名其妙，便说：

　　要不要送你回中大？

　　她摇了摇头，说：

　　你们两个，可以正视自己吗？

　　我没有正视自己吗？

　　有病就去看医生吧！怎可以任由自己恶化下去呢？

　　我有什么病？

　　她垂下头，用双手掩着脸。我真怕她突然哭出来，但是她没有。放开手，只是一脸苦恼而已。

　　她只说了声再见，便推开车门下去。我连忙按下开窗键，向她大声叫道：

喂！小虎！

她停下来，回过身。我把那袋面包举起，说：

来！拿去吃！

她走回来，把手伸进车里，拿了纸袋，说：

真的……多谢啦！

这只贪吃的老虎果然又回复笑容了。

看着她抱着纸袋，进了闸口，小跑着冲进快要关门的车厢，我才开动车子。肋骨又在痛了。

怎么办？真的要看医生吗？我想起，她在沙田买的那本笔记簿，不知送给了岸声没有。

10

妻子在信中说的 Formal Hall Dinner，是学院每逢星期二和五晚上举行的正式晚宴。晚宴前通常安排一场专家学者演讲，因为对象是其他学科的同仁，所以讲法要尽量明白易懂，以达到跨科际交流的目标。参加晚宴，衣着要比较庄重，但剑桥学人习惯朴素，也没有什么衣香鬓影的场面。小龙一般会穿条长裙，外加一件长褛，是比较少数会穿高跟鞋的女性。遇到她的陌生人，不论长幼，也会以为她是研究生。她认为是西方人不惯辨别东方面孔所致。P 有时同去，有时不。不过，小龙已习惯独自行动，并没有对 P 产生依赖。

这个星期五，妻子便在电话里谈到一个十分有趣的晚宴前讲座。讲者是一位葡萄牙裔生物学家，主题是关于一种叫作 Meerkat 的动物的社会习惯。我上网查了一下，才知道 Meerkat 的中文叫作狐獴，应该是外貌上有点像狐的獴类吧。据小龙的描述，这位专家是一个狂热的狐獴爱好者，一方面盛赞狐獴的美妙形态和利他行为，一方面又自豪地宣称，剑桥是全球研究 Meerkat 的重镇，仿佛这是一个炙手可热范畴。这种小型哺乳类动物，有着修长的身体和四肢，嘴鼻尖长，半月形的耳朵长在头颅的两侧，眼睛周围有黑圈，能够以长长的尾巴支撑身体，直立起来，以观察远处的动静。它们生活在南非洲的沙漠地带，挖掘复杂的地道作为洞穴，约二十至三十只为一群体，社会性很强，会互相照顾和帮助，轮流站岗以防御敌人。发现食物，也会通知同伴，共同分享。所以，讲者把狐獴称为世界上最无私的动物。可以想象，狐獴不只是他的研究对象，而简直是他心目中的理想生物典型了。狐獴的社群，就是一个小小的理想国。

演讲后葡萄牙教授跟小龙同桌，意犹未尽，继续大谈他心爱的 Meerkat，又推荐她看一出关于狐獴的记录片，说是不能错过的经典。小龙忽然觉得，这个身材瘦小、肤色黝黑、深眼窝、尖鼻子的男人，自己的样子也有点像 Meerkat。（是"物似主人形"的相反？是"近朱者赤，近墨者黑"？还是"方以类聚，物以群分"？）她很辛苦才忍住不当面笑出来。不过，世界上有人这么关心和热爱一种小动物，甚至从它们的身上体验到美善的质素，毕竟是一件令人欣喜的事情。小龙说，这位教授爱狐獴犹如爱自己的孩子，我却认为他爱狐獴多于人类。赋予动物人类的美德，似乎是某些动物专家的通病。久而久之，反而形成了一种不自觉的 misanthropy（人类憎恨），即是通过跟动物的比较，而对人类行为抱持强烈批判和反感的心理反弹。这亦是动物本位或者动物权益关注者的一种常见现象。我只是觉得，狐獴站起来（尤其是一整群地站着）伸长着颈的样子有点搞笑，但又有点诡异。

　　小龙又预告说，这个周末会应那位 C 君的邀约，到伦敦看芭蕾舞演出，顺便去什么厨神的餐厅吃晚饭，然后即日坐火车回剑桥。不过，如此一来，星期六就赶不及打电话回来了。我表示没有问题。也许是我外语不好之故，我觉得 C 君的意大利名字的发音，有点像一种叫作 Cluedo 的猜凶手纸板游戏，所以每一提起他，就忍不住想到这个字和相关的含义。又因为没有看过照片，而很自然地把他的外表，想象成妻子的偶像 Cumberbatch 的模样。我不能不承认，心里感到了某种危机。可是转念又觉得这种联想有点滑稽。

　　就在那个妻子有约而不能打电话回来的黄昏，我收到了岸声的电邮。这已经是跟他见面的一个星期之后。连同剧本初稿的文字档案，还有两个关于德日进的网页链接，上面可以免费下载另一本书 *The Heart of Matter* 和他跟 Lucile Swan 的书信集的 pdf。岸声还在电邮里写了一封长信，吐露了好些他之前没有当面说出的心迹。

佘老师：

　　那天跟老师见面聊天，实在很高兴。想来已经很久没有这样的机会了。搬到粉岭却没有找老师，之前完全是由于我的怠惰；自 6 月至今，又不知道老师愿不愿意见人。要不是小虎横加干预，我大概也不敢轻举妄动吧。她做事的方法，有时也颇为有效的。看到老师你重回生活轨迹，我就放下了心头大石。对于一些事情的念念不忘，也完全是可以理解的心情。

　　虽然一直很想给老师看看我的剧本，但是一旦真的答应了要送出去，心里又产生了许多犹豫。总觉得这里那里写得不好，整体来说也太多缺憾，而感到汗颜和困恼。结果又花了一星期修修补补，但基础实在太不稳固，终究还是于事无补吧。怎样也好，就算是个很烂的版本，也总得豁出去，先传给你再说。若不做出这个举动，恐怕写作便会继续停滞不前，原地踏步。

从前跟老师学习，都是关于学术上的事情，特别是写论文的方法。向你请教创作方面的问题，似乎比较少。然而，我不但深信老师是个眼光锐利的读者和评论者，更加是一个对创作深有体会的人。纵使老师几乎从不提及自己年轻时的一段创作经验，好像那只是一个不堪回首的初恋故事，青涩幼稚而且可笑，但我读着老师的那本唯一的少作，却感觉到一股创作的热情，比技巧或者主题更加强烈地感染着我。我一直在思考，当年那个富有潜质的年轻小说家，为什么会突然放弃写作？难道就只是因为认为自己更喜欢和擅于做学术研究，或者为了生计而找个收入稳定的饭碗这样等而下之的理由？我决不相信是这样的一回事。我推想，那一定是基于更深层的原因。一定是当年的你触到了写作的核心难题，在多番挣扎之后才作出了痛苦的决定。那，不就很可能是我正在面对的问题吗？我就是带着这样的想法，而寻求老师的指引的。

老师你知道，我之所以放弃念博士，是因为我相信自己的才能和个性，并不适合成为学者，而更倾向当一个创作者。老师当时也认同这样的判断，支持我辍学的决定。我当然知道，自己指导下的博士生半途而废，对教授来说是个不太好的记录。不过，老师也宽大地接受了这样的不便，为我清除了连累你的歉疚。对此，我无论说多少次感谢也不会足够。老师你也很清楚，我是从写小说开始的，本科的时候已经努力不懈地磨炼自己的技艺。虽然这些年来，还未有出书的机会（至少我自己觉得还未到成熟的时机），但也拿过一些文学奖，被认可为本地年轻小说作者之一。那么，我为什么会突然转向去写剧本呢？老师你大概也想知道原因吧。

其实，这个也不是我的第一个剧本。在念硕士的时候，我已经写过一个短剧，而且在小剧场上公演过，得到颇为正面的回响。当时好像因为老师刚巧和师母去了外地旅行，而无法来看演出。不过我事后也有把剧本给你过目，如果你还记得的话，就是那个关于一个大型购物广场的奇情故事。后来，当我渐渐萌生现在的题材，即是一个"德日进故事"的时候，我发现以剧场的方式处理，远比用小说的方式来得灵活和具有即时性的效果。这个构思含有过多的零碎小部件，而欠缺一条中心性的故事线，如果用小说的形式，很可能会变成一堆无法组织起来的文字片段，之间的跳跃和转移，也会令读者不知所云，无所适从。相反，如果运用剧场手法，同样的素材便可以通过剧场空间和演员身体的调动和变换，构成基本的贯串性和关联性。我到现在还相信，这样的判断是正确的。

剧本写作之所以会出现瓶颈，与其说是剧场形式的问题，不如说是题材本身的问题，也即是思考上的问题。这就是我上次提及的"互联网作为意识圈（noosphere）"的假设。我从开始的时候深信这个假设，并且兴奋地试图把它置放于剧作的中心，到后来渐渐地产生疑惑，不那么肯定它带给人类的究竟是祸是福。网络世界真的如德日进所言，最终必会达到那称为 Omega Point 的境界，也即是人类的总体意识的大融合，以及对那终极的神的回归？还是，这一切只是假象，互联网促成的只是更大规模的纷争、分裂、敌对、欺骗和仇恨？它带来的究竟是超越物质限制的"真"，还是"以假当真"

的虚拟物品？我越是在网络上流连，便越是没法找到明确的答案。

另一件事情跟剧本无关，但又对我的写作产生重大的影响。我和小虎的关系，似乎出现了问题。上次因为她在场，我不方便向你透露。我和小虎在一起已经接近两年，说长不长，说短不短。老师应该记得，我和她是在三年前认识的。那时候我还未辍学，在系里当助教，而在她一年级的时候，成为她的文学概论课小组导师。这样的师生关系，在短短一个学期之后便结束。我们继续以学长与学妹的关系保持接触，然后成为朋友，再而成为恋人。对差不多踏入三十岁的我来说，她是我经历过多段恋情之后，认定为终于遇上的那一位，心里有着长久共同生活的打算。但是，对还未毕业，刚踏入二字头的她来说，我就算并非她的初恋对象，也很可能只是情感经历中的一个阶段性角色。年轻的她还有许多想尝试，想体验的东西，当中肯定包括情人，甚至是性的对象吧。虽然这样说好像很露骨，但是，我的确有这样的感觉。

想不到只是十年的差距，便做成了这个难以逾越的障碍。我不会说这是什么代沟问题。那实在是太便宜太懒惰的答案。但说这是timing 的问题，又同样是俗不堪耐。我想起老师和师母，当年不是跟我和小虎现在的年纪相若吗？为什么你们又没有年龄阶段差别的问题，而那么圆满地结合？师母几乎是本科一毕业就嫁给老师了。这情况在小虎或任何一个现在的大学女生身上，似乎都同样匪夷所思。那肯定不能以老师的个人魅力（这样说不好意思啦），或者师母的传统观念（看她的小说就知道不是这回事）来解释的啊！可是，那能够促成结婚的决定，并且维系着彼此二十年不变的东西，究竟是什么呢？那应该绝不只是"爱"吧。因为，我很肯定自己深爱小虎，也相信她曾经真心地爱我。但是，为什么这样的爱，会这么快便受不住考验呢？

又例如，在我附上给你的德日进书信集的 pdf 链接，你可以读到他和一位叫作 Lucile Swan 的美国女雕塑家长达二十五年的通信。自从两人在 1929 年于北京相遇，便缔结了一段亲密甚至激情的关系。但是，德日进一直坚守耶稣会神父的誓约，从没有出现过任何越轨的行为。他多次向 Lucile 强调，神职和独身不但是他不愿放弃的事情，甚至是他们的关系的一种提升。他追求的是超越男女情欲的爱，也即是完全地在神之中融合的爱。从 Lucile 的信中很明显可以看到，她并不认同他的看法，并且一直期待着可以令他改变，回复一个普通男人的身份，实现不排除和贬低身体的两性关系。（重视物质的价值甚至是其内在神性，本来就是作为科学家和演化论支持者的德日进的核心主张也是他终身不容于教会保守派的原因。）很可惜德日进在这方面非常顽强（或者顽固），到最终也没有让步。可是，两人之间一直充满着热情、渴求、相依，甚至是妒忌、抱怨、伤害等等恋人之间的情感波荡。这又是一段教我神迷但又不解的关系。性和爱，究竟是同一回事，还是两回事？究竟是紧密相关的两回事，还是可以互相分开的两回事？而如果是互相分开的话，两者又孰轻孰重，或者各自在人类的生命中扮演着什么角色？

我的"德日进剧场"，与其说是由他的科学和神学思想出发，不如说是受到他的特殊情感经验的震撼，而启动的一场思考。在剧本里我也会重点处理他和 Lucile 之间的关系。这些，在老师抽空看过相关的材料之后，希望有机会跟你深入讨论。

老师，絮絮叨叨地说了一大堆，希望你不会见怪。容许我再说一次，如果老师对这不情之请感到困扰，千万不要勉强自己，明白地拒绝我便可以。我最重视的，是老师不来跟我客气这样的对待。这比任何事情更重要。所以，请自便。

学生

岸声

我所认识的人当中，还会以电子邮件写这种古风的长信的，现在可能就只剩下这个傻瓜和我妻子了。读着这封诚实得有点过分的信，我的下肋和上腹之间就好像挨了一拳重击似的，陷入了广域性的钝痛之中。但是，面对着这么纯真的要求，难道我可以冷漠地置之不理吗？

我离开书房，到厨房去倒了杯热水，开了一杯据称可以纾缓紧张、镇静神经的中药冲剂。经过客厅的时候，透过落地玻璃窗望出去，在夕阳已落的深红天色中，一个小小的黑影在半空来回疾飞。我不禁低声说：噢，是蝙蝠啊！

11

　　10 月底，剑桥的气温徘徊于日间的摄氏十四五度和晚间的十度左右，也试过低至三四度。不过，总体来说不算冷，穿件毛衣即可。天气则时晴时雨。因为出外都踩单车，所以通常穿裤子，外面再加一件防水和防风外套。听说再冷一点的日子，手套必不可少。一般都戴那顶黑色的毛线帽子，不怕被风吹掉，外套的帽子也是紧扣式的。如果真的是太大风雨，便唯有走路撑伞，免被吹打得浑身湿透。坐巴士则几乎不必。踩单车去比较远的 Wolfson College 或者运动中心，也只是十来分钟时间。到附近买东西或者去 King's College 一带的中心区就更快捷。

　　渐渐熟习地道的生活，日常消费就变得更节约。开始的时候，小龙给房东 Davey 取笑她 "drink tea with a tag"，好像喝那种吊着一块小招纸的茶包是很高级的事情。后来她便改买一盒一百包的廉价茶包。也较少买那些现成的包装食品，多半买预先洗净的菠菜或者羽衣甘蓝，再加小红番茄，用油和醋调沙律汁。吃肉类的话经常买减价的到期货，自己加香草调味，用焗炉烤熟。她喜欢的鲜奶和芝士就更加不在话下了，在那边都是价廉物美的。总之饮食原则就是健康、便宜和简单易弄。有时会弄 pancake，英式吃法，洒柠檬汁和白砂糖。深夜在厨房弄它十块八块，叠起来用保鲜纸包好，放在雪柜里可以吃几天。有次房东半夜醒来去斟水，碰到她竟然在弄 pancake，不禁又莞尔一笑。我想起在新婚之初，不太懂做菜的小龙最常弄的是 pancake，配的是枫树糖浆。

不过，怎么说还是二手书最便宜，一两英镑就有一本，而且多半状态良好，又是近年出版的好书。大概是每年也有很多毕业生离开，留下大量不想带走的旧书，造就了蓬勃的二手市场。小龙一到二手书店就忍不住捡回去一大堆，特别是最近喜欢上的朱利安·巴恩斯的旧作，见一本买一本。她刚刚就读了一本薄薄的 *Levels of Life*，前半讲历史上有名的热气球爱好者，后半笔锋一转，写丧妻之痛，作者自身的经历。

妻又传回来一张照片，在房间里自拍的，身上的老虎图案毛衣，是在当地买的，只要十英镑。她说当地完全没有人穿名牌时装，无论居民、学生或教授，打扮也非常朴素，但店子的衣服其实许多都质料很好，只是实而不华而已。因为我说过她穿动物图案的衣服很好看，所以她见到合适的都会买。而且，她是属虎的，而我属羊，她常笑说我是"送羊入虎口"。这和"龙蛇混杂"又是一番不同的意思了。

另一件令妻子特别兴奋的事，就是去了一个叫作 Grantchester

Orchard Tea Garden 的地方。那是在剑桥西面外围的一个历史悠久、恍如隔世（其实剑桥本身也够隔世了吧）的果园。是那位有品味的 Cluedo 先生带她去的。宁静的环境，优美的风景，在树下喝着英式红茶，吃着奶油英式松饼，就是英国人最高等的生活享受。据说许多文化名人，好像小说家吴尔芙、福斯特，哲学家罗素和维根斯坦，也曾经是那里的常客。我想，这就是所谓的地灵人杰吧。不知道小龙有没有在那里得到什么写作的"烟士披里纯"呢？

这个"inspiration"的音译法，应该是梁启超发明的吧。我和小龙很喜欢用，引为两人间的情趣密语。另一个音译词"酸的馒头"（sentimental），则是小龙最害怕的东西。她曾经说：一个作家如果只懂做"酸的馒头"，而没有"烟士披里纯"，那她的作品就好极有限了。我便打趣回答：一个老婆如果只懂做"酸的馒头"，而没有"烟士披里纯"，那她做的菜就好极有限了。小龙没有做过馒头，无论是酸的还是不酸的。她做 pancake。无须什么特别的"烟士披里纯"，但是，至今依然教我回味无穷。

至于因为欠缺"烟士披里纯"而陷于创作瓶颈的江岸声，我怀疑有一半的原因，是由于他这个人过于"酸的馒头"，而且，非常不智地把他的所有"烟士披里纯"都押在他的"缪思女神"雷庭音身上。于是，情感难题直接转化为创作难题。而他似乎认为，只要他能解决创作难题，情感难题自然也会迎刃而解。通过虚拟的创作去挽救实际的情感关系，这无疑是一个本末倒置的行为。至少，这是我细心阅读他的剧本初稿之后的感觉。

岸声的剧叫作《荒幕行者》。那个"幕"字，相信是电脑"屏幕"（monitor）和"沙漠"的相关语，也可能包含"寂寞"的意思。

当中有几条线索：首先是耶稣会教士兼古生物学家德日进和女雕塑家 Lucile 的故事，主要用德日进写给对方的一封信作为叙事。内容是他在沙漠考察古人类遗址的时候，遇上大风沙的一段生死边缘的经历。这封信也侧面呈现出，两人的情感虽然亲密，但在肉体上却保持距离。与这种纯精神性的关系相比，另一条线是男主角在成长历程中的恋爱故事，当中纠缠着强烈的肉欲成分。男女双方既互相溺爱，也互相怀疑、猜忌和折磨。爱情的失落，被日本 AV 女优"大空（胸）由真"所填补。在虚拟的肉体（视像）经验中，男主角重获现实中无法拥有的绝对操控的满足。但是，这种极致的占有也同时是"空"的、"假"的。另一方面，从情欲纠结导入了电子科技和网络的问题。电脑和手机，成为了男女之间互相监视、瞒骗和攻击的工具。又或者，这其实只是把爱欲当中的占有、欺诈和暴力的本质暴露出来罢了。而科技的问题，又带出政府监控、言论自由、公众知情权和黑客攻击等等的社会性课题，甚至还加入了因为披露美国政府秘密监控电子通讯，而逃亡俄罗斯的前中情局技术员斯诺登的角色。德日进所相信和倡导的人类意识的提升和融合，究竟会通过互联网而实现吗？还是，互联网促成的反而是意识的下流和分裂？

　　就戏剧而论，我觉得这已经是很不错的一个剧本。只要在组织和场景过渡上做些调整，基本上已经达到可以搬上舞台的水准。如果导演功夫了得，将会是个十分可观的演出。所以，问题并不在作品本身，而是在岸声的心中。他之所以觉得剧本不行，是因为他担心，完成了的剧本，包括演出的实现，根本无法达到他内心最隐秘的创作目的——通过创作去挽留庭音，或者说白一点，去控制和占有她。而作为一个真正有才能的创作者，他的作品本身便已经质疑甚至是否定了这个可能性——如果他奢望透过作品去打动庭音，他就真的是"酸的馒头"得过分了；幸好，事实上，他不能自已地描绘了情欲的必然破灭，也因此能有所提升，成为至少是高层次的"酸的馒头"。总之，"甜的馒头"是铁定不可能存在的事物。因为有了这番有意无意的觉悟，我才说岸声是一个真正有才能的创作者。同时，因为对结果的了悟，岸声的唯一对策，就是尽量延长创作的过程，试图令事情永远处于不能完成的状态。于是，他的所谓"创作瓶颈"，也不过是一个自我应验的咒语，或者是一场自导自演的把戏而已。

我没有立即向岸声说出这番分析。虽然我自信没有看错，但我实在担心他承受不住直接的冲击。但是，我也无法对岸声所面对的困境无动于衷。师生十年，情谊匪浅，而且我又明明知道他精神上存在的弱点——当年他之所以退学，不单纯是一个理性的决定，也同时是因为，不明朗的前途和对自我抉择的焦虑，造成了严重的忧郁症，基本上就是无法再专注于学业了。就在这个时候，他和庭音开始恋爱，而忧郁症状也渐渐好转过来。我还以为，他已经找到他的解药，没料到解药慢慢地又变成了毒药。

我决定从庭音那边入手，了解一下事情的另一面。我极罕有地主动给她传了个手机讯息，表示想"聊聊阿声的事"。她很爽快地回复了。我跟她约了一个不用上课的日子，吃一顿中午饭。为免给人碰到，我提议离开大学到外面吃。我先开车到她宿舍接她。转念又想，这样的安排其实也不是十分稳妥，但改来改去又觉太婆妈。

庭音住的是文质堂。车子停在宿舍门外，我望着她推开那道玻璃门出来，竟有一种熟悉的感觉，就好像变回二十年前的那个小伙子，呆呆地坐在校长的车子内，望着小龙从宿舍大堂走出来。不过，庭音手里没有拿着笔袋。她的衣着跟小龙也不一样。她穿了条黑色短裙，上身是一件白色荷叶领女装上衫，肩上挂一个黑色小皮包，比平时稍为讲究。

小虎一坐进来，我就泄了气势，好像被她反过来骑劫一样。虽然是我提议吃饭地点的，但她的首肯，却有发出号令的意味。我乖乖地开动车子。在经过康本国际学术园的时候，我看见一个瘦削的光头男子，独个儿在行人路上走着。那人穿天蓝色衬衫，咖啡色西裤，衫袖折起，衫裾放在外面。光滑的脑壳像金属一样在阳光下闪闪发亮。他一边走一边摆动着脑袋，双手在空中比画着，好像在向谁解释什么似的，可能正在用免提装置跟谁在讲手机。我记得，他就是那次在素食餐厅遇见的那个讲流利广东话的外籍研究员。就只一眨眼间，那身影就被抛在远远的后面了。

车子出了吐露港公路，经过沙田，再转上尖山隧道，目的地是西九龙的圆方购物广场。一路上，我们不着边际地聊着，由最近的立法会宣誓，到中大校长的去留和学生会的政治取向等。

到达圆方，我们找了一间不算太昂贵的西餐厅坐下来，点了餐，我便进入正题，说：

阿声的剧本，我已经看了。

是吗？觉得怎样？

我偷偷瞥了她一眼。她今天的化妆比较浓艳，像个扮成熟的少女。我连忙又说：

很好啊！根本就没有问题。

她点了点头，似是同意，但又没有接下去。过了半晌，才说：

阿蛇，龙钰文有没有写过你？

我太太写我？

以你为小说人物原型。

这个嘛，你应该很清楚。

对，竟然没有！

那你又明知故问？

我想知道你的感想。

什么感想？

身为小说家的太太从来没有把身为丈夫的你写进小说这回事。

噢，这个嘛……

别说你没有想过啊。

我原本是想乘机考她的，怎料却给她反客为主。我因为已经不在"指导老师"的位置，而处于"作者丈夫"的位置，失去了平时的权威，而感到被窥探私隐的压力。我尝试回避，说：

我觉得没有什么特别。我太太不是那种写身边的私事的小说家。

你真的觉得是这样吗？我倒以为是相反呢！只是她把自己的经历伪装起来吧。

这也是小说家的惯常操作方式吧。

当然。我不是说这有什么问题。我是从被写的人的角度出发而问的。

那我就没有这方面的经验可以分享了。

你不是想谈阿声的剧本吗？

我终于明白她的意思，说：

你是说，阿声把你写进剧本里？

而且是颇为露骨地写。

但好像画家一样，文字创作者总会有个模特儿吧？

我明白，但是，当这样的事落到自己身上，感觉还是非常奇怪。而且，更奇怪的是，他想由我来演出。

你演女主角？

我以前也参加过剧社，有一点点演出经验。但这不是重点。重点是，由我来演一个以我为原型的人物。那，不是非常奇怪吗？好听点说，是"度身订做"，难听点说却是"自我暴露"啊！女主角还要兼演那个大空由真呢！

阿声自己呢？不是演男主角吧？

这倒不。他会扮演剧中的叙述者，一个旁观、抽离的角色。男主角另有人选。你说，这结果会变成什么一回事？

的确，从庭音的角度看，事情又呈现出完全不同的面貌。岸声的想法，显示出某些令人不安的怨愤，甚至是粗暴。

餐汤送上来的时候，她说：

他简直是向我报复啊！

向你报复？他为什么要向你报复？

因为我代表着那个他感到无比厌恶，但又把他压得透不过气来的平庸世界！

怎会呢？我看不到这样说的理由。第一，他绝不会这样看你。第二，你又怎么会代表这个平庸世界？

你觉得是这样吗？

当然。

我是说后者。

我不会说你超凡脱俗，但肯定不能说是平庸。

谢谢你啊！

我不知道她是否语带讥讽。不过，我今天的任务，是帮岸声修补跟庭音的关系。我绝不能火上加油。我试着这样说：

你想想，阿声之所以写这个剧，是因为他想处理对当今世界具有普遍性的题材。你也知道，他一向喜欢宏大的思考。至于落实这些题材的生活细节，他很自然从身边去撷取。所以把你们的关系写进去，某程度来说只是具体化这些题材的方便做法而已。我看不到他对你有任何恶意的描绘，我担心的反而是他在剧中所展现的虚无精神状态。

小虎突然有点激动起来，用她那本来就响亮的声线说：

我想澄清的是，我不是指他对我有"恶意"。事实上，我知道他很爱我。我……难道不也同样爱他吗？但是，问题就在这里啊！两年前，我们开始的时候，他陷入严重的忧郁，我尝试用爱去帮助他复元。我曾经以为自己成功了。现在，我却发现我们的爱变成了一出荒诞剧。而且，我还要亲自在别人面前演绎它！

关于演出的事，你可以拒绝他。

我怎可以呢？拒绝他演出，不就等于拒绝他本身吗？

她顿了一下，察觉到自己刚才有点失态，放轻声音说：

不过，也没所谓吧。反正是必须经历的过程，就算难受，也终要面对的。捱过之后，一切就可以了结。

也不至于吧！

你没有察觉吗？他的叙述者，用的是过去式啊！他明明已经把这段感情判了死刑。现在他哪里是陷入创作瓶颈？他只是采取拖延策略，不去面对现实吧。所以，阿蛇，请你如实告诉他，他的剧本完全没有问题，可以随时演出的了。

我一时说不过她，只能大叹一口气。我发现事情比我想象中复杂。

大家点的主菜也上来了。庭音的是煎鲈鱼，我的是西冷牛排。大家都趁着吃东西，沉默地喘息着。刚才是一阵激烈的交锋，现在是无声的对垒，在旁人看来，很可能会对我们的关系产生不当的联想。我有点后悔约了她出来。要不是为了岸声，我也不用陷入这种难堪的境况。

到了上咖啡的时候，我苦口婆心地说：

小虎，你再给阿声一点耐心吧。现在是他的艰难时刻。

她好像软化下来，低着头，眨着眼睛，说：

我明白。阿蛇你放心，我不会这时候离弃他的。至少，也要让他完成这个剧场吧。

我知道没法令她承诺更多的了。能够如此也不错。

离开餐厅，我们在犹如巨型迷宫的商场迷了路，走来走去也找不到停车场入口。一切是那么地明亮、光洁、精致、华丽，令人目眩。我想起岸声之前的那出关于购物广场的戏剧。

庭音在一间护肤品专门店前面停下来，橱窗里有身材骄人的西洋女模特儿的影像，把她映照得格外纤瘦。但这个人偶般的女孩，也不是没有意志的。

其实，你太太也不是没有写你。

她看似前后矛盾地说。

是吗?

我只是一笑,没有追问,她也没有深究下去。我有点害怕,她读小龙的书,比我读得更通透。

回程的时候,我心里一直想着那个小龙有没有写我的问题。车子一进入尖山隧道,我的肋腔便突然紧绷起来,好像被大石压着没法呼吸似的。庭音见我面色有异,问我什么事。我摇了摇头,设法保持清醒,专注于路况。出了隧道,来到第一个避车处,我把车子停在一旁,手脚软麻,满身大汗,伏在方向盘上。庭音在旁边说:

阿蛇,不好意思呀!

没事,可能因为喝了咖啡。太不小心了!

我不应该刺激你的。

什么刺激?

说到你太太。

你做关于我太太的论文,怎么能不说到她?

老实说,我是不是不应该做下去呢?

你说转题目?

嗯。

别再说这种蠢话!

车厢静下来。我拿了瓶蒸馏水,吞了颗药丸,静静地等待痛楚舒缓。小虎在旁边,一直以惊惶的眼神望着我。我心里感到非常惭愧。

12

　　小龙的志向，是当一个专业小说家。在决定结婚的时候，我说：你放心写作吧，不用担心钱的问题，家里有我撑住。她却说：多谢啦！我的目标是经济独立。我会有很多读者！我知道她是个倔强的人，以后也很少在她面前直接谈及经济问题。

　　作为一个自小在文学培育中成长的人，小龙当然有很高的鉴赏力，但是，在写作的时候，她不愿意被局限于某一类型。她打从心底里讨厌所谓"严肃文学"和"通俗文学"的二分法，但她的写作并非旨在打破什么限界。她避免高调和姿态，拒绝任何主义或风潮的标签，但说她追求的是雅俗共赏，她又嫌太陈俗无聊。她从来不理会什么社会责任，听到什么抗争、颠覆或赋权之类的呼求，就会头痛和皱眉，觉得文学不应成为任何立场的政治宣传；但是，当听到有人说小说不外乎是"说个好故事"，或者是"说好一个故事"，她又会愤愤不平，好像这样粗糙的主张把文学的意义贬低。

说小龙想走的是"中间路线"也不对，因为这好像暗示必须对两方面同时妥协。她只是单纯地相信，文学不一定跟大众无缘，而质和量并不是互相排斥的东西。当然，从实际方面考虑，她知道单靠香港的阅读人口，根本不可能支撑一个专业作家的生计。所以，她从一开始就把焦点放在她由获奖而出道的台湾。至于中国大陆，当时的条件似乎还未成熟，但长远来说也是一个不能排除的对象。她的终极目标，是作品能翻译成外语，成为一个国际小说家。

对于小龙的雄心壮志，我一直毫无保留地表示支持。不过，对于文学在当今世代的处境，我是个悲观主义者。我肯定她能够为香港留下有价值的作品，但要冲出香港，甚至是冲出华语社会，立足世界，并且以写小说实现经济独立，我心里是不敢看好的。小龙深知我的看法，但我从没有说任何令她泄气的话，一直坚决地当她的经济后盾，让她无后顾之忧地追求她的理想。然而，也许最后这一点，恰恰说明了她未能达到当初设定的目标。到了她写作生涯的中期，她也不得不默默地承认，而且陷入了深深的迷惘。

也许，我属于那些食古不化的高级文学信仰者。像我这样的人，在创作路上遇到障碍，很容易便会怨天尤人，或者自暴自弃。文坛上也出现过因此而反弹，成为彻底的媚俗者和文学憎恶者的极端例子。我觉得自己依然坚守当初的文学理想。我之所以放弃创作，转向文学研究，只不过是换了另一种形式，为保存文学价值而努力。如果研究和教学，而非创作，才是我的才能所在，我乐于扮演不同的角色。而能够同时支持一个富有创作才华的妻子，那真是最完美不过的配搭了。对此，我不但没有怨言，还感到了深深的幸福。

　　小龙的第一部作品叫作《圆缺》，是一本中短篇小说集，1998年在台湾出版。当中同题的中篇，就是之前参加台湾小说新人奖的获奖作品。那是一个关于换心的故事。一个十三岁少年，因为先天性心漏病导致心脏衰竭，急需换心以保命。幸好一个刚去世的同龄女孩的家人，愿意捐出女孩的心脏，少年才得以生存下去。少年长大后，查出捐心者有一个孪生的妹妹，便想尽办法接近对方，甚至跟她一样报读了相同的大学学系。男生和女生成为同学和好友，但女生却不知道男生的身份。男生在女生身上，看见了那个当年救了他一命的女孩的样貌，有时甚至产生混淆，当她们根本就是同一个人。可是，对方的心明明在自己的胸口里跳动着。男生发现自己爱上了捐心者的孪生妹妹，对方似乎也对男生有好感，但两人却好像被什么所阻碍而无法发展下去。男生因为一直隐瞒自己的身份，对女生产生歉疚之情。当他发现女生的姐姐当年原来因为给男人侵犯，不堪羞辱自杀而死，而这事件对妹妹造成了不能磨灭的双重创伤，他的心灵也受到了巨大的打击，而自己身份的真相也更难启齿了。他原来装进了一颗受伤的心，而这颗心同时属于两姐妹。男生开始感到自己身上发生某种奇妙的转变。他的男人身体里住着一颗女儿心，不但具有字面上的意义，他甚至体会到那位姐姐当年受辱的痛楚，而仿佛同时变成了施害者和受害者。他经历着身心撕裂的痛苦，在一个突如其来的机会中，忍不住跟孪生妹妹发生关系。这场半推半就的性爱结果以失败告终。男生痛哭起来，对女生作出了告白，而女生也因为受不住刺激昏倒过去。当读者以为事情就此终结，男女双方却决定毕业后立即结婚，但他们也明白，性在两人之间是不可能的事情。死去的姐姐永远也会卡在他们中间，但这也是让姐姐重生的唯一方法。至于那个曾经侵犯姐姐的人是谁，作者却没有交代。

虽然听起来好像一个颇为滥情的故事，但小龙的写法却是非常的克制。无须多说，这篇小说在阅读时的真正体验，跟我在上面的复述完全不同。平淡的笔触、生活化的细节、合乎常情的心理描写——在看似平平无奇的气氛中，读者被一个又一个的揭示杀得措手不及。怪不得其中一位评审有这样的意见："在平静细碎的日常之中，在缓和宜人的节奏之下，上演着一场激烈的内心风暴。作者并没有哗众取宠，相反却是忠实而诚恳地，把处于特殊的临界点的心理状态，细腻而生动地描绘出来。"它跟小龙几篇同时期的少作，合成一个单行本，一出来就大获好评。这也奠定了龙钰文小说的基本写作风格。

两年后，小龙交出了她的第二本书《平生》。这是她的第一本长篇小说。自此以后，她便以写同样的长篇为目标，而完全没有再写中短篇了。所谓的长篇，对她而言并不真的非常长，至少不会像比她早出道的 D 那样，专写些令人望而生畏（或者生厌？）的大部头厚书。小龙的长篇，一般都不超过十五万字，算是比较轻短。而她的行文，又是比较易读的，也没有什么令人头晕转向的形式实验，所以受到较多读者的喜爱。她对《平生》能更进一步拓展读者群，是带有很大期望的。

《平生》的主角是一位已婚中年女教授，在英国某二线大学教英国文学。她的丈夫是英国人，在同校任教物理学。两人育有一子一女。女主角在香港土生土长，毕业于港大文学院，背景跟小龙自己有点相似。她后来到伦敦大学念博士，遇到她的未来丈夫，结婚后便在英国定居，没有再回港。女教授一直过着简单而安稳的生活，直至有一天，她的班上来了一个女学生。这个女生来自香港，令女教授对她产生亲切感。女生十分好学，课后经常留下来问功课，成绩也非常优秀，对文学有很敏锐的触觉。不过，女教授也对女生抱有戒心，总是觉得对方有点古怪。经过整个学期的观察，女教授放松了对女生的戒备，在期考完结之后，还破例邀请女生到她家里做客，一起庆祝圣诞。这是她教学多年来很少有的做法。女生自此经常到访，成为了老师女儿的知心密友。两人终日形影不离，有时女生甚至在教授家里留宿。后来女儿告诉母亲一个秘密——那位女生原来是一个男孩，但却是个跨性别者，正计划进行变性手术。女教授对于女生隐瞒身份感到十分愤怒，觉得对方是个不诚实的人，但是在女生的苦苦哀求下，还是忍不住原谅了她。女生于是比之前更融入教授的家庭，连她的儿子和丈夫也对她没有防范，接受她成为全家的亲密好友。丈夫甚至说，女生看起来像是妻子的亲生女儿。大家都对自己的宽大和包容有点自我感觉良好。就在大家准备为跨性别女生庆祝生日的当天，女生被问到在生日蛋糕前许了什么愿望，她说：我的愿望是，二十五年前把我生下来的母亲，能够认回我这个儿子。女教授当场吓得昏倒下去。原来她二十多年前只身离开香港，在英国落地生根，就是为了斩断一段不堪回首的关系。想不到剪不断，理还乱。以为已经长埋于地下的秘密，隔了半生还是破土而出。她的心里浮现一系列的疑问：儿子是为了骗倒母亲，才扮演成跨性别者吗？还是他真的有这样的性取向？他形成这样的性取向的原因，跟他被母亲抛弃有关吗？她要为儿子的人生方向负上责任吗？儿子的出现和亲近，是处心积虑的计谋吗？为的是向狠心的母亲报复，还是只是渴求寻回失去的母爱？在能够解答这些问题之前，女教授的家庭，以至于她苦苦重建起来的人生，却慢慢地开始崩溃了。

《平生》照样获得一致的好评，得到了好些奖项，销量也比《圆缺》增加，但是，距离专业作家的理想还是有一段距离。不过，凭着著作得来的名声，倒为小龙增添了写小说以外周边工作的机会。有一段日子，她经常到中学演讲和教写作班，又在不同的大学担任写作导师。这些收入来源并不稳定，而且占去了她不少写作时间。至于报刊的固定专栏和不定期稿件，稿费相当微薄，除非日以继夜地笔耕，否则难有经济上的成果。在这样的艰难处境下，小龙依然坚持向经济独立的目标努力，为的当然不只是一口气，但也不是什么女性自主的原则，而是文学应该同时具有精神和物质价值的信念吧。

在种种琐碎和消磨的奔波之间，她还能在两年内再写出新长篇《尺素》，实在是令人惊叹的事情。这次的题材骤眼看来更为大胆。主角兼叙述者是一位三十多岁的女小说家，以大胆的情欲书写走红于文坛。有一天她收到一封从出版社转寄过来的读者来信，男性写信人一开始就明言，他是一位在囚人士，正在赤柱监狱服刑。他首先表示对女作家的作品的景仰，感想说得头头是道，不像是客套话。他继而表示自己从小就对写作感到兴趣，但一直苦无学习门路，只是自己胡乱看书和涂鸦，走了不少冤枉路。出来社会工作之后，也曾尝试在网络上发表小说，不过读者不多，也没有什么回响。他自知这些都是不登大雅之堂的俗物，提起来也觉汗颜。自从因鲁莽干犯罪行而锒铛入狱，回想自己虚掷的前半生，忽然萌生通过文学重获新生的想法。他细数自己入狱前已经读过的作者，包括莫言、王安忆、余华、张大春、朱天文等等，都是当代名家。对于香港本地作者，除了女作家之外却不甚了了，甚为惭愧。他虚心地向她提出两个请求：一是向他介绍值得细读的香港作家，二是为他解答写作上的难题。女作家被这封意想不到的信打动了，觉得此人实在难得，于是便动笔给对方写了回信。来信人并无详及他入狱的具体原因，女作家也觉得不便去问。

如此这般，女作家跟这位狱中文学爱好者保持通信。对方的信件时密时疏，但都写得很长，里面充满着求知的热情，以及自我更新的渴望。因为缺乏正规学习，有时难免会流露出幼稚陈俗的观点，但也不乏有趣甚至精妙的看法。通信日久，两人甚至会谈及个人生活的点滴，流露出内心深处的感受。囚犯会谈及他在破碎家庭成长的痛苦经历，以及刻骨铭心但却教人唏嘘的恋爱故事，而女作家则忍不住对自己不甚满意的婚姻作出种种暗示。不过，她始终保持警觉，点到即止。而且，也从不把自己家里的地址向对方透露。她的戒心令她感到内疚，但对方毕竟是个陌生的犯罪者。

有一天，狱中文友来信说，他下个月将刑满出狱，重获自由。他希望能继续跟女作家保持联络。为此，他给她写了一个某商场单位的地址。女作家收到消息后，如梦初醒。她发现自己心里冒起了不安，但是又同时按捺不住强烈的好奇。她决定先回信到那个新地址再算。一个月后，她收到从那个地址寄来的回信，信中洋溢着对新生活的热望。对方表示自己重操故业，当面包师傅，在一个旧朋友开的西饼店工作。他又透露，正打算以自己的经历为蓝本，创作一部长篇小说。少不免又向女作家请教了一些写长篇的要诀。女作家对此充满期盼，对文学的巨大潜移作用也信心大增。就算是一个教育程度不高，来自社会底层，而且又有案底的面包师傅，也懂得欣赏文学，甚至创作文学。谁说文学只是少数精英分子的专利？

奇怪的是，女作家回信后，对方却一直没有回音。她忍不住亲身到那地址查看，发现那真的是一间小规模的西饼店。她远远地观望，又在外面来回走了几遍，但却不敢走进去。她竟然害怕被对方认出。为此她感到非常羞耻。如是者连续去了三天，她终于鼓起勇气走进饼店，装作选购面包，偷偷地四处张望。她始终不敢问店员，店里有没有一位叫作某某的师傅。回到家里，她觉得自己的行为很荒谬。就算给她找到他，她打算怎样？请他坐下来喝杯茶？谈论他的小说进度？给他即时的指导和意见？还是给他送上自己的新书？

打消寻找对方的念头，女作家的生活重回正轨，觉得事情还是告一段落为佳。大概过了三个月，报纸上的一则新闻吸引住她的目光。那是一宗风化案。案中被告某某，被控性侵犯和意图强奸两个年轻女生，因为是刚出狱不久的同类案件的惯犯，被重判入狱十五年。就在同一天下午，女作家收到一包邮件，里面是一份几十页的手稿。一看字迹，就知道是那位狱中文友的手笔。她连忙坐下来细读，发现是一部自传式小说的零散片段，前面关于主人翁的成长，中间关于一段纯真但最终失败的恋爱，最后的部分，则是几次强暴罪行的详细描述。女作家从未读过如此惊心动魄而又令人恶心的文字。她感到犹如自己被强暴一样，极端的愤怒和痛苦，但又同时羞愧得无地自容。与这些粗糙而赤裸的文字相比，自己那些为人激赏的情欲小说，全都显得异常的虚伪和造作。另外邮件又附上一封短信，内容讲述了小说创作的原意和遇到的困难，以及最终放弃的原因。又提到在过往的几个月，曾经多次在女作家住处楼下徘徊，结果还是缘悭一面。最后他感谢女作家多年来的耐心教导和慷慨分享。女作家像是做了一场噩梦，甚至是生了一场大病似的，好几个月没法写作。家人也不知道她发生了什么事。她决定去监狱探访那个人。她要代表所有被他侵犯过的女性，去面对他，也仿佛同时是面对自己。不过，她首先得向狱中的他写信，要求把她列入探监者的名单。最后，她收到他的拒绝信。

《尺素》是那么尖锐的一个幻灭的故事。我怀疑当中多少反映了小龙的心境。这本书出版之后，评价甚高，但小龙却好像并不特别感到鼓舞。她渐渐停止写作以外的教学工作，也不再接受演讲的邀请，潜心于下一本小说的创作。这本看似轻盈的小书，叫作《津渡》。故事讲一个快将结婚的三十岁女子，一个人去了大屿山的大澳旅游。在过河的横水渡上面，她突然产生一阵天旋地转的迷失感。她决定在由旧警署改建而成的酒店住下来，没有通知任何人自己的去向。（其实在写作的时候，大澳文物酒店尚未建成，而那个靠一条绳子把小木船拖过对岸的横水渡，却早已被新建的铁桥取代。两者的并置完全是时空跳接。）当晚，在酒店的餐厅，女子遇到一个年约五六十岁之间的男人。对方问她是否一个人，又问可不可以请她喝一杯。那人说自己在附近开有机农庄，每天早上会亲自送食材过来，晚上有时也会过来跟客人聊聊天。他又说自己是大澳人，长大后出去念书，法律学院毕业，在区域法院当了二十多年裁判官，退休后又回到大澳来。女人有点不太相信男人的话，但又对他感到好奇。他既有教养但又有点粗犷的外表也十分吸引。女人告诉男人自己已经有未婚夫，男人立即举杯祝她新婚愉快。两人聊了一整晚，男人离开之后，女人回到房间，发现自己对男人的举手投足没法忘怀。此后三天，两人多次会面，男人带女人四处游览大澳，看过棚屋和天后庙，也出过海，上过山。就是这样的一个定格于不同的风景的，气氛平静，结构松散，节奏缓慢的小说。《津渡》不像前作般富有戏剧性，情节几乎没法复述。最后，也不知道男人和女人之间有没有发生什么，以及会不会发展下去，只知道女主角再搭上那横水渡的时候，决定取消婚约。

一如所料，《津渡》是个反高潮。它就像一团迷雾，让读者看得不知所以然。有评论者认为，在《尺素》的幻灭之后，《津渡》就只剩下风味，而没有内容或意义了。当然也有人在"没有故事性"上面做文章，甚至把《津渡》和《去年在马伦巴》相提并论。那其实也不过是另一种不知所以然，没话找话说而已。至于有论者反过来认为《津渡》过于通俗，向流行爱情小说靠拢，也就不足为奇了。怎样也好，正如小说中的女主角正面对人生的转捩点，《津渡》也可以说是小龙的小说生涯的横水渡。从此之后，她就没有再提专业写作和经济独立了。我不是说她放弃创作，而是说，她接受了作为大学教授妻子的自己，不用再去烦恼什么靠丈夫才能写下去的闲话，以一个爱好者（也即是 amateur 这个词的本义）的方式，继续她的文学创作。

当然，龙钰文还是龙钰文。她不会因为不再着眼于销量，而转向冷僻或艰深的方向。对于文学形式的创新和实验，一向也不是她感兴趣的事情。可读性始终是她的信念。在《津渡》和《朝暮》之间，相隔四年之久，令人一度以为龙钰文已经"玩完"。这期间她只是出了一本名为《咄咄休休》的专栏文章结集。到了2008年《朝暮》出版，大家终于等到了小说家龙钰文的回归。也许由于这样的心情，读者对《朝暮》似乎看得比较宽松，很容易就收货了。

作为爱情小说，《朝暮》把"忘年恋"的惯常模式倒转了——它说的是一个初老女人和一个少年的情感。五十五岁的女主角是一个医生，在大学保健中心工作，结婚三十年，两个女儿已经大学毕业。她是个谨小慎微，循规蹈矩，对生活没有任何不满的女人。到了这年纪，一心只是等着退休和两个女儿出嫁。除此以外，前面没有什么特别值得期盼。令她完全意料不到的是，一个经常来看病的男硕士生，竟然对她表示好感。男生经常送一些小东西给她，又借辞约她吃饭。她虽然觉得古怪，但也不以为意，以为只是小男生的恋母情结作祟。曾经在年轻时怀有男胎但却小产的女医生，一直对男孩子有着既疼爱又回避的复杂心理。当她知道男生年少丧母，她便禁不住对他生起怜惜之心。一个学期下来，女医生发现自己在不知不觉间，对男生产生了微妙的感情，对他的健康和学业，甚至是私人生活也关心起来。当她听到男生跟女同学交往的旧事，心里竟然生出了妒忌。她警醒自己不要糊涂，及早结束这段暧昧的交往。可是，男生却异常地坚决，并且趁机明确地表白，他爱上了比他年长三十年的女医生。从他半年来的表现，女医生相信他不是恶作剧，也不是一时冲动，但她没法接受这样荒诞的爱。她觉得除了她是女人和他是男人，所有条件也不对。而且，她对她自己的家庭有责任。作为缓兵之计，女医生说，在男生完成硕士学位前，不要再提这样的事。如是者又过了一年，男生硕士毕业，他再次向女医生示爱，并且说：我已经完全准备好了！你呢？女医生坦白地说：我和你之间，不可能有性。这个我接受不了。男生便说：我不需要性！我只需要爱！

小说的下半部，才是考验的开始。从向丈夫提出离婚，到女儿的不解和责难，以至于亲友的鄙弃，女医生几乎失去了前半生累积起来的所有东西。她拥有的就只是独立的经济能力和一间自己的房子。她在人世间几乎尊严尽毁，就算是新认识的人，她也不敢向对方披露自己和男生的关系。在陌生人面前，她乐于被误会为母子而不加解释。可是，男生却坚持双方应该光明正大。为此两人不时出现争吵，但是很快又会和解。女医生决定在退休之前，支持男生完成他的博士学位。除此，她没有更长远的打算，也做好了对方有一天要离开她的心理准备。男生却向女医生作出承诺，将来成为大学教授之后，要照料她的余生。最后，男生向女医生求婚。他们在沙田婚姻注册处签了字，两人勾着臂，静静地沿着城门河畔前行。看不出是朝阳还是夕阳的金光，斜斜地照在两人身上。

这样的小说，简直是个童话故事。但是，小龙却有能耐把人物的心理写得丝丝入扣，令读者完全信服他们的行为。这对作者来说，需要等同于小说中那个男生的自信和决心。小龙的小说几乎都有这样的特色，那就是把不可能的处境写成可能。她的小说没有幻想或超现实的成分，全都是切切实实的生活描写，但却一致建基于某个不合人之常情和常理的设想。

两年后出版的《风流》也是如此。一对三十多岁的男女，三年前各自单独旅行时，在布吉岛的一间度假酒店认识。样子风流的男人，主动接近女人。女人起先反应冷淡，但渐渐又觉得男人有趣。

当夜两人半推半就，发生了关系。第二天开始把臂同游，犹如亲密伴侣。旅程结束，大家都获得了意想不到的惊喜，但却没有更多的期待。男人在回港的航机上还戏称，下次有机会再结伴旅行。之后，他们回到自己的工作和生活，就像只是做了个惬意的绮梦。几个月后，女人完成了一件十分劳累的工作，想找个地方散散心。她想起了男人，联络上他。他立即请了假，陪女人去了冲绳。自此，两人就成为了"旅伴"，每隔几个月一起旅行，其他时间却各自生活，从不见面。他们没有详细查问对方的背景，也没有去确认真假。他们互相分享的，就只有每年那总共二十多天的共处。两人以这种关系度过了三年，而小说集中叙述的，是三年内最后的一次旅行。这次的地点是马尔代夫。在度假酒店里，他们遇到一对度蜜月的年轻新婚夫妇。对方误会他们也是一对夫妻，而不知何故两人也没有否认。由这误解开始，他们发现彼此的关系悄悄地出现了变化。两人不再像之前的潇洒，开始多了顾虑、不安、猜疑和试探。他们都想确认对方究竟是玩票还是认真的，但在确认之前又不能暴露自己的意图。双方都以假求真，结果却又假戏真做。这对"最佳旅伴"究竟能不能成为"最佳伴侣"呢？小说下半部有许多幽默而又讽刺的描述。结果貌似风流的男人宣称，他由始至终都爱着女人，而且一直在默默地等待适当的时机向她表白。女人却说她其实已经结婚，并且有一个六岁的儿子。最终她拒绝了男人，决定以后也不再跟他见面。游戏规则已经被破坏，大家失去了维持关系的基础。至于两人所说的是否属实，则无从稽考，似乎也无关重要了。

如果《朝暮》表达的是对超越肉体的爱情的信任，《风流》则仿佛作出一个反论，说明爱情是无法把握的虚幻事物，只有肉体才是实在的东西。有些读者对这样飘忽的观点感到无所适从。《风流》似乎是小龙的小说中评价最差的一部。有人觉得此书言之无物，只是靠一对偷情男女的伤风败德作卖点，结局的不确定也只是故弄玄虚。甚至有人认为，龙钰文已经江郎才尽，原本便已经十分狭隘的识见再变不出什么新花样。至于采取文化批判角度的论者则断言，龙钰文由始至终也是一个小资产阶级品味的二流小说家，既无意探讨女性受压迫的处境，也无力给弱势者赋权，极其量也只是卖弄一下花巧的构思，写些讨人欢喜的奇情故事。

　　小龙心里并不是不在意批评的。她还未超脱到那样的地步，但她也不是个轻易认输的人。大概在《风流》出版前后，内地兴起了一股港台文学风潮。小龙的前期作品，也乘着这潮流出版了简体字版本。不少港台作者都纷纷回到内地活动，寻找更大的市场和新的发展机遇。小龙也曾在出版社的安排下，参加过内地的书展，但对内地文化人的交往方式感到不惯，也对疲劳轰炸式的媒体采访感到厌倦，很快就谢绝了同类活动的邀请。她发现，自己对于专业作家的理解已经发生变化。她坚持的与其说是工作流程和回报上的专业，不如说是创作态度上的专业。秉持着这样的态度，管他是挫折还是机遇全都抛诸脑后，她在 2012 年写出了新作《无端》。

　　《无端》最特别的地方，就是它好像没有什么特别。要说故事的话，就是一个老掉牙的红杏出墙的故事。要说新意，就可能是那红杏根本就没出墙的理由和意图。所有事情也是"无端"发生的，至少是表面上如此。故事的主人翁是一对小夫妻，两人在中学时代是同学，毕业后没有考进大学，一起在职业训练学校进修餐饮业课程。女生从小就喜欢弄糕饼和甜点。中三的时候，她把家政课上烘的一个面包送给男生。那是一个什么花巧也没有的，外表香脆而内里松软的十字包。两小无猜的感情，就是这样开始了。男生为了陪伴女友，也决定学习西式面包和蛋糕制作。两人学成后在酒店西餐部打过几年工，女生甚至获派到法国短期深造。后来男方向家人借了笔钱，和女友一起创业，开了一间小饼店。青梅竹马的两人也顺理成章结了婚，夫妻俩一起为事业而奋斗。饼店的口碑甚佳，生意不错，但经营成本亦高，实际所赚不多。妻子后来利用脸书作宣传，又上载自己的甜点制作短片，加上本人样子亦甚甜美，在网络上疯传起来，得了个"美女厨神"的称号。店子的生意好起来，妻子连续不断地接受媒体采访，甚至获邀开设专属的节目，厨具和食材品牌亦争相送上赞助。妻子变成了公众人物，忙得不可开交，收入亦水涨船高。丈夫对妻子打出名堂十分高兴，但内向的他情愿全力打点店子，镇守后方。后来一位当初帮妻子拍摄节目的监制，主动提出成为她的经理人。两人开始打造各项发展大计，关系越来越亲密。相反，丈夫只懂老老实实地躲在厨房，每天亲自焗制面包和西饼。不知什么时候开始，夫妻的感情出现了变化。妻子经常因为工作而不回家，而丈夫就只能默默地等待。成为红人的妻子，遵照经理人的意思，开始注重打扮，刻意经营自己的形象。她抱怨丈夫没有远大的眼光，不肯与时并进，永远像个长不大的少年。丈夫的静默和忍让，在妻子的眼里却变成漠不关心。在一次到外地拍摄美食节目的时候，妻子跟经理人发生了关系。之后两人维持着半公开半秘密的交往，连丈夫也察觉到事情的迹象，但他什么也没有说。大约半年后，妻子发现自己怀了经理人的孩子。她和经理人商量过后，决定跟丈夫离婚，而经理人亦答应跟她组织新的家庭。丈夫没有提出反对，只是在签署离婚协议书的时候忍不住流了泪。他交给妻子一个他亲手做的十字包，说：想不到我们由吃面包开始，也由吃面包终结。妻子一边吃着面包，一边流着眼泪。她忽然感到奇怪，两人到了最后，明明依然还深爱对方，但是，为什么却会走到这个地步？可是，她已经不能回头。两年后，一个偶然的机会，女子回到饼店去，想看看变成了什么模样。那间小饼店还在，但已经易手，连名字也改了。她进去问了问店员，从前的老板去了哪里。新的老板走出来，告诉她，那人半年前已经急病去世了。

只听情节，这是个不折不扣的通俗爱情故事，感觉甚至有点过时。然而，小龙集中所有力量，一直紧扣着"无端"这一点，通过无数看似没有特别意义的生活细节，不动声色地把一对恩爱夫妻的关系推向无法挽回的结局。第三者的出现，也只是所有"无端"中之一环，并非独立的决定性因素。而事情亦不能简单地归咎于任何人的道德缺失。越看越让人透不过气来的，是人心的难测和人事的无解。一切变化，都是数不尽的因缘的互动和累积。到当事人发现事情发展的势态，要推倒重来已经太迟了。"无端"这一本质，实在是生命里最可怕的东西。它能生成一切，也能毁灭一切。就连最深厚的爱，也无法抵挡"无端"的侵蚀。

也就是这样的实力，令《无端》得到本地的一个长篇小说大奖。其中一位评审说："对于小说传统题材和叙事方法的回归，在当今标奇立异和形式主义的文学界，是个难得的现象。"这样的意见真可谓完全捉错用神。不过，这个关系不大。那三十万元的奖金，终于有点讽刺地实现了小龙追求多年而不得的经济独立和专业作家级的报酬。至少是短期内如此吧。她决定运用这笔历来最大的收入，到英国去旅居一年，进行新的创作计划。这是个完全独立的决定。我作为丈夫，只需作出精神上的支持。其实，自《无端》完成之后，小龙的写作停滞不前，已经差不多三年了。这笔奖金无疑是一阵及时雨，让她可以完全自由行动，寻找创作的新动力。

我一边读着雷庭音交给我的龙钰文创作历程简报，一边回想起小龙二十年来写作生活的种种。我要求学生总结一次研究对象的作品，是希望他们对作者的整体面貌建立基本的把握。在简述作品的过程中，乘机摸索重点所在，或者试探自己在哪些方面有所疏忽和遗漏。我们所能复述的，远远较作品本身为少，当中的筛选和过滤，或者有意无意地增删，都会揭示出自己解读的倾向和缺失。这是个我作为论文指导老师多年来一直沿用的方法。

庭音又提交了好些零碎的初步观察。她这个人心思敏锐，头脑不错，时有精妙的见解，但是组织力较弱，宏观视野不足，常常见树不见林，写出来的观点难免支离破碎。在谈论龙钰文的文风的时候，她写道："语言精简、干净、通透、爽快，看似随意而行，浑然天成，其实有精心的安排和高度的控制。句式变化甚多，节奏缓急有致，似是得力于宋词长短句。古典影响深厚，但并不外露，遣词造句没半点文言味和文艺腔，完全是现代感的白话。间中有广东话渗入，但数量不多，不能算是特点。活用西方文学技巧——叙事、意象、讽喻等，但无意进行前卫的形式实验，或后现代式的文本游戏。语调：抒情而不滥情，冷静而不冷漠，讽刺而不尖酸，幽默而不轻率，哀伤而不沉溺。"

在主题处理方面，特别是她的论文所关注的"爱与性"，庭音这样分析："粗略的印象：以异性爱为基础，虽然曾出现跨性别者，但大体上为传统的男女模式。婚姻乃其中一大主题，几乎每部作品也涉及。亲子关系较少处理，直接者为《平生》一篇而已，但《朝暮》也有相似意味。潜在的伦理关系有广泛渗透，在《圆缺》《朝暮》(《平生》?）中有乱伦暗示。欲望与爱的分割：去除性的爱单独存在之可能（《朝暮》《圆缺》）、纯粹性而无爱的伤害或毁坏（《平生》《尺素》《风流》）、性与爱的不确定存在与否（《津渡》）、性对爱的随机摧毁（《无端》）。初步结论：性与爱罕能并存，常处于不稳定或对立关系。猜想：爱乃源于性欲但又独立于性欲的情志（情感加意志），但爱受到性欲的强烈影响。人格的确立以爱为核心。作为情志，爱受到内外两方的建构和夹攻：内在的性欲或人性，外在的社会性或群体性（伦理、道德、价值观等等）。完全没有直接性描写，连以性为主题的《风流》或者《尺素》也没有，但却有不少身体描写。纵使没有性描写，性的暗示和意味在所有作品中却相当浓烈，甚至涉及暴力，如《圆缺》和《尺素》(《平生》?）。可以理解为'不写之写'？'缺席的在场'？"

在结构方面，她这样说："所有小说也建基于一个或多个原初的缺块、悬念或创伤，或可称为叙事的原发点。《圆缺》：孪生姐姐之受性侵与自杀、男孩的心漏病与换心手术。《平生》：女教授年轻时的性与怀孕、儿子的变性。《尺素》：囚犯的成长创伤与性犯罪、女作家的性书写。《津渡》：不知有没有发生的性、没有履行的婚约。《朝暮》：男生丧母、女医生流产。《风流》：男女主角互相隐瞒的真正性经验和性动机。《无端》：奇怪！完全没有原发点！是那个面包吗？但那面包并不是空缺或创伤，而是制造和烘焙啊！难道，每一刻也是原发点？有的原发点在小说进程中揭示出来，有的到最后也依然是无解的谜。也可以把结构上的原发点称为'情感的黑洞',或者'意义的奇异点'(singularity)。在黑洞之中,情感不可能存在,但是,整个的爱,却又是由黑洞诞生;在奇异点之上,意义崩解,但是,整个意义,却又是由奇异点支撑和建构。"

另有一个有趣的观察:"对面包情有独钟。"

13

身体的疲累和肌肉的痛楚持续。晚上老是睡得不好，半夜醒来心跳很快，呼吸非常吃力。妻子说做点简单的运动对纾缓精神紧张有帮助，建议我早点起床，到附近的公园走走。只是我夜里失眠，早上便加倍疲倦，老是提不起劲。

那天妻子特地在大清早打电话回来，叫我起来散步，我却赖在床上不愿动，结果便躺着跟她聊了大半句钟。其实，主要是她在说，我在听。她说昨天听了个很有趣的演讲，讲者是一个文化史研究者，题目叫作"诗与科学——拜伦的女儿"。演讲的上半，介绍了英国 19 世纪大诗人拜伦的女儿 Ada Lovelace 的事迹。她是拜伦唯一合法婚姻下所生的儿女，在出生后一个月便给父亲丢下，从此没有再见。拜伦随后离开英国，在爱达八岁的时候死于希腊独立战争。几乎没见过父亲的爱达由母亲养大。母亲为防止父亲的"疯狂"遗传在女儿身上发作，不但不准她接触父亲的作品，更刻意安排她接受数学教育。爱达果然是个数学天才，但也遗传了父亲的想象力，十二岁时便设计了一台飞行器。成年的爱达得到不少数学家的赏识，其中一位 Charles Babbage 提出了建造一台"分析引擎"（Analytic Engine）的构想。这台机器据称可以用于数学计算以外的用途，比如音乐创作。这可以说是后来的电脑的雏形。爱达把巴伯治的相关论文由意大利文翻译成英文，并且附加了比原文长三倍多的注释。这些注释解释了"分析引擎"的运作原理和应用方式，后来被科学界认为是世界上第一条电脑运算式（algorithm），或者第一个电脑程式（computer programme）。爱达也被视为历史上第一个电脑程式编写者。不过，巴伯治的"分析引擎"并没有实际建成，而爱达的程式也没有测试的机会。爱达三十六岁时因子宫癌逝世，因丈夫的爵位而称为 Countess of Lovelace。传闻说她的私生活并不检点，颇有其父的遗风。她则称自己的治学方法为"诗化的科学"（poetical science）。她又曾经表示，希望能编写出人类大脑和神经系统产生思想和感受的运算式。不过，爱达似乎不相信人工智能（AI），而且对形而上的灵体感到兴趣。

演讲的下半部分，倒过来讲"科学化的诗"。讲者罗列了近年一些科技公司和个别研究者开发的电脑写诗程式，或称为"作诗机器"。有的专攻十四行诗，有的选择形式开放的现代诗。有的以词语为出发单位，有的以文法和句式变化，有的则利用报章每天的头条新闻。输入方面亦各有不同，有的利用数以万计的通俗爱情小说，有的输入所有英语诗作的资料，有的自由运用网络上的资讯。写诗程式一般都有学习功能，能累积意象和辞藻搭配的经验，懂得比较和分辨不同可能诗句的优劣。出来的成果甚为惊人。就算整体来说未必做到一首完美作品的效果，但个别的诗行的确有意外的惊喜。讲者扬言，电脑程式将会能按不同诗人的文风，创作出具有那位诗人的独特性的作品。拜伦的"新作"，我们可以翘首以待。某程度来说，拜伦的女儿，程式编写者爱达，重造了她的父亲。

出乎我的意料之外，一向对科技不感兴趣的小龙，对这样的题材不但没有困惑，反而表现得十分兴奋。她在电话中说：如果有一天出现小说写作机器，我们这些小说家就要失业了！说不定，已经有人编写出这样的程式来。又或者，其实我自己就是这样的一部机器？在我看来代表着文学的末日的消息，在小龙看来却好像新世界的福音，或者至少是值得期待的变革。这对于身为小说家的她，究竟意味着什么呢？

小龙挂线后，传过来一张照片，问我能不能看出什么有趣的地方。那是她的书桌的照片，只亮着书桌灯，光线昏黄暗淡，桌面上有手提电脑和书本。前方的墙上贴着一些 A4 大小的通告和资料，还有明信片和小型海报等等。我把照片放大，细看之下，其中一张明信片上印着"REAL MEN MARRY WRITERS"。我哈哈大笑出来，问她是哪里来的。她回答说：一间店里卖的搞笑明信片，也有"REAL WOMEN MARRY WRITERS"和其他职业，好像哲学家、画家、音乐家、歌手等等。不过，偏偏没有 Professors，所以便唯有选这一张，算是对我的赞赏。

同日中午，因为不想碰见任何人，开车到火车站美心快餐，打算买饭盒回办公室吃。经过康本国际学术园外面，又看见那个光头的外籍瘦子，在大楼外面的阶梯拾级而上。今天他穿的是粉红色衬衫和蓝色牛仔裤，在阳光下甚为抢眼。我在前面的回旋处掉了头，驱车回到康本停车场。泊了车，穿过停车场内的通道，直达二楼的商务书店和 Cafe 330。远远便望到那个粉红色身影，拿着餐盘四处在找位子。因为是午饭时间，师生很多，见他好不容易才找到一张双人桌的单边座。我到食物柜台前，随便拿了盒火鸡肉沙律和一瓶黑豆浆，匆匆付了钱。恰好坐他对面的女生用餐完毕，站了起来。我连忙上前，坐下来的时候，装作惊讶地说了句：

嗨！这么巧！认得我吗？那次在泳池畔——

对方立即绽放出友善的笑容，微微站起身，向我伸出手，说：

记得！当然记得！

我们像故人重逢般热络地握了手。我看见他吃的是白汁蘑菇长通粉，喝的是红萝卜橙汁，记起他是素食者，便说：

你吃素，是为了宗教原因吗？

他轻轻地笑了两声，说：

我好像说过，我不是佛教徒，虽然我一直练习禅修。

那么，难道是科学上的原因？

他照样是斯文地笑着，说：

并没有科学证据证明，吃素比吃肉更健康。

哦，那么是为了环保？有关粮食生产上的问题？或者动物权益？

他摇着头，说：

我不反对这样理解。不过，可能纯粹是，不想吃动物吧。

我看这个人不是太低调，就是太顾及别人的感受。在吃肉的人面前大谈吃素的高尚原因，可能会令对方感到困窘吧。我于是便很自在地吃我的火鸡肉沙律了。

不知为什么，他的深肤色和瘦身材，穿那粉红色的衬衫很协调，一点也不觉得突兀，反而有一种既洒脱又温柔的气息。我们中文系，不要说男士，连女士也不敢穿这样的颜色。我不只出于礼貌，而是真心的好奇地问：

你工作的地方在哪？

我们的研究中心吗？不在主校园内……在科技园那边。

也不近啊？为什么跑过来吃饭？那边也有很多餐厅吧？

这个嘛，想多看看年轻面孔。而且想静静地一个人。

那我岂不是打扰你了？不好意思！

对方连忙澄清说：

不！不是这个意思！千万别误会！我们也算是有缘吧。

我也不知为什么，自己变得反常地脸皮厚，而且絮絮叨叨。我接下去说：

还未自我介绍，小姓佘，佘梓言，中文系教授。

因为对方是外籍人士，怕他听不懂我的名字，便掏出名片向他递上。对方又半站起来，接过名片，同时以外语说了自己的名字。我只听到两个 Y 和 H 字头的发音。我们又握了一次手。

不好意思，我没有带名片的习惯，名字也有点难念。你可以叫我 Yu Ha。

鱼虾？

哈哈！"鱼虾蟹"的"鱼虾"，小时候常常给本地同学改的花名。不过，如果嫌太搞笑的话，也可以看作姓氏的"余"，和"巴哈"的"哈"。

余哈？我有点不肯定地重复说。

他眯着眼看着我的名片，好像懂得读中文似的，说：

对了，就是有点像你的姓氏的"余"字。……这里的第二个字读"梓"，是一种树吗？

没错，也解作"有用的木材"、"纸张"和"书本"。

很有意思的名字呢！

我太太的名字也很有意思，而且跟我的名字成对偶，即是三个字互相对照。

我掏出原子笔，在餐纸上写上妻子的名字，一边解释说：

"龙"字你认得吗？我的姓跟一条蛇的"蛇"字同音，所以"龙"和"蛇"相对。"钰"字则有点冷僻，"金"加"玉"，珍贵的宝物的意思，跟"梓"字的木材相对。"文"字和"言"字，就不必多说了。我太太是个小说家，我是个中文系教授，真是人如其名呢！

余哈很感兴趣地听着，点着头说：

原来是这样吗？看来你们真是天生一对！

我心想，引导别人作出这样的结论，似乎是过于自以为是吧。为了掩饰尴尬，我把话题转向对方。虽然察觉到对方手上没戴婚戒，我还是问：

你呢？结婚了吗？

噢，结了。

真好！妻子有工作吗？是做哪方面的？

你是说我丈夫吗？

你丈夫？

对啊。My husband 是香港人，在 NGO 工作的。

不知怎的，听他这么一说，那张脸容突然浮现出阴柔的线条，整个人的姿态也显得女性化起来。不过，怎么说也不是娘娘腔，而依然是个实实在在的男子。这令我有点困惑。我竭力防止自己露出惊讶的表情，装作很寻常似的，说：

那么，你是哪里人呢？

虽然在香港长大，但对国籍或者种族这回事，我一向不太在意。可以说是国际人吧！

我点头表示理解。为免对方认为我的态度出现变化，我尽力保持友好的谈话气氛，引入新的话题，说：

对了，你是搞科学的，我有些问题想向你请教。

余哈很大方地微笑了一下，表示乐意聆听。

你听过 Ada Lovelace 吗？

当然！Lord Byron 的女儿，数学家，被称为世界上第一个 computer programmer。不过，也有人对这说法抱怀疑的态度。

是吗……我想知道的是，你对用电脑程式来创作文学这回事，有什么看法。

接着，我便把今天早上从妻子听回来的事情，原原本本地讲了出来。我因为有点心急，而且又是我不熟悉的范畴，说得有点乱。对方很认真聆听着，不时轻轻点头。就算是一边吃着长通粉，也绝无半点分神，亦尽量避免对我造成干扰。待我说完之后，他眨着长睫毛的眼睛思索了一会，才不缓不急地说：

这当中牵涉到两个问题。第一，algorithms 能不能做到人做的事情，在这个 case 是写诗，一个需要高度的智能和情感的行为。第二，人的行为本身，包括写诗，是不是由 algorithms 所产生出来的。

简单来说，就是人和高智能的机器有没有本质上的分别。就这一点，科学家之间意见分歧。有的认为，人体不外乎是一台极端复杂的机器，而人脑的运作，也不外乎是一系列极其复杂的运算法。当然，也有不少科学家依然相信，人虽然可以制造出高智能的机器，但人和机器毕竟是完全异质的东西。那分别就是所谓的自我意识，也即是传统称为灵魂这样的东西。晶片、运算法和资讯是不会产生自我意识的。大概就是这样的一个观点吧。

那么，你认为呢？没有自我意识的程式能写诗吗？或者通过这样的方式运算出来的东西，可以称为诗吗？

我对文学是门外汉。不过，在更接近数学原理的音乐上，已经有人编写出各种各样的音乐创作程式，其中有一个专门创作巴哈的音乐（或者说是"巴哈风格"会比较合适吧）。经过有古典音乐训练的听众的测试，结果没有多少人能分辨出一首乐曲究竟真的是巴哈本人的作品，还是电脑程式的作品。把电脑作品错认为是巴哈本人的，似乎还占多数呢！在古典音乐创作方面，跟棋盘比赛一样，运算式可以说是几乎全胜了。

有这样的事情吗？真是太不可思议了！那不就等于巴哈复活吗？

某程度上，可以这样说吧。

将来莫扎特、贝多芬等等的大师，都会一一复活吧！

嗯……如果程式编写员有这样的兴趣的话……

所以，你同意人类其实就是运算式的产物？

不只人类，所有生物也是。只是人类在复杂程度上有一个跳跃，出现了自我意识这东西，所以才显得不同吧。

　　但我们并不像机器般千篇一律，而是个别不同的，行为也千变万化，不可准确预测。难道这不是独特的灵魂的证据吗？

　　人类行为其实也有固定的模式。只是在巨观的模式下，容许某程度的变异。就算是运算法出来的结果，也可以是每次不同，充满变数的，但在总体原理上，却又是一致的。比如说，我们刚才谈到的婚姻，一直被视为非生物性的社会习俗，但是，其实却是某种内置的运算式的结果。就算是政治，也不过是好几种运算式产生出来的模式，无论是民主主义、独裁主义、共产主义、社会主义、自由主义、无政府主义等等，都是一些 master programmes。在一个 master programme 下面，可能出现多个变异的 sub-programmes，但它们的核心共通性是非常高的。而所谓不同的，甚至是对立的programmes，也有互相重叠，或者是互为表里的地方。就好像古希腊的情况一样，独裁政治催生了民主政治，民主政治又成为独裁政治的温床。当权者和反抗者，有时可以是惊人地相似。这些政治上的斗争和更替，也可以视为好几个基本的运算式的互动。

　　可是，如果一切都是运算式所决定的，人还存在自由意志吗？

　　余哈突然忍不住笑了出来，好像我说了什么无可饶恕的蠢话似的。一直相当温文的他，忽然变得雄猛起来，柔和的脸面也暴露出尖锐的轮廓。

　　说到 free will，那简直是人类史上最大的迷思。你知道"自由意志"这个观念是怎么被创造出来的吗？

　　我知道这是个修辞式问题，便只是瞪着眼睛而没有作答。余哈于是便继续说下去：

　　自由意志是由早期的天主教神长们发明出来的概念。基于神

是全知和全能的假设（是的，是假设而已），人的所有行为早已全
无例外地在神的知觉和把握之中。也即是说，人的行为早已被注
定，而且没有改变自己命运的能力。可是，如果是这样的话，人又
怎么能向自己的行为负责？而罪的概念又如何能成立？不是所有事
情都是神所决定和安排的吗？那么连犯罪也应该包含在内吧。为了
释除神的责任，而把所有责任抛给人自己，神长们发明了"自由意
志"。人之所以犯罪，是因为他的自由意志，在善和恶之间作出选
择。所以，他必须为自己的自由意志所促成的结果负责，也即是承
受惩罚。至于人的自由意志如何不跟神的全知和全能产生逻辑上的
冲突，我认为由始至终也没有令人信服的解释。大概说是一种奥秘
便敷衍过去。自由意志当然也表示人可以选择为善。不过，人以自
由意志选择为善，却又不是他得到神的奖赏和救赎的充足原因。因
为如果人能靠自由意志行善而得救，神在这事情上便没有最终的决
定权。也即是说，神不能不让一个行善的人得救。把犯罪的责任抛
给人，给予人自由意志，却剥夺了神的全能性，这是不能接受的事
情。于是，神长们又发明了"恩宠"（Grace）这个观念，作为神的
全能的保证。人之能得救，除了靠他的自由意志所行的善，最终还
要得到神全权施予的恩宠。恩宠而非善行，才是得救的充足条件。
如此这般，人的自由意志其实也没有多少决定性。这就是圣奥古斯
汀所提出，而被后世教会确立为正统教义的自由意志观。我们不
妨把它称为圣奥古斯汀运算式。按照这条运算式，在上帝所曾创造
的所有灵魂的总数中，最终能够得救的恐怕实在是少得可怜。难怪
但丁的地狱已经发生人满之患，但在天堂玫瑰的圆形广场上，座位
却寥寥可数了。至于后来非宗教化的西方哲学沿用自由意志这个概

念，其实并没有多少革新，只是延续人是绝对地自由思考和行动的个体的幻象罢了。

余哈停下来，用那修长的手指拿起果汁瓶子，放在唇边呷了一口，滋润了一下喉咙，继续说：

如果你问我，从科学的角度说，人有没有自由意志，我会说：有，也没有。或者，在有限的条件下有。那限制的条件是什么？就是我们的硬件和软件，也即是我们的物理身体和操作这个物理身体的运算式。两者某程度上可以说是同一回事，或者是 both sides of the same coin。中文应该叫作一体两面吧。物质身体和运算式的因果关系，是"先有鸡还是先有蛋"的问题。就算从宗教解放出来，启蒙时期的欧洲知识分子还相信灵魂的存在。所以他们可以接受动物是物质身体加运算式，也即是所谓的自动机械（automaton），人却拥有超越性的本质，也即是灵魂。从演化论的观点，这样的区分是完全站不住脚的。人和其他动物之间，只是程度的分别而没有本质的分别。那么，我们怎么可以谈论一个 automaton 的自由意志呢？

余哈再次拿起瓶子呷了一口果汁，动作之优雅，很难认为是一个自动机械的行为。这番谈话，已经远非轻松的聊天，而对我的精神施加着意想不到的压力。我调整着呼吸，没有反驳或质疑的余裕，只能虚弱地问：

但是，说出以上的一番话的你，难道是不由自主的吗？只是机械地吐出你的脑袋里面的运算式的操作结果吗？

他歪着嘴巴笑了笑，有点狡黠地说：

当然不是！你这样说太低估运算式了。运算式不是机械式运作的。高级的运算式，就是智能。而高度的智能，就是创意。而创意，不就是不能约化的个体性和独特性吗？这，大概就是你们所说的文学特质吧。运算式能写出具有文学外形和效果的东西，一点也不值得惊讶。但是，缺乏人类个体的整全体验的运算式，单靠功能和资讯，是没有可能写出真正的文学的。其分别就是所谓自我意识吧。有一天，人工智能产生自我意识和感知能力，它就具备文学创作的条件了。反过来说，文学能力可以成为人工智能发展的一个重要指标。不过，这并不是说现在创作文学的人有什么超凡的地方。他们只是某方面的运算功能特别强大的 automaton 而已。

余哈的能言善辩令我惊讶。他的中文表达能力也完全是意料之外。他对天主教教理的认识，亦在我这个从出生便受洗的信徒之上。我知道至少就今天的课题而言，我是招架不住的了。我发现面前的火鸡沙律几乎没有动过。我看了看表，对方立即明白我的暗示。他的确是个聪明人，不会只顾自说自话。他一口气把剩下的果汁喝光了。

我们站起来，离开咖啡店。我提出开车送他一程，他却说想进书店看看。

在书店门口，我突然问了句：

如果要用运算式让一位音乐家复活，你想要哪一位？

他想也不用想，说：

柴可夫斯基吧。

我对这个答案有熟悉的感觉，但又搞不清所以然，便只是做了个"原来如此"的表情，跟对方挥了挥手。

我去到停车场，坐进车子，手里还拿着那盒火鸡沙律。打开来吃了一点，但是味同嚼蜡。那大概就是机器人吃东西的感觉吧。

14

余哈说得对，人的自由意志真的没有多少决定性。不过，在多次失败后，我终于成功强迫自己七点半起床，到外面走走。

11月底的天气只是稍稍清凉和干燥，全无入冬的迹象。不过，我还是穿了风衣和行山长裤。从家到公园只需十分钟的步程，但却走得有点气喘，也许是还未适应大清早做运动所致。自从新婚搬到粉岭居住，已经接近二十年了。当初有一段时间，还有和妻子到公园去散步的闲情。不知从什么时候开始，就以忙碌为由荒废了，只剩下妻子自己到公园去跑步。

在公园里慢慢走着，发现好些树木也比记忆中高大和粗壮，树荫更浓密，可能是二十年间不经不觉地成长吧。有些设施好像也经过改建，面貌跟当初不太一样。现在不是开花时节，但预想中的红黄秋色和满地落叶的景致，也没有出现。无论什么树种，都一片郁郁绿绿的，好像还舍不得盛夏的装饰。

我不由得想起，在约两三年前，有一次不知为什么，妻突然和我谈起某君续弦的问题。她叮嘱我说，如果有天不幸她比我早离去，千万不要因为挂念她而不娶，要认真找个合适的人再婚。我嬉皮笑脸地说："曾经沧海难为水，除却巫山不是云"啊！她却幽幽地说：天地那么大，你又怎知道没有更好的海和山？而且，人心难免变迁，"树犹如此，人何以堪"，谁说得准呢？我答道：就是嘛，到时我也是个老头了。"树若有情时，不会得青青如此。"我倒不愿做那些常青树呢！她忍不住笑了出来，说：那你就做个孤独老人吧！我故作柔情地说："天若有情天亦老"……她立即掩着耳朵，大叫：酸的馒头！酸死人啦！

于是，看着眼前的景色，竟不由得有点莫名的愤然。体内的气血，也变得有点不平了。我走了不到一圈，便找张长凳坐了下来。在不远处的圆形广场，大妈们跳着群体舞，吵耳的音乐盖过鸟儿的歌声。穿过公园去搭火车的上班族，像步兵一样木然地列队走过。也许我应该听小虎的意见，学点禅修。

我掏出手机，给妻子传了条短讯："金风玉露一相逢，便胜却人间无数。"那边立即就上了线，并且输入了回复：怎么啦？我写道："柔情似水，佳期如梦，忍顾鹊桥归路。"妻子回道：几时变得伤感了？过了一会，又传来："两情若是长久时，又岂在朝朝暮暮！"我便自我解嘲道：我在公园散步，觉得那些树不太了解我！她停了一会，答道：哈！哈！不要太心急吧！找不到解语树，或者可以找到解语花呢！我心想，小龙这样说，是不是也记起那番话呢？但是我没有求证。我只是说想再走一会，大家便离了线。看看时间，那边刚刚过了午夜。

当天的论文指导课，我还是记着早上的事，有点心不在焉。学生们轮流做口头报告，我一直点着头，间中问一两句无关重要的问题。轮到庭音的时候，她继续发挥她早前提出的"性与爱分开"的观点，说：

龙钰文似乎认为，性是不能写的。这不但见诸她自己的小说几乎没有性描写，也见诸我之前分析过的结构，也即是"情感的黑洞"或"意义的奇异点"这个状态。性就是那个黑洞或奇异点，在性当中爱和意义也会崩解，成为纯粹的能量场。这样的能量场因为力量非常强大，所以是破坏性的、撕裂性的。但是，爱和意义同时又源于这能量场。所以两者又是不可分割的。而在另一端，又存在着另一个能量场，但作用却是相反的，是属于众数的、固定性和连接性的。基于这样的分析，我得出以下的方程式：

黑洞／奇异点⇆情感＝意义⇆社会规律／／性／欲望⇆爱⇆道德伦理

所以，爱可以说是在个体的微观和巨观决定场域之间的一个意志的产物。如果缺乏意志的话，个体就会被本能或者集体所吸收，变成彻底的性的人或者道德的人，而失落了自我的存在和意义。

我望着庭音展示出来的方程式，紧紧蹙着眉，脑袋里却是空空的。她的思考方式显然受到岸声的影响，但我没法在其他人面前指出这一点。办公室突然静了下来。我发现庭音在等我的回应。我回过神来，说了完全不相关的事情：

我上次叫你把书名的出处找出来，有没有结果？

庭音露出失措的神情，说：

不好意思，我忘了。

我装作严厉地说：

这么基本的事情也不去做，却去做什么方程式！其实一点也不难找到，以前的学生写过的论文也有提到。回去翻一翻就可以。

庭音困窘起来，拿出手机，说：

上网查，也应该很容易找到吧。我知道都是从宋词里来的。

你们有修宋词吗？我问大家。

在座的除庭音之外，还有另外三人答有。

试试凭记忆回答吧。

大家也陷入恐慌之中，庭音尤其如是。不过，她还是第一个讲出答案：

《圆缺》应该是出自苏轼的《水调歌头》："人有悲欢离合，月有阴晴圆缺。"

我点了点头，但并未表示满意。其他人大概不想趁火打劫，都不作声。她于是又说：

《平生》应该也是苏轼吧……"竹丈芒鞋轻胜马，谁怕？一蓑烟雨任平生。"——《定风波》。

她偷偷望了望我，见我没有反对，才小心翼翼地说下去：

另外有两个题目应该是出自秦少游的同一首词，"雾失楼台，月迷津渡"和"驿寄梅花，鱼传尺素"……词牌却一时记不起来。

是《踏莎行·郴州旅舍》吧？一个男同学试着说。

我又点了点头，庭音便赶紧说：

《朝暮》同样是出自秦观，《鹊桥仙》"两情若是"——

不必说了，大家都知道了。我打断她说。

接下去庭音却不那么肯定了。

至于《风流》，也是苏东坡吗？《赤壁怀古》的"大江东去，浪淘尽，千古风流人物"。

我抿着嘴，想了一下，说：

我不能说你错。不过，看感觉有点不像。

刚才那个男同学又出手相助，说：

是辛弃疾吗？"书咄咄，且休休，一丘一壑也风流。"

那是散文集《咄咄休休》的出处。不过，辛弃疾是对的。我说。

庭音立即把握机会，说：

是"风流总被雨打风吹去"，《永遇乐》！

我做出不情愿的样子，点了点头，说：

好的。还有《无端》呢？

一个女生自言自语地小声说：

"锦瑟无端五十弦"？

那个男生立即提醒她说：

那是唐代李商隐的诗呀！哪是宋词？

学生们苦苦思索着，没有人说得出来。我等了半天，忍不住说：

这个的确比较难。也是辛稼轩，"无端风雨，未肯收尽余寒。"

听我揭开了谜底，大家也松一口气。庭音的样子却好像有点不服气，但又不便发作。我说：

　　当然，你可能会问我，我为什么这么肯定。是不是我亲自问过龙钰文呢？我可以告诉大家，我没有问过。这些全都是我的猜想。不过，要说我猜得准不准，所质疑的也许就不只于我的文学造诣了。

　　我以为自己说了个笑话打圆场，但大家却依然非常严肃地望着我。我看了看表，决定提早五分钟下课。

　　如我所料，庭音留了下来，等其他同学都离开，才说：

　　阿蛇你为什么拿那些问题来为难我？

　　我做出无辜的表情，说：

　　我哪有为难你？你答得很好啊！

　　但你岔开了话题。你根本没有回应我报告的观点。

　　你说你的性爱方程式？

　　你说什么啦？

　　我知道自己太轻率了，立即道歉说：

　　Sorry! 我的意思是，"龙钰文小说的爱与性方程式"。

　　看样子，庭音生气了。本来我是想批评她的思考方式的，但是，现在似乎不宜过于苛刻。

　　近朱者赤，近墨者黑。你太受阿声的影响了！

　　关阿声什么事？

　　我觉得还是正正经经地回答比较好，便尽量温和地说：

　　我建议你少作抽象思维，多集中在文本分析上面。你知道我太太对什么最有戒心吗？就是一致的模式，贯通一切的理论。她宁可前后矛盾，错乱迷失，也不愿意只朝一个方向走。不过，这也不等于随意乱写，毫无章法。我相信，这样的信念应该反映在她的小说里面。

她似乎觉得这样的回应具有说服力，点头接受了。

我和庭音一起离开办公室。她问我去哪里，我说去沙田。

又去买面包？

她也算是了解我的，我只是笑了笑。

我也要去沙田，可以顺便坐你车子吗？她说。

也许是刚才在课上对她有点过火，我不好意思拒绝她。

在车上，她一直不说话，似乎有点什么耿耿于怀。我觉得自己有责任给她一点安慰。毕竟她做论文相当认真和投入，我不应该随便抹杀她的努力。我掏出手机，把今早跟妻子的一段对话打开给她看。她应该能感受到当中的趣味。她有点犹豫地说：

方便看吗？

没问题！没有什么见不得人的东西。

她拿过手机，静静地看着，突然忍不住笑了出来，说：

你太太真是个聪慧的人。我将来如果可以像她一样就好了。

你为什么需要像她？你是你。你做自己就很好……要看看她在那边的照片吗？

庭音望向我，有点不肯定地说：

可以吗？

随便。

她用手指在屏幕上扫着，直至找到小龙传回来的照片。一边看，一边说：

这就是她住的房间吗？屋顶为什么是斜的……书桌很整齐啊……那是房东的家人吗……剑桥很多树和草地呢……很古老的

建筑啊！厉害……在那里念书会很特别吧……这就是徐志摩写的康河吗……师母的样子很年轻呢……

我印象中，庭音很少叫小龙"师母"，也不太经常叫我"老师"。今天似乎是学乖了。还是在卖乖呢？

老师……你天天都在看这个吗？

庭音说话的声线有点古怪。我望了望她，只见她眼睛睁得大大的，握着手机的手在微微颤抖。

小虎，你没什么吧？

我……我没事啊！

她把手机还给我，整个人沉在椅子里，抱着臂，凝望着前方。她今天在白色 T 恤外面，穿了件浅蓝色牛仔布衬衫，把长袖卷了起来。纤巧的手腕上，白色的运动型手表显得特别笨重。

车子驶进新城市广场停车场的时候，我问：

还生气吗？

生气？

我在同学面前骂你。

没有啊！你说的很对。

请你吃面包补数吧！

好呀！

这个女生，好像还有心事似的。我觉得自己已经仁至义尽了。

15

言：

　　最近剑桥的天气变冷了，日间平均十度上下，晚上试过降到一两度。对下雪有点期待。虽然房东说还未去到最冷的日子，但实在心急想看看白皑皑一片的 Midsummer Common 呢！房间里有暖炉，感觉并不难受。加上每天保持做运动，去体育中心游泳和跑步，之后整个人会暖和起来，就算不穿外套也不觉冷。日照变短对我的影响也不大，反正我已经习惯了夜行动物的生活，长时间在黑暗中活动也没有问题。（我知道你一定在摇头了！）

　　学期开始的时候，雄心万丈地旁听过一些本科课堂，发现如果不跟着参考书目去读，很快就会跟不上。结果呢，实在有点惭愧，到中段都放弃了。不过，感受一下剑桥上课的情况也不错啊。这边的学生都是尖子就不用说，学习态度都十分认真。不过，部分人似乎有点急功近利。教授讲到不那么重要的题目，有人便显得有点心不在焉。有一次在图书馆参加工作坊，指导员一介绍历史文化背景，有个男生就不耐烦，只急于问跟自己学科有关的东西。不过，我日常生活接触研究者居多，朋友都是不同学科的专家，对年轻学生的真正情况其实了解不深，所以也不敢说自己的观察对不对。

今晚我还是想跟你聊聊看书。

最近一次学院的读书会，谈的是 Julian Barnes。我好像跟你说过，之前看了他的另一本叫作 *Levels of Life* 的小书。这里的女读者，特别是四十至五十岁这个年纪的，似乎对 Barnes 有某种不寻常的仰慕之情。我开头想，也许是因为他举止斯文，说话优雅，文采与学养兼备，所以成为粉丝的梦幻对象吧。我后来才知道，那可能跟另一件事情有关。（一会儿才揭晓。）

这本书读下去也相当奇怪，内容令人意想不到。它分开三个部分，第一部分叫作 "The Sin of Height"，讲热气球历史和当中几个有名的人物。主要是英国人 Fred Burnaby 上校，著名女演员 Sarah Bernharht 和法国人 Felix Tournachon。原来后者即是早期摄影大师 Nadar 的本名。他拍摄过的 19 世纪名人，包括波特莱尔、大仲马、乔治桑、左拉等等，当然还有漂亮迷人的 Sarah Bernharht（上网搜搜她的照片吧）。三人是活跃于 19 世纪下半的同代人，都是热气球的爱好者和推动者。这部分用的是记事的笔法，简述了 19 世纪热气球发展的情况、其中几次有名的航程，以及跟热气球有关的种种逸事。热气球在飞行史上虽然只是一个过渡性产物，但它首次把人类带离地面，却有着重要的文化意义。从前只有魔鬼的信徒，才敢大胆挑战神的制空权。成功征服天空，标志着上帝的领域被解放。不过，热气球飞行者心里未必有这样的自觉。他们向往在天空飞翔，除了出于理性上的求知欲望，其实也出于爱自由和冒险的天性。Nadar 近于前者，而 Fred Burnaby 和 Sarah Bernharht 则近于后者。

全书的第一句很值得玩味："You put together two things that have not been put together before. And the world is changed." 这样放在一起的两件东西是什么呢？那就是 Nadar 把摄影和热气球放在一起，实验了最早的高空摄影，用以提升土地测量的效率和准确度。Nadar 这个人做了很多实事，一直在开发各种有用的技术，但是他也是个艺术创作者。他的人像摄影不但是记录性的，也具有心理学上的深度。（深度和高度，就是 Barnes 想探讨的同一个主题——levels，层次。）创意这回事，就是把原本好像无关的东西放在一起，让它们发生作用。文学本身，不就是这样的一回事吗？ Barnes 其实也同时是夫子自道吧。在介绍 Nadar 的生平时，作者仿佛漫不经意地提到，他是个 uxorious 的男人。这个字比较冷僻，翻查字典，解释是："doting upon, foolishly fond of, or affectionately submissive toward one's wife." 我心想：哦，有点像"畏妻"，也即是"怕老婆"或者"老婆奴"的意思吧！据说 Nadar 极爱其妻。在双方五十五年的婚姻的末期，妻子因中风瘫痪失语，卧病在床，Nadar 不离不弃，亲自充当护士贴身照顾。

第二部分叫作"On the Level"，继续之前提过的两个人物 Burnaby 和 Bernharht 的恋爱故事。开头我还当是真人真事来读，不过很快便觉得，应该是作者虚构出来的吧。这里 Barnes 的笔锋一转，把第一部分的点题句改为："You put together two people who have not been put together before; and sometimes the world is changed, sometimes not. They may crash and burn, or burn and crash. But sometimes, something new is made..."这个爱情故事，其实也没有什么峰回路转的。Bernharht 当时被认为是以"自然"的演技突破剧场成规的女演员。作为法国最为炙手可热的女星，自然追求者众，后台化妆室永远有一群狂蜂浪蝶在聚集。Burnaby 上校虽然在政治立场上是个十足保守的英国人，但他也有着爱冒险和无拘束的个性，加上身材雄伟高大，把那些油头粉面的花花公子完全比下去。女星一眼就看上了他，约他回香闺密会。Burnaby 自以为见惯世面，但为人毕竟直率和不够细腻，很快就堕入了爱河，而且以为对方也一样。他不知道，爱情对 Bernharht 来说虽然是真实的，但也必然不是持久的。她拒绝他的求婚的说法也真是够巧妙："重于空气的机器"（也即是在实验中的飞机）虽然将会是更安全和可以控制的选项，但是，我还是宁愿选择更危险而任由风向摆布的热气球。结果两人便分开了，而 Burnaby 最受伤害和困扰的是，对方热烈地爱着他的时候，是不是真心的呢？ Barnes 在这里用的是不那么正式的英语"on the level"，意思即是：她是"诚实的""恳切的"吗？还是，只是弄虚作假，欺骗感情？不要忘记，她是个大演员啊！这个小说片段所说的，大概就是把两个人放在一起而互相撞毁的例子。不过，对作者来说，却肯定是生出新的东西来的契机了。

最令人意想不到的是第三部分。特别是对我这样的一个还未熟悉 Barnes 的外国读者。他的笔锋再一转，由虚构返回现实，这次谈的是自己的丧妻之痛。对啊！这部分不是小说，而是一篇长散文。我这时才知道，Barnes 结婚三十年的妻子，已于 2008 年因急性脑肿瘤去世，由确诊到死亡总共只有三十九天。（我之前提到的女粉丝们的爱慕，大概就是如此的一种对回复单身的偶像的"幻想性觊觎"吧。虽然我知道这样说很衰，但读者有时确实是残酷的。）经过了第一部分完全不动声色的冷硬史实记述，以及第二部分稍稍戏剧化但还是颇为抽离的文笔，到了这部分却突然把读者引入极为私人的情感禁区。当然，身为极富经验的作家，Barnes 谈到切肤之痛的时候，依然是非常克制的。用我们的说法，就是一点都没有"酸的馒头"。我真的不知道这是由于禀性，还是写作造诣的使然了。

　　Barnes 其实没有太多写到自己的妻子。他对于私生活似乎一向保持低调。他主要写的是失去妻子的"悲伤"（grieving）而非"哀悼"（mourning）。所以，他的焦点是妻子身故后，他作为未亡人所经历的痛苦。谈及这些细节的时候，他是多么的忠实和诚恳，甚至连愤怒也不加掩饰——一些善意的安慰者，总是用上令人感到冒犯的说法。他连考虑到自杀的可能性也不排除。但是，他也十分清醒，防止自己陷入自怜自伤和自我封闭。当然，他也绝对不愿意（不屑于）扮演过来人，向他人提供意见和指导。所以，用他自己的语言，Barnes 在这件事上是"on the level"的。而另一个"on the level"的意思，就是"在地面"，也即是"在现实生活中"。不过，这里也同时暗示了缺乏"高度"和"深度"，而只有"平面"。妻子的死亡剥夺了人生的更高"层次"。你不能再跟她一起在爱中向上飞升。那么，为了寻找她的残影，你就唯有向更低的层次下降——字面上爱人已经长埋地下，而隐喻上你便只能向下潜入梦境和回忆的心理底层了。

　　Barnes 深深明白，作为现代人和无神论者，自己无法得到死后世界或来生再见的安慰。"It is all just the universe doing its stuff, and we are the stuff it is being done to." 连神话世界里往地狱救回妻子的想象也必须放弃。一切也只是物质。西方人在失去宗教信仰之后，似乎还未能填补那心灵的空虚。无神论者极其量也只能勇敢地承受死亡所带来的痛苦。Barnes 似乎不相信任何消除或减轻这痛苦的方法。我们读过庄子和陶渊明的，也许会有不同的看法。当然，像庄子那样，妻子死了还"鼓盆而歌"，在 Barnes 看来如果不是冷漠无情，就肯定是精神失常了。（其实庄子在丧妻之初，也有过"我独何能无慨然"的阶段，并不是立即就看透生死的。）

不过，换一个角度看，庄子的"鼓盆而歌"，其实也是 Barnes 所说的一种"grief-work"，一件"悲伤工作"。你要切切实实地做一点事，去 work out(work at?) 你的 grief，而不是随便说什么"时间会冲淡一切""生活还是要继续过"等等听似面对现实的话就可以的。只不过是庄子 work 的方法比较特别，比较不为世俗所接受罢了。Barnes 的方法之一就是写作。Levels of Life 本身就是一个 grief-work，一个"悲伤作品"。（这样想来，庄子也同样是通过艺术行为去"处理悲伤"——奏乐和唱歌。）如果是这样的话，我们便回到一个很有意思的命题——艺术创作（和阅读／观赏）是人类"处理悲伤"的内置机制。这就是为什么有悲剧的诞生吧。

有一个字，Barnes 明显非常在意。那就是在写到 Nadar 的时候用上的"uxorious"。这个冷僻、过时，甚至是有点学究的怪字，是全书的一个关键词。什么热气球，什么两个东西放在一起产生新的东西，似乎都是烟幕。Barnes 一心想阐释的，其实是这个字。Barnes 说自己的职业，本来是一个 lexicographer，中文就是"辞典编纂者"。他年轻时从牛津毕业，第一份工作就是为《牛津英语词典》工作。

可以想象，他是个怎样对词语执着的人。人们对死亡的忌讳用语，好像"to pass"或者"losing one's wife to cancer"这样不伦不类的说法，令他浑身不自在。他提醒大家不要把"uxorious"误解为"有很多妻子的男人"或者"女性的爱慕者"。（有这样的误会吗？我这个 non-native Englishspeaker 真的不知道。）他坚持它的真正解释只有一个——爱妻子的男人。他肯定连字典里附加的"溺爱""愚蠢"和"顺从"的意思也一概清除。就只是纯粹的"爱"，不包含其他杂质。所以他写了一本书，来表白自己是个 uxorious 的男人。（我猜你应该会喜欢这本书的。对吧？还是，只有女人才有兴趣看其他男人如何深爱已死的妻子？男人看了反而会不以为然？）

很明显，uxorious 这个词只适用于男人。我很好奇，这种状态有没有一个女性版本。参考 Barnes 的定义，即是一个"深爱丈夫的女人"，或者根据一般字典的定义，"一个顺从又愚蠢地溺爱丈夫的女人"。我上网查过，似乎没有这样的一个词。为什么呢？有人说，因为女人对丈夫的爱，很多时就是（或者应该是）顺从又愚蠢又沉溺的，根本不必多此一举地打造一个专门形容词。相反，男人这样做则有例外的、罕有的意思，所以值得贴个特别的标签。而且，它看来并不是一个褒义词。（Barnes 的用法是原意还是例外？）在中文里似乎也有相似的情况。我们会说某男人是"老婆奴"，而且明白其独特意义，但是，如果说某女人是"老公奴"，听来却有点多余了。你说，这不是相当奇怪吗？

我看这本书的时候，一直在想我和你的事情。我们的婚姻，肯定有过像坐热气球的时刻，而且，幸运地没有出现严重意外事故，在半空爆炸或者坠落。当然，我们大部分时间也在地面，平凡地过日常生活。我们也曾经深入过对方的底层，看见过秘密而有点阴暗的角落。我们的感情关系应该算是有"层次"的吧。可是，面对生命的终结，我们准备好了吗？在它未来之前，没有人会觉得需要做任何准备。它就像给天上掉下来的陨石击中一样不可想象。就算到了我们这个年纪，还是会觉得它是一件遥远的事情。是的，我相信这样的事是没有准备可言的。我们没法预习对方的死亡，跟我们没法预习自己的死亡一样。现实肯定跟想象不一样。不过，承认它随时可能的来临，还是比以为它永远不会发生明智的。至少，那会让我们更珍惜一点现在的所有。

你猜，将来无论是你先去还是我先去（一起死去的几率应该相当低吧），留下来的一个会以怎样的方式去进行他／她的 grief-work 呢？会以庄子的方式，还是 Barnes 的方式？你怎么想我不能代你说，但是我自己的话，我至少希望不会是"酸的馒头"的吧。强迫自己唱歌就不必了，但也别过于苦苦经营。豁达如苏东坡，也有"十年生死两茫茫"之叹，就算馒头不酸，也必然是苦的。记得丰子恺译《源氏物语》，有一句赠答诗翻成"哀情亦是无常物"。我不知道译得准不准确，但是却很深刻地记住了。就算是"悲伤工作"，也还是会过去的。在记忆中、在梦境中的亡者，最终也会随记忆者和做梦者一起逝去，进入二度死亡。这一点，Barnes 明明是知道的。

也许，因为英文里没有"豁达"这个词（"let it be"之类的实在太无味），所以就没有这种情感状态。（应该说是"境界"吧，就像苏东坡说的"也无风雨也无晴。"）至少对像 Barnes 这样编字典出身的人来说，没有这样的字就没有这样的意义。我们应该庆幸自己懂中文。在没法寄望于天堂或来生的情况下，我们就实行"自／

字救"吧。(抱歉！这样"食字"有点难看！)毕竟，我们都是文字人。

顺从又愚蠢地溺爱你的

文

16

12 月初，P 回港开研讨会，顺便帮小龙带点东西回来给我。P 是个大忙人，只能跟我约在停车场交收。大家站着聊了几句，她说圣诞节会在香港过，陪陪老公和儿子，12 月底才回剑桥。听她这样说，我便打消了托她带圣诞礼物回去给小龙的念头。

小龙早就告诉我她的假期计划。12 月 12 日飞去西班牙，到西维尔[1]找 BW，在那里留两三天，然后一起去巴塞隆拿。12 月 22 日返英，但不会回剑桥，直接去榛子表妹的家，跟阿姨和姨丈一起过圣诞。所以，如果要寄圣诞礼物给她的话，就要在她离开剑桥之前速递过去。

和 P 告别之后，我坐进车子里，捧着那盒子，重量有点轻，不

1　塞维利亚（Sevilla）。

知里面是什么。拆开包装，发现是一只小狐狸毛公仔。把它拿出来，在手里掂量着，大小跟真正的幼狐差不多，质料和手工也十分好，既十分逼真，但又有毛公仔的可爱感。我用手机上网搜寻了狐狸的照片，发现它属于赤狐类，无论是身体的赤红色，耳背和四足的深棕色，下颔、胸腹和尾巴末端的白色，围着脸部的一圈长毛，甚至是眼角的隐约的深色纹，都完全仿照真实制造。采取坐姿的狐狸，一双前腿伸直撑着，臀部往下靠，很像一只听话的小狗。我把狐狸放在副驾驶座上，给它拍了张照片，传送给小龙。下面写着："Wolfson has arrived!"她大概还未起床，未有立即回复。

晚上收到小龙的电话，问我明明是狐狸，为什么叫它做Wolfson。我说没有特别原因，总之一见到它，这个名字便冒出来了。她说英国有很多关于狐狸的东西，人们很喜欢用狐狸做标志或者图案。她在店子橱窗里看到这只公仔很可爱，便买了下来。另外又买了一只刺猬，是跟狐狸一对，放在一起陈列的。它们是西方文化里的一对孖宝。现在先把狐狸送回来，刺猬就留下来陪她，待她完成一年的旅居回来，它们就可以相聚了。挂线后她把刺猬的照片传了过来。看来身形比狐狸小，深咖啡色的，有着尖尖的嘴巴和满身竖起的毛发的一个椭圆球状物体。我把手机照片展示给坐在枕头上的狐狸，说：看！你的朋友在世界的另一边啊！挂念它吗？狐狸的眼神有点忧郁，仿佛真的思念着谁似的。

买什么圣诞礼物给小龙，我已经思量了很久。饰物之类没有多大意义，似乎是适合她在英国的生活的用品较佳。可是日常用品她那边也可以买到，花钱邮寄并不值得。围巾她已经有几条了，衣服不知合不合身。最后，就想到买帽子。她说那边大风，天气也开始寒冷，一般出外也要戴帽子。不过因为要踩单车，所以帽子又不能太花哨和容易吹走。我见她照片中一直戴着那顶我前年送给她的Agnes b. 黑色 Beanie，也许可以买一顶颜色比较鲜艳的。

问题是，挑女装帽子没个人试戴，恐怕会想象不到效果。我踌躇再三，传了个短讯给庭音，说有事想找她帮忙，问她有空没有。虽然知道正在上学期考试期间，但我这件事有点急。庭音回复，她早上刚考完一科，下一科后天下午才考，如果是中午出来一会，没有问题。我便叫她在图书馆外面等我，我开车过来接她。

庭音上了车，问我有什么急事。今天天气转凉，她穿了贴身牛仔长裤和浅灰色的长身开胸毛衣，看上去依然瘦得像条水蛇。我忽然觉得自己的要求有点过分，感到难以启齿。

其实是想麻烦你当一下模特儿。

当模特儿?

我打算买顶帽子送给太太，想你试戴一下，顺便帮帮眼，以你女生的眼光。

庭音好像脸色一沉，但又好像没有，只是稍稍停顿了一下，简短地说：

好呀!

我知道自己的脸皮有点厚，但既然已经说了出口，也就唯有硬着头皮干下去。我问了她考试的情况，做出一副关心的样子，以消解她的反感。

去到沙田新城市广场，我们首先去了 LOG-ON 的帽子部门。那里款式不少，但都以花俏居多，而且风格比较少女，不太适合小龙的年纪。好些帽子戴在庭音头上很好看，但我想要的是既方便又优雅的类型。售货员有点弄不清我和庭音的关系，以为是父亲买礼物给女儿。庭音倒没什么，兴高采烈地试着，在镜子前晃来晃去。当我向售货员解释，买帽的对象是另一个人，大家都显得有点尴尬。虽然想尽快完事，但也马虎不得。没有真正喜欢的不能随便。庭音见我不甚满意，便小声跟我说，不如去别处再看看。

我们去了第三期那边的一田百货。那里的女装部门有很多帽子，而且都是日本制的，无论款式和质素都更符合我的要求。结果很顺利地挑了一顶玫瑰红色的绒帽，既柔软舒适，又不易吹掉，更可登大雅之堂。对庭音的年纪来说过于成熟，对我妻子来说却刚刚好了。为了答谢庭音，我提议请她去帝都酒店吃日式铁板烧，但是她却说今天胃口不佳，随便吃点什么就可以。我不知她是因为考试期间没有心情，还是介意我这样利用她，也不敢勉强，便说改天再请她吃一顿好的。

我们回到第一期，去了三楼的 Pacific Coffee。她点了杯美式咖啡和比尔芝士巴马火腿包，我不能喝咖啡，要了杯伯爵茶和一个火腿芝士意大利包。咖啡店的位置不太好，旁边是影音电器店铺，在门口播放着什么电子产品的广告，令人难以静静谈话。庭音的面包烤得太过，融掉的芝士漏了出来，吃得有点狼狈。我见她不太说话，心里过意不去，便说：

不好意思，这样麻烦了你！

她咬了一口面包，露出有点惊讶的样子，说：

阿蛇，不要说客气话吧！这样的小事，我当然很乐意。只是——

她停下来，用餐纸抹了抹指头，拿起咖啡呷了一口。我等着她说下去。

只是，看见你对太太这么在意，我有点感触吧。

感触？

不，应该说是感动……不过，也同时有点感触。

你是说你和阿声之间？

她呷着咖啡，好像是思考着如何回答。见她似是很苦恼的样子，我掏出手机，打开狐狸和刺猬的照片给她看。她拿过手机，展露微微的笑容，说：

好 cutie 啊！

我于是便介绍了两只公仔的来由。听着听着，庭音的眼眶突然红了起来。我吓了一跳，不敢说下去。她别过脸，小巧的鼻子收缩了一下，似是忍泪。忽然，她的脸容又再一变，由隐忍变成好奇，睁着眼睛望着她的右方，轻声说：

你看，那不是小说家 D 吗？

我顺着她的视线望过去，看见一个年纪跟我差不多的男人，坐在咖啡店的另一边。因为隔着一点距离，中间又有别的客人，不仔细看也不会留意到他的存在。虽然对方出乎意料地留了胡子，而且没有戴眼镜，但我一眼就认得是 D。他穿着军绿色外套，戴着深蓝色军帽，右手肘抵在桌边，举在半空的手里拿着一本不厚的小书，把脸凑得很近地读着。桌面上搁着除下来的眼镜，和一只小杯子，应该是喝着浓缩咖啡。我说：

戴帽子，把长发扎成马尾的，肯定是 D。

你跟他不是认识的吗？

庭音继续那好奇的语调，好像把刚才突发性的情绪都忘掉了。

我有点冷淡地说：

算是，但不熟。在公开场合见过几次。

我还以为你跟他有交情呢。你从前不是写过不少关于他的论文的吗？

研究者跟研究对象保持距离，这对客观判断是必需的。

是这样吗？

她好像质疑我的样子，我便说：

你也跟我太太不认识，这不是很自然吗？

但我认识你啊！

你的研究对象是我太太，而身为她丈夫的我刚巧又是你的指导老师，这当中并不存在个人因素。一切只是巧合而已。

她嘟着嘴，好像有点不服。不过她没有争论下去，把话题转回D身上，说：

D似乎是一个人呢！

怎知道？或者他约了什么人，只是对方未出现。

为什么你觉得他约了人呢？一个人不可以吗？

我好像受到刺激似的，有点鲁莽地说：

我对D这个人有点保留。

她没料到我会这样说，瞪大了眼睛，说：

不会吧？我一直以为你和他是同类型的人呢！

不太可能吧！

他有什么惹你不满？跟你太太有关吗？

这个小鬼的直觉不能小觑。我反问说：

为什么这样猜？

男人与男人之间的仇恨，不是为了权力就是为了女人。

我没有仇恨他，只是有保留而已。

你有点不够坦白。

哪里？让我告诉你吧。好几年前，在一个创作对谈会上，D 和我太太第一次碰面。D 曾经写过文章，批评龙钰文的小说格局太小，视野太窄。他的创作取向跟我太太明明南辕北辙，应该堂堂正正地把彼此的差异拿出来讨论，但他当场却对小龙说了一大堆口不对心的恭维话，好像是有意讨好她似的。之后他便不时约小龙出来见面，说是聊创作心得。我当然不是干涉小龙交朋友。事实上，小龙的朋友中有不少是男性，所以我也没有大惊小怪。只是一听到她约了 D，我不知为什么就有点不舒服。

也许就是因为，他做到了你没有做到的事情吧。

此话直刺要害，我只能装作听不懂，说：

做到什么事情？

写小说啰！

这次轮到我生气了，但我知道不能对她发作。她刚刚才帮了我一个大忙，我欠她一个人情。而且，童言无忌，她也许不是有心的。我反驳说：

怎会？没有这回事！你知道吗？后来 D 写了一部小说，讲一个教授的妻子的婚外情，那个第三者，是一个已婚的画家。我不知道你读过这部小说没有，但里面那对偷情男女，很明显以他自己和小龙做原型。明眼人一看就看出来。我不是说在现实里真有其事。这样的事我绝对相信我太太。但是，这样的写法不是有点不顾别人的感受吗？

但是，这种事情从来也是说不明白的吧。

总之，小说家都不是老实人。我开始觉得有点讨厌！

阿蛇，很奇怪你会这样说啊！你的妻子不是一个小说家吗？

我不是说她这一种。我虚弱地辩解说。

所以，你不再研究 D 的小说，就是为了这个原因？

你这样说好像我公私不分呢。

不，我觉得是人之常情啊！不过，说到老实，又有谁比谁更老实呢？

她这样说好像有弦外之音，但我一时猜不透。她又说：

互相欺骗和自我欺骗，也是很普遍的事情吧。

我不能否定这个事实。

这时候，我看见庭音的眼神变化，立即望向另一边。只见 D 已经戴上眼镜，把书收进背包里，站了起来。我连忙低下头去，不想让他看见我。过了一会，听见她说：

走了。

我当作不是一回事似的，没有答话，继续吃意大利包。庭音拉了拉毛衣的衣襟，坐直了身子，向前靠，好像施加压迫力似的，说：

其实，你有没有想过再写小说？

我的反应完全不像一个老师，而是一个被考问的学生，支吾地说：

我为什么要再写小说？

你年轻时的小说，至少反映出你具有一定的潜力。

我察觉到你没有说我有才华。

不好意思，我只是直话直说。

小虎，你这个人，真有意思！

我按捺着不生气，只是有点不悦地说。面前这个女孩，直率起来，真是有点难以抵挡。她的神情突然又软化下来，一脸天真地说：

阿蛇，我是真心地期待读到你的小说啊！

也许她是想给回我一点面子，才这样说的。怎样也好，我算是找到下台阶，便半认真半玩笑地说：

我回去认真考虑一下。

草草吃完了东西，我便送庭音回中大。她说要去图书馆温习，我便在本部让她下车。她临走前说：

别忘了欠我一顿饭啊！

我做了个 OK 的手势。

当天黄昏，我离开办公室，又开车去了沙田。除了补买我中午忘了买的面包，还去了 LOG-ON，把一顶庭音试戴时好像很喜欢的粉色调毛线帽子买下来。

17

妻子昨天离开西维尔，现在应该已经和 BW 一起身在巴塞隆拿了。听说 BW 在那里订了个小单位，有厨房等设施，多约了两个西班牙朋友一起弄晚餐，不用老是在外面吃。回想起小龙跟 BW 认识，也近二十年了。虽然写作风格完全不同，但她是颇受到 BW 影响的，特别是身为一个女性作家如何靠写作生存这回事。小龙有时也会对自己靠读书和想象的写作方法感到不足，但 BW 那种把自己抛进不同的经验作亲身试炼的方式，对她来说似乎又太激烈了。她和我的婚姻，也没有为她带来什么冲击。这么多年来，我也不知道小龙的创作灵感是从哪里来的。是现实生活中的什么人和什么事引起她的兴趣，成为她的模本或原型？又或者，其实不是我没法知道，而是不想太直接去探究，不敢去触碰某些隐秘而暧昧的关系？我们每每开玩笑地说的"烟士披里纯"，听起来不就有点像一种吸食的神经刺激物，或者身体内部分泌的激素吗？写作除了是精神活动，也同时是生理行为。

小龙留在剑桥的时候，知道她固定的住处和生活秩序，就算不能见面，心里也好像比较安稳。当她在旅途中辗转各地，较难跟她保持联络，便难免常常挂念她的状况。我不是没有想过，圣诞节过去英国找她，先去她亲戚家，然后再陪她回剑桥。不过，最后还是以工作忙碌为由，打消了念头。其实，真正的原因是不想面对那小聚数天又要别离的感觉吧。而且，自己的身体和精神状况持续低落，对出门作长途旅行感到焦虑。也许我已经变成一个失去行动力的人了。

回想起跟小龙去过的旅行，当中有许多难忘的时刻。对过着规律化的日子的我们来说，旅行可能是生活中最大的变化，可以令彼此的关系定时更新。特别是对于没有生孩子的我们，不像别的夫妻般经历婚姻的不同阶段，成为父母之后获得新的体验，而且持续在发展之中。二人相处的方式，仿佛从一开始就定了下来，就算是随着年纪的增长，也好像没有质的变化，而只有量的不同。旅行的时候，却往往出现新的契机，就好像回到恋爱之初，那种既陌生但又亲密的感受。

当然，我们去过的地方，也没有什么特别。我们不算是兴趣特别专门的旅行家，出门的次数也不算特别多。比较有纪念意义的，可能只有其中几次。第一次是结婚之前的台北之旅，本来的任务是帮电台访问一些台湾作家，两人顺便去一趟私人旅游。当时住的是台北车站旁边的天成饭店。后来台湾朋友知道都觉得奇怪，说那不是正常旅客会住的地方。我们倒十分怀念天成的老旧残破和欠缺优雅，跟当时我俩初次一起外游的生涩感，形成一种滑稽但又带有暖意的气氛。另外是搭公车打算去野柳却不懂下车，结果坐到了总站，误打误撞地去了淡水。那时候台北捷运还未开通，淡水也没有今天的商业化，依然富有乡郊小镇的风味。还有就是嗜吃郭元益的糕饼，十几种口味都买齐。今天郭元益似乎已经无复当年，分店减少，从前的口味也多半停产了。某种属于我们两人私下的台北记忆，很可惜已经随味道而消失了。

蜜月旅行我们去了欧洲，前半段和双方的家长一起参加旅行团，去了些西欧的热门旅游点。后半我们自己留下来，继续去了维也纳、布拉格和布达佩斯。这才是真正的蜜月旅行的开始。在火车上妻子读着 Julian Barnes 的 *Talking It Over*，我则有点装模作样地读卡夫卡。记得在街头经常听到手风琴卖艺人演奏同一首十分动听的乐曲，向其中一人询问曲名，他却竟然吞吞吐吐说不出来。我怀疑此君根本不通音乐，只是苦练一曲走天涯。我们又在布拉格看了木偶剧，演的是莫扎特的《唐乔凡尼》，印象中有许多搞笑的地方。新婚燕尔，特别容易受骗，少不免买了许多质素差劣又没有用的纪念品。

另外两次到欧洲的旅程，一次是去德国，一次去葡萄牙。德国之旅是为了庆祝结婚十周年。我们先去柏林看倒下的围墙，然后去威玛看歌德和席勒的故居。继续南下，经慕尼黑到奥地利萨尔茨堡，再回头去菲森看新天鹅堡。之后从西面北上，去了童话之路的罗滕堡和大学城海德堡，最后从法兰克福离开。这个旅程中，我们读歌德；小龙读《浮士德》和《歌德诗集》，我读《威廉迈斯特的学习年代》。印象最深刻的是威玛。歌德故居地方非常狭小，天花板很低，特别是他身故的房间和床子，看来歌德个子不高。威玛市外的风景非常漂亮，绿树成荫，花草夹道，令小龙忍不住大清早起床在其间跑步。我们花了三小时走了一段歌德当年远足的路径，沿途有小山丘和大片的麦田。还有的是，两次见到德国少女赤裸上身晒太阳，一次在林中小溪旁，一次在乡间人家的后花园，女孩儿毫不忸怩，自然而健康。

葡萄牙之旅我们只去了里斯本，参观过耶洛尼莫斯修道院、巴林塔[1]和诗人佩索亚的故居，听过花度演唱，逛过阿尔法玛区的旧街。在阿尔法玛迷宫般的小巷中，找到一间叫作 Lautasco 的餐厅，我们连续去了三天，吃烧沙甸鱼、烧马介休、烧香肠，回味无穷。此行小龙读佩索亚的《不安之书》，我读萨拉马戈的《盲目》。另一个有趣的地方，是地铁公园站。站内的墙壁全都铺了海蓝色的瓷砖，上面用人手绘画了大量航海图和测量图、地理和航海记录，以及许多看不懂的古怪图像和符号。也有古代和当代哲学家的名句节录，从巴门尼德、亚里士多德，到尼采、德勒兹，竟然还有老子。当然少不了"国宝"费南度·佩索亚和他的分身们。在诗人的故居兼纪念馆，正在进行一位陶艺家以佩索亚为主题的创作展。小龙买了一座佩索亚的半身像。另有一张陶瓷画，绘画了佩索亚和他唯一的疑似情人奥菲利亚紧挨在一起的头像。佩索亚戴着圆边帽子和眼镜，上唇蓄着胡须，侧着头只露出右半边脸，挨在旁边的奥菲利亚则露出左半边脸。作品题目叫作"Platonic Relationship"。这幅画的照片，后来成为了我的手机屏幕的背景图片。

---

1 贝伦塔（Torre de Belém）。

日本我们去过好几次。最近的一次，是小龙出发赴英之前的初夏，去的是京都。6月底的京都天气还未算热，甚至有点清凉。结婚次年我们来过，这是十七年后的第二次，想不到周围的景观跟记忆中差不多。有些去过的地点，像清水寺、金阁寺、二条城、西阵织等，就没有再去。今次去了十三间堂和智积院，去了西芳寺抄《心经》兼欣赏满地绿茸茸的苔藓园林，去了有三十六位中国古代诗人的画像和诗作的诗仙堂，去了俳句大师松尾芭蕉的弟子向井去来住过的落柿舍，去了广隆寺看神秘而优雅的弥勒菩萨半跏思维像。还有就是一把年纪去做了通常是年轻情人才做的事——穿和服（其实是浴衣）。小龙挑了件不常见的白底绿色枝条红色小花的，配绿色腰带。个子小小的她，穿起浴衣来非常漂亮，像个年轻的日本姑娘。我挑了件非常低调的在棕色和灰色之间的，绑了腰带凸出大大的肚子。小龙笑说我这种身型的中年男人穿和服才好看。我头上戴了顶草帽，又戴个圆形金丝眼镜，有点貌似明治时期的文人。我们穿着浴衣，踏着举步维艰（主要是我）的木屐，在京都街头逛了半天，还在祇园花见小路被一群大陆游客误认作日本人，拉着我们拍照留念。

从京都回来，小龙8月底就出发去剑桥。奇怪的是，整个7月和8月，也好像断了片似的，完全记不起发生过什么事。那就好像由6月底直接跳到8月底似的。我是怎样开始身体不舒服的呢？我很努力思索也想不起来。那两个月，就像从日历上拿走了一样，仿佛从来也没有存在过。不过，也许因为什么都没有发生，才没有值得记住的事情吧。

我整个早上，就在和小龙旅行的回忆中度过。对于正在赶工的学系研究社会影响报告，完全是心不在焉。到了中午，我决定丢下这份徒劳的苦差，先去吃点东西。

我照样开车去了康本国际学术园，没料到又在 Cafe 330 碰见余哈。学期考试差不多完结，学生的踪影一下子从校园里消失，连平时午饭一位难求的咖啡店，也显得清冷疏落起来。余哈坐在一张拼凑起来的大桌子的一角，同桌的对角有两位西洋女生，在一部苹果手提电脑前面讨论着什么，其中一个穿着背心，另一个穿短袖 T 恤，完全不把香港的冬天放在眼内。

余哈的午餐已经吃得七七八八，侧着脸望着窗外在沉思。那紧锁的眉头和载满智慧的脑壳，跟外面阴郁的天色十分配合。待我捧着餐盘在他旁边坐下来，他才看见了我，并且立即又绽放出那温婉的笑容。

我们热情地握了手，我便率先说：

你们这些只搞研究的，工作时间比较固定，不像我们教书的有学期的分别吧？

没有，没有。其实也不是固定的。有时遇到突破性的发现，会连续几天不眠不休。有时没有进展，也会停下来发呆。

那现在是处于不眠时刻，还是发呆时刻？

是因为睡眠不足而发呆吧！

大家哈哈大笑出来。他其实没有回答我的问题。不过，也许要说我也听不懂吧。

你呢？他反问。

我还在做那个什么社会影响报告。而且学生刚考完试，又要开始改卷了。

看来你挺忙啊！那怎么有时间做研究？

我苦笑了一下，说：

没有啊！已经变成了一个文书处理员和教书机器了。

余哈今天喝咖啡，碟子里却只剩下细碎的面包屑，很可能是吃了素食的三文治。衣着依然是那么的简约而优雅，里面是枣红色的衬衫，外面穿了件深灰色的毛线外套。胡子刮得很干净，但原本甚为浓密的须根，在嘴部周围和下巴呈现出隐隐的一层青色。他大概每天也得花一番工夫去处理它吧。我想起他上次提到自己有"丈夫"的事实，便忍不住好奇地问：

你和你的……husband，是正式结婚的吗？

余哈带点羞涩地笑了一下，说：

是啊！不过我们不习惯戴婚戒。

是在外国结的？

在荷兰，三年前。

恕我的认知比较落后，既然是同性婚姻，为什么还有丈夫和妻子的称呼呢？

在某些开明的地方，因为赋予了同性婚姻法律上的地位，为了识别和强调这一点，同性婚姻伴侣会选择沿用 husband 和 wife 的称呼，取代比较含糊的 partner 和有点生硬的 spouse。

但是，既然是同性婚姻，那两人之间还有男性和女性之分吗？

噢，不是这样的。通常男同性婚姻中，互相称呼 husband，女同性婚姻中，互相称呼 wife。所以同时有两个 husbands，或者两个 wives。当然，两人之中，其中一个较 masculine 而另一个较 feminine，也是常有的事情。不过，这并不等同于传统的男女性别角色。

所以……较为女性化的一方，也不是去到想变性的程度？

跨性别是另一种情况。Feminine 的男人，也不一定是想变成女人的。

原来如此！真是不好意思啦！

没有，没有！多点了解是好事。

那你的 husband 也在香港吗？

噢，不！他工作的 NGO 是国际性的援助组织，经常要四处去。他现在身在秘鲁，大概还要待三四个月。

分开两地，挂念吗？

他的耳根有点红了起来，说：

哈！当然啦！不过，现在通讯这么方便，几乎可以天天"见面"，也就不觉得怎么样了。

我太太也去了剑桥，已经差不多四个月，还有大半年才回来。

是吗？去做研究？

我好像说过，她是个小说家，在那边写作。

对！对！我记得！剑桥是个好地方，我以前也在那里待过两年。

我抓紧时机向他请教，说：

其实你是研究人脑的还是电脑的？

他摸了摸下巴，想了一下，说：

应该说是人脑加电脑吧。

听他这样说，我真是摸不着头脑了。

那即是……

勉强可以称为电子脑神经工程吧。

哦……我点着头，但其实还是没有头绪。

我想知道，人脑其实是怎样运作的？譬如说，记忆是怎样的一回事？

这个嘛，说来也很复杂。不过，简单来说，就是脑神经元的连接所产生的作用。而脑神经元，又和人体的各种感官神经相连。所以，身体感觉器官会传讯息给脑神经元，脑神经元把讯息分析，然后回传讯号，让身体作出反应。这个过程，可以在短得几乎不能察觉的时间内发生，而且可以众数同步运作。例如我们可以一边吃东西，一边谈话，一边用手抓痒，一边想着昨晚发生的事情。同时，这样的作用和反应，以特定的连接方式记录在脑神经元之间，成为所谓的记忆。在下一次遇到相似的情况，或者是主体召唤它的时候，那些神经元连接便会重新启动，而记忆里的资讯便会被提取出来。当然，所谓"主体"只是个方便的说法。事实上，是不是存在一个独立的发出指令的"主体"，是值得怀疑的。不过，这可能不是你关心的问题。不知道这样说，你认为如何？

解释得非常清楚。但是，也会出现资讯无法被提取的情况吧？

当然。事实上，以量来说，大部分曾经记录在脑部的资讯也没法被提取，甚至是自行被删除。

这就是所谓的"遗忘"？

对，而且是个重要功能。如果没有这个功能，没有人能活下去。一个人如果不把大部分资讯忘掉的话，结果不是发疯，就是意识被资讯挤爆，完全无法运作。另外，也有相当大量的情况，是资讯被收藏得太隐秘，而没法被找到。不过，只要遇上适当的触媒，或者连接契机，无论多隐秘的资讯也可以被解密，重新提取出来。

余哈稍停一下让我消化，然后又说：

不过，最有趣也最难以掌握的情形，是记忆被修改，成为跟过去所曾认知的事实的不同版本。究竟记忆修改的机制是什么？原因是纯粹的错误，还是有正面的功能？这些都是十分重要的研究课题。记得的、遗忘的和被修改的——这就是记忆运作的三大范畴，而三者最终可以合而为一。所谓记得的，只是另一种遗忘或修改。说到最终，一切就只是神经元的活动，而跟外部现实没有直接关系。

我似懂非懂地点着头，也不知道还可以怎样追问。这时我察觉到，自己可能有点碍着对方，便适时地结束了这个话题。余哈似乎也是时候离开，便拿着纸杯装的咖啡半站了起来。我们握了握手，互道一声：下次再聊。我突然又叫住了他，问：

可以给我一个联络方法吗？有问题可以再向你请教。

余哈一愕，掏出原子笔，在餐纸上写了个手机号码。我接过来，说：

我记得，你不喜欢用名片的。

他点头一笑，回身慢慢走开。

我把餐纸收进裤袋里，继续吃我的烧牛肉三文治。桌子对角的两个西洋女生不知什么时候已经离开，换上了一对本地学生情侣，依偎在一起打手机游戏。忽然，有人像空降部队般落在我旁边的座位上。我一转脸，看到身穿红色有帽卫衣的雷庭音。

阿蛇，一个人在吃饭吗？

我定下神来，没好气地说：

还要说吗？你几时——

我刚才在书店里，看见你在外面。

是吗……买书？

是啊！

她把新买的书放在桌子上。居然就是我上次说的那本，D 以他自己和小龙为原型的小说。庭音猜到我的反应，连忙说：

没什么意思的，纯粹八卦！

我握起拳头，作势要揍她。她假装闪避，但知道我不会真的打下去，像条水蛇似的一滑溜，便离开了座位，往后跳了一步，说：

约了人，走先啦！你欠我那顿饭几时还？

我认真地想了想，说：

后天中午可以吗？

不！晚上吧！

好，后晚，六点半，图书馆门口。

OK！拜拜！

她像拿到了糖果的孩子，似是怕被人抢回似的，立即跑着离开了。我隔着落地玻璃窗，看见一身红色的她在外面的楼梯蹦蹦跳跳地下去。

18

　　上午一早回办公室改卷，下午预约了去大学图书馆善本书库，参观叶灵凤的藏书。晚上在帝都酒店的日式铁板料理订了位子，请庭音吃饭。虽然答谢她帮忙是应有之义，但跟还未毕业的女学生私下去高级餐厅吃饭，感觉上好像不太妥当。就算不扯到男女之事，对班上其他同学也有不公之嫌。但是既然已经答应了，也不宜拖泥带水，爽快了事为佳。下学期似乎应该更谨慎一点。

　　改卷的事就不必说了，参观叶灵凤的藏书，却是一直想做的事情。近年对本土文学失去兴趣，不知道跟我对 D 的个人观感有没有关系。连带对 D 的先辈和后辈们，也觉得堕入了一个没有出路的困局。我开始认为，应该改变历来的内向思维习惯，转向外向思维，从纵向和横向两方面，寻找本地文学与更广阔的华语领域的关系。在共时方面，就是除香港以外的内地、台湾、马华及其他海外华语写作带的并列研究。历时方面，就是从战后香港回溯至战前香港和内地新文学时期，以至更早的晚清。前半生在上海而后半生在香港度过的叶灵凤，似乎是这样的一条桥梁。再加上他对西洋文学的兴趣，通过大量的书话引介外语作家和作品，在横向方面也具有一定的意义。就是在这样的思考下，我产生了以叶灵凤为研究对象的念头。但是，叶灵凤吸引我的原因，也许还是在心理更深层的地方。

在这之前，我只是读过叶灵凤后期写的香港历史和风物考证。那是为了研究 D 的小说而读的材料，因为 D 在出道之初，写过几本以此为题材的半虚构作品，其中有不少参考叶灵凤的地方。（叶灵凤的私人珍藏，后来赠送给广州中山图书馆的《新安县志》亦是其中一笔重要资料。）到了近年，才认真地把叶灵凤视为一位作家去阅读。先是他在 20 年代下半作为"创造社小伙计"所写的短篇，当中较著名的有《菊子夫人》《鸠绿眉》《摩伽的试探》《昙华庵的春风》《女娲氏之遗孽》《第七号女性》等。这些都市男女情欲小说，较着重心理描写，一般被纳入以穆时英和施蛰存为代表的新感觉派。1932 至 1936 年，他在报纸上写了三部较通俗的长篇连载小说《时代姑娘》《未完的忏悔录》和《永久的女性》，虽有局部的可观之处，但在文学艺术上未尽令人满意。30 年代中期，叶灵凤开始写作书话，之后几乎没有间断，成为了他留下来的最重要文学遗产。他自言在上海时期已经藏书万册。不是说他特别富有，而是因为爱书和嗜书，把赚得的一分一毫也花在买书之上。他特别爱读西书，经常通过书店订购英美出版的文学作品和美术图册。虽然未曾负笈西洋，叶灵凤却拥有极佳的英语阅读能力。他努力汲取的西洋文学和艺术知识，为他写作书话提供了无尽的资源。从 30 年代上海直至战后香港，叶灵凤孜孜不倦地说书谈书，后人为他编纂成三大册的《读书随笔》。刚刚内地又出版了两册本的《书淫艳异录》，收录了前书的漏网之鱼——叶氏在 1936 年于上海《辛报》以白门秋生的笔名连载的同名专栏，以及相同题材在 1943 至 1945 年于香港《大众周报》的续写。

叶灵凤虽然爱读书和买书，但却从不自称藏书家。他认为太讲究收藏和版本，并不是真正的读书人。他情愿自称书痴，甚至是书淫。这个词他在"书淫艳异录"的小引里提到，说是古人用以指称"爱书过溺"之人，听来不甚优雅，甚至带有贬义，但叶灵凤却乐而用之，用意不可谓不大胆。而"书淫艳异录"又是一个专门谈论色情文学、性心理学和世界性爱风俗的专栏。由"书淫"来谈"淫书"，真可谓最适合不过了。当然，以今天的标准，这些文字读来一点也不淫秽，只是对性的话题持开放态度而已。因为谈淫书，叶灵凤连带对出版审查也特别感兴趣，也写过不少西方当代关于禁书的新闻。

叶灵凤对性心理的兴趣由来有自。回看他年轻时的短篇小说，许多都存在强烈的性暗示。事实上他在性描写方面已算克制，跟西方和今日华语写作界的露骨（例如 D），不可同日而语。不过，在当时也许在意识上已算超越界线，触犯了某些读者和评论家的道德禁忌。我认为，与其以道德上的前卫抑或保守为指标，不如把这些小说视为一个少年的成长过程中，所展现的好奇、刺激、冲动、试探、失衡和自慰。自我的文学启蒙，以性启蒙的形式得到实现。

对于自己的少作，叶灵凤在 30 年代初结集成书的时候，还表现得满有自信。他自言这并非盲目自信，而是在作品好坏之间做出区别之后，把自觉为好的向读者推荐。对于别人的批评，他认为并不中肯。我想应该是指颓废、病态、猥亵和思想缺乏进步性这类指责吧。作品当中他最感自满的，是《鸠绿眉》《摩伽的试探》和《落雁》三篇，说是"以怪异反常、不科学的事作题材……加以现代背景的交织，使它发生精神综错的效果"。他又说他知道"一般的读者"对这类作品并不热中，而希望他继续写出像《浴》和《浪淘沙》那样的"带着极强烈的性的挑拨，或极伤感的恋爱故事的作品"。根据他的自我判断，后者够不上前者的文艺价值，而在两者之间，一个作家应该忠实于自己的作品，毫不迟疑地跟随自己的嗜好。不过，话虽如此，那些以性爱挑拨为要旨的作品，跟那些"修辞精练""场面美丽"的作品的分别，事实上不如叶灵凤所说的那么大。相反，我倒认为是一脉相通的东西，建基于相同的创作动力和思想底蕴。叶灵凤对性的好奇甚或是嗜好，在小说创作和书话写作中，分别以"文艺"和"知识"的面纱，犹抱琵琶半掩脸地表现出来，这确实是明明可见的。

不过，在叶灵凤的文学生涯中，的确出现了一个根本性的转变。30 年代下半写完长篇连载之后，他的创作便中断了。（除了 1945 年曾写过一部未完成的历史小说。）而持续笔耕的，只有书话、散文和杂文。可以说，他曾经引以为傲的创造力，已经完全消耗净尽了。早慧的小说家叶灵凤在三十岁后已经夭折。他的创作历程就只有那短短的十年。我不知道，对于晚年的他来说是不是一个遗憾。他战后曾有再写小说的想法，据说是一部以长江和黄河为题材的长篇。不过，单从选材便可以知道，就算是写了出来，也不是叶灵凤的本色了。更何况，这样的构想，于叶灵凤这样的性好和思想格局的人来说，根本就是错配。叶灵凤的早期小说，绝对不足以成为中国现代文学的大作，极其量也只是一个文艺青年对自己的写作能力的试探。但是，他的试探还是具有独特意味的。我一直在思考，这意味究竟是什么。

叶灵凤早年的藏书，在他逃避战乱离开上海的时候已经全部失散。之后他在广州短暂待过，于1938年南来，自此便在英国人殖民统治的香港定居下来，直至1975年去世。我今次去参观的藏书，是他来港之后所购入的，大部分是40年代以后的出版物。书本于叶灵凤逝世后，由夫人赵克臻捐赠予中文大学，初时按分类分散放在普通的开放借阅架上，后来才又再抽出来，完整地集合在善本书库里。

下午两点半，有关方面的负责人和助理，带我到图书馆三楼的叶灵凤特藏室。这是一间约八百平方英尺的长方形书库，两边排列着十几个红木书柜。除去那占上三个书柜的《古今图书集成》其他藏书据目测大概有接近二千本。二千本书对叶灵凤来说似是个小数目，也许并不是家中所有书本都包括在内，而是经过挑选的。助理逐一把书柜玻璃门上的锁打开，然后便和负责人一起离开。我有整个下午的时间留在书库里慢慢细看。

我先综览一次所有的藏书。如我所料，以西洋文学作品为主。好些作家和作品，或者特定的某本书，印象中在《读书随笔》里读到过。念上海美专出身的叶灵凤，当然也拥有不少西洋美术书和画册。中文书约占三分之一，当中有内地和香港的动植物资料、地理甚至是水利研究，有现代中国文学作品和西方及日本文学中译，也有中国古代诗词、小说、书话、随笔及其他经典。最大的发现，是他写《书淫艳异录》的时候经常引述的西方著名性学家霭理士（Havelock Ellis）的 *Studies in the Psychology of Sex*，以及潘光旦的中译本《性心理学》。翻开目录页，看到书中主要课题，如性的生物学、性冲动的性质、手淫、施虐恋与受虐恋、性的歧变、同性恋、婚姻中的性问题等，不但是叶灵凤曾经在文章中关注过的，甚至也出现在他的早期小说中。

书架上也有好几本关于禁书的著作，其中一本题为 *The Censor Marches On*。打开一看，是 1940 年纽约出版的一本研究美国色情物品法律实施问题的专书。第一章开宗明义讨论"性与文学"的关系，举出了色情文学流布所引起的伤风败俗的例子，及其遭受检控的合法性。我不经意地翻开封面后面的空白页，发现上面贴了一则剪报。报头以墨水笔写着"22.4.1959"，应是叶灵凤的笔迹。剪报有四个标题，都是海外的电讯，或所谓的"花边新闻"。最上面的一题是"裸体贵妇惹起官司"，剪贴的部分就是这则新闻的报导，内文如下：

"裸体女人什么时候成为一种艺术品？什么时候降格为一种性暴露？答案要看美国的邮务部来定夺了。邮务专员没收了印有西班牙名画家哥雅的代表油画'裸体贵妇'的明信片二千张。那些明信片是由联合艺术公司寄出，为美国女影星阿娃嘉娜主演的'裸体贵妇'影片宣传的。邮务部总辩护律师答辩说：'某种艺术品，在一个不同的背景里，可能被认为是淫猥的。那就要看这些明信片的用途了。他们选这一幅画来作宣传用，对于一般人来说，这就是一幅裸体女人像。你不必用球棍打他的头，他也知道这部电影是一部性感电影了。'联合艺术公司的证人们说，明信片是一种艺术品的复制本，对正常人完全没有损害。不过其中一位心理分析家里伊克就他的职业性质承认了：'有没有正常人这一回事是可疑的。'"

读到最后一句的时候，我仿佛在宁静得教人产生幻听的特藏室里，听到空中的一下扑哧的笑声。我敢肯定，叶灵凤一定是因为这一句，而把报导剪下，并且贴在这里。这完全是他自少年时期开始的一贯思路。回顾叶灵凤的人生轨迹，除了年少轻狂的时候得罪过鲁迅，写过好些被认为是堕落肉感的小说，似乎没有在现实中干过什么"出轨"的事情。婚后生儿育女，照顾家庭，当报纸编辑，写杂文随笔，表面看来也是十足"正常"的人生。最具争议性的，就是沦陷时期帮日本人做事，当上《大众周报》的主编，写过不少附日言论的文章。不过，这个汉奸的指控，后来被（纵使是静悄悄的）平反了。有证据显示，他战时留在香港是有任务在身的，主要从事搜集日本当局的文化宣传情报。他甚至因此而被日本人拘留审讯达数月之久。获释之后继续编辑工作，似乎不能再有什么作为，而颇为无聊地写起"书淫艳异录"的续篇了。对于这段故事，叶灵凤战后缄口不提，从来没有亲自交代过真相。如果当汉奸是"不正常"，那叶灵凤在此事上便再"正常"不过了。在晚年的那位"正常"老文人的心里，会怎样看待那个曾经迷恋"异常"的年轻的自己？

我从书柜里挑了一堆书，坐在书库一端的桌子前，逐本翻看。叶灵凤读书极整洁，几乎从不在书页上做笔记或记号，所以很难断定他读过哪些书和书中的哪些部分。（无论是如何博学的人，也不可能亦不必要把所有藏书从头到尾读完。这是个基本常识。）一些被画了横线和作了注解的地方，应该是该书在开架状态的期间，被借阅的学生写上的。不过，大概也可以推想，对叶灵凤而言，什么书需要较深度的阅读，而什么书只是备作参考之用。再者，有了大量的书话作佐证，也有助于辨识他的阅读模式。所以，眼前这二千多册图书，大体上勾画出藏书者的知识和思想领域。

我忽然出现一个想法：如果能根据精读、速读和备用的区分，把这批书本从头到尾扫描一次，我便有可能至少局部还原叶灵凤的精神世界。这算不算一种曲折迂回的理解和沟通？这又可不可以成为作品研究以外的一个可行的探索方向？也即是说，焦点不是在作者所写的书，而是在作者所读的书。通过对书的理解和记忆，脑神经元的连接方式成为可以共享的体验，甚至可以达致某种意义下的"复活"和"不朽"。

我想起了余哈。我决定有空要向他请教。

我坐在桌子前，手指轻触着那具有独特的脆弱质感的纸张，每翻过一页，也掀起一阵潮霉的气味。泛黄的色泽，老式的排版，古旧的字形，压印不匀的墨迹……这些在时光中逐渐分解的实体，寿命虽然有限，但却比它们的主人长久。而实体所承载的资讯，只要能不断转换硬体，便可以千秋万世地流传下去。问题是，这硬体究竟只是单纯的容器，还是具有解读功能，也因此能把资讯转化和升华的思考媒体。这，就是所谓的"读者"的定义吧。而这样的读者，假若除了理性的追求，还被原始的爱欲之流所驱动的话，就成了"书痴"甚或是"书淫"了。这个冰冷寂然、死气沉沉的书库，忽然充溢着一股极度淫荡的气氛。一种教人沉溺的气息，渗透了我整个人的心脾，让我不自觉地神往，或者迷失了……

离开书库的时候，我就像从冰库里走出来一样，动作僵硬，手脚冰冷，脑袋却异常炽热。

　　庭音早已在图书馆门廊下等着。她没料到我会从里面走出来，样子有点惊讶。

　　天色早已昏暗，外面下着毛细的冷雨。我没有带伞，庭音也没有。我们抱着臂，低着头，像躲避什么似的，往停车处的方向走去。

19

妻子已经从西班牙回英国，去到伯明翰附近的表妹家了。昨天姨丈开车带她去看了一个古堡。今天会去看一场 Fox Hunting，说是非常英国的户外活动。一群绅士骑着马，带着一队凶猛的猎犬，去围捕一只小小的狐狸。狐狸被追赶到精疲力竭，然后给犬只撕碎。这就是英国绅士展示勇武的仪式，听来相当残忍而且无聊。阿姨见到她很开心，跟她聊个不停，关于和她妈妈的姐妹感情，移民英国之后的经历，以及自己的家庭事，特别是对女儿未有男友的焦急。榛子表妹则私下跟小龙抱怨，母亲始终改不掉中国人的保守思想，令她很难向她坦白自己跟女下属恋爱的事。表妹虽然是中英混血儿，但教养和思想完全西化，中文既不懂说也不懂看，对唐人的习性也不甚欣赏。她对英国的一切都感到自豪。电视上播放国歌和皇室成员影像时，会自动自觉地站起来，恭敬以待。未知这跟她在军中的熏陶有没有关系。

平安夜我却没有太多时间挂念妻子，想象她在那边的英国家庭式圣诞晚餐，因为我邀请了岸声和庭音来我家吃饭，顺便聊聊他的剧作。他传给我剧本和相关参考材料已经好一段日子，我觉得应该给他详细一点的回应。况且上次我去了他家，今次轮到我请他过来也合乎人情。反正我一个人过节，无事可做，有他们相伴也可增添热闹气氛。吃的方面，当然是买现成的。中午开车去沙田 City Super，买了火鸡、巴马火腿、水牛芝士、田园沙律、圣诞布丁等等，当然没忘记各种面包。晚餐应该算是相当丰富的了。

两人准时六点半到达，带来了一瓶日本苹果汁，大概是知道我最近不能喝酒。另有一盒昂贵的日本草莓。一开门，便见到庭音头上戴着那顶粉色毛线帽子，脸上有得意之色。我不知道她有没有告诉岸声是我送的。

庭音一进来，便跑到落地玻璃窗前，望着远山后面仅余的最后夕阳，赞叹地说：

阿蛇，你家的风景很漂亮呢！可以看到日落啊！

岸声望着摆满大厅两壁的书架，说：

还很宽敞呢！可以放很多书！跟我的狗窝真是天渊之别！像我们这种无产阶级，真是连读书也差点没有资格了！

站在我面前的岸声，至少比我高半个头，身材比我瘦一圈，头发比我长几倍。风衣穿得有点褪色，牛仔裤也自然破损了。我忽然觉得他的答话里有点讽刺的意味。

今天天气一点不冷，室内更是温暖。庭音脱下了帽子、颈巾和军绿色外套，上身只穿件单薄的黑白横纹长袖 T 恤。我觉得她的棕色长发好像新近染过，色泽比之前均匀了一点，也光亮了一点。她突然指着窗外，响亮地说：

看！外面飞来飞去的是什么东西？

岸声上前，跟她并肩站着，望着窗外，漫不经意地说：

哦，应该也是蝙蝠吧！

还有两只呢！

可能是夫妻。

不可以是情侣吗？

蝙蝠哪有情侣的关系？要么是夫妻，要么不是。

夫妻是说人的啊！

那就说是配偶好了。

两人你一言我一语地为这种无聊事争论起来。我向他们的背影说：

要不要四处看看？

我领着他们参观了房子一遍。小龙的书房，我的书房，还有主人房。他们像是一对即将结婚的年轻新人一样，一边看一边评论着房子的布局和家居设计。我心里不期然想，如果他们将来结了婚，拥有一所这样的房子，小夫妻俩安安稳稳地生活，那多美满！不过我没有把这想法说出来。在参观主人卧房的时候，岸声指着衣架上挂着的那件印着老虎头像的 T 恤说：

阿虎，这 T 恤你不是有一件吗？

我便抢先答道：

是吗？我也有助养濒危老虎啊！

另一边的庭音突然大叫：

好可爱的狐狸啊！

她看见坐在枕头上的狐狸公仔，忍不住上前拿了起来，举到面前把玩着。我说：

它叫作 Wolfson，是我太太托人从剑桥带回来的。

还有名字啊！Wolfson！香港住得惯不惯呀？

她还买了一只刺猬。狐狸与刺猬，是一对的啊！

为什么呢？

岸声抢着回答说：

你没读过那个希腊典故吗？古希腊诗人 Archilochus 说："狐狸懂得很多事情，但刺猬懂得一件大事情。"刺猬是指那些只懂死守着一个方法的人，但却非常有效地保护自己。相反，狐狸处事有许多方法，思想有弹性，但却未必能打败刺猬。后来自由主义思想家 Isaiah Berlin 写了本书叫作 *The Hedgehog and the Fox*，用了这个典故来评论托尔斯泰的历史观。

岸声还是那副性格，一有机会就忍不住展露自己的才学。虽然只是单纯出于对知识论述的嗜好，但看在不熟悉他的人眼里，难免会误会他想炫耀。庭音跟他在一起，大概也会有点吃不消吧。只见她小心翼翼地把狐狸放回枕头上，抚了抚它的头，好像很爱惜，或者勾起什么心事似的。我立即提议大家一起到厨房去准备晚餐。

食物分开要加热的和冷吃的，放在不同的碟子里。饮料就喝他们带来的苹果汁。面包在篮子里叠得高高的，加上那盘精美得像塑胶模型的草莓，看起来十分可观。庭音还带来了一棵瓶装饮品大小的迷你圣诞树，放在桌子一端。对于完全没有圣诞装饰的我家，算是聊胜于无。她又掏出三顶圣诞帽，要求大家都戴上。真是准备得相当充分的小鬼。我和岸声都只能无奈地相望一笑。

开始吃东西的时候，大家不着边际地聊着，关于今年冬天会不会跟去年一样寒冷、特首突然宣布不寻求连任的消息之类。后来又聊到加了 sourdough 的面包好吃，还是不加的好吃。岸声问 sourdough 的中文是什么，庭音便拿手机上网搜寻。Google Translate 给的解释竟然是"拓荒者"。然后才查到是天然酵母做的酸面团。我查了英语字典应用程式，发现原来真的有"拓荒者"这个用法。大家都感到有点惊讶。我便说：

也可以叫作"酸的馒头"吧！

"酸的馒头"？未吃过啊！是变坏了的馒头吗？庭音说。

岸声立即笑了出来，说：

是英文"sentimental"的音译呀！

是吗？咁都得[1]？

你没看过陈冠中的《什么都没有发生》吗？里面有用到。

再次被岸声揶揄读书不够，庭音有点没趣地嘟着嘴，我便帮她解嘲说：

每逢遇到什么肉麻事，我和太太就会说：真是太"酸的馒头"了！

庭音拿起一块 sourdough 面包，咬了一口，说：

好啊！我现在就吃"酸的馒头"给你们看！我最爱吃它的了！只是有人嫌弃它吧！

说罢，她瞟了身旁的岸声一眼。发觉自己开罪了女友，他连忙说：

---

1 这样都行？粤语。

我没说不喜欢啊。

庭音于是把手里的面包塞到他的嘴巴里，说：

那你立即吃了它吧！

岸声塞了满嘴的面包，说不出话来，差点还噎住，连忙喝了大半杯苹果汁。我笑着说：

我倒以为，你是个太"酸的馒头"的人了。

他刚刚才回顺了气，给我这么一说，又被果汁呛了一下，咳了起来。庭音也给吓着了，连忙给他拍背。过了好一阵子，他才止住了咳，有点艰难地说：

老师，此话何解？

你在剧里面，放了过多的个人感情了。关于成长的，关于男女爱情的，给人过于情绪化的感觉。不过，我也不是说这是个缺点。因为你用了颇多疏离化的剧场手法，另外又用德日进和斯诺登两条线索，拉开了距离，提供了较宏观的视野，所以才把那些好像有点"酸的馒头"的地方冲淡了，或者是在两者间保持平衡。

我的原意是一种抗衡，或者对位。

OK，对位。你喜欢用这个词也可以。总之，不要以为那是对你的批评。相反，我认为整个剧本相当完备，要立即演出也没有问题。

是吗？你真的是这样觉得吗？

当然！你要放弃不必要的完美主义。要不你永远没可能完成一个作品。

可是，如果我对作品中的一些根本性的东西产生了动摇呢？

我记起他在电邮里向我透露的困惑，但我以为，那还未去到把剧本彻底否定的程度。现在听他的语气，情况似乎有点不妙。那肯定不是纯粹技术上可以解决的事情。我事前并没有打算，今晚跟他就剧本这件事纠缠下去。我以为只要给他一点肯定，我的任务便完成了。没料到事情有可能要全盘推翻，从头开始。不过，我不得不听他说下去。

就像我之前说过，对于把德日进提出的 noosphere 理解为互联网这一点，我开始感到怀疑。而德日进的思想本身，也开始显露出不完全令我信服的地方。

不完全信服，也不是问题啊！你现在是创作，不是信教。不相信的事情，也可以成为作品处理的主题。

话虽如此，我也应该弄清楚，德日进思想的哪些部分是对我有启发的，而哪些部分是我有怀疑的，甚至是要加以批判的吧。

我不得不点了点头。岸声终于找到了谈话的立足点，变得自信起来，挺直了腰板，像是要发表什么重要言论似的，开腔说：

老师如果不嫌烦的话，我想把我对德日进的了解从头说起。身为一个信仰坚实的耶稣会教士，却又同时是地质学家和古人类学家，并且对科学和演化论深信不疑，这样的异质的配合，是我对德日进产生兴趣的起点。我们一般会以为，科学（特别是演化论）和宗教是互不相容的，最多只能做到互不干涉，就好像古生物学家 Stephen Jay Gould 所建议的那样。又或者，好像基督教创造论者当中的一些所谓科学家一样，试图通过揭示科学的局限，证明宗教的超越性。德日进的科学知识和观念，是货真价实的，跟其他无神论科学家没有两样。他认为与其尝试架设一套固定的宇宙论，不如探究一种动态的宇宙衍生论，Cosmogenesis。演化论就是 genesis 的基础。他相信宇宙永远在发展中，但是，他也相信这个发展是有方向性的。而且，这个方向是必然的。这方面，他的想法跟主流达尔文主义者不同。后者相信演化是纯粹随机的盲目发展，因此，人类的出现并没有任何必然性，更不要说优越性。相反，德日进是相信目的论的。人类是生物演化必然出现的结果，也是宇宙演化进程的顶端或终点。所以他自称拥护"新人本主义"Neo-Humanism。他要把大写的"人"作为一个现象，置放于知识界的核心。为什么"人"的出现是必然的呢？这就要说回他对物质的根本看法。

岸声停下来，清了清喉咙，想喝点什么，但发现那瓶苹果汁已经喝光了。庭音说不如给他倒杯茶，他却说：

老师，不好意思，有没有别的可以喝？今晚平安夜这么难得跟老师你共聚，只是喝果汁和茶，好像有点冇瘾！老师家，应该会有酒吧？

我有点惊讶他会有此要求，不过又不好意思立即拒绝。我犹豫地望向庭音，说：

酒我是有的。但是……

你和老师的身体……也不太适合喝酒吧！

庭音尝试一锤定音，但岸声却也十分顽强，反问说：

有什么问题呢？在这么安静舒适的地方，只是喝一点点儿酒，绝对不会出状况啊！

我又望向庭音，只见她眼珠反向上方，耸了耸肩，一副放弃争持的样子，便说：

好的，我去看看。

我起来，走进厨房，庭音立即跟在我后面。我打开厨柜，让她看里面的藏酒。她挑了瓶智利红酒，向我使了个眼色。我低声说：我有分寸的了。

开了酒，拿了三只长脚酒杯，回到餐桌上。庭音负责斟酒，每人只倒了三分一杯。我说：

大家意思意思吧！

岸声呷了口红酒，似是十分满意，便又说下去：

老师不知有没有看我传给你的那本小书 *The Heart of Matter* 的 pdf 档？那是德日进晚期总结自己的科学和宗教理念的一篇长文，当中带有少许自传成分。开头的地方，讲到他童年的时候，信仰已经非常虔诚，但对物质也十分着迷，因为小小的他相信，物质里面蕴藏着某种本质的丰富性。令他最迷醉的物质，是极其坚硬的钢铁。当中好像有某种不坏和不朽的意味。他后来改为对矿物产生兴趣，去念了地质学。无论如何，他知道这种对物质的崇敬，跟传统的信仰并不一致。他自小就被教导，只有精神或灵性才是永恒的事物。世间的物质要么就是暂时性的、会变质的、低层次的东西，要么就简直是拖垮精神追求的罪魁祸首。肉身本身被视为罪恶之源。人若要灵魂得救，必须克服肉身的诱惑，抛弃肉身的拖累。可是，德日进却反对这种二元对立的思想，认为物质和精神、肉身和灵魂，是一体两面的关系。物质和肉身并不低级，也不邪恶。把这个放回宇宙演化的过程，他相信由宇宙创生之初的基本粒子，到无机物质的形成，再到单细胞有机物质的出现，再而到复杂的生物，以至于最高程度的人类这个具有自我意识的物种的诞生，是个一以贯之的过程。当中无须神的介入，一切都是自然的发展。为什么没有任何超自然力量的介入，也能产生特定方向的质变呢？那是因为，他相信在最基本的物质里面，早已经蕴藏着精神性或者意识。任何事物，从极小到极大，都有"外面"和"内面"。"外面"是它的物质面，"内面"则是它的精神面。事物内在的精神性，与其说是它的本质，不如说是它的能量。这种精神能量，推动着物质的互相作用和融合，产生新的元素，甚至生物。所以，物质从来也不是死的，而是活的，有灵性的。这就是题目"The Heart of Matter"的一语相关的意思吧——在"物质的核心"，"物质是具有心的"。所以，德日进进而更大胆地说：爱是一种能量。在元素的层次，爱促成融合；在细胞的层次，爱促成复杂生物的演化；在生物的层次，爱促成人类的出现；在人类的层次，爱促成个体连接成群体，最终达致全人类的精神融合和提升。

岸声的情绪越说越高涨，声音听来也有点颤动。他停下来休息，大大地喝了两口酒，然后拿酒瓶自行斟满了半杯。我的那杯几乎没动，庭音那杯却已经干了。她拿过酒樽也斟了半杯。岸声继续说：

德日进的想法，很有意思吧？最刺激的部分，还在后头。好了，人类作为宇宙的一个前所未有的独特现象而出现了，他带来了什么变化？意识的诞生，然后，就是个体意识的大融合，形成在地球表面的"生物圈"（biosphere）之上的"意识圈"或"思想圈"（noosphere）。这个我之前已经跟老师谈过了。这个noosphere还不是终点。随着人类意识的大融合，这个整体的意识必然会不断向上提升，直至一个称为Omega Point的最高点。到了这个终极的点，人类就可以抛弃身体和物质的羁绊，而跟基督融合。这也就是世界末日出现的方式。来到这里，德日进的科学观重新跟他的宗教信仰连接起来。这部分的想法看似纯粹想象，但却不是没有经过深思熟虑的。譬如说，他小心地区分了 converge 和 merge 的性质。这在中文里说好像都是"融合"，但德日进表示，merge 是令个人丧失自我独特性的集体化，而 converge 却是个体互相连接的同时，各自保存自身的个性的状态。所以他才说到那吊诡的，既去除 individuality 但又保存 personality，既不是 mass 和 collective 但又是 convergence 的境界。这个融合绝非个性的消失或东方式的寂灭，而是天主教式的神与人的共融，或者是一与多和多与一的互即互入。我们都知道，所谓"三位一体"就是 Three Persons in One。而耶稣基督这个 Person，正是下降到物质和肉体世界的灵的具体示现，也是德日进心中接通天地人神的中介点。可见 person 这个概念在德日进思想里的微妙意义。为了表达 Omega Point 这个几乎不能表达的境界，他创造了许多颇为夸张的说法，好像 ultra-hominisation、hyper-personal、super-soul、mega-synthesis、super-consciousness 等等，看来跟尼采的"超人"Ubermensch 也有某种相通呢！

趁着岸声停下来休息，我插话说：

把尼采思想带进天主教和科学里，真是个大胆假设！老实说，我虽然只能草草略读你传给我的材料，但是，的确感受到德日进的文章有某种尼采式的亢奋。怎么说呢？他的态度当然比尼采温和，没有那些尖酸和愤怒，行文也没有尼采的跳跃或诗化，而是条理分明和雄辩滔滔的论述。可是，论想象力的规模、立意的极端和毫无保留，以及那种 visionary 的色彩，真是有异曲同工之妙。

老师说得对！我就是因为这样的感觉，而对德日进感到非常兴奋！而我之所以把德日进的 noosphere 联想到互联网，是因为《攻壳机动队》给我的启发。这个老师应该很清楚。在整个《攻壳》系列里面，纵使由原著漫画作者到动画电影和电视的三位导演，各有不同的风格和想法，但是，对于网络这种集体连接的方式，和人的个体独特性之间的关系，却是发出了一致的提问。当中多次提到，网络连线使用家形成一个巨大意识体的可能。这个网状的意识体没有单一的操控一切的中心，但却有因为意识连接和引导而形成的枢纽。个体在其中好像继续保持自己的独特性，但又因为跟他人融合而成为了一个更大的单位，而这个大单位仿佛慢慢产生出不受制于任何单一个体的自我意识和行动力。少佐草薙素子多次遇上的对手，无论是与难民连线的久世英雄，或者与医疗系统上的"贵腐老人"连线的傀儡师，都渴望能跟电子脑功能强大的她融合。而对于融入广阔无边的网络世界，素子其实并不是没有受到诱惑的。她因为从小除了脑部之外就全身义体化（有两个版本，一个说是她六岁的时候，一个说她一出生就没有肉体），所以她在成长过程中一直面对身心不协调的问题，分不清自己究竟是人类还是机械人。所以，对于抛弃那约束自己的身体，追求意识的完全自由，其实是难以抗拒的。她之所以一直犹豫，也不过是出于对"生而为人"的（纵使是假的）肉体的依恋吧。在一些版本中，她终于抛开了单一的"真身"的概念，以不断更换的义体活动，或者索性潜进网络世界四处游荡。到了最终，似乎看不见创作者很确定地说，抛弃肉体是人类的唯一出路，但却又经常做出这样的暗示。这大概反映了，人类在这演化的关口所经验到的既亢奋又疑惑、既渴望又惧怕的复杂心情吧！

我察觉到，在岸声忘我地发言的时候，庭音不动声色地不断往自己的杯子里斟酒，然后把酒往自己的肚里吞。不过，看她的酒量也还不错，只是脸蛋泛红，人却还是十分清醒。涨红着脸的她，看来好像变得比平时圆润。

岸声发现酒瓶已空的时候，并没有怀疑是女友的所为，但他立即表示想再开一瓶。庭音徒劳地作出反对，但见我一副无所谓的样子，便唯有动身去了厨房，拿了支意大利红酒。这次岸声自己先斟满了大半杯。我也奉陪斟了半杯。岸声乘着酒兴，又再说下去：

所以啦，回到我的剧本，我就是在这种"既亢奋又疑惑、既渴望又惧怕"的复杂心情下，写了《荒幕行者》这个剧。老师刚才说我的剧里出现的对位，或者情绪化的部分跟理性的部分的对立，也许就是源于这样的患得患失的心情。究竟我们即将迈进一个更美好、更广阔、更高层次的存在，享受更开放的意识共融，还是我们只能继续受困于一己的创伤和困恼，孤独地去面对明知是极其平庸狭小的个人问题？读德日进和 Lucile 书信，令我很惊讶地发现德日进平庸狭小的一面，也即是他困惑和脆弱的一面。作为雕塑家，Lucile 是个肯定实在的肉体的女人。她 1929 年在北京一遇到德日进，便被他的智慧和热情所吸引，而爱上了他。讽刺的是，这样优秀的男人却是个神父！而这个男人，却又不像个传统的神父，不但跟她谈科学，谈演化论，还肯定物质和肉体的价值。他对她的关心、重视，甚至情感依赖，根本上已经是个情人。但是，他不仅坚守贞洁，也从不愿意承认对 Lucile 的是世俗的爱情。Lucile 既然没法对他绝情，便唯有顺应他的思路，也开始大谈起什么精神的爱了。这两个人，就这样离离合合，在二十五年间保持书信来往。到了晚年，德日进因为在法国修会得不到支持，被禁止出版他的离经叛道的论著，便唯有避居美国继续做研究。他和身在美国的 Lucile 有过几次见面，但似乎不完全是愉快的。从他们那几年的书信中，可以见到德日进陷入了深深的困惑，甚至出现情绪低落和忧郁症状。他似乎明白到自己对 Lucile 造成的伤害，明白到自己的不近人情，明白到在努力实践高尚的理论的同时，不能体谅对方世俗而人性的感受。Lucile 有一个观点他一直无法反驳。她说他既然相信物质并非低下和罪恶，相信肉体和精神是对等的一体两面，为什么来到男女之间的爱，他却坚持贞洁比性更高尚，更值得追求？这不是自相矛盾吗？我看不到德日进能作出令人信服的答复。这其实就是他的整个思想的内在矛盾吧。一方面高举物质和科学，另一方面，到了最终，却相信目标是超越物质的精神升华。科学只是过程，结果只有信仰。他始终是个不折不扣的天主教徒。教会对他的戒心，实在是多虑了。

岸声说得越来越慢，声音越来越虚弱，但却越来越动情，就好像是在自我表白一样。我把手中的酒杯机械化地摇动，不敢置喙。庭音则默默地消耗着酒瓶里的酒量。接下来是一段漫长的沉默。在静默当中，岸声突然说：

老师，你觉得我是个不近人情的人吗？

你又没有守贞洁！怎么不近人情呢？

我还以为说个笑话可以缓和一下气氛，怎料说了出口，才知道一点也不好笑。只见岸声挂着迷惘的神情，而庭音则脸红得更厉害了。他认真地说：

你不觉得，我的剧本有些地方有点过火吗？

我知道他是指写到他和庭音的地方，但我不想直接评论这些部分，只有含糊地说：

有些写法，是难免不过火的。选择只有——写，还是不写。

哈哈！ To write, or not to write! That is the question!

我不知如何接下去，便陪着笑，举起酒杯，说：

To drink, or not to drink! That is the question!

岸声听后大笑几声，却好像是装出来似的。他站了起来，伸长手，隔着桌子跟我碰了杯，然后一下子干掉。

No question at all! Of course it is to drink! DRINK! 今晚畅所欲言，真是高兴！老师，有没有别的酒呢？

别的？

不要再喝红酒了！没劲！有没有 strong 一点的？

我从眼角看到庭音在猛摇头，但是，我好像不受控制似的，说：

有！当然有！ Whisky 如何？

庭音扯下圣诞帽，伏在桌子上，把脸埋在臂弯里。

我到厨房拿了瓶威士忌回来，放在岸声面前。他拿起瓶子，看着招纸，说：

哗！ Teacher's！很有趣的品牌呢！

对啊！前年一个旧学生送的。

呵呵！老师不是暗示，下次我也要送你一瓶吧？

随便你啦！

我把威士忌斟进三只水晶小杯里。见庭音还伏在那里，便问：

小虎！要不要？

她像猛虎出笼似的弹起来，抢过杯子，近似赌气地说：

为什么不要？

我便笑她说：

想不到你酒量这么好！

过奖了！我有个花名，叫作"千杯不醉"！

是吗？哈哈！我叫作"一杯即醉"！

那你们真是"天生一对"了！

岸声打了个无聊的哈哈。我看他真是有点醉了，但他对那威士忌却赞不绝口，喝完了又要再来一杯。

老师，我还是说点近人情的事情吧。

我捧着杯，笑眯眯的，向他抬了抬眉，以示洗耳恭听。

我最近在读契诃夫，主要是他的戏剧和书信集。他的剧作跟我在写的，非常不一样，但是我心想，不妨读一些不同的东西，看看当中有没有什么新的启示。果然，我有一个惊奇的发现。契诃夫原来是相信，未来会有一个精神升华的世代呢！别看他的戏剧和小说好像都很低沉，很灰暗，他其实是个乐观的人。他有一句名言："理性和公义告诉我，在电力和蒸汽之中，比在贞洁和素食之中，存在更多的爱。"哈哈！是不是跟德日进唱反调呢？也不是啊！契诃夫相信电力和蒸汽，是因为他相信科学会带给人类更美好的世界。他毕竟正职是医生！他说过医学是他的妻子，而文学是他的情人。所以，对科学的信任，他跟德日进是一样的。分别是，他不相信神。但是，在他的戏剧中，他又好像暗示，他相信某种大于自我的灵魂，或者集体精神。在《海鸥》里，少年男主角写的那个看似很幼稚滑稽的剧本，便提到对一个大我的共同灵魂的期待，还有将来物质和精神在宇宙意志中的美妙和谐的融合。当然，契诃夫很可能只是跟某些当代神秘主义思想开玩笑。好像爱尔兰诗人叶慈，也常常大谈什么世界之灵吧。不过，我总是有点怀疑，契诃夫就算不相信什么超自然的升华，也一定对人类文明的进步有所寄望。他的戏剧总有一个人物，会发出对将来更美好的世界的期盼，而且相信，自己和同代人所承受的痛苦是值得的。大家虽然无缘见到那个新世界的实现，但是他们就是如此相信。相信什么呢？就是电力和蒸汽当中的爱。爱就是能量！那不是非常德日进的想法吗？如果是这样的话，我们今天不是也可以说，"在光纤、数据和网络中的爱"吗？这就是我们的个体的灵，也是我们的世界的灵啊！可是，过去一年，我一直百无聊赖地待在网上，所看到的却不是爱，而是爱的相反。网络上只有分裂、攻击、欺凌、辱骂、自以为是和自我欺骗。那美丽的新世界在哪里？那往上的升华，个体之间的共融在哪里？还是《攻壳机动队》里面的难民领导者久世英雄说得对。他希望把人们提升到上层，但人的本性却是向下流，就像水一样，只满足于低层的欲望。于是，我开始觉得，我把网络寄望为 noosphere，把网络时代寄望为人类的 Omega Point，纵使是一个契诃夫式的、无神的 Omega Point，也只是一厢情愿啊！

岸声说罢，像是服药似的，又灌了一口威士忌。庭音已经放弃跟他竞酒，自顾自细细地呷饮。我明明已经头昏脑涨，还是硬着头皮继续喝。隔了一会，岸声的独白又继续下去：

老师，你应该听过 Chekhov's Gun 的说法吧？村上春树也在他的小说里一本正经地说过一大堆。其实是很简单的东西。就是如果在小说开场的时候描写墙上挂着一支枪，到了故事后面，这支枪就一定要发射。要不，就干脆把它删除。作为一个著名小说家和剧作家，经常会有人向契诃夫请教写作之道，而他也会非常慷慨地给予意见。这个著名的意见，说的就是精准和节制，也即是不要花笔墨去写没有用的细节。OK，很好。没有人会说这是错的吧！但是，这样的意见其实也非常初级啊！大概是说给没有多少才华的新手听的吧。我倒以为，这个说法有三个层次。第一层：很烂的作者写了一堆无聊的细节，结果挂着的枪没有发射。（另一个版本：结局写到一支枪的发射，但是没有在前面安排伏笔。）第二层：一个好作者在开头写了一支枪，在结局让这支枪发射。这是首尾呼应，兼且没有浪费笔墨。可是，这真的是最高层次吗？我认为还有第三层：作者在开头写了一支枪，令读者期待着这支枪的发射，怎料，到了最后，它居然没有发射。这，不是更出人意表，更耐人寻味吗？你一定会以为我这样说，是为像我一样烂的作者开脱吧！哈哈哈！

岸声笑着，突然又咳了起来，整个人也抽搐着，喘着气。庭音想拿走他手上的酒杯，他却有点粗鲁地把她的手推开，回头又去斟另一杯。整套动作，很像一个通俗剧场里的拙劣演出。待他斟完酒，庭音索性把酒瓶抢走，拿到厨房里去。岸声眼巴巴地望着，像是小孩子突然给抢走了玩具，但却没有说什么。他很珍惜似的呷了一口剩余的威士忌，说：

你知道吗？契诃夫真是言出必行啊！他在《伊凡诺夫》的开场安排一个管家把玩一支枪，最后在结局主角伊凡诺夫便真的吞枪自杀，不过似乎不是同一支枪而已。用枪解决事情，是剧场上的陈俗习惯。声称想改革剧场，主张自然的对白和演绎方式的契诃夫，似乎一时间也未能完全去除旧的陋习。在第二出剧作《海鸥》，又一次出现主角在结尾吞枪自杀。第三出《凡尼亚叔叔》，也开了两枪，不过没有击中任何人。第四出《三姊妹》，结尾出现决斗，虽然在舞台外发生，但还是听到枪声，也有人死了。连契诃夫也要去到最后一出戏《樱桃园》，才能摆脱开枪的陈规。不过，反过来说，他没有在《樱桃园》的开场加一支最终不会发射的枪，实在有点可惜。要不，他就真的能够打破自己胡诌出来的金科玉律了！你们不觉得很有趣吗？为什么剧场是一个特别适合开枪的地方？也许我也应该想想，在我的剧里安排一支枪呢！

安排一支枪？给谁？

当然不是给德日进或者斯诺登啦！

那就是给你自己了。

老师你真明白我！来！干杯！

他站起来，伸长手跟我碰杯，然后一边喝威士忌，一边离开餐桌，走向厨房。已经回到座位的庭音连忙起身，从后拉着他的臂，严厉地说：

你怎么了？够了吧！别再喝了！过去那边，坐下！

岸声好像给那洪亮的声音震慑住，果然乖乖地走到客厅那边，颓然地跌坐在沙发上。庭音顺手拿走了他手上的杯子。我从餐桌那边望着他那脸色苍白、双眼无神、戴着歪斜的圣诞帽的滑稽样子，忍不住教训他说：

江岸声，别摆出一副怀才不遇的样子吧！

他有点茫然地望过来，一边的嘴角突然抽起，说：

佘梓言老师，你不也是这个样子吗？

说罢，他像是受到枪击似的，突然倒卧在沙发上，动作非常戏剧化。他长长的肢体缩作一团，浑身上下剧烈地颤抖着。我见他状甚痛苦，吓得跳了起来。从厨房出来的庭音，不慌不忙地在他身边坐了下来，摘掉他头上的圣诞帽，轻轻地抚着他的背。岸声大概不是第一次出现这样的情况吧。我自己的肋骨又开始隐隐作痛了。我复又坐了下来，低下头，双手抱着两胁。

也不知过了多久，听到庭音轻声说：

阿蛇，有没有被子？

我告诉她被子在睡房衣柜的底层。她消失在走廊的尽头，开了睡房灯，很快又再出来，怀里捧着一张棉被。她把被子盖在岸声身上，坐下来陪了他一阵，见他睡着了，人也安静下来了，便回到餐桌这边，把凌乱的餐具收拾起来。我望着她绯红的脸，很佩服她的酒量。在我身体没事的时候，也未必能胜过她。我不好意思让她一个人收拾，便勉强站起来，象征式地拿了一两件小东西。

在厨房里，庭音本来想把东西清洗干净，我却说暂时搁在洗手盆便可以。于是我们又回到饭厅去。餐桌上还放着两只盛有约四分之一的威士忌的杯子。我和她面对面坐了下来，各自摸着杯子，静默着，没有说话，也没有喝酒。半晌，大家不约而同地望向沙发上发出鼾声的那个人，不知怎的，就一起笑了出来。庭音这才说：

今晚他说了一大堆话，至少有一件是说中的。

哪一件？

身心不协调。

身心不协调？

对啊！就是现在你和他的状况。

可能是吧。

不过，这倒是个值得深思的问题。

我不知是否酒醉的关系，不太明白她的意思。庭音拿起那棵迷你圣诞树，把玩了一会，又放下来。然后，把之前除下的圣诞帽重新戴在头上，稍为整理了一下。在一连串小动作之后，她停下来，望向我，说：

阿蛇，可以问你一个问题吗？

你把问题讲出来，我才能答你可不可以。

你和你太太，为什么不生孩子？

我扑哧一声笑了出来，好像那是个笑话似的，但是庭音没有笑。我眨了眨沉重的眼皮，用力呼了口气，说：

有为什么的吗？不想生就不生吧。

是吗？真的不想吗？

你不是说我或者她有身体上的问题吧？

不，我不是这个意思……我是想问……你和你太太，有性吗？

我的头壳像是给金属物体击中一样，耳朵发出嗡嗡的声响，眼睛也眩了起来。我决定以毒攻毒，一口气喝光杯中剩下的威士忌。

不好意思，阿蛇！你其实不需要答我的……我只是胡言乱语而已。

庭音半站起身，弯着腰，把纤细的手臂伸过来，拿杯子在我的空杯子上轻轻碰了一下，直了腰板，头一仰，把威士忌干了。她用手背揩了揩嘴唇，露出疲倦的微笑，说：

我去洗个脸。

我点了点头，推开杯子，伏在餐桌上，很快便失去了意识。

再醒来的时候，灯还亮着。一个鲜红色三角形躺在两个透明小圆柱体之间。我看看钟，发现已经是凌晨两点多。沙发那边，岸声依旧是那个姿势，像个尺码过大的婴儿。我双手撑着桌面，站起来，揉了揉疼痛的额角。半夜气温似乎降了不少，感觉有寒意。我过去帮岸声盖好掉下来的被子。关了灯，摸黑穿过走廊，走进浴室，去了个长长的小便。然后洗了脸，刷了牙。

　　进了主人卧房，从没拉上帘子的窗外透进的光线中，看见小虎也同样是蜷曲着身子，披头散发地在我的床上睡着了。她的怀里搂着一个小东西，看清楚原来是狐狸。我把折叠在床上的被子扬开，盖在她身上。回身离开的时候，仿佛看见旁边空着的枕头下面，一个毛茸茸的东西在探头，露着尖尖的嘴巴。

20

木辛：

　　12 月的旅行和圣诞假期很快便过去了，一眨眼又回到剑桥，重新投入每天看书和做运动的生活规律。你知道我是个不怕闷的人。从早到晚地看书，我是一点也不厌的，甚至有一种宁静的接近幸福的感觉。在别人看来，肯定很难理解。不过只要有你能理解，已是我莫大的幸运了。

　　你知道我去旅行都会带着书，随时在飞机或者长途火车上看。这次你猜我带了什么？是 *War and Peace*！ BW 一见，就笑我带了个枕头，可以随时垫着睡觉。榛子表妹则笑说是不是打算用来挡子弹。（很军事式的思维！不过近年欧洲的确是恐袭频生，所以也不是全无道理。）事缘 BBC 将会在 1 月初播出全新的《战争与和平》电视剧，剑桥的朋友都在谈论，好像很期待似的。我上网看过

trailer，真的非常吸引，于是便提早预习一下。说来真是惭愧，这样重要的世界文学巨著，我其实还未读过呢！以前念大学的时候，读过《安娜·卡列尼娜》，可能因为年纪小，对托尔斯泰的感觉只是一般。所以便趁这个机会，下决心读完它了。不过，断断续续地努力了十几天，也只是读到三分之一，之后要加把劲了。

你知道我在看书方面是个心急的人，一时间看不完这么长的书，我便先看了本短的。是 Isaiah Berlin 写托尔斯泰的 *The Hedgehog and the Fox*。虽然知道先读评论然后才读作品，态度不太正确，但是，实在抵受不住诱惑。著名思想家谈著名文学家，肯定是火花四溅的吧！而且，我刚又买了狐狸和刺猬公仔，如果不知道背后的思想脉络，也就有点见不得人了。

这本小书，本来是一个演讲的内容，1951 年首次发表，后来经过多次修订。伯林说，把作家分为狐狸和刺猬两类，开头只是一个游戏，不过渐渐地发现，这对比喻颇能引发深思，便继续发展下去。他当然明白这种二元思维过度简化，事实上许多人同时兼具两者的性格，差别往往只是程度而已。所谓刺猬的特质，就是一个坚决的一元论者，相信世界纷繁的表象背后，存在一个一致的、统一的系统或者原理。这个统一的东西，可以是宗教上的神，可以是思想上的本质，或者社会经济学上的法则。代表性的例子，包括柏拉图、但丁、黑格尔、马克思、杜斯妥也夫斯基等等。相反，狐狸是个弹性的多元论者，甚或是没有任何明确思想信念的人。他们注重的是生命和世界的多种面貌，可以同时在不同层次思考和理解事物，接受异质的东西，而不强求把它们融合在一起，找出或强加一套贯通一致的理念。这方面的例子，首选是莎士比亚，还有希罗多德、歌德、普希金、乔伊斯等等。好了，来到这篇长文要讨论的主角托尔斯泰。究竟伯林认为他是狐狸还是刺猬呢？答案相当耐人寻味。他认为，托尔斯泰本性上是狐狸，但却想扮演刺猬，或者以为自己是刺猬。整篇文章，就环绕着这个观点作反复论述。

为什么托尔斯泰是狐狸？这一点似乎相当明显。谁都会注意到，托尔斯泰的写作天才，就是把大世界的繁多人物和事态，非常细致而生动地重现出来，令人感到如在目前，恍在其中。这是受到他的小说所感染的读者都有的感觉。他能够写出性格和背景极为不同的人物，而且同样具说服力。没有狐狸的敏锐和多变的能力，这是没有可能做到的。不过，伯林指出，在这种大千世界写实呈现的背后，托尔斯泰其实竭力寻找某种统一的东西。这也是他后半生成为了万人景仰和追随的精神领袖的原因，也即是他自己建立的以纯朴的俄国农民为模范、行耶稣爱人的道路、主张对邪恶实行不抵抗的宗教生活方式。只是，就算如此，托尔斯泰到临终还是没有找到真正带给他内心平安的那个终极理想。

托尔斯泰的"狐狸性"，不只见诸他的小说人物描绘力，更见诸他对既有的思想和信仰系统不遗余力的批判和拆解。传统基督教信仰，无论是罗马天主教还是俄国东正教，在他眼中都是错误而荒谬的，是完全违背耶稣的教导的。至于西欧的哲学思想，或者新兴的政治和经济理论，全都只是对真实世界的误解和扭曲。对于纯粹的自然科学，他大概并不反对，不过也许亦不觉得对人类的福祉有什么用处。至于把科学方法用在人文学科（例如历史）上的企图，他不单是极度怀疑，甚至是彻底地不认同的。托尔斯泰自觉到的一个问题，就是他缺乏"正面的思想"。没有一样现成的东西，是他能毫无疑问地支持和接受的。在他强大的思维和批判能力之下，所有信念都被瓦解。可是，真理并不会在谎言瓦解之后自动出现。而托尔斯泰又偏偏是个渴求真理的人，也即是一只刺猬，所以他难免陷入虚无的痛苦之中。

伯林这篇文章主要想讲的，是托尔斯泰在《战争与和平》中所展现的历史观。你应该知道，这本小说是关于拿破仑侵俄战争前后的事情的。小说分为日常生活和战争描写两个部分。日常生活的部分，是历来最为读者津津乐道的。里面描写的人生百态和生活风貌（例如贵族生活的种种细节，大型舞会和宴会场景等），特别是几个年轻主角之间的爱情，都看得人神往迷醉。就算是写战争的部分，也受到很多读者的赞赏。许多曾经亲历沙场的人甚至认为，托尔斯泰是唯一能写出战争的真正面貌的作家。但是，伯林开宗明义地指出，托尔斯泰在小说中滔滔不绝的战事分析，和他不厌其烦地一再重复的历史观点，却一直被忽视，甚至是被嘲笑和轻蔑。评论者要不就是索性不提，要不就是断定这些段落是白璧之瑕，无稽之谈，肤浅之论，或者是多余之举。照我们中文的说法，就是画蛇添足了。

那么，托尔斯泰的历史观是怎样的呢？简单地说，就是对既有的历史研究方式的否定。主流的历史其实都是政治史。历史不外乎是少数所谓政治领袖所创造出来的局面。所以，就一八一二年的法国侵俄战争而言，重点是分析拿破仑的政治野心和军事策略，以及亚历山大大帝的应对方法，再下去就是将军们的布阵和统领能力了。托尔斯泰在小说中力竭声嘶地批判这种简化的、臆测式的历史研究方法，认为由此得出来的结论都是错的。相反，他坚持在战场上，根本没有人知道在发生什么事。将领所下达的命令，几乎都没法送达前线，更莫说执行了。在大本营里，那些自以为运筹帷幄的军事专家，只不过在自欺欺人，对大局毫无促进作用。越是处于决策高层的政治领袖，便越是远离事实的真相。唯一最直接地接触到战争实况的，就只有前线的士兵。问题是，在连绵数公里的野外战场上，连士兵也不知道整体的战况如何，只是盲目地谋求生存而已。到了最后，战胜的因素只有一个，就是士气了。就算是人数少的，死伤多的一方，只要有士气，就是赢家。

战场上的状况可以直接比拟作历史本身。要了解历史的真相，从科学方面来说，就是要掌握够多和够准确的资讯。但是，历史跟战场一样，在发生的当下的迷雾中，没有人能清晰地纵观全局。在过后，已经流失的大量资讯更加没法重组。结果便任由某些专家根据某些站不住脚的理论和片面的资料去加以扭曲和胡诌了。这就是抵抗拿破仑战争的历史著述，几乎都无法得到托尔斯泰信任的原因。也可以说，这就是他决意要用自己的方法，也即是小说的方式，去重写这段历史的原因。问题是，小说难道可以比历史更接近真实？他相信是可以的，至少在写作的时候。他认为最重要的不是先设的立场和理论，而是生命本身的实在性，经验本身的多样性。因此，他试图用繁多的人物的经历去重现历史。历史的真实，只有在当下经历过它的人自己才知道。没有一个高于一切的历史学家，可以为每一个个体经验者下定论。这就是托尔斯泰最"狐狸"的地方吧。

可是，把理念还原为个别真实体验，却难免失诸零碎和混乱。科学如果最后只是个别事实而没有普遍性，也就不能成为科学。因为托尔斯泰同时是一只刺猬，所以他不能满意于这样的状况。他尝试在事例中寻找真理，但却发现事例就只是事例，而且掌握更多的事例或资讯，并不能增加对事态的掌握和操控，相反却只会令人变得更加无助。为什么呢？因为托尔斯泰相信的，是网状的、环环相扣的因果关系。回到战场的例子，战况的发展是没有任何人能计算和预测的。它是无数的微细事件和因素的交互作用所产生的后果。要逆向地追溯和拆解这个无比复杂的关系网，除了全知神之外，人根本没有可能做到。历史和个体人生也一样，都是由这种无限的交互关系所产生，任何概念化的解释都只是一厢情愿或者别有用心的扭曲，距离事情的真相何止十万八千里！

历史的英雄论或领袖论，假设的是在历史事件背后，最主要的因素和最大的动力，是人的自由意志，而且是少数重要人物的自由意志。但是，这正正是托尔斯泰要拉倒和打破的看法。在《战争与和平》中，最大的丑角是拿破仑。他不但是个入侵他国的野心家，他更加是个不折不扣的愚庸无能之辈。他一直以来的军事成功，绝非因为他的英明神武，而完全是由于历史大势，也即是那张无法拆解的关系巨网的使然。小说中的真正智者，是俄方的老元帅Kutuzov。并不是因为他是个比拿破仑更优秀的军事家，而是因为他懂得以直觉去应对那无法理解的巨网，在形势面前知所进退，几乎毫不作为便把作为过多的拿破仑打败了。这真是颇有道家的味道呢！

可是，打破了英雄论或意志论的历史观，得到的是什么呢？当然不是什么时代精神、历史规律或者演化法则，而只是一堆个别的经验，一堆没有意义的资讯。更讽刺的是，托尔斯泰认为，就算是掌握到更多的资讯，结果也是于事无补。真理不会在大量的资讯里自行浮现。相反，根据伯林的分析，更多的逆向追溯和拆解，只会更明显地暴露出，个体在整个巨大关系网中的被动性。自由意志的假象消解，呈现出来的只是命运的决定论。在这里，伯林以高超的文笔洋洋洒洒地发挥了他对托尔斯泰的内在矛盾的见解，我就只能在这里 paraphrase 一下：

"托尔斯泰告诉我们，我们所知越多，事情便越显得必然和注定。因为我们越清楚知道事情发生的条件和前因，我们便越难去除相关的处境，而做出其他可能发展的假设。这也即是说，我们就是我们，我们生存在一个特定的情景中，而这个情景有它既有的物质、心理和社会特点。我们所想，所感受和所做的，都早已被这个情景所限定，当中包括我们想象其他替代可能的能力。对于过去我们可能作出的不同选择，我们的想象力和推算能力很快便去到极限，因为我们用以想象和推算的思想本身，以及行使这思想的语言和符号，其实都是我们身处的世界的产物，也因此已是被决定的。我们身处有着如此特质的这个世界而非另一些世界的事实，限定了我们运用的意象和概念思考的能力。一个太不相同的世界，在实证上是几乎无法想象的。有些人可能更富有想象力，但是，它始终有个尽头。

"世界是一个系统和网络：假设人是'自由的'，就是假设他们能在过去的某一点，采取跟他们已采取的不同的行动。这也是假设，那些没有实现的可能性会带来什么结果，以及世界会因此而变得怎样跟现有的世界不同。这样的方法，在诸如下棋之类的人为的、纯推理的系统中，已经十分困难。如果要应用在现实世界的模糊而丰富的材质上，利用因果律和或然率的知识，去设想一些没有实现的计划和行动，将会如何改变后来的现实的整体，你就会发现，当你深入到越来越微小的细节，你要拆解的关联就会越来越繁多和复杂，直至无穷。到了最后，你的思想会陷入混乱和瘫痪。结果是，我们对事实及其关系的知识越是丰富，我们便越难以设想另外的可能；我们思考和形容世界的用语越准确，我们现有的世界结构便越固定，而我们的行动便会越显得不自由。认识这些想象和思考的界限，让我们直面世界的无可改变的统一模式。当我们承认我们对这个模式的认同和服从，我们才能找到真理和平安。托尔斯泰的历史观，是极度严谨地实证、理性、坚定和现实的。但它背后的情感因素，却是源于对单一生命观的热情渴求，也即是一只狐狸死心不息地坚持用刺猬的方式去看世界。"

伯林的英文真是繁复，句子很长，理念挤得密密麻麻，甚至是有点唠叨。某方面，跟他讨论的对象托尔斯泰，其实是颇为相似的。单说理念的内容，我觉得用现在一半的篇幅，已经可以说清楚。但是，他反复地用不同的句子和说法去申述相同的观点，却好像细心地慢慢打磨一块宝石，令它产生许多面的反射。也许，感染或说服人的，除了道理，还要讲究"文气"吧！读到后来，我有点不太肯定自己在读的是关于托尔斯泰，还是关于伯林自己的历史观和世界观。

令我感到震惊的是，当中的所谓历史观或世界观，不也同时是一种人生观吗？人生的历程，不就是一部微型历史吗？个人的经验和过去，不是跟历史一样，由无数的细碎小事所组成的一股因果网络，而表面上看到的个人自由意志所做出的决定，可能只是假象。

我们赋予自己的人生（或者他人的人生）的解读，不过是通过一些简化的价值或理念所虚构出来的故事。诸如个性、品格、学识、嗜好、理想、信仰、欲望、爱……我们根据这些模式，从记忆的资料库中选取合用的例子，去编写我们自以为真实的个人历史。如果按照托尔斯泰（或者伯林所理解的托尔斯泰）的说法，这不过是自欺欺人而已。问题可能不是，自己究竟是狐狸还是刺猬，而是，自己究竟想用狐狸的方式，还是刺猬的方式，去对待自己的经验和记忆。我们想见到一个（强行）统一的自己？还是一个（任意）游离的自己？我们应该坚守信念，还是纵浪大化？

　　亲爱的梓，请原谅我写信的方式有欠温柔体贴，不经不觉又变成了一篇读后感。经过了差不多二十年，你应该知道，我们这样的沟通方式，其实就是一种爱的密语。因为，在世界上，能如此敞开心胸，了解我心深处的所思所感的，就只有你一个。

　　　　　　　　　　　　　　　　　　　　　　　　　金玉

21

在 1 月下学期开始的第一课，学生们轮流报告了圣诞假期的论文进度。轮到庭音的时候，她交出了一份印有小说引文的纸张，解释说：

上次用上了方程式去表达我的研究主题，回去细心思考过，觉得的确是太抽象了。好像那不是龙钰文小说本身内在的东西，而是我强加于它的一个模型。所以，我花了点时间细心重读作品，看看有没有什么新发现。我甚至并不特别去注意题目里的"性"和"爱"的两个重点，而完全放手去读。结果，好像有什么冒现出来。我暂且把它称为"身心协调的问题"。

庭音在这个地方停了下来，饶有意味地望了望我。我挂着严肃的神情，不给她任何反应。但是，她看来已经确定我接收到内含的讯息，便继续说下去：

我把相关的部分引了出来，试着加以比较。引文是顺着小说出版前后次序的。首先的是《圆缺》。在孪生姐姐给妹妹的遗书中，她这样写道："我的这个身体，已经是被彻底毁坏的了。一间被毁坏了的房子，固然不能住下去；一个被毁坏了的牢狱，却可以让人乘机逃出去。我们从小，就因为身体的相同，而感到不自由。现在，我的心就要脱离束缚，去那完全自由的地方了。但是，你的身体依然是完好的。为了保护你免受侵害，我必须用最严厉的方式，向那个人发出警告。我和你既然拥有完全相同的基因，你的身体也就是我的身体了。那你就替我活下去吧！请原谅我做了这样的决定！"这里出现了身和心互相分离的说法，而且，身体是作为束缚或牢狱而存在的。心只要脱离身体，便会获得自由。但是，有点矛盾的是，身体受到侵犯，心却又同时受伤了，而且到了活不下去的程度。这样说来，身和心又不是完全无关的两回事了。如我之前所说，这个小说存在一个原发点，或者更直接地说，就是原点创伤。（至于什么"黑洞"之类的抽象说法，大家还是把它忘得干干净净吧！）问题是，在孪生姐姐受到性侵犯之前，其实她和妹妹早已经感到某种"不自由"而造成这"不自由"的是她们"身体的相同"。这一点我还是想得不太通，但暂且这样地指出来吧。

在第二本小说《平生》中，跨性别儿子在亲生母亲面前揭示自己的真正身份的时候，做了这样的一番自白："虽然心理上一直认为自己是个女孩，但是，为了要寻回'当初的母亲'，我决定在找到她之前，还是必须保持自己出生时的男儿之身，以'她所生下的儿子'的身份，出现在她面前。为此，我的女儿心和男儿身，一直都处于不息的纠缠之中，有时好像能暂时和平共处，但有时却又好像想互相毁灭。这种分裂的痛苦，有谁能够明白呢？我只希望，生我弃我的血肉之亲能明白，或者至少能感受到部分的痛苦！"这里身心不协调的问题发生在主角的性别认同之上，也即是男身女心。但是，"作为抛弃自己的母亲的儿子"这一点，却令这个原点创伤更为复杂。儿子的"女心"的萌芽，部分是由于童年时过度想象母亲的样子，而把自己代入了母亲的角度。照他自己的说法，就是"尝试在想象中把自己的母亲生出来"。这样的话，身心的转移就不只由男到女，更加是由子到母的逆转了。这样便成为了双重的身心撕裂了。

到了第三本小说《尺素》，身心失调的情况同时出现在女作家和男犯人身上。女作家说："在写作中，我终于能够抛开这个令人窒息的身体，进入了我想象出来的、轻盈无比的众多身体里，甚至不只是女性的身体，而同时是男性的身体，体验到几乎没有边界和限制的自由和欢愉。那些文字中的假的身体，竟然比现实中的真的身体美妙千万倍。"虽然女作家对真实的身体感到不满，但也未能算是创伤。不过那种被窒息和不自由的感觉，却跟之前的例子十分相似。至于那个男犯人，他的情况便更尖锐了。据他在最后写给女作家的自传式小说中所言，他之所以成为一个性犯罪者，是因为童年时受到年长男人的侵犯。他说："我虽然是受害人，但却好像因此而感染了病毒似的，慢慢地变成了一个加害者。看见脆弱无助的年轻女孩，我的身体就会忍不住想把她侵犯，就算我的意识如何呼喊，也没法制止身体的暴行。我一方面是多么的怜惜那些受害人，但另一方面却又无情地把她们蹂躏。她们的恐惧、战栗和耻辱，令我的心在流血和流泪，但我的身体却变得越加的冷酷和亢奋。"虽然我们可以把他的告白视为自我开脱，在法律上完全没有效力，但是，我们至少可以明白，原点创伤是如何地演变成无数的复制经验。甚至可以说，被侵犯的女孩只是工具，让男主角一次又一次地重演自己的原点创伤。他一直困在那个原点里，无法逃出。就算是文学和爱，也无法加以解救。

　　跟之前的三个作品相比，处于创作历程中间点的小说《津渡》，并没有明确的原点创伤。那就好像，龙钰文不想再重复自己之前的模式。不过，也可以理解为，在之前经过三次叩问也没有出路之下，陷入的一团迷雾。小说没有透露女主角为什么对即将来临的婚姻感到犹豫。问题似乎不是出在对象身上，但说是出在女主角身上，又有点不清不楚。跟之前不一样的是，女主角没有就这问题作出自白。我们只能从一个奇怪的场面作出猜测。那个曾任裁判官的有机农场主人，带女主角坐船出海看中华白海豚。（在之前有个伏笔，说女主角不太愿意坐船，好像有什么忧虑似的，但在男人的热情邀请下终于答应。）在海中心，真的给他们遇上两条白海豚在玩耍。这本来应该是个兴奋的时刻，但女主角却突然陷入恐慌之中，伸出双手在空中挥动，高叫："我困在身体里无法出来！我是我，我不是你啊！我也不是白海豚啊！我在这里，不在那里！我感受不到你的感受，我也感受不到白海豚的感受！我就只能是我！"男人完全不明白她在说什么，吓得有点手足无措。事后他猜想，女人是某种幽闭恐惧症发作。可是她明明是在广阔的大海上啊！哪来幽闭呢？是幽闭在自己的身体内吗？还是，那其实是广场恐惧症？作者的处理方式非常奇怪，在这个场面之后，便没有再跟进，好像这是个不太相关的突发事件似的。我猜想，这可能是比某种具体的原点创伤更根本的、更原初的、关乎存在本身的恐惧吧。

再之后的《朝暮》，又重新出现了原点创伤。对女医生来说，是多年前产下的男婴的夭折。对男学生来说，却比较复杂。他去大学诊所看病，原本是因为焦虑症状。他在年轻女性面前，会不期然极度紧张。他把问题追溯至童年时，曾经偷看到年轻的母亲跟并非父亲的男人上床。后来母亲因为情感问题自杀身亡。那个景象令他毕生对性这回事感到恶心，连带在散发着性感气息的女生面前产生不安的情绪。他唯一的一次跟同龄女生恋爱，也因为对方过于进取，对他有所举动而告吹。相反，他在年长的女医生面前，感到无比的平静和安心。女医生既是他的母亲的替代，但又跟他记忆中的年轻而性感的母亲不同。身心失衡的男主角，试图去除"身"的部分，而集中在"心"的部分，对女医生宣告一种"只要爱，不要性"的关系。

下一部作品《风流》却刚好相反，试图提出一种"只要性，不要爱"的关系。男女主角的真正背景都刻意弄得暧昧不明，但是，有迹象显示，女主角经历过某种创伤，有过忧郁症状。她在旅行中寻找性伴侣，目的是实行"性的治疗"，或者用她的说法："定期进行肉体的维修，以确保自己的身心运作良好。"这样说的话，男主角便沦为"肉体的维修师傅或技工"了。男方出场的时候装出一副风流不羁的样子，但他遇到了这样奇特的对手，渐渐地处于下风，而被对方弄得进退失据，最后甚至不能自制地投入了感情。女主角追求的"有性无爱"的平衡，却导致了男主角"因爱失性"的失衡。这部小说有一种抗拒固定的流动性，唯一固定的是两人定期相约旅行的行为，但是，到了结尾，似乎连这个习惯也必须抛弃了。

　　到了最后的作品《无端》，情况就变得更难以说清了。正如我之前说过，这部小说跟之前的好像有某种完全不同的特质。当中没有原点创伤，相反却从一个原初的圆满状态出发。一对青梅竹马的小情人，一起学习厨艺，共同创业，共谐连理，但在一切都最完美不过的时候，关系却无端地慢慢崩坏。无数的难以追溯的微细因素不断地交互作用，把人物推向无法挽回的结局。跟之前相反，创伤并不发生在开始，而是发生在结尾。所以，可以称为"终结创伤"吧。由"原点"到"终结"似乎是画了一个首尾相接的圆。但小说里没有出现明显的身心失调，令我有点想不透。有一个细节，似乎有特别的意思。小说多次提到蝉。由幼虫在泥土里的潜伏，到成长，到蜕变，然后在树上鸣叫、求偶和交配，最后是死亡。在签署离婚协议书的当天，男主角在公园的地上看到一只蝉的尸体，他拾起来一看，却发现是一个蝉蜕。他忽然想，"那蜕变而出的是我妻子，而这个遗留下来的空壳，却是我的写照。"这样说的话，他和妻子原本是一体的，但蜕变之后却异离了。蜕变出去的是一个新的身体，留下来的就是旧的躯壳。但是，心在哪里呢？如果爱已消逝，心还存在吗？

　　我暂时整理出来的，就是这么多了。身心协调的问题，似乎还是集中在"性"的方面居多。至于"心"方面，似乎不能等同于"爱"。所以就我的论文原本的主题而言，还是有很关键的未解决的地方。有论者把龙钰文归为一个写爱情的作家，但她笔下的"爱"为何物，似乎并不是那么简单的事情。这应该是我下一步要思考的问题。

　　庭音报告完毕，我沉思了好一会，想给她一些意见，但是，脑袋却一片空白。最后，我只能以点头表示认同，说：

很好，比之前的方式好多了，继续这样做下去吧！

空泛得近乎马虎的评语。

下课后，大家在收拾东西的时候，我跟庭音说：

雷庭音，你留下来一会儿，关于你的论文方向，我还有些补充。

同学们都先告别了，庭音让办公室的门开着，又坐了下来。我一动也不动，好像在思考什么，但其实只是在等时间过去。大约过了三分钟，我问：

有空一起吃午饭吗？

她有点惊讶，但随即表示可以。

我们开车去海边的科技园。那里虽然可能会碰到大学同事，但学生通常不会去。就算不是牵扯到什么男女之间的事，我也不想人家以为我对某学生偏心。

在车上，我延续课堂上的话题，说：

其实，你对今天说到的，有没有同感？

同感？

身心不协调的经验。

她用手抚着下巴，认真地想了一会，才说：

似乎没有。

我对她的答案有点惊讶，说：

我还以为每个人多少都有一点的。

有时候力不从心，当然是有啦！但那不能算是身心不协调吧。

我点了点头，表示认同。她又说：

可能，我这个人比较动物性。

动物性？

我是老虎嘛！饿了就猎食，饱了就睡觉！

我做了个没好气的表情，她便又说：

我的意思是，我这个人比较重直觉。所以，做论文其实很辛苦。强逼自己去拆解作品，就好像在施暴似的。虽然念了四年中文系，但我还是个爱读文学，但不爱分析文学的人。我知道自己不是做学术研究的材料，所以毕业后肯定不会考研究院的了。我想出去，做点跟文学完全无关的事情。就好像契诃夫说的，另外找个正室，文学就留着做情人吧！

我记起，契诃夫那句话，是岸声上次在我家提到的。庭音跟岸声，个性的确是有根本上的差异，但她也不是没有受到他的影响。两个人还不是完全没可能在一起的吧。我于是进入了原本打算跟她说的话题：

阿声怎么了？那天离开我家之后。

怎么？我怎知道？

这回答令我吃惊。她继续说：

圣诞节当天早上，我们从你家出来，坐巴士去了联和墟吃早餐。不知为什么，吃到一半便吵了起来。

为了什么？

就是为了身心不协调啊！我劝他去看医生，但他却说精神科医生是看不得的，精神科药物会吃坏人，整个精神科根本上就是个骗局。叫他去看医生，即是叫他去送死！结果便变成了对我的指责，好像我很愚昧，完全不了解他似的。之后我便一直没见过他了。

但是，也有保持联络吧？

有，至少知道他还活着，每天待在网上，什么都不做，或者是做不了。

我叹了口气，无话可说。

在科技园停车场泊了车，我们徒步到海边的餐厅。今天天阴，风大，感觉上比较冷。庭音穿了件长身的浅咖啡色毛衣，双臂把上身抱紧，毛衣下摆在风中晃动，没戴帽子的长发吹得乱作一团。

我们选了家可以望到吐露港的餐厅。因为是平日，沿岸的单车径十分冷清。对岸的马鞍山市区，在晦暗的天色下死气沉沉。每日午餐有洋葱猪扒饭、福建炒饭和海南鸡饭，很像快餐店的货色，跟餐厅的 Grill & Bar 装潢有点不搭配。她要了 A 餐，我要了 C 餐。

这里用餐的人，多半是在科技园上班的技术人员，以男性居多，也有少数从大学那边开车过来的教职员。我心里一直想，会不会看到余哈的身影。庭音见我东张西望，说：

阿蛇你在找谁？

没有……一个搞科学的朋友，在这边工作的。

她耸了耸瘦削的肩，拿出梳子整理蓬乱的头发。她的发质甚为柔滑，但比较薄，让脸蛋近看起来比较大。

午餐很快便送上，果然是快餐店的水准。不过，我没所谓，她似乎也不觉得怎样，很随意地吃着。我们边吃边聊些琐碎事。她提到毕业后可能会去外国走走，暂时不想找一份固定的工作。我想到她如果离港，岸声独个儿会怎么样，但是我没有提出来。吃到尾声，喝饮料的时候，她说：

那晚在你家……不好意思，在你的床上睡着了……然后，我做了个梦。

什么梦？很特别的吗？

她低着头，含着冻奶茶的吸管，眨着眼睛，说：

我梦见你走进来，把我当成你太太。

我的心脏抽搐了一下，两边的下肋开始紧束起来。我完全说不出话来了。

我说你喝醉了，但是，你却一直说：小龙，你回来了啊！你终于回来了！我无法说服你，便走到一面镜子前，说：你看，我是小虎！怎料，一望进镜里，里面那个女人，竟然真的是龙钰文！我心想，怎么可能？难道我的意识进入了龙钰文的身体里⋯⋯说到身心不协调，这个倒算是一个体验，虽然是在梦里的。然后，不知怎的，梦又变得模糊了。

她停下来，若有所思地继续咬着吸管。我深呼吸了一下，说：

对不起！

她笑了出来，说：

为什么说对不起？那是我的梦啊！

我应该对你梦中的我负点责任。

阿蛇！别说傻话吧！

怎样说，也是个很令人困扰的梦。

Sorry 呀！我令你困扰吗？也许我不应该告诉你。

没有的，困扰也是开心的。

你听到这个，开心吗？

的确很矛盾，但也是开心的。

为了什么而开心？

　　我想说是为了见到我太太。但是，那是她的梦，我根本就没有见到。我只是听见她说，我在她的梦中见到我太太，但那已经足以令我感到快乐吗？我给搞得有点糊涂了。

　　你记得我之前问你的那个问题吗？

　　哪个问题？

　　你和你太太之间，有没有性。

　　我记得。但是，这个问题对你来说重要吗？你为什么想知道？

　　我知道这样问非常唐突，甚至很不礼貌。但是，我为了做论文而反复读着龙钰文的小说，我一直有一个感觉，就是作者是一个没有性生活的人。我没法解释为何会有这样的结论。那不是理性分析的结果。我没法就文本提出任何证据。但是，我就是直觉地感受到。所以，我才有此一问。

　　这个问题，我不能回答你。

　　我明白！我没有要求你回答。而且，那晚在你家里做了那个梦之后，我好像已经得到答案。是你太太亲自来告诉我的答案。

　　说到这里，泪水毫无预告地沿着她的脸蛋滑下。她用手背徒劳地揩了一下，但还是没法制止泪水源源流下。我掏出纸巾，递了给她。我的手在剧烈地抖动着。我咬着嘴唇，阻止自己变得"酸的馒头"。

　　待她平伏下来，我结了账。离开餐厅，庭音说想透透气，我们便横过单车径，站在海边的栏杆前面。海的对岸是密密麻麻的高楼，高楼后面是郁郁葱葱的山峦，山峦后面是阴阴沉沉的厚云。风有点刺骨，虽然穿了羽绒外套，整个人还是在颤抖，但我一直强忍着。过了一会，她察觉到我脸色不妥，说：

怎么啦？觉得不舒服就走吧！

回到车上，我又吞了颗药丸。她说：

开车行吗？

我点了点头，虚弱地笑了一下。

她拉着我的左臂，语重心长地说：

答应我，去看医生吧！

我又再无可无不可地笑了一下。

22

　　跟去年的冬天相比，今年的冬天真的完全不像样子。当然，对于像我这样怕冷的人来说，反而是一件幸运的事。妻子的房东 Davey 说，剑桥这个冬天也异常温暖（当然他说的是平均摄氏五六度左右的天气），会不会下雪也是疑问。看不到铺满白雪的 Midsummer Common，小龙会感到有点遗憾吧。其实我不趁圣诞或农历新年过去看她，部分原因是害怕严寒。入冬之后，身体的紧绷状态加剧了。走路好像有点不灵，躺到床上去之后，腰肢会硬邦邦的爬不起来。半夜有时会无端发抖，但明明是盖了厚厚的被子。

　　趁着某天天色较佳，又没有课，好不容易强迫自己早点起床，到公园去走走。上次去做步行运动已经是 12 月初了。因为温暖的冬天，树木的节奏也乱了套，应落叶的还未落叶，未应开花的却已经开花。白色的茶花提早绽放，就像有人向深绿色的叶丛中，抛撒了一堆捏作一团的纯白纸巾球。我选了一朵开得最灿烂的，用手机拍了照片。忽然想起一首古诗，略加改写，连同茶花照片，传了给小龙："园中有奇树，绿叶发华滋。攀条折其荣，将以遗所思。馨香盈怀袖，路远莫致之。此物何足贵，但感别经时。"

隔了不久，便收到小龙的回复，说："很漂亮的茶花！诗意绝配！我也来引一首，虽然略嫌伤感，文意也不尽对位，但此中有真意，就凑着看吧。"诗云："青青河畔草，绵绵思远道。道远不可思，宿昔梦见之。梦见在我傍，忽觉在他乡。他乡各异县，辗转不可见。枯桑知天风，海水知天寒。入门各自媚，谁肯相为言。客从远方来，遗我双鲤鱼。呼儿烹鲤鱼，中有尺素书。长跪读素书，书中竟何如？上有加餐食，下有长相忆。"接着又来了一句："把你当作闺中怨妇，不好意思啦！"我心想，其实也并不相差太远。

中午前有一个会议，在湾仔教育局举行，关于中学文学科的课程检讨，我被中文系派遣担任顾问。会议不值一提，从略。从胡忠大厦出来，已经是接近一点。虽然没有胃口，但想起"加餐食"的劝慰，还是不得不找地方吃点东西。

午饭时间湾仔街头人潮如鲫，快餐店都爆满。经过路边的无印良品，看见里面有餐厅，情况不算汹涌，便进去碰碰运气。在入口拿了张票，只差几号。想不到一个人很快就有位子。女服务员把我领到一张可围坐八人的大桌子，给我指派了一个位置。桌上各人似乎都是单个的，各自静静地低头吃饭。我看了看餐牌，随便点了个三品料理。

等食物的时候，从背包掏出书来，打发时间。最近一直带着叶灵凤的小说集，反复阅读，想看看有什么研究方向的灵感。一翻开书，书签夹在《第七号女性》的开头。那是个早已熟悉的故事。一个年轻男子，每天在公共汽车上偷看貌美女子，在笔记簿里写下细节，编派号码，还给对方打分数。女性 No. 7 的评分是 A+。她那天手里拿着一本薄薄的《谷崎润一郎集》，有点造作的男主角则故意摊开手里海明威的《太阳又起来了》。就是这样的白日梦一般的故事。这种小说，到了我这样的年纪，难免感到有点无聊。

服务员又把一个女客引领到我左边的空位子上。又一个孤单吃饭的上班族。我从眼角瞥见一双手指短小的手，在翻着餐牌，然后向服务员点了餐。我的听觉比我的意识反应更快，一听到那声音，脑袋便不自觉地转了过去，看见了那个女子的侧面。是一位个子小小的中年女子，身穿杏色短褛和西裙，里面是一件浅蓝色直条子衬衫，露颈的短头发，鼻梁中间有特高的一点，洋人似的大眼睛，眼角有颇深的鱼尾纹，长长的睫毛是真的，圆圆的耳珠上别了一枚小巧的蓝宝石耳环，脸上适度化妆，皮肤依然具有一定程度的柔滑。她在手机上拨了几下，便把它搁在桌上，然后从手袋里掏出一本书。我看见纸皮色的封面上，以怀旧木刻版画的风格，印着一个拿着公事包的戴眼镜男人，作者是 Julian Barnes，题目是 *The Noise of Time*。女子正想翻开书，我决定不再犹豫，叫了对方的名字。

S 很惊讶地转过脸来，有点茫然地望着我，半晌，才掩着嘴巴叫了出来：

佘梓言！是你呀！怎么会——哎呀！太意外了！

她热情地搭着我的左臂，我扭着身子，伸出右手，跟她握了握。她的手掌小而肉厚。

我有点公事，刚在旁边的教育局开完会。

你在教育局工作？还是教书的？

我在中大中文系，现在是副教授。

是吗？太好了！真怀念在中大的日子啊！

你当年还是放弃了中大，转了去佩大呢！

哈哈！对啊！我见异思迁了！

你……之后怎么样？

在佩鲁贾毕业之后，入了一家意大利贸易公司工作。过了几年，回来香港，之后便一直做商贸展览策划，直到现在。

转了做商贸？想不到啊！

她有点不好意思，在空中扬了扬手，说：

对啊！变得市侩了！不像你依然是个文人。我那时候就觉得，你将来不是成为一个作家，就是一个教授。总之就是不简单的人哪！

没有啦！只是一个教书佬和行政机器罢了。现在大学也变质了。

是吗？

S 状甚惋惜似的，皱起了眉。那完全是她年轻时的表情。我忍不住说：

你和从前一样，一点没变。

她尴尬地又扬了扬手，说：

怎么可能？都老了！你也发福不少啊！我刚才差点认不出你来。

我拍了拍鼓胀的腹部，解嘲说：

不奇怪，连我也快不认得自己了。

说着，我们点的食物也同时送上来了。我们继续边吃边聊。

我们没见，也已经差不多三十年了。

没有！二十七八年吧。

哎呀！听到这个数字，感觉真有点恐怖。

她用那双小手掩着脸，摇着头，好像不堪回首似的。这大概是女人比较着意的事情吧。她突然又用手搭在我的臂上，稍稍靠近，像是说秘密般的小声道：

你知道吗？我儿子已经十九岁，在念大学了。你说可怕不可怕？

怎会？可喜才是啊！

我连忙恭喜她说，但是，却同时察觉到，她手上没戴婚戒。她似乎也自觉到这回事，立即说：

不只这样，我连婚也离了。前年的事情。儿子跟我。

为什么呢？

说来话长。我先生是做财经的，在工作时认识。老实说，开始的时候，大家相处不错，很快便结了婚，生了孩子。儿子成长的时候，大约四五岁，发现他有点问题。阿士保加，Asperger Syndrome，有没有听过？有点像自闭症，但又不是，是社交能力较弱，人比较固执和自我，情绪比较难控制。我们两夫妻都要工作，但儿子又要额外的照顾，经常要带他去参加小组，接受训练之类的。这些老公不太理会，都推给我，弄到我差点崩溃！你知道我这个人，也是个喜欢思前想后，忧虑多多的人。所以挨得特别辛苦。到儿子长大了，至少念书没问题，生活上算是可以跟常人一样，我才发现，跟丈夫再没有什么好说。两个人好像变得陌生了，但又因为十几年来的习惯，而没法重新认识对方。为什么会变成这样呢？我可以怪责他没有尽照顾儿子的责任，他也可以怪责我只把所有心力放在儿子身上，忽略了他。总之，互相推卸也没有意义。既然没有感觉，也无谓勉强生活在一起，所以便离了。也没怎么伤痛，只是有点唏嘘而已。

S一口气地说着，把她半生的经历浓缩在两三分钟的时间里。我仿佛回到了从前，在中大众志堂或未圆湖，听着她诉说各种生活和学业上的迷惘和困顿。她似乎也好像当初一样，很信赖我地把心事都倾吐出来。她说完自己，反过来问我：

你呢？你肯定也结婚了吧？

她望着我左手无名指上的婚戒，毫不犹豫地说。我用右手摸了摸婚戒，说：

我太太是个作家，叫作龙钰文，写小说的。

名字很熟！不好意思，我老早已没有怎么看本地文学了。

没关系。我们没生小孩。

二人世界嘛！也很好啊！我当然不会说我后悔生了儿子，我一直也很爱他，但是，有时也会想象，如果没有孩子，只是我和先生两个，也许，今天的关系有可能不一样。

对，凡事总有利弊的。没有完美的关系。

我不想显得自己的婚姻很美满，而她的很失败，但却只能用老生常谈来应对。大家有点心急地互相交代了二十多年来的基本状况，突然就用尽了话题，陷入了沉默之中。过了一会，好像是为了打破不自然的气氛，她望着我桌上的书，说：

你看的是什么书？跟教学有关的吗？

哦，这个吗？是叶灵凤的小说。是一位新文学时期的作家，后来南来香港。年轻时写小说，后来主要写书话。我打算以他为研究对象，在思考可能的方向。

我把书递给她。她翻了几下，放回桌上，笑说：

简体字还是有点看不惯。

我于是乘机问她：

你看的是什么？

噢，Julian Barnes。英国作家。我是最近才开始看他的书的。最初是碰巧在书店见到，随便买下来，怎料一看便很喜欢。这本是第三本。老实说，在一边工作一边照顾儿子的十几年，真的没有时间看书。这两年才重拾起来，读点小说，好像找回念书时的那种感觉。

嗯。其实我太太也很喜欢这位作家的书。她最喜欢 *The Sense of an Ending*。

是吗？我都是！真是太好了！我和她的品味也有点相似呢！*The Sense of an Ending* 是我看的第一本，第二本是 *Levels of Life*，也很喜欢，但后面写丧妻的部分，实在太令人伤心了。

我心想，这位作家真是特别讨女性读者的欢心。幸好我不是作家，要不也很难不感到妒忌。我恃着小龙跟我谈过巴恩斯，便不懂装懂地跟 S 聊了一番对他的作品的见解。想不到，跟 S 在多年后的巧遇，竟又像念书时一样，兴高采烈地讨论起文学来。大家不期然都好像变年轻了。

和 S 告别的时候，我们交换了联络方法，在手机上记了下来。我说我有车子，问要不要送她一程。她说她在附近还有事办，走路就可以。大家都信誓旦旦地说，要约出来正正经经地吃一顿饭再好好地聊一番。

我望着 S 那好像是苦笑着的样子，跟我挥挥手。我仿佛回到小城佩鲁贾的月台，听到火车开动的声音，见到风景移动的画面。而一眨眼，就是目前了。

23

在开车的时候收到妻子的电话，是比较少有的事情。那大概是黄昏六点左右，我刚去沙田买完面包，正在回家的途中，在吐露港公路上，收到长途来电。我的手机是跟车子音响系统连接的，我只要一按键，就可以直接和来电者对话，无须使用耳机。小龙的第一句便问：

你在哪里？

我正开车回家。

她的声音像是刚睡醒。我把时间扣减八小时，英国应是早上十时。

方便说吗？

说吧。

我刚做了个梦。

迟来的梦啊!

她没有理会我的取笑,继续说:

应该说,我又做了那个梦。

又?

这个梦,或者差不多的梦,我最近已经做过很多次。说来颇长的,你在开车没问题吗?

没问题的,你说吧。

梦是这样的。每次都是我要去坐电梯,但那电梯却总是出问题,不是高速地上升,就是高速地下坠。我想去的楼层,却总是去不到。下坠的时候,感觉很恐怖,好像玩跳楼机一样。每次我在差不多掉到最底之前,便刻意地跳起,去缓冲撞击的力度。听来有点滑稽吧!有点像卡通片的样子。不过好像真的有用,从没有出现受伤的情况,只是觉得惊恐而已。后来,惊恐却变成了愤怒。我想,为什么我每次来搭电梯,它总是坏掉?为什么没有人来把它修好?我事后把问题向管理员报告,却没有人理会和跟进。这令我很生气!而且,不知为什么,每次刚巧也只有我自己一个人搭,没有人跟我一起。所以,就算是惊慌或生气,也没有其他人有同感。我说出来,好像也没有人相信。这次也一样。我又去了搭那部电梯。虽然每次的具体情境和外观未必一样,但感觉上,就是"那部电梯"。奇怪的是,这次一进去,就发现电梯里面的装潢,跟我小学的时候住过的一幢大厦的电梯一样。是那种 7、80 年代兴建的旧式电梯,按键在门的右边,垂直两排,每个键是正方形的,中间是金属,刻有楼层数字,周边是透明塑胶,按着了的会亮灯。这种触碰式的按键,在当时应该算是新式的吧。在门口上面横向的灯箱,由左至右顺序有 G 至 20 的发光字样。墙壁是咖啡色的，中间镶有垂直的狭长镜子。左右两边有横向的扁平银色金属扶手。地板则是深绿色麻石纹的。天花板上有一个圆形的通风口，缝隙间积满了灰尘。我按了当时住的十八楼，但是，电梯却突然加速上升，像火箭发射那样，一下子超过了十八楼，向上飙升。不知怎的，电梯内部的装潢也忽然不同了，变成好像很现代化的大商场的升降机，楼层数目竟然去到几百！我就这样上到很高的顶层，一开门，外面是个大型超级购物广场。这明明不是我要去的地方，于是我便回到电梯里去。今次我按了 G，因为我想离开，回到原先的地方。电梯急速下坠，我感到它快要掉到底层撞得粉碎，于是我又像从前一样，看准时机跳起来，以抵消撞击力。虽然很可怕，但我同样没事。我发现电梯又变了样。电梯门变成了更古老的，像旧式工厂大厦或者旧唐楼的那种横拉式铁闸。按键变成了那种黑色圆形棋子状的，上面刻着已变得模糊的白色数目字，边缘也磨损得有点变形。我拉开铁闸，再推开那道上面有狭长的磨砂玻璃窗的厚门，看见外面是一条阴暗的通道。通道顶有两三盏很昏暗的旧式乌丝电灯，空气里有潮湿的发霉的味道。再深入一点，就一丝光也没有了。所以，根本没法看到通道的尽头。我不敢走进去，也害怕没法离开，便立即躲回电梯里去，连忙地按了 G 字。我心里还打算，回去之后，要再向管理公司投诉，为什么电梯出了这么大的问题却一直没有维修。然后，我才察觉到，每一次面对坏电梯的情况，也只有我自己一个。那么，有没有可能，根本不是电梯本身有问题，而是我自己有问题？即是别人搭也没事，只有我搭才出事？所以才没有人理会我的投诉啊！我继续猛按 G 键，但是，电梯还是完全不动，至少我感觉不到它在动。它胡乱动，是一种恐慌，它不动，又是另一种恐慌。我困在那狭窄的空间里，通风机好像已经停止转动，空气令人窒息。突然，连电灯也闪了一下。我害怕会发生停电，陷入彻底的黑暗。就在这一刻，我突然意识到，这个电梯的情境，已经不是第一次出现。然后，我又意识到，这一定是一个梦。那么，既然它是一个梦，它就一定会完结吧。又或者，既然它是虚假的，我便可以任意控制它，因为它根本就发生在我的脑袋里。于是，我再一次用力地往 G 键按下去，而且一边按一边想：我要出去！我要出去！我要离开这里！果然，电梯在动了，去到 G 层，门缓缓打开。然后，我就醒了。

小龙在那边像梦呓似的讲述着梦境，我一边在高速公路上开车，一边尝试专注去听。车子已经过了大埔，往粉岭高速驶去。天色阴郁，西边没有夕阳，挡风玻璃窗上有横斜的细雨。我开动了水拨，两条黑色的杆子像拍子机般规律地摇摆，定时发出"波蓬"的声音，令人有昏睡的感觉。我发现小龙已经停了下来。我思考着回应，但脑袋却有点不灵。我一直想着面包的事，想告诉她我买了她喜欢吃的面包。但是，她既不在家里等着，也大概没有心情谈论面包。结果我说：

是不是因为工作没有进展，所以产生压力？

车厢继续陷于寂静中，隔了一会，才听到小龙的声音：

我想说的是……为什么，在梦里回到小时候住的地方……你是不是到家了？

嗯……差不多。

那，迟点再说吧！

小龙挂了线。

我回到家里，安顿下来，尝试给她回电，但她却没有接。也许是在做别的事吧。毕竟那边已经是大白天了。我没有太着意，弄了个罐头汤，伴着面包作晚餐。

当晚临睡前，我再给小龙传了个讯息，但还是没有回应。我关上电话，在床上躺下来，闭上眼睛，尝试想象她说的那个梦是怎样的……电梯……上升……下坠……

没有。我没法进入那样的梦境。也许做了别的，零零碎碎的，完全想不起来的梦。整晚多次醒来，呼吸困难，坐起来，顺了气，又再躺下。

第二天早上，我想起余哈。我想找他谈谈。上次他在餐纸上写下了他的手机号码，我可以直接打给他。可是，我却找不到那张餐纸。我明明把它折起来插在书桌上的一个瓷杯子里。杯子里还有书签、名片、单据、优惠券等等东西。但就是没有餐纸。我尝试回想起我当天穿的衣服。那件经常穿的灰色毛衣没有袋。衬衫和西裤已经清洗过。难道在洗衣的时候毁了？如果是这样，洗净的衣物里至少也会有废纸的痕迹。我再翻遍了书桌抽屉、桌面杂物、最近看过的书、平时用的背包等等地方，但是也没有。就好像从来也没有这东西一样。我当时觉得是一件重要的东西，明明很小心地放好了，怎么可能丢了呢？

我死心不息，决定上网去查。我搜寻了中大所有理科学系的教职员名单，又找了看似有关的单位，但都没有字首是YH的人名。余哈说过，他的研究中心并不隶属大学研究资助委员会，那么，会是科技园那边的合作单位吗？于是我又查了科技园的公司和机构。那些公司的名称，听来都好像可以扯上关系。问题是，我不知道余哈从事的实际上是哪门子的研究。我记得他说过，"电脑加人脑"之类的形容，但似乎帮助不大。在网上乱碰乱撞了一轮，毫无头绪，便不得不放弃了。

失去余哈的联络，似乎并不是什么天大的事情，但是，心情却十分沮丧。我竟然还不甘心，午饭的时候去了康本国际学术园的Cafe 330。我买了烧牛肉长通粉和热柠蜜，挑了个窗边的座位。那里可以把路口的空地、整条宽阔的阶梯和旁边的扶手电梯一览无遗，也可以看到咖啡店旁边的书店的状况。我有点神经紧张地四处张望，务求不会走漏余哈的身影。冷不防有人用手搭在我的左肩上。我抬头一看，忍不住惊喜地说：

嗨！余哈！我正想找你呢！

找我？那我们真是心有灵犀了！

哗！你的中文好劲！

没有，只是很普通的用语吧！

我看见他手里拿着纸杯装咖啡，没有食物。

你不买点吃的吗？我问。

他摇摇头，说：

不用了，今天肠胃有点不舒服。

今天他穿了件深灰色长绒褛，围了条泥黄色颈巾，头上戴着黑色有边西式帽。他把帽子摘下来，放在桌子上，露出了那像一枚巨蛋般的脑壳。我没有问他为什么肠胃不舒服还喝咖啡。他坐直了身子，双手放在桌上，做好了等我发问的姿势。我便说：

我想问你，"还原"一个作家的可能性。假设我想设计一个运算式，把一个已经死去的作家"复原"，除了输入他的所有作品，分析他的写作风格和思想特征，还输入他的日记和书信、他曾经看过的书本和材料，以及跟他同时代的重要作品和历史资料。你认为，有没有可能"复原"这个作家，让他创作出他未曾写出的新作？

在理论上，绝对是可以的。在实际上，在不久的将来一定会实现。

那么，如果我想去实现它呢？比如说，我和你或者你的中心合作，提出一个这样的研究计划，你觉得可不可行？

你想"复原"哪个作家？

你可能没有听过，是叶灵凤。一个20世纪中国作家，早年在上海开始从事文学，战前来到香港，一直待到1975年去世。他年轻时是写小说的，颇有特色，但后来没写下去，转而写书话和杂文。他是个书痴，爱买书和读书，特别是读很多西方文学作品，对现代美术也有很深的认识。晚年又写了不少香港地方风物的考证文章。我们大学图书馆的特藏室，有一个叶灵凤书库，存放着他在香港时期的藏书，可以知道他一直受什么作品和思想影响。

我一五一十地把叶灵凤的生平，以及可以找到的相关资料，向余哈作了简单的介绍。他摸着下巴，满有兴趣地听着，不时点头和微笑，不像在敷衍我。因为心急，我说得有点气喘，停下来休息，他便说：

看来材料相当充足和全面，要把这个人的内在精神世界重建出来，应该是没有问题的。

对！就是"精神世界"！肉体的叶灵凤已经不能重生，但是，他的"精神世界"应该可以不灭，甚至是活生生地再现出来。

228

不过，单纯的数据是没法产生出活的作品的。这个过程必须有某些引导。在这个例子之中，这位叶先生年轻时写的小说是一回事，但到了中年以后，阅读和生活会对他造成改变。沦陷期在香港的经验，战后时局的变化和他自己的取向，也会是决定性因素。你刚才说，他晚年曾经想写一部关于长江和黄河的长篇，那似乎跟他年轻时的趣味有很大的分别。所以，要重建出怎样的叶灵凤作品，怎样的叶灵凤精神世界，其实，亦有赖于研究者的判断和介入。不是输入所有资料，新的作品就会自动产生出来的。但我也不是说，这完全是主观地由你或任何研究者任意塑造出来的。如果是这样的话，就不必用上电脑科学了，一个做过深入研究和富想象力的作家，就可以做到。所以，我说的是一个"触媒"的必要，也即是一个跟叶灵凤的精神相交接的另一个精神，去把那已经失去实体（也即是肉体）的叶灵凤精神重新实在化（或者肉体化）。

但是，你之前不是说，在古典音乐方面，现在已经可以由人工智能独力创作"巴哈式"的乐曲吗？

对的，在音乐上已经可以这样做。但是，文学却比较复杂。文学不是纯数理的音位的组合，而是具有表意功能的抽象符号的组合。表意功能的抽象符号，指涉的可以从内在的个人幻想和记忆，到实际的感官经验，以及更外在的人和事，以至于群体、社会的状况，或者纯粹一种思想，一种信仰。它的指涉面实在太阔了。纯资讯的运算和重组极可能只会产生出一堆前后矛盾，或者各不相干的零碎片段，而谈不上一个完整的"精神世界"。我不是说"精神世界"没有内在矛盾和混沌，没有断裂和缝隙，而是绝对地一致的。不。相反，矛盾和混沌、断裂和缝隙，肯定是"精神世界"的重要特征。不过，这种种不一致的特征，又同时"一致地"纳入在一个相对稳定的体系中，这才有所谓的"精神世界"。又或者，退一步说，可以称之为"精神现象"。维持这个"精神世界"或者"精神现象"的相对一致性的，是肉体，或者相等于肉体的一个人造的载体。暂时来说，我们还未具备能力造出一个相等于人的人造载体，但是，我们正在研究，把资讯下载到另一个自然载体，也即是另一个人的肉体的可能。

我听得有点迷惘，不肯定地说：

你是说，把人体本身变成硬件？

没错！就你提出的计划来说，就是把汇集起来的所有关于叶灵凤的资讯，也即是数据化的"叶灵凤精神世界"，下载到假设是你的脑袋里，由你把它"还原"和"再造"，写出新的"叶灵凤作品"。但是，到时出来的，究竟是单纯的"叶灵凤作品"，还是融合了你的精神世界的"叶灵凤－佘梓言作品"，就很难说了。

你相信"精神融合"这回事吗？

我就是在做这方面的研究和实验。简单地说，那有点像我们的手机或电脑。我们可以上载资讯，也可以下载资讯。应用程式也一样。将来我们人体，也可以把资讯上载到云端或伺服器，或者从云端或伺服器进行下载。那意味着，首先，你刚才提到的"精神融合"的必然出现，因为个体的意识或精神已经不再固定地存放于单一的肉体内，而是可以传送和转载的。其次，人的意识也可以"暂时性"地离开特定的肉体，加以存放，等待下载到另一个肉体内。这也意味着意识不灭或精神不死的可能。当然，这牵涉到被复制的意识可能出现复数的存在，到时哪一个才是原本，哪些才是复本，可能会出现难以解决的争议，而且也会造成意识的独特性的消失。"个体"的概念将会完全被改写。另一个未知之数是，当一个外来的意识或精神下载到一个肉体去的时候，原有的意识或精神，跟这个新加入的意识或精神，可以建立怎样的关系？究竟是互不干扰的并列，还是不分彼此的融合？如果是前者，会否造成精神或性格分裂？如果是后者，会否造成精神混乱和失序？这些，都是必须通过实验才可以验证的事情。

你的意思是，我们的意识可以转化为数据？

余哈用力地点了点那仿佛有什么要破壳而出的脑袋，说：

包括一个人的知识、感官记忆、性格、情绪、想象等等，所有不同的神经元连接和互动方式，也可以被扫描、复制和保存。

那么，梦境呢？梦境可以复制吗？

为什么不？问题只是，梦是一种转瞬即逝的神经元活动。在理论上，在做梦的当下，梦境是可以被捕捉的。但是，在大部分的情况下，我们的所谓梦境，其实只是对梦境的记忆而已。所以，连同整个的"精神世界"被上载的，往往只是梦境的记忆，而这种记忆的特点，是特别零碎和模糊。当然，当中也有异常鲜明的部分，例如一些经常重复的梦境。不过，正如我上次说过，就算是一般的清醒的记忆，也已经是局部流失和经过删改的资讯，是必然残缺不全的重构物，某程度上甚至可以理解为虚构物。至于梦境，作为意识的产物，本身就是一种虚构。那么，梦境的记忆，就是对于虚构的虚构了。有人可能会问，这种和现实本身隔离了不止一层的东西，还有什么价值？我倒以为，正正是因为它经过多重虚构，意识的真正本质，才在其中显露无遗。意识，说穿了，就是虚构的能力。人类就是靠着这虚构的能力，超越地球上所有的物种，成为地球的主人。而人类若然要进一步的演化，创造出人工智能和人造肉体，并且把两者结合，成为不朽的存在，最关键的不只是最常关注的运算能力和学习能力，而是人类独有的虚构力——包括创造虚构物和相信虚构物的能力，以及通过共同的对虚构的信仰，而互相连接合作的能力。所以，话说回来，梦境是虚构力在自动运作的意识状态。在梦境中，蕴含了"创作"这回事的根本原理。

余哈像个演说大师一样，以娓娓而谈的语气，排山倒海的逻辑，把一些我没法完全明白的概念灌进我的意识。那倒不如说，他是个善于运用暗示的催眠师。他没有在大学担任教员，实在是十分可惜的事情。我的心犹如无主的旌旗，随着他的思潮的涌动而晃摆，在推论的关节眼儿，甚至仿佛发出"蓬蓬"的拍击。我不期然暗暗按着左胸，仿佛随时抵受不住刺激了。

他似是察觉到我的不适，以他那温婉的眼神望着我，仿佛想安抚我心灵的过度起伏。他突然转了口吻，体贴地说：

试想想，你和你的妻子接受了这样的实验计划，把自己的意识上载到我们的中央处理器上。假设某方发生什么不幸，肉体的生命面临终结，所下载的意识的版本，却还依然被完整保存起来，并不会消失。只要有一天，而我相信那肯定是不久的将来，我们能找到替代的真人载体的方案（例如清除意识再载入），或者建造出机器的感官载体，那储存起来的意识就可以下载和复原，而那个生命，基本上就可以说是重生了！这比有些人冷藏自己的肉身谋求复活，更切实可行千万倍呢！

你的意思是"借尸还魂"？

余哈双眼闪闪发光，像是受到灵性启迪似的，说：

你这个想法很有意思！不过，这种单一的上载和下载，也只是技术上的初步构想。长远来说，我认为人类还是必须抛开肉体或载体的局限，寻找无限制无边界的存在。那时候，一个意识能进入的载体可以是众数的，而一个载体能容纳的意识也可以是众数的。甚至乎，无数的意识，也可以在某个或者某些延展性和连接性的载体群上，自由地停驻或转移，结合或分离，同步或异化，并且演化为更不可思议的生命形态！这终极的大融合的生命形态，就是神。而神的状态本身，就是所谓的天堂了！

不知为什么，我想起了岸声。我有点颤抖地问：

你听说过一个叫作德日进的法国耶稣会神父吗？

Pierre Teilhard de Chardin 吗？当然！你知道我们的计划叫什么？就叫作 Project Omega！我们在研发的意识复制技术，叫作 Noosmapping，而整个范畴，称为 Noos Computation and Engineering。在未来，NCE 将会是人类的顶尖科学。

我发觉我的下巴在抖动，牙齿在格格作响。我没法说出半句话来。余哈关切地用他修长的手指抓着我的手腕，说：

我看你的身体有点毛病。听我的意见，看看医生。再这样下去不是办法！

我只是睁着眼，不懂反应。他谅解地拍了拍我的上臂，呼气式地笑了一下，拿起纸杯装咖啡，慢慢站起来。我花了全部的劲儿，说：

不好意思，可以再留个联络方法给我吗？你上次写下的电话号码，我不小心弄丢了！

他有点惊讶地望着我，说：

我有留电话给你吗？相信是你记错了吧！

然后，他弯下腰来，在我耳边小声说：

我的工作，其实是机密的。我们要见面的话，总会有机会见到。刚才我跟你说的，请不要说出去。Keep it a secret! Thanks!

余哈站直，戴上帽子，向我微微点头，转身走开。我追踪着他穿着长裰的灰黑色身影。那身影推开玻璃门，拾级而下，经过大楼前空地，把手中的纸杯抛进垃圾桶，过了马路，往火车站方向走去。风起来，周围的树木一起摆动。他用手按着头顶的帽子。脖子上围着的泥黄色颈巾，在风中幡然扬起。

我像是搭上了一部从顶层高速坠落底层的电梯，粉身碎骨，躺在那里不能动弹。

24

新年消息：2015 年的艾略特诗奖，颁了给三十二岁的年轻诗人
Sarah Howe。这是小龙告诉我的。我对英诗没有认识，更不知道当
代英国诗坛的情况。不过，听说这是件大事。她说剑桥的朋友都在
议论纷纷。读过 Howe 的诗的人，有的非常喜欢，有的对她的风格
有保留。在小龙读书会的朋友圈里，对这消息普遍是感到兴奋的。
不过，事情很快就演变成对 Howe 的围攻。据一篇《卫报》的文章
所说，多位男性诗人和作者撰文，质疑这次颁奖背后有"非诗学"
的阴谋，其中一个理据，是 Howe 的诗集 *Loop of Jade* 在去年并没
有得到诗集协会的推荐，也没有得到给新人的首次诗集出版奖。对
于一个新人靠一本薄薄的处女作便击败多位（特别是男性的）前
辈，夺走高达二万英镑的巨额奖金，令某些人感到不满。文章总结
出 Howe 受到质疑的几个因素：女性、年轻、高学历（剑桥博士）、

不完全是白人（英中混血儿），再加上"漂亮"。有人便认为，这是文学界近年倾向表扬有色人种的政治正确性的结果。Howe 的母亲来自香港，她自己在香港出生，七岁时才移居英国。这样的性别和种族歧视的批评，自然引来众多女性诗人和支持者们的反击，而一脸无辜的白人男性批评者，便忍不住取笑她们是"deranged poetesses"（发狂的女诗人们）。想不到女人们竟然顺水推舟，索性用了 #derangedpoetess 的 hashtag 作为连接，继续舆论的反攻。

小龙说她正在看 *Loop of Jade*。也许因为 Howe 来自香港，又是在剑桥念书的，所以有某种先天的共鸣。我看到香港报纸上有一篇 Howe 的访谈，采访者是旅居英国的港人，谈了很多 Howe 对香港的记忆和感受。我把采访用手机拍下来，传了给小龙。从报章上的照片看 Sarah Howe 的外貌有点像榛子表妹。一个年轻女诗人获奖也可以引起轩然大波，这至少说明诗歌在英国还是一件广受注意的事物。在香港，小龙拿了个奖金也很高的长篇小说大奖，不要说反对的声音，连赞美和鼓掌好像也没有怎么听到。Howe 成长后决定不回来香港，证实是对的。

今年农历新年特早，在 1 月底。小龙传回来照片，头戴我送的那顶红色帽子，身穿新买的织有狐狸头像的毛衣，给我拜年。我便拍了张狐狸公仔拿着利是封[1]的照片，回传给她。过年之后的第一个周末，她约了 Cluedo 先生去伦敦听音乐会，顺便去逛一个古董钟表展。小龙一向对名表颇感兴趣，家里收藏了两三只不算太贵的，听说 Cluedo 君对此道也甚有研究，两人趣味相投，结伴同行

1　红包袋。粤语。

也是自然的事情。

我一个人过年，感觉特别无聊。曾经想过，岸声和庭音或许会来拜年，但结果却没有音讯，我也不好意思开口去请。也不知他们两人的状况如何，假若还在冷战中，那就更不宜去打扰了。加上 2 月初是提交论文初稿的时间，庭音大概正在埋头苦干，不出来活动也是应该的。不过，她没有忘记给我传来贺年讯息，算是不至太没心肝。

没想到的是，新年之后，接到了 S 的短讯。我还以为约见面的事，又会像从前一样无疾而终。她问我有没有兴趣看钟表展。她正在帮一家意大利品牌做推广，可以帮我弄个入场证。对于她的邀请，我有点莫名其妙，但是，觉得也不妨去看看。

星期六下午，我开车到湾仔会展。约好了 S 在博览道入口见面。远远便看见，个子小小的她穿着浅棕色的套装西裙，在入口大堂内东张西望，在拥挤的人潮里显得有点力不从心。我发现，除了头发剪得较短，S 的外型原来有一点点像小龙。我穿过人群，向她挥了挥手。她笑着迎上来，但又有点不好意思地说：

今天原来还有一个婚纱展在这里举行，弄到人头涌涌。

我表示并不介意。她给我递上一个工作人员证，这样就可以免费入场。我走在她旁边，一直去到钟表展的场地，沿途听她聊着搞这个展览的种种事情，好像钟表商那边的麻烦要求，展馆设计承包商的失误等等。我心想，有效率地处理这么多繁琐的杂务，真有点不像从前 S 的"大头虾"作风。不过，人的潜能是难以预计的，每个人都有可能做出自己意想不到的事情。

去到 S 负责的展馆，她向我介绍了参展商比较有特色的货品。

她又问我，其实对哪种表有兴趣。老实说，我完全是外行人，于是便根据小龙从前买过的品牌和设计，胡乱地说了一点。S 很认真地听着，有点苦恼地皱着眉。她突然轻轻地握着我提起的左手，望着我的腕表，说：

你的这只 IWC Mark XV Pilot Watch，已经戴了很久吧？现在它的价位不错。

我这才猜到，S 一定是上次碰见的时候，留意到我的手表，所以以为我是个深好此道的人。

是我太太给我挑的。

S 一脸深思地点着头，说：

看来你太太应该很懂表。

她没有太多钱买表，也不愿花我的钱，所以，只是为了满足知的兴趣和看的兴趣。

这时候，我也察觉到她的腕表，似乎不是普通的货色。但因为给西装外套的袖子遮住，看得不清楚，也不好意思太直接询问。

一个看似参展商负责人的外籍女人走过来，表示有事要找 S。我怕碍着 S 工作，便说我自己四处逛逛，待会再回来找她。

我在展场里漫无目的地游荡，不太感兴趣地浏览着那些令人眼花缭乱的时计。有时为了打发时间，也会停下来心不在焉地听着推销员的讲解。我想起小龙和 Cluedo 君去看的古董表展，那些带着历史和个人经验印记的旧物，一定比眼前的这些新颖而浮浅的消费品有趣。

在扰攘的展场走了大半天，弄到腿很软，头也有点晕。因为不想太早回去打扰 S，我到小食部买了杯热朱古力，吃了件无味的三文治。我也考虑过，要不要到婚纱展那边走走，杀时间。但是，一来体力已有点不继，二来看着那些年轻新人或者准新人卿卿我我地看婚纱，感觉有点不是味儿。结果又在小食部非常不舒适的凳子上坐了半天，看着人潮像水族馆中的鱼类般来回游动。

手里一直握着的手机震了一下，提示铃声却几乎听不到。是 S 传来讯息，问我在哪里。我回复说在小食部，她便说过来找我。不一会，看见 S 有点吃力地从鱼群里钻出来，像一尾逆流而上的小鱼。她走近，抬腕看了看表，说：

虽然早了点，但介意一起吃个晚饭吗？我从今早到现在也没有东西下肚，饿得快要死了。

我看时间也差不多六点了，吃饭倒不是重点，大家找个地方坐下来才是正事，便欣然答应了。

我们去了会展旁边的酒店的西餐厅。因为时间尚早，客人不多，服务生给了我们一张可以看到海景的桌子。外面已经日落，桌上的烛光正合气氛。S 要了洋葱汤和煎三文鱼扒，我因为刚吃过三文治，便只点了意大利菜汤和水牛芝士配番茄。S 问我要不要红酒，我本想说不，但却说了好。于是便每人要了一杯 house wine。

在黯淡的光线中，S 的腕表还是闪闪发亮。我好奇地说：

你的表很漂亮，可以看看吗？

S 很爽快地拉了拉衣袖，伸长短小的臂，把手递过来，说：

是只古董钻石表，Hamilton Regency Collection，1940 年代的，14K 金表壳，镶钻石表链，买的时候约港币二万多，不算贵。

我握着她的手指尖，因为老花，得摘下眼镜来，把脸凑近，才看得清楚。那是非常精致漂亮的女装腕表，椭圆形的表面十分小巧，表链幼细，黄金和钻石的颜色和光泽也配合得很得宜，因为年代渐久而变得不那么抢眼，反而有温润的气色。它戴在 S 有点儿圆润的腕上，非常好看。不知怎的，这只表有一种熟悉的感觉，好像在哪里见过。我再凑近一点，想看清楚细节，嘴唇差不多要碰到 S 的手指。她有点尴尬地把手抽回，说：

其实平时没有什么场合适合戴，我又不是会出席什么宴会的人。今天姑且戴它一下，免冷落了它。

在昏黄而晃动的烛光中，我没法分辨 S 的脸色。只见她的双眼特别大，睫毛特别长，眼角特别下垂，鼻子也特别高，看起来像个南欧女子。岁月的痕迹也好像变淡了。

我们边吃边聊，关于彼此过去二十多年的生活——工作、婚姻，当然还有她的儿子。比上次更深入，更详细。最后，便去到目前的状态。S 说：

我上次见完你之后，特意去书店看过，找到你太太龙钰文的书，买了来看。是那本叫作《无端》的。想不到一口气就看完，几乎停不下来。读完之后——怎么说呢？有一种说不出来的，无力的感觉！人真的很渺小，很脆弱。我们以为自己决定自己的命运，就好像我年轻的时候，任意妄为，想做什么便去做，没有人能阻挡——入大学选修英国文学，放弃中大去佩鲁贾，放弃文学转做经贸，偏偏选一个全无文学性情的男人做丈夫……全都好像是自主的决定。但是，自从儿子出生，然后发现他有特殊需要，便开始知觉到，并不存在选择这回事。就像我儿子，生下来就是这样的状况。他的情绪问题，并不是他自己造成的，他不能为自己的问题负责任。至于我们父母，可以说问题是我们遗传给他的，但是，也不是我们有意这样做，或者可以不愿意这样发生的。然后，他的成长，我和丈夫的关系变化，都在不自觉和不自主的情况下，朝向某个无法预知的方向发展。最后，去到无可逆转的结局。现在回看，我们可以说，在某一个时间点，在某一件事情上，如果不是这样做，或者不是这样发生，结果便会完全不同，诸如此类的事后假设……我想说，真的可以这样吗？真的存在这些另外的选择，另外的可能吗？还是，今天我们所得到的，其实是必然的结果？是什么所造成的必然结果？是每个人各自的过失和责任？还是，根本就是由于某些看不见，找不到，捉不着的原因？那不即是没有原因吗？这就是所谓的"无端"？所以，我看你太太的书的时候，实在是感到很大的冲击和共鸣！

S非常感触地说着，眉眼也皱作一团了。我完全明白她的意思，但却无力作出回应。大家沉默了一会，她又说：

还有，上次真是抱歉！

什么？

关于你太太……我还谈到 Julian Barnes……

谈到他没问题啊！我太太也是他的书迷。

真的没问题吗？

那样的神情犹豫的S，就如我记忆中的模样，几乎像当年一样的年轻，一样的漂亮和可爱。我拿起酒杯，向她示意，她也举起杯来，跟我碰了碰。

我们以前好像没有一起喝过酒。我说。

不只喝酒，我们很多东西也没有一起做过。

我不肯定她的话有何含义，便只是微笑以对。她又说：

　　我在酒店楼上订了个房间。通常搞展览也会这样做，因为有时会工作到很晚，我家又不近，跑来跑去很不方便。所以会在酒店暂住几天。吃完饭的话，有空上去坐坐吗？在那里再喝杯酒，聊聊天。

　　你儿子呢？

　　他住宿舍，不用我整天看着他。孩子长大了就有这个好处。

　　我看不到反对的理由，便点了点头。

　　晚餐我结了账。去到 S 位于二十楼的房间，落地玻璃窗外是维港的夜景，相当迷人。她脱了西装外套，卷起了粉红条纹衬衫的袖子，打开雪柜，问我喝什么。我刚才喝了一杯红酒，似乎已经到了极限。但是，像岸声说的，此情此景，不喝酒又好像太没劲。于是我便说要啤酒。

　　S 拿了两瓶啤酒，开了盖，把其中一瓶递给我，说：

　　只有后生仔才会"队啤"[1]吧！

　　间中扮下后生也不错。

　　扮得到才是！

　　为什么扮不到？你看来很年轻啊！根本就不用扮！

　　你都说"看来"。实际上早已不是了！

　　S 苦笑了一下，想起了什么，掏出手机，打开，递给我看。我接过来，看见是一张旧照片，里面站着一个戴着草帽，拿着毛巾，皱着眉笑着的女生。照片中的地方，我一眼就认出，是意大利山城阿西西的山顶。S 坐在我旁边，用手指在屏幕上再拨了一下，出现

1　喝大量啤酒。

下一张照片。在同一个地方，这次照片里的是个消瘦但健朗的男生。我不期然发出了惊叹。她说：

这两张照片，竟然还能找出来！在一本旧相簿里。我用手机拍下来，打算给你看。

传给我吧！我的已经弄丢了。

S拿回手机，在上面按了一轮，我的手机随即发出叮叮的两声。

在Perugia，真是难忘的三天！我说。

对啊！但是，我一直疑惑……那三天，为什么，什么都没有发生……

发生什么？

S弯着身子，用双手掩着脸，只露出又红又圆的耳珠。我突然明白她在说什么。

我当时以为……我真是太笨了！

不，不关你的事！我自己也以为……

S的肩紧挨着我的肩，我只要一抬手，就可以搂住她，但我被什么障碍着，动弹不得，就好像当年一样。她放开掩面的双手，抬起头来，扫着脖子，望着我，说：

你觉得，过去了的事，可以从头再来吗？

我想答她：不可以。但是，又觉得这样太直接，便迂回地说：

世事就是这样无端的了！

我认为还是不宜暧昧以对，假装看了看表，站了起身，说：

很晚了，我看也是时候回去了。你也早点休息吧！

她也跟着站了起来，有点心急地说：

佘梓言，这么多年，你也没有变过。你还是那么优柔寡断！

　　我像是被内心的什么刺激到，转过身来抱住了 S。我和她都已经不再年轻，但是，S 的娇小身形令我回想起我们共同有过的青春。一股强烈的失落感随之而袭来，然后又化成炽热的欲望，好像在催促我去补偿那曾经错失的，或者未曾拥有过的东西……古老的意大利山城、不对称的石砖房子、晾衫绳上的衣物、炎热干燥的南欧夏日、手里的毛巾、额角的汗水、苦笑的双眼、眼角的鱼尾纹、短小的手指、圆润的腕、腕上的古董钻石手表……

　　我的胸口突然好像给硬物击中，心脏一抽搐，头一晕，便失去了知觉。

　　再清醒过来的时候，我发现自己躺在医院里，胸口接驳了某些仪器。想转头的时候，后脑袋发出一阵钝痛。

　　S 坐在床边，衣着整齐，一脸忧心忡忡的。见我醒来，愁眉开展，用抚慰的语气说：

　　你醒来啦！放心！没事的！医生刚给你检查过，暂时不会有大碍。只是后脑在跌倒的时候受到碰撞，有点瘀伤。其他情况，留院慢慢观察。不必担心！

　　我在哪里？

　　急症室观察病房。

　　我是怎么来的？

　　我陪你坐救护车来的。

　　是吗？我都记不起来了。

　　别劳神！慢慢就会记起来了。

　　不好意思！麻烦你了！现在是？

　　S 看看腕表，说：

清晨四点半。

我察觉到，她腕上戴的是黑色皮带的新式女装手表。

你整晚没睡吗？

她眨了眨疲倦的双眼，笑出了鱼尾纹，说：

不要紧！展览昨天是最后一天。收拾的事我助手会处理。

你也应该回去睡一觉吧。

S 点了点头，握了握我的手，说：

那我下午再来看你吧！你好好休息一下。

说罢，又想起了什么，道：

我可以拿走你的车匙吗？我晚点帮你把车开过来。停在会展的停车场，很贵。

我发现自己已经穿上病人服，便告诉她车匙在大衣口袋里。她翻了一下便找到，放进自己的手袋里。她正要站起来，我忽然想确认一下，说：

昨晚 ……

什么？

S 一脸无邪地问。

没事了。

我闭上眼睛，摇了摇头，后脑随即又一阵钝痛。

我听到 S 离去的脚步声。

25

蛇夫：

2 月的剑桥，还没有下雪的迹象，看来今年看到雪的机会应该很微了。气温有时也可以降到颇低，午夜徘徊在零度至负二、三度，但是，可能因为湿度不够，就是没有雪。在这样的天气里，我反复读着 Sarah Howe 的诗集。随时带在身边，在读别的书，做别的事的间隙，便拿起来读一两首。其中一首诗提到的酒吧 The Pickerel Inn，据说有四百年历史，我也跟朋友去过，试过那里著名的 pale ale，因为酒精含量较低，连我这样酒量差的人也不怕。

看 Howe 的诗，开始的时候主要是因为好奇，对于一个年轻女诗人的 debut work（不想说"处女作"）能夺得这样重要的诗歌大奖，还有——我必须承认——对于她的一半中国血统和香港成长背景。也许，年轻、女性、混血（非完全白人）、高学历、漂亮等等这些非诗艺的因素，也不应该是评价她的诗的焦点。不过，从读者的角度来说，很难完全不受这些因素影响。除非，一件作品是由一个完全"无背景"的机器写出来的吧。（机器或 AI 是不是真的没有"身份"，其实也是个可争议的问题。）我作为讲广东话的香港人，又是书写中文的中国人，对 Howe 关于汉字和中国典故的运用，跟英语读者也自然有不同的感受和看法。总之，这可以算是一场非常有趣的"相遇"。

我一直在想，为什么 Howe 在题目里要用"loop"而不用更直接的"bracelet"呢？她说的明明是给婴儿戴的玉手环，但却偏偏用了"loop"这个描述形态而非实际用途的字。也许她是想强调这件东西的"圆形"和"循环"的意思吧。似乎也跟她喜欢提到的月亮有关——她特别谈到了"月"字的象形特征，对于中秋节的记忆（吃月饼、玩灯笼），以及嫦娥奔月的故事等。在中国文化里，"月"就是"圆满""故乡"，以及"循环"（"月有阴晴圆缺"）的象征。这个她大概是熟悉的。所以，用"bracelet"就完全失去这些暗示了。如果不嫌牵强的话，"loop"字的形态也颇有象形的意味，发音也令人联想到那种圆弧状的感觉。这就有点"西字中用"（把拼音字当作象形字看待）的意思了。（我这个读者的创意也不错吧！）

然而，我又立即想到，世事有圆满的吗？有首尾呼应，表里一致，真假不二，你我不分的吗？这个"圆满"，这个"循环"，这个"原乡"（或所谓"根"），真的是客观存在的吗？还是，它只是我们（必须）假想的一个原点和完美状态？而现实是必然的分类、分裂、分离？ Howe 对此应该也了然于胸吧？要不，怎会用到波赫士[1]的

---

[1] 豪尔赫·路易斯·博尔赫斯（Jorge Luis Borges）。

The Analytical Language of John Wilkins 作为前言，并且根据这段文字中据说是来自中国古代典籍的看似不合逻辑的分类法，来作为十四首诗的题目？其中一首"The Present Classification"，说的正正是无法分类的事物，包括希腊神话里的 Sphinx（狮身人面兽）、古人类遗迹中的母子相交及诞下女儿的证据、古希腊悲剧中 Antigone 同时作为 Oedipus 的女儿及妹妹的双重身份，以及波兰斯基的电影 *China Town* 里菲丹娜蕙饰演的 femme fatale 的乱伦（母亲 / 姐妹）角色。也许，正是因为有分类，才有所谓的异类吧。

Howe 似乎强烈自觉到，自己是一个分类的产物。童年在香港成长，念国际学校，对地道的事物和语言虽然感到亲近，但又缺乏接触和认识的机会，更不要说融入。跟大部分外籍家庭的孩子一样，她始终维持着"外国人"和"旁观者"的状态。到七岁移居英国，她又以另一种"异类"的身份，重新适应英国的生活。当然，最终在天平的两端（如果这东西真的存在的话），今天的她绝大部分是倾向于"英国"的一方，而"中国（文化、语言）"和"香港"，则只是作为一种想象的故乡而存在的吧。也正因为是想象的，所以才可能是圆满的、纯粹的、原初的。这种对圆满和缺憾、完整和破碎、循环和断裂、秩序和混乱、纯粹和杂种的反复，几乎就是整本诗集的不断 loop（重奏 / 重播）的音乐效果。

一切好像源于地理的分隔。母亲在广东被父母抛弃，给继母收养，辗转经澳门到香港；诗人自己生于香港，移居英国，长大后再重游香港和内地。诗集里有许多移动的故事，跨地域的流离以至于寻溯——典型的失根和寻根历程——呈现近乎完美的圆环结构。"失"的根源在母亲，"寻"的终点在自己。而自己的"寻"，通过语言，通过故事，通过诗歌，尝试给母亲的童年一个还原。在事实上，血源的线索去到母亲的出生便断绝了，因为她是个孤儿，但在想象中，母亲被确立为一个新的开始。母亲成为了一个开天辟地的神话人物，给诗人女儿创造了她的情感世界和文学世界。而且，虽然母亲个人血脉的追寻被断绝，但集体文化的记忆却在她身上承传。她成为了女儿连接中国文化的中介——母亲的广东话、她所讲的中国神话故事，都给她接通了文化上的根。她几乎成为了"中国性"的肉体呈现——母亲的乌黑头发、配戴的中式饰物、习惯性的沉默、说话的迟疑、不肯定的语音，以及种种在女儿的陈述中再现的成长感官记忆——令指尖麻痹的洗头水（其实是洗地水）、从沟渠爬出来的蟑螂、狭窄如蒸笼的小床位、闷热的板间房……中国女性所承受的苦难和压迫。

Howe 的诗都在 crossing boundaries，越界。有人赞赏她在形式上的破格创新。也许我先天对所谓"形式实验"不太亲近，我倒更留意她的 crossing 的实质内涵。除了地理上的越界，更鲜明的是身体的越界。"变形"的主题无论在中西文化里都源远流长，Howe 引述的梁祝化蝶自是一例，她对西方的典故明显更为熟悉。神话中的 Chimera、Sphinx、Sirens 都是形态混杂的怪物。在"Tame"一诗中，Howe 甚至自创变形故事，讲述一个母亲如何变成荔枝树，而女儿则变成野雁，颇有古诗人奥维德和但丁的风味。但是，变形似乎不是打破压迫和约束的出路。野雁最后在回归家园的时候，被粗暴的父亲捉住，在一块从荔枝树砍出来的砧板上，斩断了脖子。贺拉斯早已在《诗艺》的开头警告，想象力过于放纵的诗人，只会让不协调的事物结合，产生出令人恶心的怪物。但是，Howe 却偏偏对怪物情有独钟。

　　有时候，复合性并不一定呈现为外在的怪物。常人也会出现多重的面貌。在"Sirens"里，她谈到美国诗人 Roethke 的一首哀悼死去的女学生的诗作。她讲述自己如何一直把当中形容女孩的"sidelong pickerel smile"误会作一种鱼类的 pickerel，但却发现那其实应该是指鸟类的 pickerel。然后，她又疑惑诗人可能有心利用这个词的双重性。于是，在她的想象中，女孩的容貌便产生了鱼和鸟之间的变形和融合了。跟贺拉斯的忠告相反，诗本身就是一种专门把异物连接在一起的想象放纵。

　　作为混血儿和文化双生儿的 Howe，对 hybrid 有先天的强烈兴趣和认同。这一点是她超越母亲的地方。这也说明了，回溯和寻根不是终极的目标。那基本上已经变成了不可能的事情。世界上没有一个稳固不动的立足点，她只能永远在 crossing 之中，而不会有最终的 arriving。正如她在诗中说，就算再次回到香港，她也无法再寻回小时候从半山家居的窗户看到过的景象——如昆虫的车子蜿蜒下山，海港上的渡轮缓缓归航。表面的原因，是视线受到十几年来新建的高楼阻挡，但真正的原因是，她自己已经不是同一个人。变形暗示着原乡的不再可能。

　　可是，我总觉得 Howe 不够决绝，或者有点举棋不定。她对圆满、原乡、纯粹和本质还是念念不忘。这方面她远远未去到波赫士的层次。名词于 Howe 好像盛载了某种真实的存在。只是念出 Ping Chau、Cheung Chau、Lantau、Lamma，一个一个真实的小岛便好像变成了含在嘴里的糖果，而简单的广东话"一、二、三、四"，也仿佛蕴含着奇异的呼唤力量。地理和身体的异化，在语言的神化中得到超越或消解。对文字的崇敬，更见于她对汉字的西方式的神迷和向往。（她其中一首诗"Stray dogs"，写的虽然是庞德因投靠法西斯而被捕之后的屈辱，但其实是向这位从汉字和汉文化中汲取养分的先导者的致敬。后面引述了庞德嗜读的《论语》的片段，把孔子被嘲为"丧家之狗"跟庞德作为比附。）她在"Drawn with a very fine camelhair brush"中，把汉字书写描写成一个富有诗意的神秘过程。又引述最早来华的耶稣会教士接触到中文的时候，以为是伊甸园完美语言的惊世再现。为什么呢？因为他们以为，中文字是一字对一物的直接描绘，也即是在字形上蕴藏了事物的本质。所以，从简单的"木"字和"月"字，到较为复杂的"蜻蜓"，Howe 不但感受到文字形态的写生之美，也相信这样的文字直接捕捉到真实本身。"蜻蜓"远远比英文的"dragonfly"富有实感和诗意。（她认为"蜻蜓"是个无法翻译的词，说是"dragonfly"是一种"mistranslation"。）诗中的虚构中国诗人，为了吟咏蜻蜓而在河畔流连，一觉醒来，舟子已经随流水漂去了。我不知道 Howe 自己有没有发觉，其实语言（无论是象形还是拼音）也不过是那只流逝的小舟。

仓颉造字（另一个非常喜爱的典故）其中一个传说，是他从鸟兽在泥里的足印得到灵感。换句话说，他描绘的并不是太阳或月亮、树木或河流本身，而是这些事物刻画在人的神识上的印象。用西方绘画的概念去理解，仓颉造字，不是遵循写实主义的原理，而是印象派的原理。泥上的足迹不是那只动物，甚至不是那只动物的足部本身。而足印是注定要被冲淡和消失的。古书上又说，仓颉造字，"天雨粟，鬼夜哭"。天之所以降下粮食，据说是因为受到感动，但鬼为什么要哭呢？这却有点说不清楚。Howe 的说法，是鬼因为不能够再改变它们的形态而哭了。如果仓颉所象之形，都是实物，又关鬼什么事呢？又怎会令鬼无法再变形呢？鬼们会因为文字而被禁闭或压制吗？这是个有趣的想法。但是，如果令鬼哭神嚎的文字，就是把一切固定下来、禁止变形的符咒，那么，文字岂不是并非一种释放，却反而是一种捕捉？文字岂不是并非一种越界，却反而是一种设限（我们中文说"画地为牢"）？这样的话，中文方块字的"原乡"，人类与自然事物相连的"根"，一方面完美地实现了 Howe 所追求的精神圆满和心物一致的境界，但另一方面却又压制了混杂和变形的自由。

也许，一切矛盾都可以借由她引述的禅宗公案而消解。在"Having just broken the water pitcher"一诗中，她引用了《无门关》里的一则公案。这则公案说，百丈禅师把净瓶放在地上，问："不得唤作净瓶，汝唤作什么？"Howe 引述"正确"的答案说："His pupil kicked over the pitcher and left."其实这并不是"正确"的答案。禅宗公案是没有"正确答案"的。话说百丈本来是想从弟子中选出一人，充当新的大沩禅寺的开山祖，于是以此问题考核他们。其中首座弟子抢先说："不可唤作木突。"百丈当然不满意，因为"唤作和不唤作"也在语言的范畴内，并未超脱语言和概念的局限。当中一个做"典座"（伙食）的弟子，名叫"山"，一声不响把净瓶踢翻了。他就是百丈所选的对象，未来的沩山和尚。"趯倒净瓶"就是破文字障的一则公案。我不肯定 Howe 有没有洞察这层意思。她首先就"梅"和"悔"两字的相似，作出个人私密的抒情；然后写到仓颉造字的故事，赞叹汉字的神奇力量；跟着转到网民用谐音字来避过审查的例子，也即是语言的越界和反压制的用法。诗的开头和结尾，则用这件公案来引入和结束。当中涉及的，是几乎完全不同的四种语言状态。我很怀疑，有没有可能在当中找到一致性。

回到那个"玉环"的意象，Howe 说中国人给婴儿戴上玉手环的逻辑是，假若孩子跌倒，玉环会作为牺牲品，代替孩子被打碎，以救回孩子一命。那么，这个完美的"圆环"，辈代的承传、循环的生命、圆满的原乡，最终是要被打碎才能发挥它的作用的。既然如此，我们就打碎它吧！就像百丈的弟子沩山，把"玉环"掷到地上去，打碎"玉环"的隐喻。

"玉环"的破裂处，也许存在于母亲的讲述出现犹豫或停顿的地方——在她说出"母亲"这个词之前。因为事实上那只是她的养母，而不是真正的母亲。而她说养母的说话，有时候不那么可信。那么，诗人的母亲的话，又有没有不可信的地方？我不是说她母亲是个不可信赖的人，而是，记忆和语言，本身就必然蕴含不能肯定的性质。

寻根的欲望，和根之不可寻的觉悟，形成永恒的吊诡。这不独对双重身份、双重血统的 Sarah Howe 而言如是，横跨那条历史的界线（伤痕？裂纹？缝隙？）成长的每一个香港人，难道不也一样吗？在根之尽头，有的不独是原初的完整，也同时是原初的创伤。诞生也同时是分离。"天雨粟，鬼夜哭"，是吉兆也是凶兆。文字究竟是让人跟自然连接，还是断绝？这些，都已经不是读诗感想，而是我个人的悬念了。（所以，只有你明白，我的这些看似毫无章法的书评一样的书信，说的其实是我自己。）

我又不期然想起 D 笔下的中英混血儿维真尼亚·安德逊（汉

名安维真），有着近似于 Howe 的背景，但却能说流利广东话，中文不但能读还能写，还跑回来香港研究香港文学。这样的人物构思，看来实在有点一厢情愿。还是现实里的 Sarah Howe 比较接近人情。在英语里寻找中文——这样做已是极限。至于我们写中文的，想在中文里寻找英语，也很可能只是自说自话。这是我由香港"跨越"到剑桥，也没法解决的事情。幸好，我来这里不是寻根，而只是做客。

你的

龙妻

26

那天下午，S 又回来观察病房看我。之前医生说，暂时没法确定发生什么事情，但心电图和整晚的心跳监察也没有异常发现。验血报告方面，没有心脏病发的迹象，血脂和胆固醇水平是较高，但未去到有即时危险。至于后脑的病楚，只是皮外伤。总而言之，可以出院了，详细检查再约时间跟进。

我换回之前的装束，由 S 陪伴离开医院。她今天穿了便服，橄榄绿色毛衣、牛仔布衬衫和卡其色长裤。她帮我背着背包，扶着我的臂，好像我是个重病患者似的。她已经把我的车子从会展开过来了。她说：

由我来开吧。我的技术虽然不佳，但还算是安全的。

我于是便坐上了副驾驶座。问我家里的地址，我却说：

去私家医院，我想尽早检查一下，不想再拖了。等公立医院排期，下一世也未轮到。

S 表示同意，问我想去哪一间。有一间在沙田区的，我以前去过，有我的记录，于是便决定去那里。

到达医院，先在门诊部看普通科医生，然后再转介入院，由专科医生做检查。

去到病房安顿下来，已经是傍晚六点半。一个心脏科医生进来，简单地问了几句，看了两眼，便说明天才能安排做心脏超声波和电脑扫描检查，今晚请好好休息一下。医生离开后，S 给我打电话到医院餐厅，叫了两客晚餐。她陪我吃完晚饭才离开。临走时，她说：

看来你还要在这里住几天，不如我帮你把车子开回家吧。

那太麻烦你了！

没有！举手之劳！

我觉得无谓拒绝，便把家里地址告诉她，详细讲了我的停车位的位置。她说：

那我明晚才来看你了！有什么事打电话给我。

S 走后，我躺了下来，觉得后脑袋的疼痛好像加剧了。但是，却在疼痛中很快便睡着了，或者是不省人事了。

第二天的检查有点繁复，令人不适，不提也罢。报告要之后一天早上才出来，所以心脏科医生的到访，也只是白赚一笔巡房费而已。

S 来的时候，又是穿了套装西裙。我问她每天来会不会影响工作，她却说，这段日子都只是一些普通的接洽和会议，一点不碍事。

我住的是单人病房，很安静，窗外是翠绿的树影。日间有阳光的话，感觉甚是闲适。医院的西餐厅食物不错，有牛排和三文鱼。两人在病房吃着晚餐，聊着琐碎事，竟有老夫老妻的感觉。我有一种做梦的奇幻感，好像进入了另一段的平行人生。在这个人生里，我的妻子是 S，我们还有一个被诊断为阿士保加症候群的儿子。

早上，心脏科医生带来了喜讯，说检查报告显示我的心脏状态良好，不必担忧。他说得好像那是他的功劳似的。不过，我还是有担忧，问他我的症状会不会是由于其他原因。他想了想，说如果想排除所有因素，那还可以做呼吸系统科检查，顺便照个胃镜，看看有没有胃溃疡或者胃酸倒流。我照单全收，请他给我转介。他很乐意地照做了。

之后两天，便花在肺功能测试和照胃镜之上。很无谓地，花了钱又花了时间，照完胃镜还感到非常头晕，镇静剂的效力久久不退。结果又是一切正常。我好像不查出什么问题不死心似的，再追问有没有什么遗漏的地方。胸闷、气短、头晕、肋骨痛、肌肉紧绷、动作不灵、全身乏力等症状，还可以跟什么有关系？呼吸系统科医生说：或者照照脑部吧！

于是，最后轮到脑神经科医生上场了。这位医生一进来，我便吓了一跳。他人很高，眼睛细长，头发凌乱，像极了英国演员班尼迪·甘巴贝治[1]。我姑且把他称为 C 医生吧。他连说话的方式，也跟甘巴贝治演福尔摩斯的时候一样，节奏极快，思路跳跃，有点神经质的样子。他一口气数出了各种神经性肌肉萎缩病的名称，并且讲

---

1 本尼迪克特·康伯巴奇（Benedict Cumberbatch）。

解了它们之间的分别。但是，转眼又说这几个病其实极难分辨和断症。总之，先做个脑部 MRI 扫描再说。

S 看着我誓不罢休的样子，大概会感到放心不下吧。她连续几晚都来陪我吃饭，有护士还以为她是我妻子。在做脑部 MRI 之前的晚上，她一边吃着海南鸡饭，一边说：

其实，你根本早就知道，自己患的是什么病。只是你不愿意承认吧！

不检查又怎知道？我还是坚持说。

至少我一看就知道了。

你知道什么？说出来听听。

你不想听的东西，还是别说好了。

你以为我是个又固执又闭塞的人吗？

我没这样说。我只是觉得，如果这个问题没有解决，我们继续下去也是没有意义的。

对于 S 说出这样的话，我感到震惊。我不知道她一直有这样的想法。是不是我把她的再次出现，看得太过理所当然呢？S 低下头，伤感地说：

我，也不过是一个替代品吧！

替代品？谁的替代品？

谁的？

她有点惊讶地望着我，我则十分迷惘地望着她。

你妻子啊！

我哑着口，说不出话来。对啊！为什么我一直没有想起过我妻子呢？我的脑袋出了什么问题？是因为跌伤了吗？

我们在沉默中吃完晚饭。S动身想走的时候，我叫住了她，说：

我想知道，那个晚上，在酒店的房间……

酒店的房间？

对……我们……

哪有什么酒店房间？我和你在酒店餐厅吃饭，吃到后来，你便突然发作，倒在地上。

噢，是吗？

你不会忘了吧？

没有。是这样的。

S有点担心地握了握我的手，说：

别想太多！明晚见！

她柔软的小手，从我的指间溜走。

我整晚也睡不着，尝试重组当晚在酒店房间发生的事情。一言一语，一举一动，都历历在目，没可能是我单方面的想象。一定是S对那样的事感到尴尬，而不想再提起。我硬是要提的话，就是强人所难了。我应该体谅她的心情。我后悔自己竟然鲁莽地直接问了出口。

早上九点，我带着昏乱的头脑，去到医院的磁力共振造影部门，接受脑部和脊柱扫描。我脱下所有衣物，换上了那薄纸一样的蓝色袍子。扫描室的空调像停尸间一样冰冷。我被要求摘下眼镜，交给操作员保管。

那位男性操作员的样子有点眼熟，但因为穿了绿色袍子，戴了口罩和手术帽子，只能看到一双深眼窝和部分高鼻梁。一脱了眼镜，基本上就是印象派绘画的模样了。他指示我躺到机器的输送床上去，给我盖上被子，把过程向我讲解了一次，提示我检查时间可能会有点长，而被送到会旋转的机器里之后，会听到很多杂音，也许会感到有点不适，希望我能尽量忍耐。

这时候，那位脑神经科 C 医生也进来了。凭那绿色一片的身影，可知他同样身穿工作服。至于他那神探一般的说话方式，就算没戴眼镜也可以认出来。我忽然察觉到，听觉老早就给我的提示——那位操作员，是余哈！他的柔性声线和温婉语调，跟余哈一模一样！不过，我转念又想，也许他只是一个声音跟余哈相似的人。

无论如何，我就在疑惑重重之中，被送进了那台机器。那圆筒形的机体在转动的时候，发出各种刺耳的怪声。在机器间中停止的空隙，我听见外面的两个人在小声地商量着什么，然后又是新一轮的折磨。我觉得自己的脑袋好像给丢进洗衣机的肮脏衣物一样，在高速旋转的滚筒里，给看不见的电磁波激荡，冲洗，涤净，扔干。再给退出来的时候，已经变成了一团扭曲变形的东西了。我有点艰难地爬起来。有人给我递上装眼镜的胶盒。戴上眼镜一看，那是个胖胖的女护士。之前的那个疑似余哈的操作员和 C 医生，已经不知消失到哪里去了。

受了一个早上的酷刑，终于可以回到病房去。我叫了碗肉丝汤面作午餐，草草地吃了几口。我的脑袋非常呆滞，什么都想不起来，就好像记忆都给掏空似的。一个下午不经不觉便过去。

C 医生大概四点半左右来到病房，向我展示了一堆我完全看不懂的扫描图片，讲解了一堆我完全听不懂的专有名词。简单地说，就是脑部一切正常，而脊柱除了轻微侧弯之外，也没有太值得关注的地方。换言之，我终于可以出院了。不过，C医生建议我之后去看精神科，认为对我应有帮助。他为我填写了保险公司的索偿表格，又夹附了一封给精神科医生的转介信，连同诊所的地址和应诊时间等资料，可谓相当专业和尽责。我跟他握了握手，以示感谢。

出去办完手续，回病房收拾东西的时候，看见一个身影坐在窗前的沙发上。我以为是S提早来了，看清楚却原来是庭音。她穿着黑色运动外套和牛仔裤，头上戴了顶黑色鸭舌帽，大腿上放着文件夹，手里拿着一叠东西在看着。她一见我进来，便说：

阿蛇　你没事吧？我们都很担心你啊！

你怎知道我在这里的？

是系里的秘书小姐说的。

多谢关心！不是你叫我看医生的吗？我现在便来彻底地看清楚啊！

但是，我们的论文初稿怎么办？同学们也很心急啊！于是便托我来找你，亲自把功课交到你手上。

她说着，把手里的一叠文件递给我。我接过来，随便翻了一下，说：

你们不用那么紧张吧！我只是向系里请了一个星期假。

一个星期？你已经整整三个多星期不见人了！

怎么可能？你说笑吧！

她站起来，把手机递给我。屏幕上显示的是2月28日。手机日期，是不可能造假的。我真的给她弄糊涂了。我突然有一种不祥的预感，连忙到床头柜拿起自己的手机，打开通讯记录。先看即时短讯应用程式，再看电话通话记录和通讯录。没有！完全没有S的记录！为什么呢？是谁把记录统统都删除了呢？我再寻找 S 传给我的旧照片，也不见了！

　　一阵恐慌向我袭来。我走到通道上，抓着一个经过的护士，问道：

　　你有没有见过……我太太？

　　你太太？

　　陪我入院，每晚来探我的女子。

　　不好意思，我没有留意到。我们轮班的时间不定，未必碰见过。

　　我不好意思地谢过了对方，回到病房去。庭音似乎给我吓到了，问道：

　　阿蛇，你刚才在说你太太吗？

　　不！不是！是另一个人——对不起，我不知道应该从何说起。

　　我有考虑过，留下来等待 S 的出现，但是，又对结果感到害怕。我决定还是离开较佳。我和庭音去到医院大堂的时候，我发现车匙还在我的大衣口袋里，便说：

　　小虎，请你帮我一个忙，去停车场看看我的车在不在。

　　对于这个奇怪的请求，她虽然一脸疑惑，但也照我的指示去做了。过了一会，她回到大堂，摇摇头，说：

　　不在。

　　有看清楚吗？

　　连这样的小事你也信不过我吗？

　　对不起！谢谢你！我们坐的士吧！

　　我们在医院门口截了辆的士。一上车，我便说了我家地址。庭音在旁边问：

不用先吃点东西吗？差不多是晚饭时间了。

不，先回家一趟。我要确认一件事。

庭音莫名其妙，也没有追问下去。

我在车上反复思索着事情的始末。从我在湾仔无印良品遇到 S 开始，到我去钟表展找她，然后一起吃晚饭，去了酒店房间，再去到急症室，最后转了去私家医院。我清清楚楚记得的事情，我却没有任何证据去确认。我想起 S 最后一晚，临走前跟我说的话。我努力回忆她当时的神情和用语，想找出当中的端倪。有没有可能是 S 偷偷删除了我手机上所有跟她有关的资讯？因为她突然改转主意，决定以后也不要跟我再见？因为她知道，我不会背叛我的妻子？

一想到小龙，我便立即掏出手机，查看了 2 月的通讯记录。全部都在！庭音所说的，我失去踪影的整个 2 月，我每天都跟小龙通讯，和之前没有分别。里面还有她传过来的照片，穿了新买的织有刺猬图像的毛衣。那么，和 S 一起的一个星期呢？去了哪里？这样苦苦地思索着，我的后脑又开始发痛，就好像曾经被破开一样。然后我又想起 C 医生和那跟余哈相似的检查室操作员。我自言自语地说：

我一定是给人洗脑了！我的记忆被人修改了！

旁边的庭音转过身子来，向我靠近，说：

你不是看《攻壳机动队》看到中毒吧？什么洗脑？什么修改记忆呀？

我没理会她，重复着那毋庸置疑的结论。

回到粉岭家，我一下的士就跑到屋苑停车场。我的银色 Volvo

就在停车位上。庭音跟在我后面，说：

你的车子有什么事呢？

没有。

没有！没有！你古古怪怪的，却什么也不告诉我！你教我怎么帮你？

你帮不到我的。我被洗脑了。我的记忆被修改了。

我说着，呆呆地又往停车场出口走去。我听见庭音跟在后面的脚步声。我加快脚步，想抛离她。我害怕让她看见我现在的状况。她一直追着，追到我家大厦的入口，大声说：

阿蛇！你醒醒吧！那个人已经不在了！

哪个人？

我回过头去，看见庭音喘着气，握着拳头，站在离我几尺的地方。我说：

你怎知道有那个人？

只见她大力地用双手拍打脑袋，扯下头上的鸭舌帽，无奈地在空中挥动了几下，嘴巴张开着，好像想说什么，但又说不出来。最后，她垂下双肩，大叹了一口气，回身向屋苑大闸走去。我没有追上去，只是目送着她纤瘦的背影消失。

回到家里，我什么也没有吃，连衣服也没有换，便躺到床上去。狐狸在妻子的枕头上望着我。我的脑袋像给胡乱地搅拌了一顿的豆腐花一样，成了一团浆糊状的东西。我相信，我一定是受了脑震荡了。

27

　　有一段日子，小龙吹起牧童笛来。她本身懂弹钢琴，音乐天分甚佳，也不用怎么学，买了支牧童笛便吹起来。当然，牧童笛也算是容易学的乐器。拿着笛子，她便随意吹起喜爱的曲子，不论是熟悉的童谣、民歌、广告歌、流行曲，还是古典乐曲。什么类型的歌曲，只要通过牧童笛吹出来，便立即带着田园牧歌的风味。我想，应该是它的那种朴实，甚至有一点点粗糙的音质所致吧。跟其他结构精密、音色优美的管乐器相比，牧童笛有一种原始的、童真的味道。就像一个未接受过声乐训练的幼儿的唱腔，纵使有些许走音的地方，却反而更天然率真。

　　我记得我们去海南岛三亚旅行时，小龙也带着那支笛子。由早到晚，一有空便拿出来吹。初夏时节，暑假还未开始，正值旅游淡季，海边的度假酒店住客寥落，宁静得像个二人世界。酒店设施虽然颇为齐全，模仿东南亚的度假酒店也似模似样，建筑和装潢还加入了中国特色，但却有点粗制滥造之感。我们入住的时候，发现房子的门关不牢，向柜台报告。等了半天，来了两个维修工人，把整只门拆下来换过了。至于食物也不太可以信赖。因为住客太少，餐饮部门整天都在拍苍蝇。我们只在酒店吃了一餐，便开始出外觅食。

外面处处都好像正在大兴土木的模样，但感觉依然颇为荒凉，除了附近的其他酒店，几乎什么都没有。道路两旁都是棕榈和热带植物，有点像东南亚的景色。结果我们唤了辆计程车，才能去到一个号称购物商场的店铺集中地。所谓商店也乏善足陈，都是卖些没什么价值的纪念品或土产。倒是餐馆有好几间可以挑选，有中国各地的特色，当然也有海南岛的地道菜。往后两天我们试过其中三间。除了文昌鸡和椰子饭，小龙最喜欢吃的是粗粮，也即是芋头、粟米、菱角、花生等等的食物，而且是没有加工和调味的。我觉得难以下咽，她却吃得津津有味，我便取笑她前世是个农家女。她拿出笛子挥动，说：我前世是个牧童！

小龙的父亲那边是海南岛人，但她从未回乡。小时候祖母还在，说海南岛话，所以小龙能听懂，但不太能说。她说祖母有葡萄牙血统，因为以前欧洲人东来，最先接触到的是海南岛。我便笑说，那么她回乡应该回葡萄牙了。我猜想，她对于海的喜爱，可能是来自这两脉遗传。当然，身世这回事，通常象征意义多于实际。

三亚的沙滩面向南中国海，但部分水深浪急，不适合游泳。酒店附近的沙滩，便只是让游客躺在海边晒太阳，不能下水。想游水，还是要在度假酒店的泳池里。酒店的共用泳池很大，有很多无用的设施，例如一条超巨型的滑梯，基本上就是一个又大又阔的斜面，还有各种妨碍正常游泳的九曲十三弯的水道。小龙勉强游了一阵，便挨在太阳伞下的沙滩椅上，吹着牧童笛。清脆的笛音不但没有吵到他人，反而为池畔加添了幽远的气氛。

除了共用泳池，我们的房间也附设了一个小型的私人泳池。泳池约十米长，三扒两拨便能从一端游到另一端，但胜在够方便，自成天地的感觉也很舒适。小龙早晚都跳进池里，来来回回地游个大半天。游够了便在池畔吹牧童笛，或者吃从外面买回来的水果。（这是三亚另一特别值得吃的东西，但并不便宜，特别是计程车司机带客人去的水果店，肯定会对游客开天杀价。）

一首小龙在海南岛特别爱吹的曲子，是一出捷克儿童动画的配乐。那出动画中文译作《鼹鼠的故事》，制作于上世纪5、60年代，人物生动，情节简单，风格单纯质朴，配乐悦耳动听。我们是在一个有小孩子的朋友家看到这出动画的光碟。后来我们问那位朋友（当然还要问准他的孩子）借了回家看，两个星期后归还。老动画无论在笔法、构图和立意都和后来的商业化动画不同，感觉就如日本的竹久梦二或中国的丰子恺，只需寥寥几笔，便能呈现出童心的美善。

那个晚上我们吃完饭，回到度假酒店，小龙换了泳衣，又在私人泳池游了半小时。上了水，随意套了条吊带裙子，便坐在池畔的树下吹笛。吹着吹着，便吹到了那首鼹鼠动画的曲子。我坐在旁边听着，看着池水在灯光和微风中波纹起伏。曲音唤起了深藏的记忆，仿佛来自新婚的日子，甚至来自遥远的童年。一曲吹罢，她停下来，问我：

记得这首歌吗?

怎么会不记得?

在树影里的小龙，声音有点呜咽:

不知为什么，一吹这首歌，就有想哭的感觉。

我本来想问为什么，但我其实已经知道了，于是便说:

嗯……纯真的东西，总是令人产生莫名的感动。

她低下头，把玩着笛子，一会，才说:

如果那时候不是……他应该已经三岁了。

我屈指一算，确实如此。我只能答:

对啊!

那我就可以给他吹这首歌。

我点了点头，微笑了一下，但不知道她有没有见到。她说:

我们连他是男还是女，也不知道呢!

知道又如何呢? 还是不知道的好吧。

你不想知道吗?

想也没有用啊。

说的也是。我本来也没有想他好久了，但是，最近在吹笛，便禁不住想了起来。我不知是因为吹笛才想起，还是因为想起，所以才吹笛。

我盯着水面的波光，沉默着。她又幽幽地说:

我觉得牧童笛的声音，很像小孩子的声音。人们觉得牧童笛很简单，适合小孩子吹。或者觉得它很简陋，不登大雅之堂。管弦乐团不会用上牧童笛，因为牧童笛不够细腻和大气。所以牧童笛只适宜自己单独吹……我常常想象这样的情景 —— 一个孤单的牧童,在树林里，在草原上，在一个很远很远的地方，独个儿在吹笛。它是来自何方的呢？是谁的孩子的声音呢？会是我们的那个吗？

我听得有点不忍了，站起来，走到她的身边，抚着她滴着水的湿发。她复又拿起笛子来，吹出了那首鼹鼠小曲。我坐在她旁边，搂着她的肩，感觉着那呼吸的起伏和意气的难平。

晚上躺下来的时候，我在枕边问小龙说：

你还想做母亲吗？

你呢？你想做父亲吗？

我听你的。

她把脸埋在我的臂里，静默着。过了一会，才说：

我不知道……我还未能克服它。

没关系，那就再看一下吧。

她用双手捧住了我的脸，直视着我的眼睛，说：

如果我再也做不到呢？你会不会怪我？会不会觉得是个很大的遗憾？

我笑了出来，说：

只要你吹笛子给我听，我就没有遗憾。

她俏皮一笑，说：

好啊！我就教你没有遗憾吧！

说罢，她掀起被子，钻了进去，去到很深的地方。

我的耳边，整晚也响着牧童笛的小曲。

那是许多年前的事情了。那时候，智能手机还未出现，旧式手机只有打电话的功能。我自然也没有把小龙吹牧童笛的音容摄录下

269

来的想法。一切就只残留在不全的记忆当中。

好几年后，有一晚小龙夜归，我早已经躺在床上，但却睡不着。在黑暗中，听到她回来的声音。然后房门打开，她的影子蹑足而进。她进了卧房里的浴室，在里面换了衣服，卸了妆，洗了脸。然后，又悄悄地来到床边，轻手轻脚地躺了下来。我继续一动不动地装睡，感觉到她在旁边辗转反侧。再过了一会，她突然坐了起来。我睁开眼睛，看看她发生什么事情。只见她弯着穿了睡裙的上半身，呆着不动，脑袋微侧，像是倾听着什么。我便问：

小龙，怎么啦？

她回过头来，说：

你听到吗？

听到什么？

你听到有音乐吗？

音乐？

牧童笛！有人在吹牧童笛！

有吗？

我也坐起来，在漆黑中聆听着。好像有，又好像没有。

在楼上或者楼下，有人在吹牧童笛。她说。

那不奇，可能是小孩子在练习。我尝试解释说。

但是，现在已经是半夜十二点儿。

那么，就是大人吹啰！你以前不也是半夜三更在吹吗？

但是——你听！那人吹的不是别的——是《鼹鼠的故事》啊！

我再次屏息细听，却依然无法肯定有没有吹牧童笛的声音，更加不用说是不是那首歌。

小龙突然扑过来，搂着我，说：

真的是鼹鼠啊！那不可能是别人在吹……一定是他！是他！

是他？哪个他？

是我们的孩子啊！他回来了！他在呼唤爸爸妈妈呢！

她的身子在我的怀中发抖。我紧紧地抱着她，但没法让她平复下来。她突然推开我，翻身下床，拉开床头柜的抽屉，在黑暗中一边掏着，一边说：

我的笛子呢？你见过我的笛子吗？

你的笛子没吹很久了。慢慢找，不要心急！

快找！来不及了！

我扶住了她的肩，让她坐回床上，说：

你坐着，我来找。

我开了灯，离开卧房，走到她的书房，看了几个可能的地方。最后，在书架下层的一个纸盒里找到那支牧童笛。

我拿着笛子回到房间去，递给一直坐在床边的她。她接过笛子，却说：

太迟了！没有了！他走了！

四周的确是一片寂静。也许一直也是。我说：

没有，他没有走。

我做了个动作，示意她把笛子放近唇边。她会意，拿起笛子，试了试手指的位置，轻轻吹了两三个音。然后，便吹起了那首曲子。开始的时候，如童子学步，跌跌碰碰地摸索着，到了后来，便轻灵活泼地跑跳起来了。

一曲吹罢，小龙流下两行泪，说：

小蛇，对不起！

我用指头给她拭去眼泪，说：

傻瓜！别酸的馒头！

28

从医院回家的第二天，我依然死心不息，想去弄清楚 S 的事情。我首先跑到楼下的保安处，向管理员问了关于我车子的事。不过，话到口边，又觉得难以启齿。

请问，有没有看到，一位朋友帮我把车子开回来的情形？

那位眉粗眼大，身如黑熊，声如洪钟，但听力却有点问题的大叔管理员说：

你会有朋友帮你把车开回来？几时？

不是会有！是曾经有！想请问你有没有看到。

有没有看到什么？

有没有看到，我的一个朋友，一个女的，帮我把车子开回来？

佘生你把车子借过给朋友吗？

也可以这样说啦——总之，你有没有看见？或者有没有同事看见?

大叔管理员望了望旁边的阿姨管理员，两人面面相觑。阿姨说：

余生，这是几时的事？

……大概是，过去三个星期内吧！

两人不约而同地抬了抬眉，表示惊讶。大叔说：

余生！几个星期前的事，很难说啊！不过，话说回来，如果看见开车是个女的陌生人，也应该会有印象的。知不知道是星期几？是日间还是晚上？

我面有难色，支吾说：

不好意思，我也一时记不起来了。

余生你真有趣！把车子借给人这样的事，也会记不清楚的吗？又不是给人偷掉！

大叔故作风趣地说。阿姨却一脸认真地问：

不是你的车子出了什么事吧？我们每天巡停车场也会留心住客的车子，似乎没有发现什么异样啊！

没有！没有！没有损伤！只是想搞清楚一件事而已。我尴尬地说。

那这样吧。我们帮你问问其他同事，你知道我们有七八个人轮班，说不定谁看见了。有消息的话通知你吧。阿姨说。

我知道，我没有再缠绕下去的余地了。我的车子又不是失窃，又不是遭到刑事毁坏，我没有理据要求翻查闭路电视录影。我谢过了两位管理员，垂头丧气地回到家里去。

坐下来不久，又想到了另一个切入点。我打开手提电脑，登入会议展览中心的网页，翻查 2 月内的展览活动。2 月初的确有一个婚纱展，但完全没有钟表展这回事！不知为何，竟然好像意料中事似的，再没有受到打击。可以说，寻找 S 的线索几乎完全断绝了。

正当我万念俱灰的时候，门钟响起来。我一开门，发现是一位速递员。他确认了单位内有一位叫作 Lung Yuk Man 的收件者，便把一个容量很大但重量很轻的盒子交给我，请我在单据上签了名。我拿着那个盒子，轻轻地摇了摇，里面似乎塞满了防撞物料。邮件寄自美国，寄件者是个外国人，物品资料只填上"Valuables"。我把盒子放到小龙的书房里，回头便给她发了条讯息。

想不到她很快便回复。我看看钟，她那边应是清晨四点多。讯息说：这么快就寄到？请给我打开来，拍张照片传给我。

我照她的话，把邮件拆开，探进发泡胶颗粒里面，像幸运大抽奖似的摸了一轮，掏出了一个笔盒大小的金色长方形盒子。打开盒子一看，里面是一只女装手表。金色的表壳，小椭圆形表面，表面周围和幼细的表链上镶满了钻石，款式古老，但保养得很好，闪灿灿的，名贵而优雅。我拍了一张照片，又拍了表盒上贴附的生产证明书。上面写着 Hamilton Regency Collection。这不就是 S 当晚所戴的那只古董钻石表吗？我肯定不但是一模一样，简直就是同一只啊！这不就是 S 的事件的明证吗？但是，这只表为什么又会跑到这里来？

我把照片传给小龙后，她满意地回复说：不要怪我乱花钱啊！这是那次去伦敦看古董钟表展之后，忍不住上 eBay 买的。我看状况保存得不错，款式又很合我心意，价钱又不算贵，便投了回来。我未试过拥有钻石手表，所以心痒痒的，很想要一只。你就先给我保管着吧！

　　我小心翼翼地把玩着那只古董表，几乎可以切实地触到戴着这只表的圆润的手腕。但那手腕，究竟是 S 的呢？还是小龙的呢？我对瞒着小龙发生了 S 的事，感到万分羞愧。就算——就算那件事只是发生在我的梦幻中。我知道，我必须重回生活的正轨。我打了电话去精神科医生的诊所预约。

　　三天后，我去了应诊。我把大半年来的症状告诉医生，又给他看了最近的身体检查报告，证明不是其他方面的毛病。不过，我没有提及 S 的事。也许，我依然不愿意相信这件事只是幻象。又或者，这个幻象对我来说过于私密，我不想向陌生人（特别是精神科医生）披露。我的目标最清晰不过——我只要拿到有用的药物，我不需要向任何人倾诉心事。如我所料，医生断定我是患上焦虑症，给我处方了抗抑郁剂和镇静剂。

　　服药的头几天，头昏脑涨，完全没法集中精神。书完全看不进去，只感到像坐船似的在漂浮。但是，第四天开始，晕眩和疲倦的感觉慢慢减退。到了一星期，基本上可以恢复正常工作。而那些身体不适的症状，似乎也有纾缓的迹象。我对于病情的预后，开始感到乐观。

　　情况稳定下来，我便要追回拖延多时的教学进度了。两门课由同事和助教代理了三个星期，未算严重落后。相反毕业论文指导，难以假手于他人。学生们早已提交初稿，并且焦急地等待我的回应，以进行修改和补充。在 3 月底的提交限期之前，时间无多。我抵着服药后精神恍惚的副作用，细读六篇论文的初稿。六个人的表现有所参差，早在我的预料之中。其中五人都交出了比平时的水准较高的文章，令我放心。只有其中一位写关于 D 的小说的学生，表现还是差强人意。我也不知道，是不是自己对 D 的偏见所致。我尽量克服自己的情感，尝试客观地向这位学生指出可以改善的地方。

至于雷庭音，她的初稿大体上循着她上次报告的思路发展，虽然没有更惊人的发现，但论点颇为稳当。她这样写道："从《圆缺》到《平生》和《尺素》，我们看到人物的原点创伤都是由于性侵害而发生的。在这样的基础上，人物试图以爱去克服和治疗这个原点创伤，但均告失败。在《圆缺》中，换心的男主角和捐心者的孪生妹妹的结合，只能以拒绝性为前提，尝试在纯爱的状态下承受创伤，当中并没有解脱和得救的迹象。《平生》中的所谓爱，更加只是昙花一现的，毫无基础的感受。到真相给揭示出来，连女教授原有的幸福家庭也崩溃了，更不要说重新容纳她曾经抛弃的儿子作为新成员。《尺素》的结局，更加是灾难式的，不但重新确认了男风化案犯人的无可救药，更加彻底地摧毁了女小说家曾经勾起的一丝人性关怀。在性的原点创伤和不断延续的再度伤害之下，爱显得招架无力，徒劳无功。

"在没有显示原点创伤，或者原点创伤不明的《津渡》里，性以一种挑拨的但又被压抑的潜能存在。虽然性并未在小说里显示出杀伤力，佢是，爱也同时未能形成，或取得主导地位。两者不但未能融合，反而处于隐藏的紧张状态。就像在迷雾中的两岸，只靠横水渡的一条细小的绳子相连。紧绷的绳子似是会随时断裂，而小艇不是在河流的中央踟蹰，就是被冲走。面对这种悬荡的局面，后面的《朝暮》和《风流》分别从不同的方向去寻求突破。前者继续了《圆缺》的尝试，想象了去除性的纯爱的可能。后者则大胆地采取了相反的策略，让男女主角作了一场纯性的实验。《朝暮》的老妻少夫童话故事，到最后虽然并未全盘破灭，但也令人不敢乐观。而《风流》的轻省肉体关系，也证明了并非长治久安之计。爱不能完全克服性，但性也不能完全排除爱。性和爱继续互相纠缠，胜负未明。或者可以说，性持续夺得惨胜，但爱却屡败屡战，坚决不肯投降。所以，我认为龙钰文小说并没有如某些论者所言，沉溺于消极和负面的宿命论。

　　"不过，最后一部小说《无端》的出现，令人疑惑。这个作品一反所有前作的模式，从爱的圆满状态出发，而结束于性的终点创伤。这的确予人彻底绝望的意味。这似乎说明了，伊甸园状态并不存在，人被抛掷到世上是一种堕落。所谓的圆满起点，只不过是把本然的、内置的存在创伤隐藏起来。所以，结局的悲剧，也不过是最初的原罪的镜像。所谓的'无端'，除了指故事情节推进的因素的无法把握，也意味着根本就不存在一个'开端'。由'原点'到'终点'的线性过程被推翻了。一切故事，一切历史，一切命运，其实都是一个无始无终的'圆'。在这个'圆'的循环路径上，'爱'运行不息，但'性'也会周而复始地带来破坏和毁灭。'人有悲欢离合，月有阴晴圆缺'，就是这个意思。这一点，也把最后的《无端》跟最先的《圆缺》连在一起，首尾相接，成为龙钰文创作历程本身的'圆'。

　　"性与爱的分离和对立，表面看来，跟身心不协调现象成对偶关系。'性'和'身'相配，而'爱'和'心'相配。我在前文举出的身心不协调的例子，似乎可以用性与爱的分离来理解。身往往是一个无法控制，具有自身的推动力和破坏力的东西，而心在身的约束和限制下，往往无法主导行动，掌控局面。身可以理解为人的感官系统反应，以至于本能的性反应；相反，心则可以理解为意识，或者作为意志的爱。不过，通过身心不协调的现象的分析，我发现问题并不出在'身'上，也不出在'心'上，而是出在两者的'不协调'之上。所以，之前提出的'性'与'身'、'爱'与'心'的配对，所带给我们的启示应该是，问题发生在'性与爱的不协调'之中，而不是性作为负面的、破坏性的力量，而爱作为正面的、建设性的力量之间的斗争。如果存在所谓的斗争或对抗，那是由于更为根本的'不协调现象'。而在'不协调现象'的对立面，也即是其对治方法，应该是'协调'或'融合'。在种种看似无法跨越、无法解决的'身心不协调'或'性爱不协调'的悲剧中，龙钰文不但没有否定'身心不二'或'性爱融合'的可能性，相反，我们更可以断定，她一直把这种状态视为终极理想去追求。"

这就是庭音的结论。说得相当有力和动听。可是，严格地说，当中渗入了过多的个人臆测的成分，或者是一厢情愿的个人感受。她的论述过程相当严谨，分析也十分细致，但是，怎么说也无法合理地跳跃到最后的判断。我情愿认为，身为作者的小龙心中，根本从来也没有一个清晰而一致的看法，而她的思想历程，也肯定没有如庭音所说的首尾相接的完美和对称结构。这是无论理性还是感性也同时告诉我的事情。不过，我不打算质疑庭音的看法。她是有权这样相信的，就算这会导致她的结论出现瑕疵。

倒是庭音在正文后面附上的一段额外的观察，令我感到意外。她这样写道：

"老师：我发现一件事情，似乎跟论文主题没有直接关系，但也想在这里说说。因为龙钰文在出道之初，有'新锺晓阳'或'小晓阳'的称号，所以我最近便重读了一些锺晓阳的小说，除了发现龙的文风的确有一点锺的影子之外（主要是早期作品），我还察觉到，《无端》在情节结构上，几乎完全是锺晓阳的《爱妻》的对写和倒写。'对'的地方，是一对恩爱夫妻由于第三者的出现而决裂的过程，最终以被背弃者的死亡作结。'倒'的地方呢，就是原本的男女角色的对调——偷情和背弃的由丈夫变成了妻子，而被弃的一方则由妻子变成了丈夫。而且，两篇小说里面，都有'制饼'这个元素。《爱妻》里的剑玉，家里是开旧式饼店的，《无端》里的夫妻，开的是西式饼店。你说这奇不奇怪？她是有意这样写的吗？当中有什么意思？你认为，这跟我的论文有没有关系？我需要提到这个观察吗？"

我早就说过，庭音这个小鬼，很可能会比我读得通透。果然，这么明显的关系，我一直没有留意，但给她一点出来，却又是那么地合情合理。毋庸疑问，两者是有关系的。但是，我一时间也说不出所以然。我又一次给她抛出来的考验难倒了。

我想起上次庭音离开时的情境。我当时虽然状态不佳，但是，我对待她的态度，也真是太恶劣了。我用手机给她传了个短讯，说：

小虎，你的论文看了，不错。

隔了一会，她传来了回复，说：

功课的事，留待上课才说吧。

我不禁失笑，心想，这个丫头还在生气呢。我回道：

我听你的话，去看精神科了。在吃药中。

是吗？效果如何？

好像有好转，人较安定。

你早点听我说就不会弄到这样了！

对不起啦！

对不起什么？

别咄咄逼人吧。

哪有？凡事也要说得清清楚楚，不能含糊。你不是这样教我们写论文的吗？

说的也是。不过，现实不是写论文。有时是需要有点含糊的。

说的也是。

不要鹦鹉学舌。

是英雄所见略同。

嘴尖的家伙！

总之，你好自为之啦！

我摇了摇头。这样没大没小的话，大概只有我能忍她。我给她传送了一个红脸生气的表情符号。她立即回了一个单眼伸舌头的。

搁下手机，我又再陷入沉思之中。

29

　　我决定要把事情写下来，作为日后核实的凭证。为此我买了一本笔记簿作日记之用。当然，我不必什么都记，只需挑选一些比较重要的事情。某天去沙田 City Super 买面包的时候，在 LOG-ON 百货公司的文具部，看中了一本封面蓝色底印有红色狐狸图案的笔记簿。回家之后，一有空便拿出来，断断续续地把自妻子离港赴英之后的事情记下。新近发生的事情，也立即记录在案。我相信这样可以令我的头脑保持清晰。然后，便在电脑上把笔记写成完整的记述。每写好一个章节便列印出来存档，以确保有明确的证据。

　　3 月初，妻子乘着 P 去哈佛大学开研讨会，跟她做伴去了美国十天。先和 P 一起在波士顿逗留，小龙参观了哈佛大学校园和燕京图书馆，逛了旧书店，吃了龙虾、生蚝和鱼类等海鲜。还在那里碰到了在剑桥没碰到的下雪。恰好是最漂亮的毛毛细雪，而不是大风雪。街道、车子和房子都铺上了一层白毡子。之后小龙独个儿去了纽约，在大都会歌剧院看了《蝴蝶夫人》，又在卡耐基音乐厅听了场古典音乐。另外参观了大都会博物馆、古根汉[1]博物馆、摩根图书馆等。倒是因为人龙太长，而没有进去现代艺术博物馆。她最享受的其实是在纽约街头闲逛。在布鲁克林区的跳蚤市场买了副太阳眼镜和一对古董耳环，又在地下铁通道听一个街头诗人念诗。

比较特别的去处，是一间位于曼哈顿北部郊区山上的修道院艺术馆。从小龙拍回来的照片可以见到，里面藏有描绘人们围捕独角兽的挂毡、圣母领报祭坛画，以及一副中世纪修士游戏牌。据说博物馆的一砖一石，都是从欧洲修道院搬运过来再重组的。因为游人稀少，感觉非常宁静和闲适。妻子在修道院外面的庭园自拍了照片，树上开着白花和黄花，草地上有松鼠。春天似乎已经不远了。

至于香港，天气已经变得又暖又潮湿。冬天几乎没有来临便已经离去。公园的花如期地盛开，新一届的特首也如期地诞生。我每天定时吃药，做好自己的工作。唯一有点失落的，是连续三个星期去 Cafe 330 吃午饭，也没有碰到余哈。对于 S 的事情，我依然念念不忘，希望有机会向余哈求教。另外，有点意外的是，收到了岸声的一封内容奇怪的电邮。我把他的信件抄录如下：

老师：

自从二次圣诞节在你家相聚畅饮，不经不觉又接近三个月了。这三个月来，我的剧本动也没动过。既然老师你说，它已经相当完

备，基本上可以演出，我还动它做什么呢？大可以当它已经完成了啊！剩下来的，就是找机会把它搬上舞台吧。我其实早已跟一个小剧团有联系。他们答应借出场地，还有提供技术人员和宣传资源。只要跟各方面商量好档期，就可以成事。不过，最重要的环节——演员，这却有点伤脑筋。你应该知道，小虎本来答应了饰演女主角，但我最近发觉，她的想法似乎有变。她并没有正式拒绝，但是，我感觉到她有点不情愿。个中原因是什么呢？我还在摸索中。老实说，由她来演女主角，并不是必要的。从经验和能力的角度，我认识比她更适合的女演员。但是，我为了非常个人的原因，却希望由她来演。又或者，从一开始，这个角色就是为她度身订造的。由她的形体和声线在舞台上演绎的想象，已经深深地印刻在我的脑袋里。在情感上，我难以接受任何人作为她的替代者。我知道，这是非常无理和不成熟的想法，但是，这可能是这出戏所残余下来的唯一意义。如果连这意义也失去，那就没有任何演下去的理由了。

我知道阿虎最近在忙毕业论文的事情。我看过她的论文的最新稿件——事实上，从一开始我就有给意见。这个，老师大概早就看出来了。当然，我也写过论文，当过导师，知道当中的分寸。我的意见绝对不会凌驾于她的个人主张。不过，她的思维方式难免会受我的影响。而我越来越感觉到，她尝试去抗衡我的看法。那就好像，在论文写作上，我和她之间发生了一场暗藏的角力。简单地说，就是环绕着性的问题，而出现了分歧。她认为性的缺席，对龙钰文的小说有特殊的意义，甚至是一件她必须坚持下去的事情。而我却相反，认为性的问题，最终必须透过性去解决。所以龙钰文的小说其实一直存在一种对完美的、修补的、治疗的性的欲望。我们竟然为了这个问题而吵得脸红耳热。那就好像我们并不是在争论论文的观点，而是我们之间的私事。你说奇怪不奇怪？我为此而思考了很久。

　　我发现，我和小虎的关系，这几个月来发生了关键性的逆转。在我们相恋的初期，我是比较接近德日进的角色，而她则比较接近Lucile Swan。从一开始，她就是肉体型的，相信感官和直觉。而我，却是对性充满怀疑和戒备的人。我未必像德日进一样相信什么神性的贞洁，但是，我相信爱比性更重要。不过，也许这亦是当初我饱受忧郁症折磨所造成的结果。简而言之，当时的我对性一点也提不起劲。但是，完全是因为她的主动，通过亲密的性为我造成疗效，令我重新获得了生机和生趣。这样子我们两人慢慢磨合出一种最适切的性关系。至少我是曾经这样的认为的。可是，原来情况像两个方向相反的钟摆一样。当我摆向一方，她便摆向另一方。开始的时候彼此靠近，但当大家越过了中央的交错点，彼此又会互相远离。

　　也许，我们早就在不知不觉间，越过了这个点。但是，事情自圣诞节之后变得明显化。虽然跟老师你说这样的话题，好像不太适合，但是，因为你是这个关键逆转的见证人（甚至是促成者）所以实在有向你坦诚告白的必要。自从圣诞节前夕以来，我和虎之间便再没有性。她的表面理由是，为了论文和功课而没有心情。她变成拒绝性的一方，而我变成了渴求性的一方。她成为了情感与理性至上者，而我成为了肉体和感官至上者。奇怪的是，这次的忧郁症发作，并没有消除性欲望，相反却加强了。而性的不可得，令症状越加恶化。也许，这是由于我曾经因为性的治疗而康复，所以我才渴望她可以重施故技。可是，她似乎已经对此失去兴趣或者动机了。而这样的事情，是不可能找其他人代替的，就算我真的能找到。说到底，我渴求的也不是单纯的性，而是建基于爱的性。

在得不到阿虎的肉体的这段日子，我却加倍无法自制地想象我和她的将来。我想到她毕业之后的事情，想到她找到怎样的工作，有怎样的人生追求。我又想到我自己，我的剧如何成功搬上舞台，得到赞赏和肯定，以后在剧场方面有怎样的发展……然后，便必然地想到，我和虎一起搬出来同居，接着，在彼此的事业上了轨道之后结婚。当然，买楼之类的俗事，完全不在考虑之列。我觉得阿虎也不是计较这些的女孩。我预料那是两三年内可以发生的事情，而这样的期望绝非过分。可以说，这三个月的大部分时间，都是花在这样的幻想中。

我尝试体谅阿虎的心情，尽量不干扰她为论文和毕业试而奋力拼搏。我可以忍耐，可以约束自己的欲望。我甚至可以把自己的病情向她隐瞒，装作没事的模样，让她无后顾之忧地专注学业。我希望她感受到，我并不是那么自私的人，为了她着想，我可以做任何事情。我们已经相处两年，她不可能不明白我的心意。我有信心，当她忙完手上的事情，我们的关系会回到正轨。到了夏天，我们就可以一起筹备我的剧的演出。一切都可以找到完美的解决办法。老师，你说这样是不是非常合理呢？

但是，世事总不是按照美好的意愿而发生的。很不幸（或者是不幸中之大幸），居然给我发现阿虎有事情隐瞒着我！那是什么事情，老师应该心里有数吧！在阿虎推说自己正忙于赶交论文初稿的那个周末，我多次打电话和发讯息给她，她也没有回复。我当时还以为她真的是埋头苦干到什么都不理会的程度，于是便不以为意。两个星期之后，我们约了一起吃饭，我趁她去了洗手间，偷看了她的手机。是的，我承认，我做了一件可耻的事！但我也发誓，这是我第一次这样做。我并没有任何预谋，只是当时看见她的手机就放在桌上，而它好像向我发出某种警告，我便听从这个警告，拿起手机来偷看了。（我们都知道对方的开机密码，可见我们的亲密程度。）你猜我看到什么？我看到她的即时讯息通话记录里，有你约她去看古董表展的对话。

哈哈！老师你对这门子东西有兴趣，我是早知道的了。看你经常戴的那只什么飞机师表，就知道你是个在这方面讲究的人。我只是奇怪，为什么你会约阿虎去，而且还在这样的功课紧张的时刻？总不成说是顺便指导论文吧！在这之后几天的断断续续的记录，可以看到你进了医院接受检查。你向她报告状况，而她则尽是向你说些安慰的话。又有迹象显示，她每天晚上也去医院陪你吃饭，颇有亲密照料的意味。这难免令我想起，她当初主动来照料我的那种细心和令人抚慰的感受。知道生病中的老师得到这样的照顾，我这个做学生的也应该替老师感到高兴和欣慰吧！而你作为她的老师，除了对她的论文格外关照，再有别的感激的举动，也显然是人之常情了。

我本来尝试从这样的体谅的角度，去接受这件事情。我当作什么都没有发生似的，让事情自然过去。可是，它却像梦魇一样一直困扰着我。我在梦里见到，在那个圣诞前夕的晚上，在我醉倒之后，老师和阿虎发生了性关系。自己的女朋友和老师在卧房里忘我地缠绵，而我却像傻子般蜷曲在大厅的沙发上懵然不知。怪不得第二天早上，我醒来的时候，看见阿虎睡在你的床上。而你竟然还能若无其事地坐在客厅喝茶。那个梦终于令我明白一切！事情并非空穴来风，一切早有蛛丝马迹，只是我过于大意，或者是过于相信身边的人了！

为了搞清楚这件事，我上星期终于忍不住向阿虎摊牌。我告诉她我已经知道她和你的事情，又说了我偷看她手机一事。出乎意料之外，她的反应非常冷静。她坦白地向我供出了所有事实。她说，和你去看钟表展的那天晚上，你们在会展旁边的酒店吃饭，然后在酒店楼上开了个房间。我问：那是你和他的第一次吗？她也爽快地说：不是。在圣诞前夕的晚上，在你醉倒之后，我和阿蛇在他床上发生了第一次。想不到，我梦见的原来是真实！我再问：就这两次吗？还有没有其他？她说：你还需要知道吗？这还不够吗？我于是便问：为什么？你为什么要这样做？她说：阿蛇需要我！我想帮他！我追问：就只是想帮他？只是出于一番好意？就像你当初想帮我一样？你真是个乐于助人的女生啊！往下去的，老师你大概也猜到了。当然是非常肥皂剧式的一巴掌了。其实，问到这里，我也不想知道更多了。

不知为何，这样的坦白之后，我反而不那么生阿虎的气了。至于老师你，坦白说，要说不曾生你的气是骗你的。但是，在这之后，连带对老师，好像也能回复心平气和了。所以，请你不要误会，以为我写信来是想找你晦气。绝对不是！当然，作为老师，你在我心目中的地位和评价肯定会大不如前了。这是无可奈何的事情。可是，也请别以为，我会对你怀恨在心。我不是说，我是个特别宽容的人。但是，老师你的处境，的确是值得体谅的。对你在这时候，有无论是肉体上还是感情上的需要，我是表示同情的。很可惜的是，向你提供慰藉的，刚巧是我的女朋友，所以请恕我无法假装大方了。事到如今，我唯有和老师撇清关系。师徒之恩，恕我无以为报了。从今以后，我和你就各不相干。我的事也不再要麻烦你老人家操心了。对于我和阿虎，我还是抱有希望的。纵使那样的创伤，确实是很难复元，但我会以余下的全部力量，去求修补与和解。我只希望老师你高抬贵手，不要再为学生增添痛苦。请你明白，同情始终是有限度的。利用他人的同情来谋取一己的私欲，就算他人再慷慨宽大，自己也终有遭到全世界唾弃的一天的。

（最后一次的）学生

岸声

我读完这封莫名其妙的信件，揉了揉眼睛，又再重读一遍。但是，还是摸不懂当中的意思。这看来不是一个玩笑，但是当中的指控，莫说是子虚乌有，简直就是天方夜谭。但在荒谬当中，竟然又有钟表展和酒店那些细节，令我倍感费解。难道是我在庭音面前说了什么梦话，然后她拿来在岸声面前胡诌一番？如果她真的对岸声说过那样的话，她的用意何在？是想刻意刺激他的情绪？是为了向他报复？（正如她说岸声用剧本向她"报复"一样？）但是，这明明是他们两人之间的情感冲突，为什么硬要把无辜的我扯进去？我的名声还是其次，我作为他们两人的老师的道义，还有我对我妻子的情义，岂不是因此而荡然无存？对于岸声，我不但没有感到气愤，相反却是感到担心。他的精神状态，似乎已经去到极危险的地步。

可是，他现在处于这样的状态，对我怀有这样的误解，我似乎不宜直接跟他接触，试图作出解释。而庭音方面，因为正在为论文做最后冲刺，之后又要应付大考，也不宜在这关头对她横加干扰。就算只是向她查明事件，也不是一个合适的时机。于是，就唯有暂时让这个谜团搁着，不去理会，待事情自己淡化好了。

30

言：

之前不经意地在哈佛遇到下雪，回到剑桥，又是那样子的，冷而无雪。四月天，冬天差不多要过去了。我想我跟剑桥的雪，应是无缘的了。下星期会去爱丁堡几天，探访在那边的东亚研究系念博士的 HM。不知道在比较冷的苏格兰，会不会碰到下雪？

我好像没有跟你说过，我在美国的行程里看什么书。又是 Julian Barnes 呢！这次是他今年新出的 *The Noise of Time*。依然是那样的优雅、睿智、精巧和节制。这本书可以纳入 biographical novel 的类型。小说的主角是苏联作曲家 Dmitri Shostakovich。你应该没有怎么听过这位作曲家的音乐吧。在读小说之前，我对 Shostakovich 的认识也很有限。唯有一边读着，一边上网找他的作品演奏录影和录音恶补。老实说，对于 20 世纪古典音乐，并不是立即就懂得欣赏的。就连古典音乐教养甚深的 Cluedo 君（忍不住学你这样叫他呢！）也觉得不易亲近。当然，会被柴可夫斯基感动的听众，大概会对萧斯塔科维奇缺乏耐性吧。

你知道，我很少看政治小说，也很少从政治的角度看小说。*The Noise of Time* 虽然不是政治小说，但却肯定是关于政治的小说。生活在 20 世纪共产苏联的萧斯塔科维奇，怎么可能跟政治撇清关系呢？但是，要以政治来总结萧斯塔科维奇的一生，不但过于简化，简直就是对作曲家的侮辱了。Barne 想做的，当然不是什么"还萧斯塔科维奇一个公道或真相"之类的事情。我没有读过萧斯塔科维奇的传记，对他的生平所知甚少，但是，我却感觉到，Barnes 尝试用小说的形式，去把握某些"真"的东西。那不是事实上的"真"，而是艺术上的"真"。

艺术上的真，本身也是一件极难说，甚至是没可能说清楚的事情。历来已有不少人大谈过"什么是艺术"。托尔斯泰便写过一本叫作《什么是艺术》的书。他老人家当然是反对"纯艺术"和"为艺术而艺术"的，但也绝不认同艺术服务于政治。他认为艺术应该是朴素的、单纯的，与广大的老百姓（他所珍爱的俄罗斯农民）的情感相通的，促使人追求美善的。所以他反对任何复杂的、高深的、形式的、贵族的、资产阶级的，以至于知识分子的艺术。那即是几乎反对大部分的艺术了，包括他自己前期所写的长篇巨著。20 世纪的乔治·欧威尔的看法同样简单直接，但却属于另一极端。他认为艺术无他，全都是宣传。没有脱离政治而独立存在的艺术。当然，20 世纪（特别是上半）在西方最流行的，依然是"为艺术而艺术"，或者"不为什么的艺术"，也即是艺术超脱于一切非艺术因素的束缚，拥有自身独特的价值。这就是所谓的"现代主义"吧。

在音乐上，从苏联逃出，流亡西方的 Stravinsky 可以说是音乐现代主义约代表。不过，萧斯塔科维奇又何尝没有受到现代主义的影响？他一生最崇敬的同代音乐家就是史特拉汶斯基。也许，说是受到影响并不对。现代主义是西方艺术家在 20 世纪初期不约而同的艺术取句。就算是在高举"为人民而艺术"的教条的苏联，像萧斯塔科维奇这样的音乐家（另一位是 Prokofiev）依然是现代性的孩子，并且要为此"原罪"不断地付出代价。

然而 Barnes 所说的"时代的声音"，并不是指这股艺术思潮。相反，他说的是几乎淹没一切的政治和强权的声音，所以其实是"噪音"（noise），又或者可以说是"时代的喧嚣"吧。讽刺的是，正正是萧斯塔科维奇的音乐，在当时被苏联统治者批评为"鸭叫、猪号、狗鸣"，刺耳的"尖叫"，混乱的、神经质的、粗野的、低俗的、变态的、形式主义的小资产阶级品味。1936 年，在《真理报》上刊登了一篇不署名评论文章，直指萧斯塔科维奇之前大获成功的歌剧 *Lady Macbeth of Mtsensk* 为"muddle instead of music"。据说这篇文章有许多文法上的错误，而谁的文法错误是没有编辑敢纠正的呢？那当然是斯大林了！萧斯塔科维奇立即知道，自己的时间已开始倒数。

小说就是以这样的一个富有戏剧张力的情景开始——为了避免发生在深夜于家人面前被警察强行拖走的场面，他决定自行收拾好行李，穿着整齐，通宵站在升降机门外，等待被捕的时刻来临。他如是者等了十个晚上。也许纯粹因为幸运，这次他奇迹地避过了一劫。他并没有被捕，也没有面对接续而来的审讯、定罪、囚禁或枪毙。但是，其实他已经受到了惩罚。他的音乐自此被严厉打压，许多都被禁止演奏。一个作品被禁止演奏的作曲家，就等于一个活死人。更重要的是，他饱受了恐惧的折磨。他的意志被权力所压碎。他明白到自己并不是一个勇敢的人。他只能在强权之下苟延残喘。

虽然写的是萧斯塔科维奇的一生，但 *The Noise of Time* 一如 Barnes 的其他小说，篇幅不长。他选择集中于萧斯塔科维奇生命中的三个关键事件。在升降机前等待被捕，是第一件。第二件发生于 1949 年。经过二战时期为了团结一致抵抗纳粹德国而变得比较宽松的政策，战后萧斯塔科维奇和其他音乐家又再次受到严厉的整肃。可是，1949 年却发生了一个意料之外的逆转。当年 3 月文化界及科学界争取世界和平大会在纽约举行，苏联为了对抗美国的势力，决定派当时在西方最知名和最受爱戴的本国音乐家萧斯塔科维奇为代表团主要成员出席。斯大林还为了此事亲自打电话给萧斯塔科维奇。萧斯塔科维奇拒绝不果，无可奈何地接受了任务，换来的是斯大林亲自取消对他和一些音乐界同仁的制裁。不过，他也深知此行一定会以灾难告终。就算去到海外，他也只是一只棋子。他没有自己的意志。但是，外面的人并不明白。就算是同情者和支持者，也没法理解他的处境。

萧斯塔科维奇受到西方乐迷热烈的欢迎，但是，也受到敌对阵营尖锐的为难。他天真地以为，他只要把任务敷衍过去便可以了事。他连官方为他准备的讲稿也没有读完便坐了下来，但是，演讲的英文版却由传译员全文读出。他翻看稿件才发现，里面有许多他自己并不认同的观点，特别是对他所崇拜的史特拉汶斯基的批判。

最大的屈辱来自受美方指派的同乡纳博科夫（音乐家，小说家纳博科夫的表兄弟）的责难。纳博科夫当面向萧斯塔科维奇问了一系列问题，为的只是要他在公众面前，承认他是完全服从于极权统治者的走狗。最为难受的，是他被迫公开否定史特拉汶斯基。那就等于否定自己的音乐信仰。

　　善意的西方支持者也许始终相信，萧斯塔科维奇只是在强权的胁迫之下，才会说出言不由衷的话。他们在他入住的酒店房间的下面，架起了安全网，举起了标语，向他发出呼唤："肖斯！跳下来吧！"好像只要他纵身一跃，他就可以逃离牢狱的困锁，得到梦寐以求的自由。西方的人权分子就是这样的一厢情愿。他们不知道，或者不理会，这样做对萧斯塔科维奇的家人、朋友和同事会带来怎样可怕的后果。萧斯塔科维奇当然没有跳下去。不单因为怯懦，也因为他根本就不想留在西方。他情愿带着巨大的耻辱回到苏联去。

　　然后，斯大林死了。赫鲁晓夫上台。政治融冰了。一切好像都变得宽松起来。可是，萧斯塔科维奇的磨难并未终结。相反，他人生的终极考验即将来临，而一切将会以最大的耻辱结束。1960年，他被委任为俄罗斯作曲家联盟的主席。萧斯塔科维奇没有拒绝的勇气。又或者，他根本没有拒绝的余地。在时代面前，个人往往身不由己。他成为了苏联共产党员，作曲家联盟主席。他获派车子和司机，享有一定的权力，但他已经不再属于自己。他签署了无数不是他自己写的文件和声明，他成为了一个不折不扣的工具。他的意志和尊严被彻底地摧毁。他前所未有地鄙弃自己。据他儿子的忆述，他只见过父亲两次流泪，第一次是母亲逝世，第二次是他加入苏联共产党。

　　这很容易成为一个生活在西方社会的知识分子作家自我感觉良好的故事。站在优越的西方角度，他可以批判极权，也可以批判极权的帮凶——软弱的、不敢反抗的萧斯塔科维奇。正如 Barnes 在小说中所言，他们要求的，是被压迫者的殉道。但是，如此一来，他们所做的其实和极权统治者如出一辙——都是要你的命，你的血。作为西方社会一员的 Barnes，必须保持足够的清醒和克制。最基本的事情是——在外面没有亲身经历过这一切的人，根本不可能理解，也因此没有权利指指点点。但是，如果是这样的话，写这样的小说岂不是徒劳无功？Barnes 在做一件近乎不可能的事情。在尝试同情萧斯塔科维奇的同时，Barnes 要避免消费他。甚至，连"同情"也变成了一件可疑的事情。不过，文学如果不是为了同情（不是怜悯）和理解，文学还可以为了什么呢？

　　通过萧斯塔科维奇，Barnes 似乎想阐述一个观点：理论是一回事，但生命现实又是另一回事。所谓理论，可以是共产主义、自由主义等意识形态，也可以是恋爱自由，或者艺术良心。这些方面，人们都各有高论。但落到现实人生，纯粹的理论实践几乎是不可能的。人生总是一片浑沌，充斥着荒谬、琐碎和无聊。就算是大音乐家，也只是一个平庸的人。有人把艺术真诚和个人真诚互相挂钩，只有两者并存的人，才拥有真正的人格完整性。可是，在现实里，有多少人能通过这样的考核呢？而这样的考核，又是否合乎人之常情呢？Barnes 不是一个从理论出发的人。他是狐狸而不是刺猬。他宁愿包容现实中的种种不完美甚至是缺憾，也不要一套放诸四海皆准的通则。当然，这样的取向很容易会被批判为模棱两可，或者非政治化，或者小资产阶级温情。

不过，Barnes 还是有所坚持的。他由始至终也不放弃的，是为
艺术自身辩护。他之所以写萧斯塔科维奇，就是通过他去为艺术，
为音乐辩护。政治并不能促进音乐，相反，"时代的噪音"只会压
灭音乐。这跟政治的种类无关，无论是共产主义还是资本主义。只
要服膺于政治，音乐即亡。文学和其他艺术形式也一样。当然，音
乐的情况更加戏剧性，也更加纯粹。（运用语言和涉及观念的文学
则最为复杂。）而无论是哪一种艺术形式，Barnes 似乎认为（或者
他想象萧斯塔科维奇认为）其中一个最为重要的元素是讽刺（irony）。
萧斯塔科维奇在极权的环境下生活和创作，一直支持他不被压碎
的，就是讽刺的能力。书中是这样说的："他想象这个特性是在寻
常的地方诞生的：在我们如何想象，或假设，或希望生活会成为哪
个模样，以及它实际上成为的情况之间。于是讽刺成为了对自我和
灵魂的防卫；它让你能日复一日地呼吸。"讽刺在想象（理论）和
现实之间制造空隙，让我们在其中喘息。讽刺让人能在压迫之下，
保持自我的完整性。但是，讽刺也是有限度的。比如说，你无法讽
刺地加入苏联共产党；你要不就真心地加入，要不就虚情假意地加
入。到了某些极限处境，连讽刺也会失效。

也许，最纯粹的艺术，连讽刺也不必。Barnes 让他笔下的萧斯
塔科维奇柜信，艺术始终是超越一切的。故事里有一个重复多次的
问题：艺术究竟是属于谁的？根据列宁的权威答案，艺术是属于人
民的。但是，小说一次又一次地重申——音乐，只属于音乐，没
有其他。那个被这条简单的问题考核而慌张得答不出来的音乐学
院女生，其实答出了正确的答案。答案就是没有答案。所以叙述
者（是萧斯塔科维奇自己吗？）说："艺术是历史的细语，在时代的

噪音之上被听到。"又说："有什么能抵抗时代的噪音呢？只有内在于我们的音乐——我们的存在的音乐——由某些人转化为真正的音乐。在岁月的流逝中，如果它够强、够真、够纯粹的话，就能够淹没时代的噪音，转化成历史的细语。"结论听似是一个 tautology——音乐就是音乐，艺术就是艺术。也即是，它不可言说。任何尝试去说它的，不论它是什么主义或理想，都注定是错的，并且是破坏性的。

为此 Barnes 虚构了一个极为优美的开头和结尾。在二战期间，萧斯塔科维奇经常要来回莫斯科和他家人暂避的乡间。有一次，火车在中途停驶，等待军队的调动。萧斯塔科维奇当时和一位朋友一起。这位朋友的名称没有在历史上留下来。月台上有一个因参战而下肢残废的乞丐。他唱着内容猥亵的歌曲向乘客讨钱。萧斯塔科维奇和朋友来到月台上，没有给乞丐钱，却邀请他一起喝一杯伏特加。朋友拿着三只粗糙的玻璃杯，萧斯塔科维奇斟酒。三只杯的酒并不均匀。三人碰杯，发出一下清脆的声音。萧斯塔科维奇微笑了一下，在朋友的耳边小声说："是个三和弦。"小说的结语几乎就是一个艺术家的宣言："战争、恐惧、贫穷、斑疹伤寒和污秽，但在这一切之中、之上、之下和之间，德米特里·德米特里耶维奇听到一个完美的三和弦。毫无疑问，战争将会结束——除非它永不终止。恐惧会继续，以及没有保证的死亡、贫穷和污秽——也许这些都会永远继续下去，谁知道呢？然而，三个不太干净的伏特加杯子和它们的内容所构成的三和弦，却是一个清晰地区别于时代的噪音的声响，并且会比所有人和所有事长久。也许，到了最终，这就是唯一重要的事情。"

讲究 the sense of an ending 的 Barnes，在这个 ending 还是忍不住流露了有点儿过头的 artistic sense，或者是稍为过于"酸的馒头"了。不过，这个"酒杯三和弦"的"烟士披里纯"，也真是太巧妙，太精彩了。这个意象所蕴含的丰富性，实在是尽在不言中。

在我听过的有限的 Shostakovich 演奏录音之中，最感动我的是 The Borodins 演奏的 *String Quartet No. 8 in C minor*。那是萧斯塔科维奇 1960 年加入苏联共产党之后所作的，乐谱上写着献给"法西斯和战争的受害者"。据说当时 Borodin Quartet 的成员在他家里向他试奏一遍，萧斯塔科维奇掩着面泣不成声，乐师们完成演奏后，便收拾东西悄悄离开了。

对于没有经历过类似的试炼的我们，还有什么好说呢？还是留给音乐，留给文学，留给艺术去说吧。

你的

文

31

　　大概下午五点半左右，我还在办公室工作。忽然有人轻轻地敲门。我应了一声，门便慢慢打开，庭音探进头来，问：

　　阿蛇，可以聊几句吗？

　　我招手叫她进来。她迟疑着要不要让门开着，我便说：

　　关上吧！没所谓啦！

　　她拉了张椅子坐了下来。天气只是刚刚转暖，她便急不及待地穿了条牛仔短裤，露出修长的双腿。上身穿了件红色格子衬衫，没扣纽的，里面是件白色 T 恤。我问她说：

　　论文交了吗？

　　刚交了。

　　终于可以松一口气吧！

　　她举高双臂，伸了伸懒腰，说：对啊！真是累得要命！我以后也不要再写论文了！

你不想写，没有人会逼你。不过，也算是个体验吧。

是个令人难受的体验呢。

也不至于吧？最多只是辛苦一点。

不止呢！简直是精神折磨啊！

我摇头失笑，没有答话。她又说：

我觉得，自己好像对龙钰文的小说施暴一样。

太夸张了。

阿蛇你一天到晚写论文，不觉得自己变成了变态强暴犯吗？心里没有感到一丝罪疚吗？

怎会呢？写论文是帮助别人了解文学作品的意义，怎么会是伤害的行为？

你认为，这是爱吗？

爱？爱谁？爱什么？

爱书。

爱不排除理解，甚至，爱必须建基于理解。

但是，如果已经超过了理解，变成了扭曲和强加？

那当然不好。

庭音调整了一下坐姿，把并拢的双腿侧向另一边，说：

又或者，所谓理解本身，也应该有个限度吧。

这是什么意思？

即是说，有时候，有些事情，不宜理解太深。

要不呢？

要不就会损害爱。

你是在说看书，写论文？还是其他？

随便你怎么看。

我身子前倾，把手肘支在桌边，双拳互握，托着下巴，说：

的确是个值得深思的课题——有时间吃顿饭，慢慢讨论吗？

庭音样子有点惊讶。她大概真的打算只是聊几句，没料到我会主动约她吃饭。不过，她还是很爽快地答应了。

坐上我的车子，我提议去九龙塘又一城。她没有异议。在路上，我们继续谈爱书的问题。我刻意跟她唱反调，为文学评论辩护。我同意存在坏的文学评论，或者近年流行的，套用各种社会文化理论去分析作品，结果却把文学架空了，简化了，甚至是扭曲了的趋势。可是，不能因为充斥着坏评论，便认为理性分析只会对文学阅读造成损害，抹杀了理解的可能。如果单纯只是讲求好恶，也会助长情绪化的、盲目的态度，到头来只会加深偏见和误解，对建立真正的鉴赏力有害无益。所以，我相信理解是加深爱的要素，而不是相反。无论对象是书，还是人。

庭音当然不是那么容易给我说服。这个女生也有自己的见地。她在副驾驶座上侧着身子，面向着我，说：

可是，在你和你妻子之间，内心深处难道没有互相不能理解，或者最好不要尝试去理解的部分吗？这不就是保存爱，维护爱的一个必要认知吗？那些理解不能也不应深入的角落，可能存在着毁灭爱的东西，但是，也正正是尊重这些角落的存在，才能保证那爱是真正的爱啊！

要不是我双手握着方向盘，我真想抱着脑袋，深深地思索她的话。我并不是说不过她，我只是不想去冲击她这个珍贵的观点。那一定是她在人生的真实体会中得来的。我只能说：

你所说的不去理解，事实上就是一种理解。

她顿即沉默下来，抱着臂，眼珠子随车窗外掠过的景物而来回颤动。

来到又一城，见新开了间无印良品，内设餐厅，我们也不用商量便走了进去。可能因为来得早，立即就有位子。我们放下随身物品，到矩台那边点餐。我点了四品料理——蒜香杂菜炒牛柳粒、豆腐鸡肉汉堡、虾肉芒果沙律和烤杂菌伴风干番茄，配十谷米饭。庭音也点了四品料理——味噌烤比目鱼柳、枝豆薯饼、紫薯青苹果沙律和香草扒杂菜配柠檬咖喱，配小麦包。我理所当然地给她付了钱。

回到座位，庭音便急不及待地大快朵颐起来。我取笑她说：

你好像饿虎出笼呢！

什么？卧虎藏龙？她一边嚼着食物一边说。

交了论文，现在就只剩下考试了。

考试我反而不怕。反正，也没有想过拿到 First Hon。

毕业后有什么打算？我问了个相当无味的问题。

还未知道啊！见步行步吧。

岸声的剧……还打算演吗？

她咬了一口薯饼，说：

没说过不演。但是，要演也不是由我来演吧。

你正式拒绝他了？

也没有。这些事，要正式说的吗？不是心知肚明的吗？连这样的默契也没有，还有什么好说？

你和他……

我想起岸声在电邮中说到的关于性的事，但是，立即觉得不太妥当，便打住不说。

我和他？没有怎样呀！因为赶论文，有一段时间没见面了。

他写过一封很长的电邮给我，你知道吗？

庭音似乎并不感到意外，只是稍稍停下来，侧着脸望向我，说：

是吗？谈什么的？有说到我吧！

基本上就是说你的，后来也说到我。

说我什么？

说你有事情瞒着他。

她把手里的筷子指向自己的鼻尖，说：

我瞒着他？我瞒着他做什么？

……跟我在一起。

她忍不住大笑出来，搁下筷子，掩着嘴巴，身子前仰后合，长长的发丝在空中荡来荡去。这时候，我才留意到，她的白色 T 恤胸口上印着一行英文字，写着："REAL WOMEN MARRY WRITERS"。这个句子非常熟悉，但我想不起在哪里见过。庭音过了半天才止住了笑，说：

阿声的想象力真是太丰富了！

但是，他言之凿凿，说是从你的手机偷看到的。

她掏出手机来，放在桌面上，好像想交给我检查似的，说：

我的手机里，有这样的证据吗？为什么连我自己也不知道？

我当然没碰她的手机，只是说：

对啊，阿声真是想得有点过火了。情况令人担心呢！

庭音把左肘支在桌上，用手按着额头，长发盖住了半边脸，状甚苦恼地说：

他这样子，你教我还可以怎样帮他？

你就只是想到要帮他？

她拨开长发，发丝随即又掉回脸颊上去。

我现在只剩下"想帮他"的念头。至于"爱"，却不是意志能够决定的了。

虽然知道他们的感情陷入困境，但我没想到已经去到这样的地步。我尝试力挽狂澜，说：

我觉得，你和阿声还有互相理解的余地。

我们就是因为太理解才出事。

我想起庭音早前的一番话，开始有点明白她的意思。岸声那种理论化的个性，的确是会给人压力的。

我这样说，有点老套吧？但他的那个剧，已经碰到极限了。

没有！可能的确是这样的。

我想说的，不只是私人空间的问题。两个人的心灵，是不可能融合在一起的。

我明白。

我们陷入无语，默默地吃东西。吃到七七八八，我想缓和一下气氛，便说：

你很想嫁给作家吗？

她一愕，立即意会，低头望了望自己的胸口，说：

没有啦，在网上订的，没什么意思，只是觉得有趣。

跟作家结婚，不简单啊！

阿蛇你是过来人噂！不过，男和女，也有很大的分别吧。

你将来真的嫁个作家就会知道。

现在作家买少见少了。

机会的确是有点渺茫。

这时候，我的视线越过庭音的肩膀，从开放式餐厅的门口望出去，透过无印良品百货公司的巨型玻璃橱窗，看见在外面商场大堂的一条金属柱子前，站着一个高瘦的男子。再定睛一看，那人上身穿着风衣，下身穿着破旧的牛仔裤，双手插在裤袋里，微微躬着身子，低着头，透过披面的零乱长发，盯着我们这个方向。我实实在在地吓了一跳，深呼吸了口气，向庭音悄悄挨近，冷静而小声地说：

阿声在外面。

哪里？

庭音问，但没有立即回头，好像不想显得反应太大。

在外面，一条柱子前面，站着不动，但很明显在注视着我们。

他跟踪我们？但是，我们刚才是开车过来的，他怎么能……

有没有可能，他用什么黑客软件，入侵了你的手机，追踪你的定位？

我以为自己只是信口开河，怎料她竟然认真地说：

除了这样，没有别的解释了！他一直都沉迷这些东西，说不定真的实践起来。怪不得我最近经常觉得给谁跟在后面似的！

那么，他可能也入侵了你的电脑。

甚至连你的也不放过呢！

我们互相恐吓着，好像什么秘密都已经曝露人前。但是，我们之间有什么秘密呢？根本就没有啊！

假装看不见他，继续吃饭吧！她说。

不太好吧。他对我们的误解已经够深了。不如，你出去跟他解释一下。

有什么好解释？我们光明正大，没有任何见不得人的事情。他这样躲在一角监视人，是他不对。

我看他没有躲起来的意思。相反，他的目的就是要让你看见。

对啊！他在示威！他要摆出一副被欺骗被欺负的样子，大声说：你们看！我多惨！你们居然这样对我！

她说着，渐渐由不安变成生气了。我看已经没有叫她出去和解的余地。我半站起来，说：

那让我去吧！我不忍心见着他这个样子！

庭音一把抓住了我的手臂，说：

别去啊！阿蛇！没有用的！现在这个情形，他只会当众发作。那时就会弄得很难看。我们还是装作若无其事的吧。

我复又坐下来，有点不肯定地说：

不理他可以吗？

我从眼角偷偷瞥向外面，看见阿声还站在原地，只是身体已经挨在柱子上面，大概是站得有点累。我侧着脸，用手遮着额头，不敢再看下去。

庭音慢慢地把碟子里的食物吃完，我却已经没有胃口。岸声的无声抗议令我浑身不自在。由始至终，她也没有回过头去望过一眼。双方都按兵不动，呈胶着状态，气氛十分难受。最后，她拿起手机，按了几下，放在耳边。我看见外面的岸声立即拿起了手机接听。庭音以严厉的语气说：

江岸声！我告诉你，如果你不立即消失的话，我们便不要再见了！

庭音的手机传出一些杂音，似是岸声的激辩。我看见外面的他的嘴巴在动，身体像个坏掉的机械人一样，不受控制地前后摇晃，一只手在空中胡乱挥动着。这边的她却只是在听，没有回话。过了半天，她才打断对方，斩钉截铁地说：

阿声，你要知道，有病唔系大晒[1]。我当初爱你，不是因为你有病。我今日不再爱你，也不是因为你有病。你明白吗？

那边的阿声停止了动作，颓然地垂下双手，像个断了线的木偶。隔了一会，他仰起脖子，往后拨了拨头发，甩了一下脑袋，像是要甩走噩梦似的，转身离开。那稻草人般的高瘦背影，在扶手电梯上慢慢地往下降，直至完全消失。我说：

他走了。

小虎放下一直紧握在手里的手机，松开拳头。她的双眼已经通红了。

阿蛇，你觉得我是不是很无情？

我摇了摇头，拿起那碗已经变冷的薏米清汤，不是味儿地呷着。

---

1 有病没什么了不起。粤语。

32

4月份，公园里的杜鹃花全都开得毫不客气。距离小龙回来的时间，又靠近一点了，心情没有那么忧郁，也不急于把花朵拍下来，寄给她传情达意了。她那边还是颇为寒冷，看她传回来的照片，都穿得厚厚实实的。她刚去过爱丁堡，探望一个女博士生，两人游览了好些地方。虽然年纪颇有差距，但看上去像是姐妹一样。爱丁堡也是个文学城市，出过不少作家，好像史蒂文森、司各特、伯恩斯等，当然，还有当代大红人《哈利·波特》的作者罗琳。听说街头四处都有相关的名胜和场景，还有罗琳当年生活潦倒时在那里写作的咖啡馆。统统都已经变成了神话故事。在照片中，小龙在毛衣胸口上别了个红色襟章。问她那是什么，她说是玫瑰花，来自Burns 的名句"O my Luve's like a red, red rose"。

两人参观了皇家游艇"不列颠尼亚号"，也即是 1997 年 6 月 30

日午夜接载末代港督彭定康和威尔斯王储查理斯离开香港的那艘舰艇。又去了威士忌酒厂试酒。酒量不佳的小龙，当然只是意思意思而已。另外，还去了尼斯湖（当然看不到水怪）和马克白的城堡。小龙买了一只复制羊多利的毛公仔。从照片看，那头绵羊样子呆呆的，远远不及狐狸精灵生动。那位博士生在那边研究中国现代文学时期的女性剧作家。小龙说，在女生没有再研究她的小说之后，她才放心跟对方交朋友。研究者和作者之间，始终存在某种紧张关系，适宜保持距离。我说：那么，我和你之间呢？她说：你有研究过我的小说吗？我便说：我研究的是你，不是你的小说。她立即止住我，说：哎呀！你别开始说什么难听的话了！我其实还想说：我停止研究 D 的小说之后，也没有跟他成为朋友。不过，那是另一回事了。

那么，我打算研究叶灵凤的话，应该没问题吧。没有人能跟一个死者做朋友，当然，也没有人能跟死者交恶。最近系主任又不断催促我们，下学年的研究资助申请快要到期了。今年我系至少要夺得三项计划资助才能达标。我之前大病一场，写计划书的进度已经落后，现在要急起直追了。可是，我可以怎样研究叶灵凤，其实还不太有头绪。我反复地读着他的小说和书话。我总是觉得，他的《书淫艳异录》会是个切入点，但又提不出具体理据来。在书本、性和小说之间，存在着某种微妙的三角关系。趁着学期完结，学生还未考试之前，我又再去了一趟大学图书馆的善本书库。

跟上次一样，负责的同事把书柜上的锁打开，我便独自留在冰冷的书库里，漫无目的地随意抽出一本书，翻看几下，然后又放回去。与其说我是为了搜寻什么资料而来到这里，不如说是为了感受叶灵凤的灵气，在他的藏书的氛围中，试图获得某种神秘的"烟士披里纯"吧。

你是说 inspiration 吗？一把带有外省口音的男声说。

我回头一看，在书架前站着一位穿着整齐的灰色法兰绒西装，打着深咖啡色领带，戴着圆框眼镜，露着半秃的前额，头发都贴服地往后梳理的老先生。叶灵凤生前留影不多，但一看就知道是他本人了，就只差不是黑白而是彩色的而已。我有点失措地说：

噢！是的！但是，在你们那个年代，不是有说"烟士披里纯"的吗？

那是比我老几辈的梁任公发明的别扭词儿啊！我们懂英语的，直接说 inspiration 不是更好吗？要不，就说"灵感"吧！何必那么造作呢？

是的，先生说得对！晚生闹着玩而已。

还有那个"酸的馒头"，为什么不说 sentimental 呢？不过，唉！引入西方文化，难免出现音译还是意译的问题。你听过"哀的美敦书"吗？

听过，是"最后通牒"的音译吧。

对，是 ultimatum。听来声音很优美，但意思既不"哀"也不"美"，是来势汹汹的威胁呀！

好像乜听过译成"爱的美敦书"。

爱？是吗？那就更加有趣了！居然变成情书了！

叶灵凤摇头笑着，转向书架，像是故人重逢似的，以温热的眼神望着书架上的旧书，还忍不住伸出手去，用指尖轻轻触摸那些书脊，自言自语地说：

老朋友们，好久没见噢！

我有幸跟先生说话，有点紧张，尽量得体地说：

叶老先生的广东话说得很好啊！

废话！我住在香港也有三十六年了，还写过不少香港地方风物文章，怎么连几句广东话也不会说？不过，我的家呀，始终是南京呢。

先生又是一阵感叹。我附和他的心情，说：

叶老先生，既然你那么想念家乡，战后为什么不回到内地去呢？

先生突然直了直身子，带点不满地说：

别前一声老先生，后一声老先生吧！看你年纪也不少了，应该有五十岁了吗？

今年刚五十了。那么，叶……

叫我灵凤兄吧！请问高姓大名？

姓佘，名梓言。木辛"梓"，言论的"言"。

哦，梓言弟！

不敢！不敢！

年轻人，何必那么拘束？我年少的时候，也是目中无人，没大没小的，连鲁迅先生我也敢得罪，说他的《呐喊》适合撕下来擦屁股。不过他老人家也实在太记仇了，之后一有机会就拿我开刀。真是一个都不能放过啊——噢，对了，刚才你想问我什么？

我问……灵凤兄你为什么不回内地。

先生作恍然大悟状，身子一仰，说：

那还用说吗？在香港当爱国人士，总比在内地当好吧。而且，开头的时候，我的名声还不太好。

你是说被当作汉奸的事吗？你在香港沦陷时期帮日本人做事，主编《大众周报》，写媚日文章，不都只是掩饰吗？事实上，你是秘密搜集日本人的情报，里应外合，协助抗战。这些现在都真相大白了。

你说，是"现在"嘛！在战后，事情还没有弄清楚，也没法弄清楚。

但你为什么不出来解释和自辩呢？

先生笑眯眯地望着我，好像我是个天真的小孩似的，说：

辩不若默啊！这是我中年以后才学懂的智慧。

所以先生——不，灵凤兄——你也很少谈及从前的自己？

过去的自己，何必多说？我的汉奸指控，后来也只是在《鲁迅全集》改版时，从一条小小的注释里不动声色地拿走了，算是得到平反。你看我和鲁迅比，也真是够卑微的了！

先生露出祥和谦虚的神情，完全不像当年那个跟鲁迅顶撞的"创造社小伙计"。

可是 难道你没有成为像鲁迅一样伟大的作家的雄心吗？

叶灵凤低下头想了想，说：

怎么会没有？你看我的第一本小说集，在序言里对自己的成绩和才能也充满自信的。不过，那是年轻时的事情了。

是什么时候开始，你觉得自己的小说家生命已经结束？

并不存在一个特定时刻。那样的事情，是你过后才知道的。如果你写过东西的话，你就会明白。

我沉默下来，若有所思。先生大概察觉到我的反应，说：

梓言弟，你应该是个大学教授吧？

是的，中文系。

先生点了点头，继续说：

作家都爱读书，但不是爱读书的人，都能够成为作家。有一种人，读了好书，心里就跃跃欲试，觉得自己也可以写得一样好，甚至是写得更好。另一种人，好书越读得多，读得深，就越觉得自己的不足和不如。他发现自己尽了最大的努力，也只能欣赏别人的书，理解别人的书，说出别人的书的好处。当然，这样做也很难得。但是，要自己写出好书来，却感到无能为力了。前者成为作家，而后者便只能成为读书人。

我有点急躁地抢着说：

不过，也有一种人，既不懂写书，也不欣赏书，而只是一味用理论去拆解书，毁灭书。这种人现在学院里多的是。

先生好像有点震惊，瞪着眼睛说：

是吗？有这样的事吗？历来作家和批评家对立，已是老生常谈，但学者对文学仇恨到这样的程度，倒是闻所未闻。那我也算是生得其时，死得其所了。

先生说罢，从书架上抽出一本大书来。我看见就是性学专家 Havelock Ellis 的名著 *Studies in the Psychology of Sex*。他用左手托着书本，用右手翻揭着书页，兴味盎然地微微点着头，小声说：

这本书呀，是我最爱读的书之一。

灵凤兄你的《书淫艳异录》结集出书了，你知道吗？

是吗？那真是有点难为情了。

不会呀，这些文章实在太难得了，特别在那个时代。

卖文糊口而已。不过，说到"书淫"，倒也是老实话。

爱书爱到那个境界，不容易呢。

说不上。只是有点不知节制罢了。

我和我太太也很喜欢看你的书啊。

尊夫人也是爱书人吗？

不只爱书，还写书。她是个小说家。

有一个小说家妻子，不得了！也难为你了。

没有，已习惯了。

能习惯就好了。你和你妻子，爱书爱到什么程度？

爱到……躺在床上也只顾看书吧。

先生朗声大笑出来，举起食指挥动了几下，促狭地说：

好一对淫荡夫妻啊！

我大吓一跳，说不出话来，先生又连忙说：

哎呀，别怪老夫为老不尊！我也只是实话实说。躺在床上不做别的，只顾看书，如你所言，有境界！

我急欲辩解，但又有口难言，先生便拍了拍我的肩，表示谅解。他合上那本《性心理学研究》，把它放回书架上去。然后，把双手负在背后，低下头，在狭长的书库里来回踱步。可能是铺了地毯的缘故，他的旧皮鞋没有发出半点声响。我心里还有很重要的问题想问他，但是一直犹豫不决。待他再次从我身边走过，我鼓起勇气说：

灵凤兄，我想知道，你信不信有灵魂？

他停下脚步，回过身来，望着我，反问道：

你说呢？

我静默着，等待他的回答。半晌，他大笑出来，道：

你问一个鬼魂信不信鬼魂，等于问一个活人信不信自己活着。这叫作"问穷"。

问穷？

"道无问，问无应。无问问之，是问穷也；无应应之，是无内也。"你不是中文系教授吗？

不好意思，我是搞现当代的。

分工真细啊！读书无古今，没有分搞什么的。不过，书淫不是博学家，怪不得你。

灵凤兄，我想说的其实是，我正在构思一个"叶灵凤计划"，想问问老师你的意见。

先生抬了抬眉，露出感兴趣的样子，说：

愿闻其详。

我在想，如果我把老师你的所有著作，包括小说、散文和书话，再加上你读过的所有书，以及跟老师生平有关的所有材料，全部化为数码资料，然后运用电脑程式加以分析和整合，最后，能否重新建构出"叶灵凤"的精神世界，也即是"叶灵凤"的灵魂？我说的不但是一个超强大的资料库，而是一个具有创作功能的运算式，一台"叶灵凤机器"，可以让"叶灵凤"写出新的书话，甚至是小说，去实现和完成真实的叶灵凤生前所未竟的写作志愿。那时候，老师就可以向鲁迅报仇了！

向鲁迅报仇？

让叶灵凤成为比鲁迅更伟大的作家。

呵呵！梓言小弟，你真是太看得起我了！我怎么能跟先生相比呢？先生写的是忧国忧民、鞭挞旧俗、针砭时弊的大文学，我年轻时舞弄过的，只不过是些现代男女性心理的小文笔，绝对不能同日而语啊

老师此言差矣！文学题材无高下，最重要的还是艺术造诣和时代触觉。老师当年，饱读西洋文学，其实已经捉摸到世界文学的脉搏，但是，因为时局的变动，流离失所，又遭逢了战祸，才错失了潜心创作的良机。假使能够把老师的精神世界重建起来，肯定可以创造出全新面目的"叶灵凤文学"。

但是，如果有另一个家伙像你一样，弄出一个什么"鲁迅计划"，那就麻烦了。你知道老先生的脾气。要是他有天复活过来，不整天揪着我们这些小鬼痛打才怪！

那……也无碍啊……那就要看谁的运算能力强大了。

你敢保证，"叶灵凤机器"的运算能力比"鲁迅机器"强大吗？

老师，不要小看自己。你看，你的潜能无限啊！

我扬起手，指向排满一壁的书架，好像那就是最佳的证据。

先生不为所动，笑容可掬地说：

小弟，你不是已经做着这样的事吗？

我？

你能够把我想象出来，我看你的运算能力也不弱啊！问题只是，你能不能从这个梦出去。

出去？

淫是一回事，秽是另一回事。如果你既淫又秽，那就神仙难救了。

痴？

你们广东人说，"藕线"的"藕"。的确，跑进另一个人的灵魂，是很容易藕线的。不过，没有一点点儿藕线，便很难创作。我毕竟是个不够藕线的人。我始终过于适度和正常。所以，我作为一个创作者的失败，是无可避免的了。

说罢，先生叹了口气，摘下眼镜，掏出手帕，抹了抹眼镜片，再把眼镜戴上。他把手帕折叠好，收进裤袋里，扣上西装外套的纽扣，拉了拉衣襟，很优雅地步向书库的门口。拉开门，也没说声再见，便悄悄地出去了。

书库回复寂静，寒冷更甚，我穿了毛线外套也浑身颤抖。我望了望书架上的书。那本《性心理学研究》放得不太整齐，有点凸了出来。我伸手把它推回去。

33

　　小龙在剑桥的旅居，已经接近尾声。她出发前打算在那边完成的写作计划，最近却很少提及，也不知进度如何。我曾经和她说过，去到那里也不一定要急着写，好好地享受生活，结交朋友，看看书，思考一下问题，也不枉此行。从她写回来的信，和在电话上的闲聊，我觉得她得着甚多，眼界和思维跟以前也不一样，对她往后的写作一定有帮助。

　　我和小龙虽然多年来一直很投契地聊读书，却甚少谈写作。她在写小说的过程中，不是到了非常成熟和有把握的阶段，不会把稿子给我看，也不会问我意见。我也尽量不干涉她的写作，未看到的不追问，看到的也不作太多评论。但是，个中的原由，也可能是因为我年轻时曾经也写过小说，想过当小说家，后来改了行做学术，多少有点半途而废的遗憾。小龙的低调，似乎是想照顾我的感受。

一个作家的配偶，会否因为跟作家的亲密生活经验，而更了解作家的创作背景和动机？对我来说，这个问题一直也被人视为理所当然，但坦白说，我自己并没有很认真地思考过。也许由于我同时是一个文学研究者，我便刻意跟妻子身为小说家的这一面保持距离。一方面是不想对她的创作造成干扰，另一方面，也不想令我自己的判断变得主观和偏颇。可是，我和她真的可以互不影响吗？就算我没法影响她，也很难阻止自己受到她的影响吧。我读龙钰文的作品，肯定会跟所有不认识龙钰文的读者完全不一样吧。我怎么可能把她分开为"妻子龙钰文"和"小说家龙钰文"呢？

我所不知道的是，原来我对她的创作还是有影响的。我不是说我的文学判断或者学术见解，而是我作为她的丈夫这一点。庭音曾经问过我，妻子有没有写过我，而我说没有。我并没有刻意回避。事实上，在小龙的七本小说当中，也找不到任何明显带有我的影子的人物。无论是身份、外貌、性情也没有。对某些作者来说，不写自己的配偶，是保护隐私的底线。夫妻是最为亲密的关系，一旦被书写便很容易做成伤害和破坏。当然，纯粹因为不值一提而不写，也大有人在。

所谓"写自己的配偶"（或者"写任何真实人物"）是什么意思，在学术上可能大有争议的余地。那牵涉到文学创作与真实世界的关系。对于否定两者之间存在任何直接关系的人来说，一个作家根本就不可能写任何真实的东西。一切写作也只是虚构，只是语言内部的事情。撇开这种极端观点不说，从普通读者的角度出发，我们总是会问：这个人物有原型吗？她／他的原型是谁呢？当一个已婚作家写夫妻关系，而这对夫妻人物在各方面的特征也跟现实的作家夫妻相似的话，那便很难否认，她／他确实是有意图去写自己的配偶了。

原本我也没有必要去理会这个问题，因为如前所述，根本没有证据说小龙曾经写过我。甚至可以说，她连自己也没有写过。（只有《尺素》一书中有一个女小说家的角色。）至少，狭义地说情况如此。当然，广义来说，每一部小说的主角多少也有小龙自己的影子。她们跟小龙的个人经验互相扣连，但也隐藏得很深，外人并不容易读出来。可以说，小龙是那种通过小说创作，去处理自己的成长和生命经验的作家。只是因为想象力丰富，虚构功夫了得，而没有给人一直只是写自己的私事的感觉。

小龙从最初获得新人奖的《圆缺》开始，到最后获得长篇小说大奖的《无端》，每一部作品也跟她的人生历程有所对应。除了《圆缺》写于婚前，甚至是我和她相识之前，其后的所有作品，都是在我身为丈夫的见证下诞生的。说我没有以某种形式参与其中，也很难说得过去。可是，我无意追溯和披露，这一系列的小说如何勾画出我们的婚姻的轨迹。我的所谓"亲历者的证词"，严格来说只对我自己具有意义。对其他读者来说，都可能是损害作品的完整性和独立性的多余之举。为了保护龙钰文的小说，我应该对此保持沉默。小说的生命，自有读者去加以完成。所以，我想说的，其实是一本小龙还没有出版，也没有写完的书。

在 2012 年的《无端》之后，小龙便再没有发表新作了。纵使她在 2015 年初凭着《无端》夺得长篇小说大奖，而引起了一阵子的注意，但是，眼明心清的读者也知道，小龙正陷于创作瓶颈。对非职业作家来说，三年没有新作也许并不是怎样值得奇怪或担心的事情。但是，对平均每两年写一本书的小龙来说，却是个巨大的压力。（之前在《津渡》和《朝暮》之间，也曾出现过一个四年的空隙，当时她经验到的焦虑和压力，我是最清楚不过的了。）再加上这几年间，香港的文化论述出现了重大的转变。对香港文学的评价，也难免被新的思潮所影响。于是便在年轻一代中，出现了连西西也算是"离地"的感想了。小龙的小说一向也被认为是不涉社会政治，侧重描写个人情感，追求语言之美的纯文艺。这样的定位肯定越来越不受欢迎，甚至开始受到尖锐的批判。她获得大奖一事，也变成了评审团"漠视本土""价值守旧""与时代脱节"的明证。对于这些争议，小龙却保持沉默，并无辩解或反驳。但对于她正在进行中的写作，无疑是一种极大的干扰。

小龙正在写的这本书，叫作《浮生》。她曾经就书名和我讨论过。小龙是对书名非常讲究的作家。之前的书名，全部都出自宋词，而且都只是两个字。这次也是两个字，但印象中宋词里没有含有"浮生"二字的名句。我问她当中有何典故，她却反问我说：

你认为呢？

我立即想到的，就只有沈复的《浮生六记》。她听后不置可否，要我再想。

那么……"浮生若梦"……是谁说的呢？

是李白。他在《春夜宴从弟桃花园序》中说："夫天地者，万物之逆旅也；光阴者，百代之过客也。而浮生若梦，为欢几何。"

这个就是出处？

她歪着脑袋，还是不肯确认。我央求道：

这就难倒我了！你知道古典文学不是我的专长。

除了诗词，我还喜欢看什么书？她给我一点提示说。

我想起她那段日子常翻的书，便说：

是《庄子》？

她点了点头，说：

"其生若浮，其死若休。"

对啦！对啦！

还有呢？

你还要考我！总不成是"偷得浮生半日闲"吧！

她哈哈大笑出来，终于放过了我，说：

那就全部都是吧！

她就这样轻轻地带了过去，但我知道，我的第一个答案最接近她心中所想。因为另一次，她曾经这样问我：

假如我明天突然死掉，你会怎样？

我也死掉好了！

不准耍正经的！我是问，你会挂念我吗？会怎样挂念我？会挂念多久？

我不回答假设性的问题。

别耍官腔啊！

不，我真的说不出来。而且，你心里其实也很清楚。

我又不是你，清楚什么？

那你试试想象一下吧。

想不到这样一说，小龙真的着手构思这样的一部小说。她后来告诉我，《浮生》写的就是这样的事——一对恩爱夫妻，当妻子早逝，她的丈夫将会如何如何。乍听之下，好像是上一部小说《无端》的逆写，但细想之下，又似乎不是那么简单。我最惊讶的，其实不是妻子早逝这个假设，而是她打算写我们。连那对夫妻的背景和身份，也跟现实中的我们非常相似，就算做了些虚构的改动，读者肯定还是会立即对号入座。这在小龙的创作取向中，是前所未有的事情。我一时也猜不透，为什么会有这样的转变。她为什么会在这个时候，选择在小说中写自己，而竟又不从自己的角度去写，而选择代入丈夫的角度，通过丈夫的视觉和心思，去呈现妻子（自己）的面貌。不过，纵使有这样的疑惑，我也不想直接去问她。我想，她也肯定不会直接回答。在我和她之间，还有文学，我觉得是一件理想的事情。大家互相去读，不求甚解，读到多少是多少，间中误读错读，也是阅读的必然部分。了解虽然重要，但是强作解人，无论是读书还是做人，或者是做夫妻，都是个问题。

《浮生》的写作自 2013 年开始，过程并不顺利。"写自己"看似容易，其实需要很大的勇气，去破除许多对自我的习见。直面自己，即是承认虚幻。自我的虚幻，情感的虚幻，人生的虚幻。这也许就是"浮生若梦"的意思。但在虚幻的尽处，在浮生的极点，有可能寻着一点点儿的真。这点真，偏偏只能通过假才能达到。对小龙来说，这就是写小说了。《红楼梦》说"假作真时真亦假"，我却以为，倒过来说"真作假时假亦真"，也无不可，而意思不尽相同。前者是破，后者是立。真与假，实与虚，有与无，醒与梦，庄周与蝴蝶，其实是互为表里的。

这个时候，小龙的情绪陷入了低谷。我不知道是因为写作的阻滞，还是写作题材本身所诱发的思虑。不过，她从来也不是一个随便发泄情绪的人。只见她有时尽是在读些不相干的书，有时又过于频密地做运动，忽然买回来一大堆用不着的厨具，转眼间又钻研起表钟和首饰来。那就好像越是活跃于各种趣味，便越显示出她对写作无处着落的不安。我自己的工作压力越来越大，自身难保，有时不免疏于照顾她的感受，对于她的写作进度也极少闻问。我以为，像她这样的一个经验丰富的作者，自然有她自己的节奏和应对方法，我在旁边最好还是保持缄默。

我也不是没有试过，对她作出软言的安慰和鼓励，但似乎没有多大作用。她只是摇头和叹息，好像我根本就无法明了她心中的苦恼。这时候，我的心里便会不期然冒起那个一直努力压抑的想法：我知道我是个不够格的、半途而废的作者，我当然不能明白一个真正的小说家所面对的苦恼！是的，我必须承认，这是个多年来也没法释除的芥蒂。某方面说，我内心在妒忌小龙的才华。不过，这种话我从来也不会说出口，我也不知道她有没有猜想到。

得到长篇小说大奖，对小龙的心情没有任何帮助，反而更加重了她的困扰。没错，她是得到了文学界的最高确认，也得到了一笔可观的奖金，但是，她却一点也不为此而快乐。不但为了那些随着得奖而来的批评，也为了她自觉到，自己根本还没有写出自己完全满意的、那终极的小说。我尝试说，没有终极小说这回事，所有作品也是一个过程中的成果，不存在越写越好的标准，越来越高的层次。可是，她却渐渐开始相信，自己的创造力已经在走下坡了。得奖反而是一个讽刺，一个反高潮。我想，这可能是所有作家到了一个年纪所必然出现的焦虑。

我读过《浮生》初稿的一些比较完整的片段，感觉非常复杂。在读者和丈夫之间，很难调整距离，找到适当的位置。我尝试把小说中的那个男主角，当作跟我没半点关系的另一个人，用全然客观的态度，去欣赏或评析小说本身。但是，我始终无法完全地抽离。相反，当我尝试毫无保留地代入，接受这就是我自己的故事，却又碰到了某些无以名状的障碍，好像感受到什么陌生的东西。这种奇怪的感觉，究竟来自我对自己缺乏认识，还是由于无法预期小龙对我的观感，我委实不知道。以至于，我既不能说她写对了，也不能说她写错了。我只能说，她是真心地写了，我也是真心地读了。除此，我没有、也没法给予任何意见。

对于小龙赴英，我曾经有点犹豫。我担心她独个儿去到陌生的地方，身边没有人陪伴和照顾，情绪状况会恶化。但是，换一个角度看，转换生活环境，接触新事物，特别是在像剑桥这样风光宜人、文化丰厚的地方，说不定会令她的精神焕然一新，解开心理上的郁结，获得新的动力和启迪。而且，这既然是她独立的决定，我是必须尊重和支持的。怎料一个秋冬过去，她的状态持续好转，我自己却反而每况愈下，到了必须求医的程度。

小龙在出发之前曾说：也许我会把已写的部分推倒，从头再来。我当时想，这个可能性也不低。不过，她将会如何重写她的《浮生》，我却没有头绪。有时候我想劝她把小说搁下，放松心神，专心休息，但有时候，我又期待她把小说写出来，了结一件心事，也许心病也会因此不药而愈。结果一年将尽，我没有得到多少关于它的消息。也许她已埋首写好了，又或者，她一点都没有写，也不打算再写。实情如何，我相信等她回来就会知道。

在指导庭音的时候，我有时会差点忍不住告诉她，龙钰文其实还有一本书，一本未完成的书。这本书是关于我们夫妻俩的。但是我始终没有说出来。为什么呢？可能是因为，我心底里觉得，这样的一本书根本就不可能写成。又或者如果能写成的话，很可能会变成了别的东西。而那最为真实的情感，只会永远存在于无言之中。我猜想，到了最终，小龙也会有同感。

34

　　叶灵凤计划一直没有进展，我却把时间花在写着毫不相关的东西。有时候我觉得好像不是我自己在写，而是叶灵凤在写。是年轻的叶灵凤，又或者，是返老还童的叶灵凤。不，应该说是，一个阅历甚丰但却重拾年轻的创造力的叶灵凤。一个完全摆脱"酸的馒头"的习性，自在地畅游于性的"烟士披里纯"的小说家。这样的体验带给我喜悦，或者至少是安慰。

　　那天早上在监考之后，我开车去科技园那边吃午饭。没有特别的用意，只是想离开校园，但又不想去人多拥挤的地方。我去了那次和庭音去过的那间海边的餐厅。一点四十五分，在科技园上班的公司职员陆陆续续用膳完毕，餐桌上杯盘狼藉，位子却渐渐空起来了。

　　外面天阴，潮湿。我选择坐在室内，靠着落地玻璃窗的，可以看到吐露港的桌子。午餐也是那三款毫无吸引力的菜色，我随意地点了海南鸡饭。等上餐的时候，收到小龙的手机短讯。她今天大清早出发去 Stratford-upon-Avon，因为今年 4 月是莎士比亚逝世四百周年纪念。她会先去看莎翁诞生的故居，晚上再到戏剧大师墓地上的教堂，看一场《享利五世》的演出。在当地留宿一夜，明天回剑桥。当我刚刚把回复传送出去，一个身影坐下在我的对面。我一抬头，看见眼前的是久违了的余哈。

好久不见！我在外面经过，刚巧看见你在里面，便进来打个招呼。

我们一边握手，他一边说。

余哈今天穿了件轻薄质料的米白色衬衫，把他的深肤色衬托得特别醇和，看起来更加眉清目秀。我望着他一身轻便的服饰，说：

不用上班？

他有点俏皮地抬一抬眉梢，说：

今天放假，睡过了头，晚了出来吃午饭。

你住在附近？

我没跟你说过吗？沿着海边一直过去就是我家。

原来这么近！

我有打扰你吗？

没有！当然没有！一起吃吧！

我本来想说一直等着他的出现，但既然见到了，又觉得不说为佳。余哈向侍应生点了个咖喱杂菜饭。他上下打量着我，说：

没见一阵子，你的气色看来好多了！

看了医生，情况在改善中。

那就好了。

我们一边吃饭，一边聊了些天气和工作之类的无关重要的话题。后来，还是余哈主动把我的心底话提了出来：

你的那个关于叶……

叶灵凤。

对，那个叶灵凤研究计划进行顺利吗？

其实我正想找你谈这个。

我也正有此意。

想不到我们又一次心有灵犀。我们互相让了一阵，结果由余哈先说：

上次见面后，我回去想了很久。你提出的事情对我们的研究很有启发性。我们研究人类意识的运作，一直侧重于针对特定行为的运算式的设计。但是，人脑虽然复杂，却应该不是那么笨拙的。它无须内置一大堆各自独立的运算式。更重要的，一定是一些简单而强大的原理。这些原理，可以把运算程序大为简化，跳过许多不必要的步骤，拨开许多不必要的资料，融合许多重复的运算，甚至可以一下子就去到结论。这就是所谓的直觉了。直觉的速度和准确度，令我们觉得几乎没有经过任何运算，答案就出来了。文学创作不就是这回事吗？对于我们普通人来说匪夷所思的表达方式，文学创作者却毫不费力便想到了。于是我便想，也许我们可以采取文学创作者的模式，而不是数理计算的模式，去进行意识运作的模拟。因为你提到的叶灵凤是一位小说家，我便从小说家的创作模式入手，而把诗歌暂时放在一旁。诗和小说在形式上有很大差别，而诗似乎更接近直觉。但是，小说却有一些非常重要的元素，跟意识运作有很密切的关系。其中处于核心的，是虚构。

正如我上次说过，虚构力是一切创作的根基，也同时是人类意识最强大的功能之一。在动物之中，只有人类懂得虚构。只有人类会虚构出本来不存在的事物，然后真心诚意地相信它，无论那是神、金钱、国家，还是爱。不过，这些虚构物也只是概念，而概念是模糊的、抽象的。是什么把模糊而抽象的概念变得实在，令人对它的存在深信不疑？从上次的谈话，你给我的灵感是——小说，也即是叙述。人类的叙述能力，跟虚构能力同样重要，而且两者是相辅相成的。没有叙述能力的话，就不可能进行有效的虚构。虚构不是单纯通过说理就可以的。相反，虚构必须化为故事。所以才有各种各样的神话。神话的角色，我早就注意到，但是，一直没能把它恰当地理论化。从你给我的提示，我作出了修正，把神话视为人类叙述能力的展现。

余哈稍停下来，吃一口咖喱杂菜，顺便观察我的反应。见我没有异议和疑惑，便继续说下去：

在宏观的层次，神话是人类总体的小说或故事。在微观的层次，其实每个人的意识也存在一个叙述者。说是叙述者，可能会产生人的意识是前后和内外一致的误会，以为叙述者就是所谓的主体或人格。所以，可能称为叙述功能会较佳，因为功能不暗示主体性。事实上称为主体的东西，也只是主体功能而已。这是人的精神健全所需要的支撑物，令我们觉得是自己在思考，是自己在行动，令我们觉得自己具备自由意志。失去了这样的认知，一个人的精神就会崩溃。不过，这并不表示，主体或人格这些东西是实存的。事实上，所有都是维生所需的功能而已。叙述功能亦如是。叙述功能，就是把由记忆所构成的所谓自我的所有资讯，整合成一个简单易明的故事。为了成功地叙述这个故事，资讯必须通过某些原则进行挑选和修改。另外，许多资讯都必须被搁置、忽视、扭曲、压抑，甚或是删除。要不，自我就会受到动摇，感到不安、迷惘、困惑、怀疑，失去自信，甚至产生自我憎恨。而成功的自我叙述，会带来信心、勇气、积极的态度和正向的思维，但是，也可能出现盲目、偏执、自以为是等不良结果。总之，叙述功能不但是心理健康的重要因素，也是主宰着"叙述主体"的生存成败的因素。

意识的运作就像不断地创作一部小说。这部小说不断地延长，但也不断地修改和删减。它的运作模式的秘密，我认为可以从小说创作中得到重要的参考和启示。我虽然闲来也有读点文学作品的习惯，但毕竟不是专业读者，更加不是创作者，这方面的经验和知识可谓相当贫乏。所以，便有向专家请教的必要。而这方面的专家，则非你莫属了。

在一轮高空盘旋之后，余哈像老鹰擒小鸟一样，对准目标急速降落。我像被催眠了般，毫无招架之力，相反还引颈以待，说：

那就正合我意了！我一直担心，我上次向你提出的叶灵凤研究计划，只是天马行空的想法。现在得到你这样的科学专家的肯定，我就信心大增了。我们什么时候一起坐下来，写个合作研究计划书？我从你那边得到重构"叶灵凤精神世界"和创作"叶灵凤新小说"的技术支援，而你也可以从我这边得到一个小说家的意识如何运作的实例和数据。真可谓是个一举两得，一箭双雕的合作计划！

余哈露出令人鼓舞的笑容，说：

请放心！我这方面绝无问题。

我可能因为太激动，心跳有点过速。我缓缓地喝着白开水，以安定情绪。余哈察觉到我的变化，细心地说：

你没事吧？要不要到外面逛逛，呼吸一下新鲜空气？

我觉得是个好提议。午餐由我来结账，余哈也没有客气，优雅地说了声谢谢。

从餐厅出来，我们走向吐露港海边，沿着单车径散步。因为是平日，踩单车的人只有零零星星。余哈看似随意地问：

你会踩单车吗？

还可以的。

找天一起来这里踩吧！你需要多做点运动，身体才会真的好起来。不能单靠吃药啊！以你的体型，做起运动来会很健硕。

我无可无不可地点了点头。他又说：

我每晚也会沿着海岸跑步。

的确是很健康的生活呢！我太太也很喜欢跑步。

是吗？你太太快从剑桥回来吧？

快了，6 月下旬就回来。

哦，那真幸福嗲！我 husband 要 8 月才能回来。

也不是太久呀！很快就能见面了！

余哈点了点头，脸上似有甜蜜的笑意。他今天除了松身上衫，也穿了条及膝短裤，露出修长的小腿，光滑的，几乎没有腿毛，不知是否刻意剃掉，跟他的脑壳互相辉映。

从吐露港望出去，在马鞍山和大埔之间的海口处，积聚了厚厚的一团乌云。我抬着头，尝试目测风向，但看不出头绪来。走在旁边的余哈问：

你和你太太结婚已经很多年了吧?

今年是二十年了。

二十年了?厉害!我和我 husband 连相识在内,也只是四年。

爱不是计长短的。

"不在乎天长地久,只在乎曾经拥有!"

他开玩笑地念着很多年前的一个手表广告的宣传语。我说:

连这个你都识!你果然是个地道香港人!

他有点孩子气地笑着,又说:

我很好奇,这么多年来,你们两夫妻有没有经历过什么重大的危机?

危机?

例如,丈夫有外遇,或者妻子出轨之类的。

没有呀!

表面上没有,那么暗地里呢?

暗地里?

人心这东西很难说。有时候,心里对其他人涌起某些欲念,也是很难完全避免的吧。

嗯,人之常情。但是,只要能及时约束住。

你相信约束的吗?

约束不好听吗?那就说节制吧。

余哈一顿,又问:

那么,你有没有想过,进入太太的意识里,把她的内心看个清楚?

这个嘛……不是没有想过,但不是为了窥探她的秘密。如果真的能这样做的话，为的也是去体会，去了解她的感受。

但是，你不想知道她心里的秘密吗？

每个人心里也有秘密。秘密是必须尊重的，好好维护的。因为尊重和维护彼此的秘密，才谈得上爱。要不，就只是占有而已。

我侃侃而谈的时候，不知怎的，觉得这番话有点耳熟。他点着头，似是同意，但又说：

不过，如果真的有这样的机会，去经验两个灵魂融为一体的感觉，你不觉得很吸引吗？不觉得可以跟对方达至一种前所未有的亲密感吗？那是爱得不能再分离的体验啊！

这样嘛……听来好像满有趣的……

我之前曾经问过你，假使你的妻子不幸有天不在人世，如果她留下了一份灵魂的复本，让你可以用某种技术继续体验她的存在，又或者，用某种载体让她"复活"过来，你认为，这不是很美妙的事情吗？

那样子的话，岂不是再没有死亡这回事？

就是！长生不死不是肉体的事，而是灵魂的事。

我不肯定你是在谈科学，还是宗教。

这是不折不扣的科学。

余哈眼里又闪出那种慑人的光芒。我眯着眼睛，假装眺望海的远方。

其实，与其用一个已死的作家做实验，不如用一个还活着的。

我回过头来，望向余哈。半晌，才弄懂他的意思。

你是说　我太太？

你太太龙钰文不是个小说家吗？我上网查过了，她是当代香港最重要的小说家之一。你提出的"叶灵凤计划"固然很有意思，我也十分乐意跟你合作。但是，那无论如何也只是一个"灵魂模拟和重构"的实验。说到真正的"灵魂复制和复原"，以及意识的叙述功能的研究，还是必须用上一个还活着的作家。这方面，最理想的人选非你太太莫属。为公为私，我认为你都没有理由不同意。

对于余哈很明显有预谋的游说方式，我一时反应不过来。我只能稍作缓冲，说：

这样的事，也不是我可以帮太太决定的。我还要等她回来，跟她详细商量，才知道她的意愿。

当然！也不过是两个月的时间，不必心急！

余哈说得相当潇洒，好像已经胸有成竹似的。相反，我的心情却开始有点不踏实了。

海口的云团，不知什么时候已经移动到我们的头顶，把整个吐露港覆盖。我担心会下雨，回头一看，科技园的建筑群却好像把我们抛弃了似的，躲到了比我想象中远的距离。我没有带伞，心里冒起了些微的恐慌。对面的马鞍山市区，已经罩在迷蒙的雨雾里了。

想不到下雨了！不用担心，上来我家躲一躲吧！

我顺着余哈的手指回头望去，后面就是一个临海的高级屋苑。

去到余哈家的楼下，雨已经哗哗地倾盆而下。他住的单位在八楼，一进门，就从大厅看到吐露港的全景。房子的布置简约而舒适，像余哈本人一样。他见我的衬衫和西裤也湿了，便提议我去洗个热水澡，把衣服脱下来吹干。我也实在是无可奈何，便照他的话做了。

浴室非常明亮干净，像酒店一样，令人放心。我马马虎虎地淋了一阵热水，感觉比较放松了，便抹干身体，穿上了余哈给我准备的一件印有龙纹图案的有点花哨的浴袍。在镜子里我觉得自己的样子十分滑稽。

回到客厅里，却不见余哈的踪影。我换下来的湿衣服，也不知拿到哪里去吹干。我生硬地坐在沙发上，随意拿起旁边的杂志翻看。有些是科技杂志，有些是生活品味类，还有一本有许多健硕的男性裸体。见不太合我的口味，便连忙又放下来。

这时候，走廊传出窸窣的衣衫摆动的声音。我回头一看，见到一个穿着老虎斑纹丝质浴袍，披着乌溜溜的长发的女子，婀娜着走出来。女子脸上施以艳丽的浓妆，但因为轮廓极其鲜明，而有着相得益彰的效果。我先是惊讶，后是窃笑，心想：余哈这个人，老是说什么 husband，原来都是烟幕。实际上却是金屋藏娇！不过，转念又想，说不定他是个双性恋者。但是，不给我预告一声，却有点过分，害我在人家面前失礼了。

女子同我友善地微微一笑，走进厨房。半晌，拿着一壶热茶出来，放在沙发前的茶几上，斟了两杯，说：

试试这个，是疗效极佳的安神花草茶。

女人的声音，跟余哈一模一样。

我瞪着眼睛看清楚，这个化了艳妆，穿了女服的娇美女子，原来就是余哈本人！但他似乎并不是恶作剧的。他很优雅地在我旁边坐了下来，交叠起双腿。袍子下面露出了一截光滑的大腿。为了保持礼貌，我尽量装作若无其事。我很自然地拿起茶杯，呷了一口，盛赞茶味的清香。余哈似乎很开心，自己也拿起杯子来呷着。外面的雨却好像跟我开玩笑似的，越发下得淋漓尽致。整个吐露港都化为一个巨型淋浴间。

余哈拿起沙发上的一部平板电脑，按拨了几下，不知从哪里便传出了音乐。悠扬，动听的弦音，缓慢的，抒情的，互相试探，轻触，合流。然后，主小提琴响起哀怨的独奏，由低回到高扬，像是芭蕾舞蹈家踮起了脚尖……

知道这是什么吗？

我摇了摇头，承认自己的无知。

柴可夫斯基，D 大调弦乐四重奏第一号，第二乐章 Andante cantabile，Borodin Quartet 无与伦比的演绎。是令讨厌古典音乐的托尔斯泰也禁不住泪流满脸的乐章。

余哈闭上双眼，沉醉于动人的音乐之中。可能是受了柴可夫斯基的感染，我也慢慢有点神迷了。我的视线不期然流连于那张刚柔并济的脸上。

余哈的化妆术似乎颇为纯熟，完全是一个美女的妆容，半点不协调都没有。连假眼睫毛也用上了，令那双深邃的眼睛更加动人。那乌黑的假发也很逼真，跟他尖削的脸形十分相配。唯一美中不足的，是男性的须根比较浓密，在粉底之下欲盖弥彰。如果不计平坦的胸部的话，穿着浴袍的体形也真是恰到好处的。不知怎的，看着看着，竟然也有一点欣赏起来了。我对自己审美眼光的开阔感到些微惊讶。但是，眼前放着的很明显不是一个审美问题。我以并不大惊小怪的平常语气问：

你在家里都喜欢这样打扮的吗？

怎么啦？好看吗？

对方稍为扬开双臂，娇媚地说。

好，当然好。我真心地说。

人的可能性是超乎想象的，对吧？

对。

我们又再静默下来。乐章似乎已经去到尾声了。

我发现我已经把杯里的花草茶喝光了。对方连忙给我斟满另一杯。在一轮动作间，我们不经不觉又彼此靠近了一点。我意识到，在浴袍下面，我和他都是赤裸的。我开始怀疑，我喝的不是普通的安神花草茶。那张女性化的脸在我的面前晃动，眼睛一眨一眨，嘴唇开开合合，齿间呵出清香的气息。有声音在我耳边轻轻地说：

你害怕这段记忆会留下来，将来给你的妻子看到吗？

我没有答他。

也许，你也会在她的意识里，看到一些本来不能让你看到的片段吧。所以，你最好也准备一些，好让双方打个平手。

你说笑啊！没有这回事！

不过，其实很简单，你只要把它修改，或者删除掉就可以。你从前不曾经是个小说家吗？这样的事情，难不倒你吧。

记忆怎么不可靠，也仍然是珍贵的。

"不在乎天长地久，只在乎曾经拥有！"

不记得的事，还算曾经拥有吗？

你也真是太执着了。

我继续拖延着，问：

我想知道，如果没有主体，还有爱的可能吗？

那红唇一笑，说：

爱，也不过是一个功能吧！

正如性一样?

就是。我们都有责任维持功能正常。

责任?

作为人类的责任。对方调皮地说。

也许,我们还是应该约束一下。

你和妻子一起,也是这么节制的吗?

但你的 husband……

Oh, I love him. But sometimes we need a little diversion, and satisfaction.

你觉得他也会背着你跟别人一起,所以你想打平?

That's how we achieve equilibrium.

Of what?

Of what? Of love, of course!

音乐不知什么时候已经换了另一首。开头还听不出是什么,后来响起《马赛进行曲》的嵌入旋律,才认出是柴可夫斯基的《一八一二序曲》。我说:

你读过《战争与和平》吗?

余哈点了点头。我虽然未读过,但恃着小龙给我讲过,便说:

一八一二年那场战争,也真是奇怪。开始的时候,是俄军元帅库图佐夫,一直不战而退,让拿破仑的大军长驱直进;可是,后来又变成了形势不妙的拿破仑,急促溃败,极速逃亡。两军几乎没有正面交锋,战役便结束了。

那双红唇答答一笑,说:

双方不是在 Borodino 打了一仗,而且还难分难解吗?

那也是情非得已啊!

我语焉不详地说，维持着相同的姿势，一动不动。

窗外的雨下得缠绵无尽，窗内的乐曲昂扬奋进，炮声隆隆。

我到科技园拿回车子，已是黄昏时分。车子沿着吐露港公路北上，经过我刚才逗留过的地方。一个下午的阴雨天已经散去。在公路的左方，在云层的间隙里，夕阳露出了羞赧的颜色。我想起了妻子，在 Stratford-upon-Avon 参观莎翁故居的模样。我心脏的位置，突然便痛了起来。

35

收到岸声的手机讯息，约我见面。只是简短的一句："有空出来聊聊吗？"我盯着这行字揣摩了很久，想辨出当中的语气和意思。是挑战吗？是报复吗？听来像有恶意吗？还是友善？是懊悔和歉意？或者是困惑和求助？当然是什么都读不出来。不过，既然还有"聊聊"的可能，那情况也不至于太差吧。

我很爽快地答应了他，但是，之后却一直在心里盘算着，面对不同的处境的应对方法。在岸声现在的情绪状态下，会面就如处理一件易碎的瓷器，非得万分小心不可。虽然我没有任何对不起他的地方，但是，身为他的老师，我绝对不愿意因为任何误会而加深他的精神痛苦。

他约了我在联和墟一间咖啡店见面。咖啡店规模很小，在狭长的空间里放了几张小桌子，感觉颇为局促，但那有点手作味道的非专业布置，颇富文青气息。我一进店就看见岸声坐在最里面的吧台前的位子，虽然有点昏暗，但他的高个子还是十分明显。我一坐下来便说：

不好意思，迟了一点。想不到那边的空地停车场已经关了，围了板变成地盘，好像盖什么新屋苑的样子。结果在街上找车位找了一阵子。

没所胃啊！反正我早就在这里，随便看点书。

我看见桌上放着一杯已经差不多喝光的冻奶茶，旁边有一本刚合上的书，竟然是锺晓阳的《爱妻》。书的封面有点残旧，显然不是新买的。果然，他说：

这本书，不久前从搬屋时未开的箱子里翻出来的。买的时候还是本科生呢！我记得当时跟老师你聊起锺晓阳，你还好像有点不特别欣赏的样子。

是吗？有这样的事？

有呀！我也有点奇怪，因为师母常常被拿来跟锺晓阳比较，我还以为你一定会被这种风格吸引。

我没有不欣赏锺晓阳啊！怎么会呢？

我矢口否认说，心里却在思索，他拿出这本书有没有特别的用意。他是想对我作出什么暗示吗？是讽刺我还是什么呢？

这时一个女服务生从吧台后面走出来，问我喝点什么。我说要一杯伯爵茶加奶。她转向岸声，以很熟稔的口吻说：

你也多要一杯什么吗？

岸声考虑了一下，说了声好，那女孩便说：

Decaf 咖啡？

岸声微笑着点了点头。女孩又问：

要不要吃点什么？你坐了大半天，肚子该饿了吧？不如吃个鸡肉蘑菇批？

老师你也吃点吗？这里的鸡肉蘑菇批不错。

岸声转而问我。我并不很饿，但既然是下午茶时间，也不妨吃一点。主要是不想破坏开局甚佳的气氛。

女孩嫣然一笑，一扭纤巧的腰肢走开了。我这才看清楚，女孩年纪颇嫩，约二十来岁，肤色黑黑的，剪一头及腮短发，戴一副大圆框眼镜，也不知是否真的近视，样子甚为甜美。

她叫作小黑豹。岸声说。

真的吗？你胡说吧？

骗你做什么？不信你试试叫她小豹。

我摇了摇头，说：

好一个动物世界啊！

大家哈哈一笑，突然就静了下来。我连忙又捡起话题，望着桌上的书，说：

你终于离弃你的德日进了吗？

哪有！德日进是老朋友喇！虽然被他的伟论迷了一顿，险些走火入魔，但毕竟相交一场，给我许多启示，我不会否定他的。只是，整天活在宏大而抽象的理论中，真是太累人了。也许我像伯林所说的托尔斯泰一样，本来是只狐狸，但却一直努力扮演刺猬，结果把自己弄得焦头烂额。放松心情，不求甚解，看看没有什么大题材的小说，果然有释放的感觉。

这不像你从前的品味啊！

我的品味，不也是老师你培养出来的吗？老师你别误会，我不是把责任推到你头上去。我自己是个怎样的人，天生怎样的性格，我心知肚明。也许，就是因为我和你有相似之处，我从前才会被你吸引，而一直跟你学习吧。

我苦笑了一下，说：

看来，我和你也要自我检讨和修正一下了。

总好过只是同病相怜吧。

阿声，你看来气色好了不少。我来之前还有点担心你，看到你就放心了。你有看医生吗？

看医生？看什么医生？

岸声耸耸肩，一副不认真的样子。这时，那个叫小豹的女生把饮品和食物送上来了。她弯着腰，有点笨拙地把东西从托盘移到餐桌上。我忽然明白了岸声的意思。女孩说了声"慢用"便又退去，眼神好像回过来望了岸声一下。我握着拳头在空中向他轻轻一挥，说：

你个衰仔！

他连忙辩解说：

没有啦，只是想重新做人而已。我最近也戒烟了。其实，还常常有心情低落，什么都不想做的时候，但比之前稍为减少了。有时觉得生存还不错的，世界也不是完全黑暗的。只要，自己没有定出太高的期望。你说，是不是有点妥协的意思呢？

也没有的，毕竟理论和现实永远是两回事。

有些事情，阿虎是说得对的。

你跟她……

我们正式分手了——也没有再见过面。

他后半句的强调令我感到奇怪。想来，自从庭音交论文那天，便一直没有她的消息。我本来想说：我也没有见过她。但是，觉得好像反而煞有介事，便没有说出来。

那么，你的剧还演不演？

演！当然演啦！演员和场地都约好了，连日期也定了，在9月初。到时老师记住来看。写的时候牵涉许多私人情感，到现在反而有了距离，不再"酸的馒头"了。

你的看法变成熟了。

三十几岁人了，还不成熟会很大镬[1]！

现在一镬熟[2]了！

我们又哈哈大笑了一轮。我想起了一件事，说：

你知道吗？原来真的有人在研究意识运作和精神融合的事情。据说是一个结合脑神经科学和电脑科技的学科，名称竟然叫作 Noos Computation and Engineering。其中一个特定的计划，还叫作 Project Omega 呢！

真的吗？太不可思议了！我以为这些东西只是德日进的空想呢！那么，《攻壳机动队》的世界也会成真吧！

我看只是时间的问题。我认识一位这方面的研究员，他还邀请我太太合作，做一个记忆复制和再生的实验。

你太太？

对啊！对方说想找一个小说家，因为小说创作跟意识的运作有

---

1 严重。粤语。

2 一起遭殃。粤语。

非常相似的地方。

老师……

当然，我还未答应对方。也要等我太太回来，跟她商量过才能做决定。

岸声似是对实验有保留似的，用手不停地揉搓着胡子刮得很干净的下巴。不知怎的，他忽然转了话题，说：

阿虎最近好吗？

顺着之前的思路，我不想说没见过她，便答道：

不错呀，在专心应付考试。应该很快就完成了。

她对毕业后的打算，有头绪了吗？

我很奇怪他为什么问我这些，便含糊以对，说：

相信还要慢慢考虑吧。反正也不用心急的。

说的也是。而且，又不用考虑到生计的问题。

我觉得岸声的语气有点怪怪的，但又不便问明。他接续又说：

其实老师可以跟我一样重新开始，我也很高兴……不过，老师的年纪也不小了——当然，有些事情，也不是年纪的问题——我也不是那么迂腐的，但是，怎样说阿虎也是处于还未稳定下来的阶段。之前我担心过的问题，对你来说，可能更值得细心考虑。请不要误会，我不是想说阿虎的坏话。我和她的事情，已经完全撇清了，我没有必要破坏你和她的好事。但是，相信你也清楚她的性格，她是动物型的（这样说没有任何贬义），也即是凭本能或直觉做事的，不像我们这种思前想后的人。所以，对于如何可以长久相处下去，确实是不得不互相适应和调整的。不好意思，我不是想奉劝老师你什么啦。有什么事情，老师你自然懂得应付。不过，身为过来人，出于一番好意，多说两句而已。请老师不要介意！

我向岸声报以微笑，但是心里却觉得，他在恭恭敬敬的外表下，似乎带有示威的成分。说得难听点，就是绵里藏针了。他早前的误会，基本上一点也没有作出纠正。他只是摆出一副大方地把女朋友让了给我的样子，而且还以过来人的身份，好言好语地给我一番忠告。我觉得必须从根本否定他的错误想法。可是，心里却有点不服气，觉得不应该由我来亲口否认。就好像给诬告了，还要自己费唇舌去澄清、举证和辩护，实在有违公正原则。我选择说些毫不相关的事情：

你今天有看新闻吗？李斯特城夺得了今届的英超冠军！

岸声给我杀个措手不及，一时搭不上话来。

这是李城创会一百三十二年来第一次夺冠！弱旅胜强队，简直是个童话故事！今早我太太来电，说她房东开心得把大厅的电视机推倒在地上！他是个忠实李斯特城球迷，纵使球会从未夺标，他也死心塌地地支持了它大半生。另一个来自李城的，是我太太喜欢的小说家 Julian Barnes。你知道吗？李城球会的会徽，是一只狐狸啊！

老师你有睇波[1]的吗？我好像没听说过？

没有，我一向不看的。但不知为什么，这个消息令我兴奋莫名。

的确是个振奋人心的结果。但是——

但是什么？

岸声似是陷入为难的局面，双手张开，在半空像是要按捺着什

1　看球。粤语。

么似的，说：

但是老师始终要面对现实。

现实？

我知道他想说，我太太快要回来，但我却有外遇的现实。可是，我越是觉得荒谬，便越是不屑去澄清。他怎么看我也好，只要我自己问心无愧便可以。只是，想到连自己多年来最得意的学生也不了解自己，心里又泛起了悲哀。他见我不做回应，便又说下去：

老师的心情我很明白。我当然希望老师你过幸福的生活。你也有完全的权利去做出自己的选择。只是，你不妨把事态的发展延缓一下，不用太心急做决定。没错直觉很重要，但也要适当的理性去作出平衡。做了错误的决定，便不能回头了。

岸声继续那苦口婆心但却无的放矢的劝说。我坚持采取迂回策略，不跟他正面交锋。我一边点着头，似是同意，一边却又顾左右而言他，说：

我最近在写东西。

写小说？

不是一般的小说。不是虚构的故事，是纪实的。但是，严格来说，也不能说是写日记，因为不是每天即时的记述。大概是把过去一年来的事情，断断续续地记录下来。不过，根据一位意识研究专家的看法，人的记忆本身具备虚构的功能，也即是在纷杂而庞大的记忆资讯中，选取有用的部分来编织自我的故事。所以，广义地说，也可以说是某种的小说创作。

老师把自己的生命当作小说来写？

你这说法不错。

那你的生命小说，应该不会是写实主义的吧。

当然不是那种典型的写实主义，但也绝对不是超现实主义的。

我看，也不像是现代主义，而有一点点后现代主义的色彩吧。

是吗？那就不妙了！

是个爱情故事？

可以这样说，很可能还有一点科幻的成分。

看似胡扯地说着，我和他之间的默契又回来了。之前的分歧都抛到一旁，彼此好像都了解对方的心意，而不再存在猜度和提防了。

老师，恭喜你！你的创造力回来了！

岸声举起杯，我也举杯跟他相碰。

假使用小说来理解，一切幻惑也就不足为奇了。那你就不必理会我刚才说的一大堆话。这点认识，至少我还算是具备的。他说。

他真不愧为我的高徒。对于人，我还是不应该太绝望。

在不经不觉间，两个鸡肉蘑菇批已经吃完了，咖啡和茶也喝光了。黑女孩过来帮忙收拾东西，岸声突然说：

我老师想知道你是不是真的叫作小黑豹。

女孩有点腼腆地说：

人家皮肤黑有什么得罪你了？

我便插嘴说：

别误会，他不是取笑你。他是在赞美你呢！他只是一只小狐狸，你不用怕他。

哪有这么高大的小狐狸？我看你比较像长颈鹿呢！她说。

我们大笑起来，女生却满脸羞涩地避走了。

350

　　我觉得也聊得差不多了，见好即收，便起来告辞。岸声坚持要请我，我也不客气。他说想再留下来看一会儿书，我便识趣地自己先走了。临行前，岸声说：

　　老师请不要嫌我多嘴，最后一句——以小说论小说，我看你还是要小心那支契诃夫的枪，最好别让它发射。那是最高境界。

　　我没完全听懂他的意思，但记在心里，向他挥一挥手，回身离开咖啡馆。

　　刚走到两条街外的路边泊车处，收到岸声的手机讯息，说：

　　老师，我不是有意带着那本书的，请见谅！

　　我耸了耸肩，关上手机，打开车门。

36

大蛇：

转眼间，又到 5 月底了。距离离开剑桥回港，只有不到一个月时间。徐志摩说，康桥的春天是"寸寸黄金"，"这一辈子就只那一春，说也可怜，算是不曾虚度"。虽然说得有点夸张，但感觉的确是真切的。

早前榛子表妹来访，住了两天，算是告别。她对于可以去参加剑桥的 Formal Hall，表现得很兴奋。至于没法抽出更多时间一起到处游玩，大家都感到有点可惜。紧接着便是 BW 从西班牙过来，先在剑桥住几天，然后一起去威尔斯的 Hay-on-Wye 参加书节。特别是去听 Svetlana Alexievich 的演讲。她是以报导文学获得诺贝尔文学奖的作家。BW 非常喜欢 Alexievich，我受了她的影响，这年也断断续续地读了一些，好像 *Voices from Chernobyl*、*War's Unwomanly*

Face、*Second-hand Time* 几本。那种纪实的写法，跟小说创作不一样，但又绝不粗疏，笔法和安排都是经过细心考虑的。可以看出，作者对采访对象都有同情和关怀，但是，绝对没有因为题材的尖锐而流于煽情，或者随便做出过于轻率的判断或结论。她总是留有余地，让声音和事实呈现出本身的面貌，避免加以渲染和扭曲。从中我了解到，热情和克制是必须相辅相成的。至于内容的震撼，无论是切尔诺贝利核事故的真相、参与二战的苏联女兵的经历，或者苏联解体后生活的变迁，就不是能够轻易复述的了。这也令我思考到，小说和纪实叙述的分别。20 世纪的许多可怕经历，似乎单单是亲历者的证言，已经道尽了个中的恐怖和荒谬。对于这个程度的伤害，再加以虚构不但有点多余，甚至可能是一种不尊重了。可是，小说纵使并不直接描写真实的人和事，它始终会触及现实的课题，而现实又难免涉及暴力和伤害。那么，小说应该如何面对和处理伤害呢？小说又应该怎样写，才是对受伤害者的真正关怀和尊重呢？这些相信都是 BW 会关心的问题吧。

这两天和 BW 逛了剑桥不少地方。知道她在读维根斯坦，我们便一起去寻找哲学家的足迹。维根斯坦来到剑桥，本来是要师从罗素的，但是，后来却觉得罗素不外如是，便自己发展出一套独特的哲学。他的第一本书 *Tractatus Logico-Philosophicus* 只是薄薄的一本，却声称已经解决了所有的哲学问题。二战后再出了第二本书，叫作 *Philosophical Investigations*，思想取向却大变，甚至否定了自己的前作。我最近尝试去啃这两本书，但可能我真的不是念哲学的材料，怎么努力也只是一知半解。我和 BW 找到维根斯坦的故居，只是一间石屋，而且已经封闭了，外面挂着一个纪念的牌子。他的墓地有点难找，是一块普通的平卧的石碑，上面什么都没有，只刻着名字和生卒年份。有趣的是，在石碑上除了两支蜡烛，还有人放了一个卡通片 *The Simpsons* 中的二妹 Lisa 的小头像。

除此之外，也和 BW 去过 Grantchester Orchard 喝茶，期间跟她谈起徐志摩，说了一些我的感受。我最近常常想到他的一些事情，又重读了他写剑桥的文字。最早的是他第一次离开剑桥时的长诗《康桥，再会罢》，然后是散文《我所知道的康桥》，最后是那首中国现代诗歌中的名作《再别康桥》。从前读也只是一般地读，这次我特别留意到背后的处境和脉络。

《康桥，再会罢》是徐志摩第一次留洋，在英国逗留两年，准备回中国前所作的。除了热情洋溢和意象丰富，在诗艺方面似乎没有太大可取的地方。但是，要了解一个深受西方浪漫主义精神影响的中国年轻学子的心情，却的确有很鲜活的呈现。这首诗颇长，带有叙事性，从开始留学说到回国。徐志摩之前虽然去过美国，又在伦敦待过，但是他真正受到启蒙的地方，是剑桥。剑桥带给他的，是对自然之美的发现。他庆幸"楼高车快的文明，不曾将我的心灵污抹"。他对于剑桥的牧场农地、小桥流水、园林建筑，全部都津津乐道。要说是大自然，其实也只是乡间而已。不过，这似乎已足以令他感到远离文明的烦嚣，在简单和朴素之中，寻到了人间的珍宝。要知道，徐志摩是个富家子弟，现代的物质繁华他早就享受到了，反而更看重精神上的满足。对他来说，剑桥"山中有黄金，天上有明星"，而"赖你和悦宁静 / 的环境，和圣洁欢乐的光阴，/ 我心我智，方始经爬梳洗涤，/ 灵苗随春草怒生"。又说："然这一年中 / 我心灵革命的怒潮，尽冲泻 / 在你妩媚河身的两岸"，以及"康桥！你岂非是我生命的泉源？"在在都强调，剑桥是一个令他重获新生的地方。

事实上，徐志摩在英国的两年间，经历了什么呢？他在诗文中都说得十分含糊，几乎就只是游山玩水，在草坪上看书午睡，在河上泛舟轻唱。对于学业，并没有谈及修了什么课，读了什么书，也没有详及交了什么朋友。在《我所知道的康桥》里，我们只知道他在剑桥最得意的是独处。他说"单独"是一个"耐寻味的现象"，"是任何发见的第一个条件"。所以，他在剑桥之所以有又大又深的发现，主要是因为难得的"单独"生活。他的单独生活是怎样得来的呢？首先就是跟元配张幼仪离婚。徐志摩对家庭安排的旧式婚姻，早已深恶。妻子带着长子来到英国找他，并未能挽回他的心意。相反，他趁着在外国远离双亲约束的机会，提出离婚，甚至连妻子再度怀孕，他也不为所动。结果，两人便于1922年离婚了。这，大概就是徐志摩最称心如意的"单独"生活的开始。

对于徐志摩的离婚，当时肯定是指责者多，同情者少。支持的人，都盛赞此事为追求精神和恋爱自由的壮举。他自己也是这样地坚信的。甚至连张幼仪，事后也"感谢"前夫，令她学懂了如何做一个独立的现代女性。所以，从道德上去评断此事，显然是有点不着边际的了。不过，同样明显的事实是，徐志摩在英国邂逅了林徽因，并且立即爱上了这位聪慧、美丽，而且跟他自己一样现代的女孩。他当然从没有在诗文里明言过，但他在剑桥得到的心灵释放，却肯定是有着这样的背景的。他所讴歌的爱情，背后也暗藏着一个特定的对象。那时候，他大概以为，他和林徽因还有发展下去的可能。所以，他离开剑桥回国的时候，虽然依依不舍，但却是一副充满期待，意气风发的样子。不只期待着回国，也期待着再次归来。他说出了"康桥！汝永为我精神依恋之乡"的壮语，又说"来春花香时节，当复西航／重来此地""记好明春新杨梅／上市时节，盼我含笑归来"。除了狭义地表示他重游剑桥的意欲，其实也代表着他对未来的人生的殷切盼望。这一切，似乎都有林徽因的影子。

　　当然，我们都知道，林徽因早已许了给梁启超的儿子梁思成，而徐志摩又是梁启超的弟子。徐林的因缘，似乎从一开始就没有圆满的可能。最重要的是，林徽因本人的意愿似乎颇为含糊。她并没有积极地回应徐志摩的追求，但是，又好像乐于跟他保持某种精神情爱的关系。其实，由始至终，她都是徐志摩的理想的化身，而理想，是不宜经历现实的考验的，要不，就会遭到幻灭。这似乎也是林徽因深明的事情。与之相比，徐志摩却是个彻底地天真的人。他以追求浪漫爱情为终身的志向。虽然在剑桥深受自然的真朴的熏陶，但他毕竟是个富家子，对于声色场所和社交游乐也并不抗拒，所以才会和陆小曼这样的女子恋上。两人的热恋和苦恋，在现代文学中也是极为闻名的了。可是，试想想，陆小曼和林徽因，两人的品性相差何止天地？徐志摩纵使排除万难，终于跟陆小曼结成夫妻，他的幻灭也几乎是无可避免的了。陆小曼的骄纵、贪玩和挥霍，令徐志摩疲于奔命。当家里断绝经济支援后，他就全靠自己在大学的教职去维持妻子庞大的支出。这对于过惯公子生活的徐志摩来说，肯定是极为艰辛和难受的事情。至于陆小曼的出轨，也许只是雪上加霜而已。最大的打击，莫过于追求理想的失败，也即是他曾经坚信的人生观的否定。他的精神之乡剑桥所代表的一切，令他既怀缅又痛苦。

在重温了这一切背景之后，再来重读徐志摩的《再别康桥》，感受就完全不同了。以前念书，读到这首诗的时候，都只是抽象地欣赏它的语言艺术，好像它是凭空地写出来的东西似的。但是，当我们想到，在 1928 年，徐志摩正经历着人生的低潮的时候，再次重游剑桥，他的心境和第一次跟它告别，差别是何其巨大。康桥依然是纯美的，是理想的，但是，告别康桥的那个人，却已经不如当初的奋发昂扬，也没法再做出任何美丽的期许了。从前的康桥是"寸寸黄金"的春天，如朝阳一样充满生机，今日的康桥却已步入黄昏，渐进黑夜。诗人"作别西天的云彩"，就如他要作别曾经的美梦。夕阳的艳影，虽然在心头荡漾，但天上的虹，却"揉碎在浮藻间，沉淀着彩虹似的梦"。从前的升腾和飞扬，现在都变成坠落和沉降。美景都染上了虚幻的色彩，仿佛随时会被戳破。而那曾经胸怀壮志的"我"，如今也只"甘心做一条水草"，变得卑微而无力了。至于"寻梦"，也成为了近乎不可能的事情。本欲"满载一船星辉，/在星辉斑斓里放歌。"可是，有什么阻止了诗人纵情抒怀。"但我不能放歌，/悄悄是别离的笙箫；/夏虫也为我沉默，/沉默是今晚的康桥！"对于勇于违抗世俗，大声疾呼的徐志摩来说，"沉默"是个多么奇怪，多么不协调，多么刺眼的词儿！"沉默的徐志摩"，几乎是个不能成立的形容。但是，此时此刻，诗人陷入了沉默。所以，"轻轻""悄悄"都有了难以承受的重量，"挥一挥衣袖"也只有表面上的潇洒，而欠缺实际上的力量。徐志摩和剑桥，就像他另一首名诗《偶然》所说的一样，"你有你的，我有我的，方向"，只留下彼此"在这交会时互放的光亮"。当初信誓旦旦的"精神依恋之乡"，现在都如过眼云烟了。这也许才是《再别康桥》最深邃的哀愁。

当然，徐志摩最终也真的归于沉默了。1931 年 11 月 19 日，他从南京坐飞机往北平，打算赶去听林徽因的建筑演讲会。不料飞机在济南遇上大雾，撞山而毁，诗人也以格外激烈的方式殒命了。同年 9 月，也即是意外发生之前不久，林徽因在徐志摩有份创办的《新月》杂志上发表了一篇小说《窘》，里面的男主角维杉，无论在性格和背景上，都跟徐志摩相似，而且同样是三十四岁。而维杉爱恋上的十七岁少女芝，说不是林徽因自己的写照也没有人会同意。时值暑假，维杉在北京百无聊赖，到比他年长的朋友少朗家闲聚，碰上了对方的女儿芝。在不经不觉间，维杉被少女的举手投足所吸引，但也因为年纪的差别，而常常感到困窘。三十四岁说老不老，但也肯定不能算是年轻，而和真正的二十未到的年轻人相处，总觉得有一段尴尬的距离。特别是当他对芝产生情意，一想到自己是对方年龄的一倍，女孩又是朋友之女，心情便患得患失。芝对维杉，也表现出暧昧的反应，似是信赖，又似是爱慕，但又并不明言。虽然林徽因跟徐志摩年纪只相差七年，但当初双方在英国认识，林徽因大概也只是小说中的芝的年纪。对当时的少女林徽因来说，这位志摩哥哥也许亦已是一个成熟的男人。而芝的外貌、性情和出国留学的志向，很明显就是活脱脱的少女林徽因。奇就奇在，在 1931年，林徽因跟梁思成结婚已经三年，而徐志摩和陆小曼虽然婚姻不顺，怎么说也是个有妇之夫，林为什么会写这样的一篇小说？小说的设定，是由男主角维杉的角度出发，去观看和爱慕少女芝。那么，林徽因的做法，就等同于想象徐志摩是如何地观看和爱慕自己了。这真是一件相当耐人寻味的事情。虽然经过小说化的处理，但是，当时的友侪要对号入座，相信不但轻而易举，简直就是非此不可了。徐志摩死后，林徽因对两人私下的事情自然绝口不谈。作为后来者，我们便只有猜想，到了最后，"康桥 / 林徽因"这个结合体，依然是徐志摩的原初最爱，但是，在现实里却如河上之虹，镜中之月，注定是无法拥有的了。而林徽因的现实感，也许比徐志摩强，所以她只是想把他保留作一个永久的爱慕者。至于把这称为柏拉图式的恋爱，则不知恰当不恰当了。

我也不知道我们是否应该庆幸，跟这些神仙眷属似的人物相比，我们都只是凡夫俗妇。我们没有经历过那样的试探和暗示，没有尝到过那样的错失和悔恨。我们只是简简单单地在生命中遇上，爱上，然后一起生活过来。所以，我们的婚姻也没有什么值得别人称道和传诵（或飞短流长）的地方。你问我有没有半点失落，我可以肯定地说是没有的。当然我也不会取笑徐志摩，说他天真幼稚，"酸的馒头"——不但指他的诗，也指他的人生。有人可能会觉得，他对康桥的热情有点造作，有点夸张，或者过于文艺腔。他的那种诗风，也不太为一些高端的诗人和诗读者所欣赏。但是，在剑桥生活了接近一年，再重读徐志摩的文字，我可以体会到接近一百年前的他的心情。除了是他一个人的心情，也同时是一个时代的心情。那初创的新的中国，初创的新文学，初创的新语言，初创的新思想、新感情。一个年轻人，急切地抛弃旧习俗、旧思想，孤身前往遥远的国度，拥抱新的文化，接受新的培育。不只是知识的培育，更加是情感的培育。他尝试到西方的浪漫主义、自由主义里去寻找人生的新天新地。他为现代中国创造出新的"爱"的观念，"自由"的观念，"真"的观念。这些都是从前没有的，前无古人的。但是，他也因此注定要领受失败和幻灭的苦楚，受到文化中的守旧者、现实中的老练者、政治上的前进者的嘲笑。

胡适在哀悼徐志摩的文章里，公开了梁任公劝诫徐志摩勿过分沉迷于梦想的私人信件，也公开了弟子对老师的回答。徐志摩这样写道："我尝奋我灵魂之精髓，以凝成一理想之明珠，涵之以热，满之心血，朗照我深奥之灵府。而庸俗忌之嫉之，辄欲麻木其灵魂，捣碎其理想，杀灭其希望，污毁其纯洁！我之不流入堕落，流入庸懦，流入卑污，其几亦微矣！"关于爱，他这样说："我将于茫茫人海中访我唯一灵魂之伴侣；得之，我幸；不得，我命，如此而已。"

徐志摩对于自身的命运，最终虽无宰控之力，但却是明明于心的。

幸运的

小龙

37

　　学生的论文全部都通过考核了。他们说要请我吃一顿晚饭，约了在沙田的 Simply Life 餐厅。这天的中午，我照样去到康本国际学术园的 Cafe 330。在那次的事情之后，我觉得应该避免跟余哈见面。合作计划的事，也没有谈下去的可能了。虽然觉得可惜，但也实在没有办法。老实说，余哈这个人，确实是有他的个人魅力的。我绝对不愿意否定他，更不要说讨厌他。不过，我的心只是等着小龙回来，而且，取向的事情是不能勉强的。奇怪的是，纵使如此，我居然忍不住又去了那个可能碰见他的地方。

　　大考完毕，暑假开始，本以为校园会变得清静，怎料咖啡店却挤满了人。经过楼下的时候，看见开什么研讨会的招待处，很多拿着文件夹、挂着名牌的学者状人物在扰攘。午休时间，与会人士都挤到咖啡店里吃东西，找不到位子的就拿着外卖咖啡杯，站在书店外面絮絮叨叨地聊个不停。整个空间都回响着嗡嗡的杂音。我缩在一张长桌子的一角，低头吃着鸡肉沙律。坐旁边的两个男人，在讨论着刚才的小组课题。我听见他们重复着什么"脑神经元""资讯""记忆""磁力共振"之类的用语。我悄悄地瞥了两人一眼，其中一个约五十来岁，另一个三十来岁。那个较年长的男人也看见了我，突然露出友善的微笑，说：

嗨！你是中文系的 Professor Se 吗？

我有点迷惘地点了点头，对方立即又说：

我是生物学系的 Professor Kim 呀！之前在校务会上见过面，聊过几句。记得吗？

我开始有点隐约的印象。他跟我热情地握了手，又介绍了他身旁的另一位，说是他的博士学生。既然聊了起来，我便问他们在开什么研讨会。他说是一个跨科际的人类意识研究会议，参加者包括脑神经科学、心理学、电脑工程学、医学和哲学等方面的专家。对方见我竟然感到兴趣，便侃侃谈论起这个新兴范畴的发展潜力。听了一大堆我不太懂的东西，我决定单刀直入，问了我一直很想知道的问题：

有关这个范畴，是不是有一门叫作 NCE，Noos Computation and Engineering 的研究？

两人重复了一遍那三个字母，互相望了一眼，露出困惑的神情，一起表示没有听过。

那么，Project Omega 呢？

这个嘛，也没有听闻。难道是我们孤陋寡闻？是在哪里进行的计划？ Kim 教授问。

就在这里啊！在我们的大学，部门设立在科技园那边的。

有这样的事吗？如果有的话，没有理由我们不知道啊！

那么，一个叫……一个三十到四十岁间，深色皮肤，貌似欧亚裔人士的研究员，你们认识吗？

叫什么名字？

不好意思，我一时忘记了。

两人苦苦思索，好像遇上了什么学术上的大难题似的。我又补充说：

经常会在这里出没，瘦瘦的，光头的一个男人。

那博士生突然有头绪了，说：

哦！我知道了，是那个专门在大学饭堂找人搭讪的外籍男人吗？广东话很好的那个嘛！我和一些同事也见过他，说自己从事什么机密研究的，说起来也头头是道啊！

Kim 教授有点惊讶，说：

有这样的事吗？是擅自从校外溜进来的流浪汉吧？

外表完全不像！斯斯文文，衣着光鲜的，说话很有条理，不像疯子。他的学生说。

但是，会不会有什么不良意图？

那就不太清楚了。我也跟他聊过几句，蛮友善的，好像颇有点学识的样子。不过，听说他专找较成熟的男生或教师聊天。

原来是这样吗？是有特别的兴趣啰！

Kim 教授不怀好意地大笑出来。我对谈话开始感到厌恶，便没有追问下去。两人很快又聊到别的事情，批评某位同行的学术水平和品行。我草草地吞下了半份沙律，拿了果汁瓶子，便起来告辞了。

回到办公室，被刚才的一番话困扰着，整个下午也没法专心改考卷。索性停下来，望着窗外的山发呆。也不知呆望了多久，突然就把工作撇下，离开了办公室，拿了车子，向科技园那边开去。

过了科技园，很快便来到那个吐露港畔的屋苑。在屋苑入口，我被保安员告知没有访客车位。于是便又回头把车停在科技园，再徒步十分钟回到屋苑去。我找到上次的那幢大厦，在门口给保安员拦住，问我找谁。我又一次连余哈的真名也说不出来，便说：

找八楼 B 的那位外籍先生。

那个像是前飞虎队成员的保安员露出怀疑的神情，说：

八楼 B 没有外籍住客。

他的广东话很好的，样子也不完全那么像外国人——

不，那个单位没有男性住户。

那……对了，他很可能扮成女人出入，他是有这个习惯的……

我觉得自己越说越荒谬。对方显然充满戒心，斩钉截铁地说：

先生请问你要找谁呢？你说的跟事实完全不符。你是不是记错单位了？还是找错座数？

没错，我肯定是八楼 B，向海的单位。我早前不久才来过。是户主邀请我来的。你不信，可以用对讲机向户主问问。我姓余，他知道的。

保安员的神情已经转为不耐烦了。他看了看手表，说：

首先，平日这个时间，户主很可能不在家。其次——虽然我的职责是不应该透露住户的资料的，但是，为了让先生你明白，我可以简单地告诉你——你所说的单位的住户，是一位老太太。平时也没有任何男性或年轻女性出人。

对方说得这么明白，似乎已无争辩的余地。他没有向我说谎的必要。我非常困窘地说了声对不起，嗫嚅着可能记错了之类的无用的说话。

我朝海边走去，沿着单车径走回科技园。今天阳光普照，炎热迫人，跟那天的阴郁天气完全不一样。吐露港的上空湛蓝如水，远处的山后耸起了白雪般的云柱。我走到满身大汗，但却浑不介意，因为我的意识近乎空白一片，活像一具行尸走肉。在海边待了大半天，看看表，竟已是五点半，于是便到停车场去把车取回。

晚饭约了六点半。有学生早已去排队拿位子。我到达的时候，六人已在座上等候。见他们不问成绩，总之通过了就很开心的样子，我的心情也放松下来了。庭音今晚穿了条黑白横条纹的连衣短裙，不知怎的很眼熟，好像在哪里见过。大家七嘴八舌地聊着考试、暑假和前途的事。其中一位成绩甚佳的男生准备念研究院，已被录取，一位女生获聘用为中学老师，三个还在积极找工作中，只有庭音一副无处着落的样子。我见自己一年来的指导没有白费，心里也甚感欣慰。被他们的天真气息感染，我也放开怀抱说了些胡话，全无功勉或训诫，一点也不像个老师。

一顿饭过去，大家便各奔前程了。他们还说年年要回来找我吃饭，我就暂且听在耳里。从前也有不少学生这样说过，但真正能保持长久关系的不多。我想起了岸声，又看了看庭音，心里不禁黯然。

在餐厅门口，学生们又不舍得地站着聊了一阵。五人说回宿舍，一道去坐火车。庭音说今晚回家，坐巴士。大家便挥手道别。
其他人走后，我和庭音走了几步，我便提议开车送她回去。她并不
拒绝，好像那是早就约好的事情。她问我去不去买面包。我说很饱
了，今晚不必。在走往停车场的途中，我说我早前见过岸声。她有
点好奇，问我他最近如何，我说：

情况没有恶化，情绪似乎稳定下来了。有说有笑的，没有任
何怨怼。那个剧也在筹备之中，9月正式演出。看样子，你不必担
心他。

那就好了。

不过，对于我和你的事，他还是有误会。我也不知怎样解释
好了。

何必解释呢？

我斜着眼看了她一下，想揣摩她的意思。她穿了横纹裙子，
看上去没那么瘦。那些黑白条纹，在腰腿之间的位置，像斑马般
扭动。

怎样也好，总觉得有点可惜。我说。

可惜？

你和他，本是一对。

她扑哧一笑，说：

谁跟谁本是一对的呢？

车子开出停车场的时候，我说：

我没有记错的话，你家应该是在将军澳的吧？

她点了点头。车子去到路口的红绿灯，停了下来。向右转，穿
过大老山隧道，经九龙东，可以去到将军澳。但是，庭音突然说：

可以向左转吗?

左转? 但我已入了右转线。你改变主意, 想回宿舍吗?

不, 我只是不想向右转。

灯号转了, 我要立即做决定。我改为打左转灯, 让左面的车子先过去, 等待空隙。排在我后面准备右转的车子不耐烦地响起号来。幸好左面的车流很快便断了。我向后面举了举手, 以示歉意, 一下子就扭了方向盘, 越线转入左边的路口。那是通往北行的吐露港公路的方向。

当车子进入高速公路, 我问:

想去哪里?

不知道, 就一直待在路上吧。

她是对前途感到迷惘吗? 我叹了口气, 把着方向盘, 转进快线, 踩下油门。

黄澄澄的灯光在她的脸上掠过。她抱着双臂, 身上的黑白条纹变成了黑黄条纹, 看上去像头年轻的雌虎。我开启了汽车音响, 一首节奏明快的华尔兹在空中响起, 当中却有不知是爵士乐还是俄罗斯民歌的调子。她说:

这是什么?

萧斯塔科维奇, Waltz No. 2。

很好听! 很想跳舞呢!

懂得跳 Waltz 吗?

不。

我也不。

过了一会, 我又说:

这首 Waltz，是我太太今早传给我的。她说一早起床，听到这首曲子，感觉会很愉快。

那……你真的感觉愉快吗？

我觉得她的问法有点奇怪。瞥了旁边的她一眼，看见她又挂着那欲言又止的表情。

乐曲重复播到第四次的中段，车子便回到我家楼下。

我开了门，亮了灯。庭音进来，在玄关脱了鞋子。我问她要不要喝点什么，她说：威士忌。我顿了一下，走进厨房里。

出来的时候，看见赤着脚的她站在落地玻璃窗前，望着外面漆黑的群山。我把一只小杯子递给她。她接过来，放在鼻尖前闻了一下，然后呷了一小口，用舌尖舔了舔嘴唇。她回过头，指向外面，说：

你看，外面的蝙蝠只剩下一只！

我望出去，眯着眼，在昏暗中真的看到一只小小的黑色飞行物，单独地在空中盘旋，姿态有点神经质。我说：

对啊！我一直也没有留意到呢。

我回望她，发现她双眼通红，泪水在眼眶里打滚。我想，她一定是想起了自己和岸声的事吧。上次他们并肩站在这里，已经是半年前了。但我没有任何举动，只是跟她保持着两人的距离，站在窗前，慢慢地喝着威士忌。每一小口的威士忌，也把时间分割成更小的段落，但是，最后还是分无可分了。她像是倒数终于到了尽头似的，说：

阿蛇，你做了个很长的梦，是时候醒来了。

我再次回望她。这次，她眼里流露关切的神情，就像过往的许多次一样。

我没事，别担心！

我向她举杯示意，问她还要不要威士忌。她摇了摇头。我从她手中接过杯子，拿回厨房。再出来，她已经不在大厅里。

我走进走廊，经过妻子的书房，从打开的门里，看见小龙坐在书桌前，身上穿着黑白横纹裙子，照着镜，梳着妆。她正拿着眼线笔在画眼线。她转过脸来，看见了我，惊羞地说：

哎呀！终于还是给你看见了！

我发现她手上拿着的是一支黑色原子笔。

你千万不准向人说啊！

我微笑点头，然后又看见，她左腕上戴着那只古董钻石手表。我说：

好漂亮的表！

是吗？

她站起来，向我伸出左手。她的腕很细，表带有点松。

可以拿去调整的。我说。

时间停了。

给它上弹簧吧。

她用指尖夹着那小小的钮儿，旋了一阵子，又递过来，说：

在走了。

我因为老花，看不清，抓住她的手，把她的腕抬近眼前，摘下眼镜。指针指着三点三十五分。我说：

时间不对。

没有啊！刚刚好呢！

她把手放下，但却依然拉着我的手不放。站在门槛上的我往走廊后退，她便跟了出来。然后转了她做主动，拉着我的手，往走廊末端的主人卧房背向着走去。她退一步我跟一步，有点像跳双人舞一样。进入卧房，她一直倒行到床边。我向前，挨近她的身体。她把一直抓着我的右手放到她的左腰上，我的左手便自动地放到她的右腰上。她的双手从后搂住了我的背。我们紧紧地拥抱着，只剩下脸部拉开距离，相望着对方。

小龙，你终于回来了！

大蛇，你挂念我吗？

我当然挂念你。

我也很挂念你呢。大蛇，你几时回来？

我……

萧斯塔科维奇的《华尔兹第二号》在空中响起。

我们摆出舞蹈的姿势，开始旋转，旋转，旋转。

旋转的空间越变越大，像是膨胀中的宇宙，几乎没有边界。

在美妙的晕眩中，我们像两片相连的叶子，回旋着，掉落意识的深处。

醒来的时候，天已大亮。我躺在床上，身边却没有人。在那空出来的地方，摊开着那件老虎 T 恤，上面搁着那只古董钻石手表。枕头上，狐狸和刺猬互相依偎。

38

2016 年。

6 月 11 日，英女皇伊利沙伯二世官方生日，举行一连串庆祝活动。

6 月 13 日，Wolfson College 花园派对。

6 月 15 日，于 The Eagle 与朋友告别聚餐。酒吧于一六六七年开业。1953 年詹姆斯·华生和弗朗西斯·克里克在此午餐时，列出了 DNA 双螺旋结构中的二十种氨基酸。

6 月 20 日，房东家人欢送晚餐。

6 月 23 日，英国脱欧公投。

6 月 25 日，离英回港。

6 月 29 日，结婚十九周年纪念。

2017 年。

6 月底，我把这几个月来写下的东西，以电子邮件传送给庭音。没有特别的用意，只是觉得她有看的权利。当天晚上，收到她一连串的手机讯息，说：

阿蛇，看来你宝刀未老啊！

别误会，我是指你写小说的功夫。

恭喜你，你的"爱妻故事"终于圆满完成了。

对于在当中我也扮演了一个角色，我深感荣幸。

不要以为我生气。我是真心的。

而且，古老的故事结构，总要出现三次重复。

这些我都是理解的。

不过，车子事实上是向右转了。

所以，在现实中，"契诃夫的枪"相信不会发射了。

这也说明了，真实和虚构的分别。

这一年来，我和声也一直按捺着不说出来。

但是，事实你是明明知道的。

我一直相信，你有你自己的处理方式。

看到你的小说，我知道你找到了。

以幻惑对治幻惑，看来的确有点奇怪。

但是，浮生若梦，实在也是无可奈何。

其实我也要告诉你一件事。

我早前申请了到英国的工作假期许可，批准刚刚出来了。

我买了机票，下星期就会离开。

我大概会先尝试在伦敦找工作。

至于留多久，一年还是两年，暂时还未决定。

所以，阿蛇，我们就此告别了。

"酸的馒头"的就不说了。不过，还是要说声：

谢谢你！

保重了！

小虎。

我走进妻子的书房。金色的表盒还放在书桌上，里面是那只古董钻石手表。房间内堆满了纸箱，上面有妻子庄秀的笔迹，写着家里的英文地址。我用剪刀逐一切开箱子的封口，拿出里面的物品，慢慢整理。当中有动物图案的毛衣、裙子、绒大衣、运动鞋、高跟鞋、小型打印机、纪念品、日用品等。当然少不了书本。我把几十本书在窗台上堆叠起来，逐本翻看，然后选出其中几本。在书桌前坐下来，拿过纸和笔，列出一张读书清单。

我从书架上挑了《爱妻》，拿到大厅。冲了茶，拿出今天买的面包，在餐桌前坐下来。

六月天，炎炎夏日已经来临。西下的夕阳，在山后沉落。金光从落地玻璃窗斜照进来，铺满了一地。那只形单影只的蝙蝠，大概是时候出没了。

我一边吃着面包，一边重读小说。霍剑玉、李天良、白华荃、团圆饼家、《浮生六记》《紫钗记》、李益的唱词、篇名的出处，"愿天折李十郎，休使爱妻多病痛。"……

读着读着，那面包也越吃越酸了。

二　浮生

我在哪里？

不用怕，你跟我在一起。

是小龙吗？

嗯，是我，大蛇。

我们在哪里？为什么一片漆黑，我什么也看不到？

别担心，这只是暂时性的，很快就可以见到。

你在哪里？我听到你，但触不到你。

你有触觉吗？

让我看看……有的，局部的，手……脚也有感觉，但不能动。

不要紧的，慢慢来。

你可以摸一下我吗？

好，感觉到吗？这是我的手。

……你的手？……感觉到了，只是有点怪。

慢慢就会习惯。

我发生了什么事？

你陷入昏迷了。

昏迷？几时的事？我不记得……

你一点也不记得？

真的……想不起来。

6月底，在飞机场，接机大堂。我从禁区推着行李车出来，看见你在外面向我挥手。我跑上去，和你拥抱，你说了句：小龙，你终于回来了！然后，你帮我推着行李车，我勾着你的手臂，边走边聊着些飞机上的琐事。在通往停车场的电梯前面，你突然向旁边一挨，晕倒在地上。之后便一直昏迷。

那是多久的事了？

一年前了。现在是另一个6月底了。

我昏迷了整整一年？

也不是……这个，我稍后才跟你说。

我好像做了个很长的梦。

是吗？怎样的梦？

很真实的梦，很多细节都很清晰——不！那不可能是梦！是事实！从你出发去英国当晚开始，然后大学开学，我指导学生写毕业论文，其中有一个是研究你的小说的——

雷庭音嘛，也叫作小虎的。

你怎知道？我有跟你提过她吗？

你继续说下去。

这个雷庭音，她的男朋友就是江岸声，阿声你认识啦，念博士半途辍学的那个。他们之间的感情出现问题，我夹在中间，想帮忙但又帮不上……还有……

还有 S。

对，S。你怎么也知道 S？我好像……

没有，你以前从来没提起过有 S 这个人。

不好意思，我也不是刻意隐瞒的。只是，我和 S 当年真的什么也没有发生，只是普通朋友，所以也不觉得要特别谈到她。其实，我自己也差不多把她完全忘掉了。

太狠心的人噋！

小龙，你不是在意这个吧？

还有呢？你的梦。

还有一个偶然在大学餐厅碰到的外籍男子，他是搞什么脑神经工程之类的，我叫他做余哈。个子瘦瘦，谈吐优雅，才智过人的男子。我们一起吃过几顿饭，谈过一些很有趣的话题——

例如复制记忆。

这你也知道了？那我不用说下去吧。

不，不，我想听你说说。

我本来想把这种科技，用在我的研究上。你知道，近年大学对老师迫得很紧。我在构想一个"叶灵凤计划"，用科技把叶灵凤的精神世界重构出来，甚至令叶灵凤写出新作。听来是不是有点荒谬？

不！一点也不！还有呢？

还有嘛……就是跟你有关的事情吧。你在剑桥的消息、你写回来的书信、等你回来的心情……还有一些从前相处的零零碎碎的回忆……

钟表展之后在酒店房间的事呢？

钟表展？

在科技园附近的住宅里发生的事呢?

……

还有,谢师晚宴之后,在你的车子上,在我们的家里……

最后在你的书房,看见你回来了。不!你没有回来!是我终于清醒过来了。

你之前错过了很多次提示。

是的,但当时我并不知道。

或者你早已经知道,但有什么令你拒绝承认?

所以就等于不知道啊。

是不自觉地选择性失忆了。

应该是这样。不过,到了最后,我终于承认,你已经死了,而我一直在欺骗自己……但是,奇怪了,如果你已经……

没有,我没有死。但你的确在欺骗自己。

难道那些事情都不是真的吗?都只是我的梦幻?

我无法证实,所以想问问你。

我不肯定……我的思绪有点乱。

S、余哈和小虎。这三个人的出现,我有点不明白。

我也不明白啊!你为什么知道得这么清楚?

这个之后再说吧。我读到这三个人的片段,心里十分困惑。

你读到?

嗯,可以说是看到,也可以说是读到。你把它写下来了。

写下来了?想来又好像是这样的。我似乎是当作小说写下来。好像有点头绪了……

嗯,小说。所以就不是真的了?

也不能这样说。的确是有……但又不完全是……

有点诡辩的意味呢。

你应该很清楚，你是个小说家。

……是的，我明白小说的原理，我没有理由不知道当中的吊诡。令我困惑的是，在写我之余，你又写了那三个人物。在一部称为《爱妻》的小说里，不是有点喧宾夺主吗？

小龙，你——

不，我不是吃醋。我只是想：为什么会这样呢？他们对你有什么重要性呢？

可以视为因为思念妻子，而出现的替身吧。

很令人惊讶的说法啊！这三个人，在任何方面都跟我没有相似。余哈就不用说了，S除了年龄比较接近（但她比我大几年），身形有点相似，其他方面，好像样子、性格、人生经历和取向等，都相差很远。至于雷庭音，除了她叫小虎，而我属虎，还有她也是念文学的，我想不到她如何可以成为我的替身。

……这个嘛，也不是从"相似"的方面去看的。也许，可以理解为"另外的可能性"吧。

你在寻找，在妻子之外的"另外的可能性"？

哎呀！也不是这个意思！我是想……从"另外的可能性"的探索与排除，回到你这个起点和终点。

你难道想说，这样做是为了证明"曾经沧海难为水，除却巫山不是云"？

实情不是这样吗？

所以就很自然地让自己云雨几番，然后毫无障碍地在结尾的时候，让女学生摇身一变，变成我了？

哪有什么⋯⋯

至少是意识上吧。

看来你不太欣赏这样的编排。

唉！你还不明白吗？这不是编排的问题！我不是批评你的小说技巧，我是想知道你心里是怎么想的。比如说，当中为什么必须有背叛的成分？

"背叛"不是"爱妻故事"的结构里的一个部分吗？

你是说，爱必然包含背叛，还是必须通过背叛，才能达至爱？这是个非常有趣的逻辑。

我不是说"爱本身"必须如何。因为立意从锺晓阳的《爱妻》出发，去书写我们的夫妻关系，所以便遵循了那个"背叛然后感到悔恨"的模式。

但是，为什么写了背叛，却又把它说成是幻觉和虚构？难道这样就可以不必为背叛负责吗？

所谓想象，不就是一种清醒的梦吗？就算是自觉的，本质上还是一种梦幻。我们怎么能控制自己的梦境？相信任何人也试过，做了一些连自己也不明所以，甚至会令自己感到羞耻的梦吧。如果我在梦里背叛了你，我在醒来之后，会真切地感到羞耻。我会觉得自己对不起你，辜负了你。但是，我觉得无所适从的是，我如何能对我的梦幻负责任呢？我在现实中做过的事情，我知道如何负责，但是，我在心里想象的事情，我却不知道如何负责。而我又无法控制自己的想象，甚至无法完全明了自己因何会如此想象。你知道吗？那些想象简直像洪水般涌出来，要挡也挡不住啊！

　　我明白，那就是写小说的状态。看似是有意识的作为，但其实更接近无意识的活动，只是给予那种浑沌一个形式而已。

　　就是这样了！正如我们不能建立一套梦的伦理，去限制梦的内容，我们也不可能厘定出一套小说伦理，去规范小说的想象。

　　听来好像很有道理，但梦和小说，始终是有分别的吧。身为一个研究小说的人，我一直思考着所谓 poetic license 的问题。那就是，这个 license 究竟有没有界限？如果有的话，这界限又如何划定？

　　想不到原来你也有考虑这样的问题。那你应该很清楚，无论称为梦或者小说，作者的意图已经无法纯粹地抽取出来。不是我刻意含糊或者隐瞒，而是我根本无法向你交代。

　　我不是要求你交代，或者解释什么。我只是想告诉你我的感受而已。无论你称它为道德、人情或者纯粹的品味，小说中的某种东西令我感到困扰。说来真是惭愧，当了一辈子文学研究者，居然没法保持抽离，不但没法不把小说中的那个你当成真实的你，也没法不对那个你的行为感到介怀。而小说中的那个你，居然选择性失忆，不知道妻子已经死了，相反还当她依然活着，如此这般地过了一年。这样的事情，对像我这样的一个专业读者来说，也是相当曲折离奇，不易信服的。

　　但是，你不是曾经问过我，如果你死掉，我会怎样的吗？我想，我大概会因为不能接受，而拒绝去承认这事实。选择性失忆也因此是个很自然的结果吧。你打算写的《浮生》，不就是建基于自己已死的假设，来想象我如何生活下去吗？难道不是你把我写成心理失衡，而产生性放纵的异常行为吗？我倒想知道，为什么你会这样想象我的反应？是因为你一直也认为，我是个不忠的丈夫吗？

没有，我没有想象过你的不忠，也没有写过你的异常行为。你搞错了。我没有写过叫作《浮生》的小说，也未曾有过这样的计划。事实上，写小说的是你，不是我。你才是小说家，我是小说家的妻子，大学中文系教授。

……是这样吗？那么……所有事情都倒置了？

也许，那就是梦的原理吧。

所以，我的不忠……

有这样的想法的是你，也即是那个在梦中的你。

难道，我现在也是在梦中？

……这个，不完全是，但也有点相似。

所以，我只是梦见你了？是你在梦中回来找我了？

你就暂时当是这样的一回事吧。

但是我看不见你。一般的梦纵使虚幻，也会有视觉情景吧。

那你就当是一种特别的，只有意识，或者声音的梦吧。

你还未告诉我，你为什么会看到我写的东西。

唔……那是因为，我看到你的意识啰。

看到我的意识？这是什么意思？

大概就像，我在你的梦境中。

所以你是我的梦境的一部分？

也可以这样说的。同样，你也是我的梦境的一部分。

我们的梦境重叠了？我们处身于同一个梦境？

不妨这样理解。

小龙，你似乎隐瞒着什么。

没有。你给点耐心，事情慢慢就会变得清晰，不能心急。我还是想回去谈你的小说。

你尽管说。

我在想，为什么你要把庭音视为我的替身呢？你投射在她身上的那种少女想象，与其说是对年轻的我的念念不忘，不如说是对自身的欲望的掩饰吧。

你觉得我在表达对你的不满？

也许不是对我的不满，而是我有不能满足你的地方。

你认为我始终介意那件事情？

这是人之常情吧。就算你真的介意，我也不能怪责你。但是，你又何必用这种方式，去表达你的介意？

这种方式？怎样的方式？

只要尝试倒过来设想一下，一个丈夫刚刚过身的中年妻子，因极度的思念而发生选择性失忆，在这期间她却分别跟前度情人、同性友人和一个年轻男学生发生暧昧关系（有没有性只是其次），你认为这作为一个"爱夫故事"，暂且别理会逻辑问题，是不是有点不近人情？

但是，小龙你自己，不是一直偏爱不合常情的故事吗？你不是一直相信人性的难测和人心的不可估计吗？你不是一直也认为，世事是无端的，而人的主观意志是极其有限和无力的吗？为什么你会觉得这样的事没有可能发生？

我不是说这样的事在现实中有没有可能，哪怕只是丁点儿的机会率，更加不是说它是否合符道德；我只是说，文学对于真、善、美的想象，是不是有点性别倾斜？而你们男人，却不但全无察觉，还一直乐此不疲，沾沾自喜？

你几时开始讲究性别议题的呢？

这不是性别议题，而是情感的直觉。你应该知道，虽然我是个文学研究者，对小说理应具备客观分析的能力，但就我个人阅读品味而言，我依然是喜欢富有感情的作品的。我不会说你的小说无情，相反那个丈夫似乎太多情，而且表现在不同的对象身上，只是他自己不承认，或者不自觉吧。可是，对那位死去的妻子来说，这却不能不说是有点忘情了。

他是失忆，不是忘情啊！两者不是有很明显的分别吗？

当然有。不过，他是既失忆，又忘情。不记得妻子已死，是失忆；以为妻子还在，却依然起异心，是忘情。

哎呀！原来是这样的不堪吗？看来这小说本身，才是我最值得悔恨的事情啊！但是，我为什么会出现这样的想象呢？我真的不知道。对于那件事情，我多年来一直努力去体谅和接受。我相信自己不是假装出来的。但是，我必须承认，我只是个普通男人。如果你觉得我有什么男人的幻想或欲望，我是不能否认的。至于更深层的意识问题，我既无法自我分析，当然也无法自我辩护。假使你认为我有什么不对的地方，我就唯有统统直认不讳吧。

你这个人呀！还是那个老样子！一说不过去就扮作软皮蛇！真是拿你没法……

怎么啦？小龙？

……没事，只是有点伤感而已。老实说，本来我以为自己很了解你，但是，自从……自从我深入你的意识里……

深入我的意识里？你如何做到？在我陷入昏迷的这段时间里……

　　你让我先说吧——当我深入你的意识里，我发现，有许多难以理解的东西。也许，那不独是你个人的现象。意识这东西本身，应该就是如此的一团迷雾吧。我尝试把它们整理，让它们显得清晰明了，就像分析小说的时候，处理大量的杂乱无章的资料，从中提取出人物的轮廓、事件的脉络一样。可是，到了最后，还是出现了无法解释的现象。我便唯有顺着这些现象的结构，把它们如实地写出来。

　　你把它们写出来？

　　可以这样说的。

　　但写的人不是我吗？

　　是你，也是我。

　　我不明白。

　　你不是曾经谈到写作机器这回事吗？

　　你是说"叶灵凤机器"？

　　对。你有没有想过，也可以有一台"佘梓言机器"？或者"龙钰文机器"？

　　余哈的确曾经提出类似的计划。

　　那你就这样理解吧。我在你的意识里，看到——或者应该说是感觉到——一股强烈的叙述欲望，也即是你长久以来写小说的欲望吧。于是我便运用了你的记忆资讯，去演算出一个"爱妻故事"。然后，我根据演算结果，转化为文字，记录下来。当然，当中不排除有加以调整和润饰的成分。也无法撤除，我作为解读者和演绎者所扮演的角色。比如说，因为我的介入，时间认知产生粘连，你的小说把两个年份的事情重叠了，但是叙述者自己并不知道，而把它们视为同一年，于是便产生了选择性失忆这个措施。出现了这样的措施，去合理化主角的一连串行为，连我也感到惊讶。心理机制的运作，或者记忆的自圆其说功能，真是令人匪夷所思。这在小说结构的设计上，无疑是巧妙的，但也是自相矛盾的。也许，我刚才的质疑，对你是不公平的。因为你的无意识可能也受到我的影响，而产生了各种难以解释的颠倒和替代。不过，整体而言，这是"佘梓言机器"创作出来的小说。里面出现的人物和事件，我相信都有现实基础，并不完全是虚构的，只是真实程度已经无从稽考而已。

你是说……我变成了机器？

……

小龙！小龙！怎么啦？你不要不说话。你不说话，我感觉不到你。

你……真的什么也看不到吗？

我……看到什么？

我的心。

你的心？

我的意识。

我怎么可以看到你的意识？

可能，还未去到那个阶段吧……现在是我看到你，你却未能看到我。

小龙你说什么呢？我不明白啊！

大蛇，你慢慢听我说。我想说的，本来不是刚才的那一大段关于你的小说的话题。分开了这么久，我们应该说说心底的情话，就算是"酸的馒头"也没所谓。但是，不知怎的，一开口却引出了一番争论，好像忍不住要跟你清算什么似的，连我自己也感到莫名其妙！不过，那样的分歧，无论是怎样的巨大，那样的争论，无论是怎样的激烈，也不会损害我们的关系。我早就下了决心，无论在你的心里看到什么，我也愿意接受，我也不会后悔。你在小说里说，就算是多么的相爱的人，也有权在心里留有秘密，而且彼此尊重对方的秘密。这个我完全同意。但是，当我做了这样的一个决定，我便无法不去窥探你心里的秘密了。这是无可避免的事情，请你体谅。而我也做好了准备，让我心里的秘密完全向你敞开，只是你暂时没法看到而已。你能做到的，只是辨识我的声音，也即是我的心语。但当你慢慢适应，你会辨识到更多。

小龙！究竟我在哪里？为什么我们一直都在黑暗中对话？

大蛇，你感到我的手吗？

嗯，感到的。但是，却有点不像平常的感觉。

感觉如何？

有点像……自己的右手握着自己的左手。

嗯……是这样……

小龙……

什么？

可以吻我吗？

……好的。

感觉到吗？

感觉到！我感觉到你的唇，吻我的手背。

是吗？真好！

可以吻我的唇吗?

这个……慢慢来啊! 不要心急! 你再听我说下去。

好的, 你说。

我刚才说, 你在接机的当天, 在机场昏迷过去。我立即把你送到医院去。医生说你因为突发性中风, 血块堵塞了部分血管, 导致脑部缺氧, 严重程度要看脑细胞坏死的情况。最坏的结果是脑死亡, 也即是只剩下植物性的存在。也可能是身体失去活动和感知能力, 但意识还未受到破坏, 只是无法清醒过来, 就像是在睡梦中一样。暂时来说, 只能以辅助仪器维持生命, 观察情况的变化。我陷入恐慌之中, 无法做任何决定。我做不到同意终止你的生命, 但是, 看着你躺在那里全无知觉的样子, 又感到十分痛苦。然后, 我想起我的剑桥朋友 Cluedo(是你这样称呼他的)。他是脑科医学专家, 也许可以给我意见。我打长途电话给他, 问他你这样的情况, 还有什么治疗方案。他跟我说, 随着脑部的衰竭, 就算要保住肉体的存活, 也没有十足的把握。不过, 如果意识依然尚算健全的话, 还有一个值得考虑的方案。他说, 有一种正在实验中的复制人类记忆的科技, 可以把一个人的意识下载, 然后利用别的硬体还原。他给了我一个人的联络, 说是这方面的专家, 那个人叫作 YH。

YH? 那即是余哈吗?

可能 YH 是余哈的原型, 但没法确定。

那么, 小说中关于余哈的部分, 就不是纯粹的想象了。

你可以这样说。但那些部分也可能受了我的意识的影响, 跟你原本的经验结合, 经过种种的转化或变形, 成为了后来的面貌。话说回来, 我找到了 YH, 向他说明了情况。他的回答是: 我可以试试，但要抓紧时间。你丈夫的意识可能会变得越来越薄弱。当它薄弱到一个程度，便无法辨识和复制了。现在只有一件事，就是你作为妻子的同意。我叫他给我一点时间。

小龙，你是说真的吗？你不是在编故事吧？

你听下去，很快就知道真相。我尝试从所有可能的方向考虑这件事。那简直是一场自己跟自己的激辩。情感上的我，怎么也不愿意放过任何可以跟你保持连接的可能性。我不能这样就失去你。理性上的我，却对这样的非常手段感到怀疑——不但怀疑它的可行性，更怀疑它所蕴含的意义和带来的后果。从你的角度考虑，我也不肯定自己有没有权给你做这样的决定。因为我的决定，不但关乎你的生死，也关乎你"生存"下去的方式。这样的方式是不是你愿意接受的，我无从确认。但是，到了最后，我的直觉告诉我，我们都愿意尝试。希望你不会怪责我这样做。

怎会呢？你愿意做的事，我也愿意。只要能见到你的话，我会不惜尝试任何方法。

那我就放心了！技术上的事情，我就略去不说了。总之就是，YH 的团队成功把你的意识复制了一个模本。问题是，它只是一堆储存起来的资讯。现在还未发明出能还原这些资讯的机器。那怎么办呢？这些资讯还有什么用呢？唯一的办法，就是把它下载到一个活人的脑袋里。而这个载体，当然就是我了。我就是那台把你复原的机器。

你是说，把我的意识存放到你的身体里？

对！所以，你现在就是在我的脑袋里跟我对话的。虽然听来有点不可思议，但的确是这样地发生了。这是首次进行同类的实验，所以，结果是非常不稳定的，甚至有很高的风险。这些 YH 也早就向我解释清楚了。他预期会出现几个可能性。首先，完全无效。植入的意识完全不发生作用，就像什么也没有做过一样，或者被压抑在潜意识里，只有在梦境之类的情况下才能局部释放出来。这样的结果，还不算最差的。比较令人担心的，是两个意识之间产生不协调或者排斥现象。虽然早就做好了脑部存放空间区格的预备工作，但是技术仍然处于实验阶段，并没有十足把握。区格设定不良的话，植入意识和原意识之间，可能会产生混淆，导致神志不清或者精神分裂。也可能会变成了双重人格，两者互相不能沟通，也不知悉对方的存在，交替地成为主导，有时呈现为你，有时呈现为我。最理想的状态，当然是互相保持独立，能彼此知悉，甚至互动和沟通。不过，反过来说，便没法做到封锁对方的窥探，保持隐私或秘密，因为彼此之间已经没有身体作为壁垒了。也可能会出现另一层次的状况，那就是意识或灵魂的融合。这样的融合，究竟会如德日进所说那样，各自依然能保持独特的个性，还是变成全新的浑然的状态，我也不知道。根据 YH 所说，这是灵性上的最高现象，可以称之为神界。我并没有这么高的期待。我只是想用我的身体，保住你的性命，也保住我们的联系。

那么……我的身体……

对不起！这个……我却没法帮你保住了。在进行意识复制之后一个月，你的脑部状况急速恶化，已经不可能维持生命功能，意识也渐渐消失，基本上就是一具败坏中的空壳了。所以，我同意终止维生措施。按照你以前说过的意思，你的身体已经化成灰，撒在大海里了……

那么，我是已经死了？

……

小龙，别哭！

某种定义下，是的。但是，其实并不。你还活在我的脑袋里。

太不可思议了！

我当初还以为，我只能单方面查看你的记忆，或者运用你的记忆产生出一部你的小说，通过这部小说去接触你，间接地去感受你的存在。但是，等了半年，你终于醒来了！你终于可以直接回应我了！你终于活过来了！

没有了身体，我怎么能确认自己还活着呢？

你不是正在跟我对话吗？这不就是证明吗？

难道就靠笛卡儿说的"我思故我在"作为证据？

不只这个！你不是没有身体的！只不过，你和我共用着同一个身体！

我想象不到，也感觉不到。

你刚才不是感觉到我的触摸，和我的吻吗？

对，很真实！很奇怪！

一点也不奇怪。大蛇，现在我们来张开眼睛吧。

张开眼睛？我可以张开眼睛吗？

如果你做不到，那就由我来帮你做吧。

你帮我？

对，当我张开眼睛，就是你张开眼睛。

……

来，准备，一、二、三！

......

看得见吗？

嗯。

看见什么？

我们的房间。我——不，不是我，是你——还是，是我们？——总之，现在应该是躺在床上，望着天花板。天花板上有一盏没开的灯。灯的中间是一个圆形磨砂玻璃盖子，周边有三颗小小的球状水晶托。奇怪！这盏灯明明一直在这里，以前却没有怎么留意，或者是早已经忘记了。

嗯！视觉似乎没有问题。现在往左侧看看，那边有些什么？

等一下……厚厚的银灰色窗帘，拉上了三分之二，从夹缝可以看到天空。温和的阳光，淡绿色的山。现在应该是早晨吧？

对，是大清早。来吧，我们转身到另一边看看吧。怎么样？

现在睡的位置是左边，是你睡惯的那边。右边没有人。枕头上有两只动物公仔。是狐狸和刺猬。它们挨在一起。

对了！很好！现在，我们去拿起它们吧！

我没法动，拿不到。

不要紧，我来拿。感觉到了吗？

感觉到了，毛茸茸的，软绵绵的。

好的。现在右手里的是狐狸，左手里的是刺猬。你可以控制右手吗？

我感觉到它，但没法移动它。

是吗？原来是这样。看来，你的意识已经连接感觉神经，但是，却没法连接运动神经。

这是暂时性的现象吗？

应该是吧！要问问 YH。

不过，如果我和你都能指挥运动神经的话，岂不是会左手和右手打架？

哈哈！也说得对！到时如果闹意见，就哪里也去不了。

所以，现在这样也有它的好处。

你可以接受就最好了。只要你不嫌行动没有自由，受到我的限制。

我的灵魂被你的身体囚禁了。

说不定是我的身体被你的灵魂骑劫呢。

或者，我们的灵魂进一步融合，感觉就等于我自己在行动。

也有可能的，见步行步吧。

小龙……

什么？

对不起。

说什么对不起？

我的梦让你不高兴了。

别说到好像我在审查你的梦似的。

怎么说也不是一个好梦。

梦哪有分好坏的？况且，美梦噩梦，我们也要接受。我们总不能逃到梦的外面去。

生是梦，死也是梦。

对，根本没有梦的外面。只有无尽的梦中梦。

虽然是这样，但是……

但是什么?

但是,却如同真的一样。

对啊!

小龙……

什么?

我想看看你。

看我?你看到啦,双手,双脚……

我想在镜子里,看看你的脸。

很心急的人啊!好吧!我先把狐狸和刺猬放回去。

墙上应该有全身镜子。

是的。我过去吧……看到了吗?我站在镜子前了。

看到了。你站着,穿着睡袍,头发有点乱。

刚睡醒的样子,是不是很难看?

怎会呢?百看不厌啊!

别卖口乖!

让我摸摸你的脸,可以吗?

当然可以。我用双手捧着脸吧。

感觉很实在呢!怎么说也不能相信是假的。

我又没有整容,脸当然不是假的。

那么,我们上次见面,已经是一年前了?

对,你来接机那天,你昏迷之前。

我记不起来了。我只记得你离港那天,我去送机的情形。

那么,在你的记忆中,我们是两年没见了。

但感觉却又好像,只是一眨眼的事情。一眨眼间,就什么都完全变了样子。

大蛇，别"酸的馒头"。

我现在能看见你，但你却已经没法看见我了。我也没法看到自己了。我变成了一个没脸的人了。

可恶！别弄哭人家吧！

是你"酸的馒头"呀！小龙！

我明明感觉到你，但却看不到你，也触摸不到你，怎能不心酸？

如你所说，我在你心里嘛。

但你又怎么再去抱我，吻我呢？

你抱抱自己，我就感觉到你抱我，你也感觉到我抱你了。来！……对了，双臂紧抱着自己吧。我感觉到了！很温暖，很亲密的感觉！你呢？你也感觉到吗？

嗯！

好的，我们来接吻吧。

镜子？

对，吻下去吧。

感觉有点冰冷呢！

但是，从我的角度，却跟真正的吻你非常相似！

只有你感觉到啊！我只是看见自己吻自己。不公平！

没法啰！看来我的状况也不是没有优势的。

亏你还说得出这样的话！

老实说，两个灵魂住在一起，究竟能不能相安无事，真是没有保证啊！如果大家各不相让，结果也可以是灾难性的。实在不敢想象！

你又怎么知道，我们不行？

有些老夫妻，在退休后日夜相对，也会生出许多摩擦和冲突。何况我们住在同一个身体里？

别气馁啊！不要让我的决定成为悔恨。

真是个大考验呢！活着并不比死去轻松。我想知道，如果其中一方想终止这个状态，有什么可能性？

这个 YH 也有提及。

他们的考虑真周详啊！

科技发展也无法不考虑到哲学、法律和道德问题。在法律上，被复制和下载的意识体，还未被赋予法定地位，即不能被视为一个独立的、拥有人身权利的个体。自身的灵魂不能自动地被视为已不再存活下去的肉体的延伸。这涉及何谓一个"人"的根本定义。

所以，就是所谓的"裸命"了？

嗯，是比"裸命"更"赤裸"的存在，因为连肉体也没有了，只剩下意识或精神。

所以就是法律之外的事物了。

相信是这样。

这样的我所做的决定，也因此没有法理基础吧？

对，但这并不代表你不能做决定。

但是，做决定是一回事，执行决定却是另一回事。如果我没有执行力的话，做决定也是没有意义的。假设我想结束我的"生命"，但你不同意，我是无可奈何的啊！

原则上是的。

相反如果你想结束自己的生命，我也没法阻止，而只能眼巴巴地跟你同归于尽吧！

也是这样的。除非你成功抢夺了身体活动的控制权。

到时又轮到你的意志被扼杀了。真是"一山不能藏二虎"啊！

哈哈！是一"身"呢！况且你是羊，不是虎。

如果，大家都有同等的决定权和执行力呢？就好像实行一种灵魂的民主制一样。只是，一对一的投票，可以是个没有结果的死局。到时除了协商，似乎没有别的出路。除非，再添加一个成员，成为单数，投票决议就容易分出胜负。

你休想添加一个小虎或什么的！

呵呵！那就真是"一身不能藏二虎"了！或者，应该说是"龙争虎斗"吧！

斗你个头！

别生气，胡说而已！

其实，撇开彼此意志相反的情况不说，就算是在大家都同意的情况下，要终止其中一方的"生命"而不损及另一方，在技术上是有难度的。

你是说，把我的意识从你的脑袋里删除，又或者，把你的意识拿走，而只剩下我的意识？

对，两者也暂时没法做到。因为一经植入，两个意识就有可能开始融合的过程。一经融合，便不能再分拆还原。除非，一开始便做好完全的区格准备。但是，这方面的技术还未成熟。

所以，我们是永不分离的了？

是的，我们永不分离，直至我的肉体生命的结束。又或者，将来技术发展到，我和你的灵魂可以再找到另外的载体，在那载体内复活。

也不能排除这个可能性吧！

不。所以，我和你分别已经在 YH 的实验室，储存了一个意识复本，以作备份。假设有一天我这个肉身毁掉，我们的灵魂还会保存在那里，等待新的技术出现，把我们的生命恢复到进行备份的时间原点，重新开始。

那即是永恒的生命了。

也即是永恒的爱。

或者是永恒的忍耐？

能忍耐已经不错。

我恐怕，没有多少人能通过"永恒"的考验。

别想得太远吧！我们还处于非常不稳定的状态，什么事故也可能随时出现。

说不定我的意识会随时消失，或者对你的意识造成损坏，或者在所谓融合中，变成了什么奇怪的事物……

我们并没有永恒，至少暂时没有，只能珍惜眼前的一刻。

我喜欢这种感觉。这才是生存的感觉！

我很开心你有这种感觉！

小龙，可以看看你的身体吗？

怎么不可以？我把睡袍脱去吧……不过，实在没什么好看的。

哪里，哪有什么不好的？

你没法再搞你的少女崇拜了。

那我升级为中女崇拜吧！

花言巧语！

我这是名副其实的"死剩把口"¹。

哈哈！……大蛇！……

什么

我突然有点害怕！

害怕什么？

害怕眼前这一切，其实只是我想象出来的。意识植入根本就没有效。你其实没有醒过来，没有在我的脑袋里复活。你的声音，你的对答，只是我的幻觉！

刚才不是你叫我相信这一切的吗？

是的，我的确是这样说的。但是，就算"我思故我在"是自我存在的证据，我们也不能从此而跳到"我思故你在"啊！在"我思"和"你在"之间，不是有一个无法跨越的空隙吗？那个"故"的关系，不是有点一厢情愿吗？我怎么才能证明，这个你真的存在？

你这样说，也不是没有道理。我怎么证明，我自己不是你的梦呓？又或者，你不是我的梦呓？

我们究竟谁梦见谁？

甚至于，我们都只是虚构出来的人物，而我们现在的对答，只不过是另一篇小说？

太可怕了！

别怕！我是胡说的。

---

1 口头上不肯认输。粤语。

……

我们试试做点事吧。

做什么?

小龙,记得那首曲子吗?

哪首曲子?

《鼹鼠的故事》。

记得!那是我们曾经的孩子的歌。

可以吹给我听吗?

现在?

嗯。你不记得吗?只要吹起这首曲子,孩子便和我们在一起。

但那支牧童笛……

我把它放在床头柜的抽屉里。

我找找看。

找到吗?

找到了,真的在这里。

还记得怎么吹吗?

应该可以的,让我试试看。

……

对了,就是了。很好听!

……

真是一首教人流泪的歌!

我在流泪呢!是你令我流泪的吗?

可能是啊!那么我至少还能够流泪。这也不错!

但是,我已经没法令你"没有遗憾"了!

没关系，反正那件事，我们早已觉得并无必要。

但是，我现在却很想。

是吗？你真的想吗？

嗯。

那么，就由我来让你"没有遗憾"吧。

怎样？

你在床上躺下来。听着我的话，用我们以前的方式，去感觉我的手，和我的身体吧。

蛇，你来吧。

龙，我来了。

有点奇怪，那是我自己的手啊。

不，那也是我的手。我虽然动不了，但我感到它们，也感到你的身体。

你真的感到了？

真的，跟我记忆中一样。从开始，到现在，所有的你，都没有分别地，存在于这个身体里。

蛇，进来！

龙，我已经在你里面了！

蛇，我们不要再分开。

龙，我们已经成为一体了！我完全感受到你的感受了！

我也是！再没有你是你，我是我的隔膜和封闭了。

我是你，你也是我。

很圆满！没有缺失！没有伤害！没有遗憾！蛇！

真正的"龙蛇混杂"了。

蛇……我觉得好酸！好酸！好酸的馒头啊！

那就尽情流泪吧！

我的心充满着烟士披里纯！

那就尽情写作吧！

写什么好呢？

就写一本，终极的书吧。

终极的书？

哀的美敦书。

不，是爱的美敦书才对。

附录

董启章创作年表（1992— ）

1992 年
- 5 月于《素叶文学》发表第一篇小说《西西利亚》。
- 于《星岛日报》副刊"文艺气象"发表短篇小说《名字的玫瑰》《快餐店拼凑诗诗思思 CC 与维真尼亚的故事》《皮箱女孩》等。

1994 年
- 《安卓珍尼——一个不存在的物种的进化史》获联合文学小说新人奖中篇小说首奖；《少年神农》获联合文学小说新人奖短篇小说推荐奖。

1995 年
- 《双身》获联合报文学奖长篇小说特别奖。
- 《纪念册》（香港：突破）；《小冬校园》（香港：突破）。

1996 年
- 《安卓珍尼：一个不存在的物种的进化史》（台北：联合文学）。
- 《家课册》（香港：突破）。
- 《说书人：阅读与评论合集》（香港：香江）。

• 董启章、黄念欣合著,《讲话文章: 访问、阅读十位香港作家》(香港: 三人)。

1997 年

• 《地图集: 一个想象的城市的考古学》(台北: 联合文学)。

• 《双身》(台北: 联经)。

• 《名字的玫瑰》(香港: 普普)。

• 董启章、黄念欣合著,《讲话文章 II: 香港青年作家访谈与评介》(香港: 三人)。

• 获香港艺术发展局文学奖新秀奖。

1998 年

• 《V 城繁胜录》(香港: 香港艺术中心)。

• 《同代人》(香港: 三人)。

• 《名字的玫瑰》(台北: 元尊文化)。

1999 年

• 《The Catalog》(香港: 三人)。

2000 年

• 《贝贝的文字冒险: 植物咒语的奥秘》(香港: 董富记)。

2002

• 《衣鱼简史》(台北: 联合文学)。

•《练习簿》（香港：突破）。

2003 年

•《体育时期》（香港：蚁窝）。

•《第一千零二夜》（香港：突破）。

2004 年

•《体育时期》（台湾版）（台北：高谈文化）。

•《东京·丰饶之海·奥多摩》（台北：高谈文化）。

2005 年

•《天工开物·栩栩如真》（台北：麦田）。

•《天工开物·栩栩如真》获台湾联合报读书人最佳书奖及中国
时报开卷好书奖、香港亚洲周刊中文十大好书。

•董启章、利志达合著，《对角艺术》（台北：高谈文化）。

•剧本《小冬校园与森林之梦》，由演戏家族演出。

2006 年

•《天工开物·栩栩如真》获第一届红楼梦长篇小说奖决审
团奖。

•剧本《宇宙连环图》，由前进进戏剧工作坊演出。

2007 年

•《时间繁史·哑瓷之光》（台北：麦田）。

• 剧本《天工开物·栩栩如真》，与陈炳钊合编，于香港艺术节演出。

•《体育时期》由 7A 班戏剧组改编为音乐剧场《体育时期·青春·歌·剧》。

2008 年

•《时间繁史·哑瓷之光》获第二届红楼梦长篇小说奖决审团奖。

2009 年

•《致同代人》（香港：明报月刊）。

• 获香港艺术发展局艺术发展奖年度最佳艺术家（文学艺术）。

• 赴美国艾奥瓦参加"国际写作计划"。

2010 年

•《体育时期》（简体版）（北京：作家）。

•《天工开物·栩栩如真》（简体版）（上海：世纪文景）。

•《安卓珍尼》（经典版）（台北：联合文学）。

•《学习年代》（《物种源始·贝贝重生》上篇）（台北：麦田）。

•《双身》（二版）（台北：联经）。

• 剧本《断食少女 K》（原名《饥饿艺术家》），由前进进戏剧工作坊演出。

•《学习年代》获香港亚洲周刊中文十大好书。

2011 年

　•《在世界中写作，为世界而写》（台北：联经）。

　•《学习年代》（《物种源始·贝贝重生》上篇）获香港电台、香港公共图书馆及香港出版总会合办"第四届香港书奖"。

　•《地图集》（台北：联经）。

　•《梦华录》（台北：联经）。

　•《天工开物·栩栩如真》（简体版）获第一届惠生·施耐庵文学奖。

2012 年

　•《答同代人》（北京：作家）。

　•《地图集》（日文译本）藤井省三、中岛京子译（东京：河出书房）。

　•《繁胜录》（台北：联经）。

　•《博物志》（台北：联经）。

　• *Atlas: Archaeology of an Imaginary City*(New York: Columbia University Press).

2013 年

　•《体育时期（剧场版）》【上、下学期】（台北：联经）。

　•《体育时期》由浪人剧场改编为音乐剧场《体育时期 2.0》。

2014 年

　•《美德》（台北：联经）。

•《董启章中短篇小说集 I：名字的玫瑰》（台北：联经）。

•《董启章中短篇小说集 II：衣鱼简史》（台北：联经）。

•《香港当代作家作品选集：董启章卷》（香港：天地）。

• 获选为"香港书展年度作家"。

2016 年

•《心》（台北：联经）。

•《肥瘦对写》（新北市：INK 印刻）。

2017 年

• *Cantonese Love Stories* (Penguin China).

•《神》（台北：联经）。

•《心》获香港电台、香港公共图书馆及香港出版总会合办"第十届香港书奖"。

2018 年

•《爱妻》（又名浮生）（新北市：联经）。

• *The History of the Adventures of Vivi and Vera* (Hong Kong: Muse).

•《神》获香港电台、香港公共图书馆及香港出版总会合办"第十一届香港书奖"。

•《爱妻》（又名浮生）（新北市：联经）。

• The History of the Adventures of Vivi and Vera (Hong Kong: Muse).

2019 年

- 《爱妻》（又名浮生）获第二十七届台北书展大奖"小说奖"。
- 《命子》（台北：联经）。

2020 年

- 《爱妻》获第八届红楼梦长篇小说奖决审团奖。
- 《后人间喜剧》（台北：新经典文化）。

图书在版编目（CIP）数据

爱妻 / 董启章著. -- 北京：九州出版社, 2020.10
　ISBN 978-7-5108-9333-9

　Ⅰ.①爱… Ⅱ.①董… Ⅲ.①长篇小说—中国—当代
Ⅳ.①I247.5

中国版本图书馆CIP数据核字(2020)第133214号

著作权合同登记号：01-2020-4271

爱妻

作　　者　董启章　著
责任编辑　周　春
封面设计　黄怡祯
出版发行　九州出版社
地　　址　北京市西城区阜外大街甲35号（100037）
发行电话　（010）68992190/3/5/6
网　　址　www.jiuzhoupress.com
电子信箱　jiuzhou@jiuzhoupress.com
印　　刷　北京天宇万达印刷有限公司
开　　本　880 毫米 × 1194 毫米　　32 开
印　　张　13
字　　数　290 千字
版　　次　2020 年 12 月第 1 版
印　　次　2020 年 12 月第 1 次印刷
书　　号　ISBN 978-7-5108-9333-9
定　　价　58.00元